U0855686

大鱼

有爱的青春陪伴者

初初遇你时光恰好

桑妮
/著/

黑龙江美术出版社
Heilongjiang Fine Arts Publishing House

图书在版编目（CIP）数据

初初遇你，时光恰好 / 桑妮著 . -- 哈尔滨 : 黑龙江美术出版社 , 2019.11

ISBN 978-7-5593-5604-8

Ⅰ . ①初… Ⅱ . ①桑… Ⅲ . ①长篇小说－中国－当代 Ⅳ . ① I247.5

中国版本图书馆 CIP 数据核字 (2019) 第 185171 号

---

chu chu yu ni,shiguang qia hao

初初遇你，时光恰好

出品人 / 周　巍
著　　 / 桑　妮
特约策划 / 廖晓霞
责任编辑 / 李　旭　张泽群
封面设计 / 刘　艳
内页设计 / 西　楼
封面绘制 / 容　境
出版发行 / 黑龙江美术出版社
地　　址 / 哈尔滨市道里区安定街 225 号
邮政编码 / 150016
发行电话 /（0451）84270524
网　　址 / www.hljmscbs.com
经　　销 / 全国新华书店
印　　刷 / 长沙鸿发印务实业有限公司
开　　本 / 880mm×1230mm　1/32
印　　张 / 9.5
版　　次 / 2019 年 11 月第 1 版
印　　次 / 2019 年 11 月第 1 次印刷
书　　号 / ISBN 978-7-5593-5604-8
定　　价 / 36.80 元

目录

CONTENTS

Prologue 楔 子

夏唯安刚到公司，她的秘书小姐就轻盈地迎上来："早上好夏总，新季度的产品推广方案已经出来了，策划部那边说等您确认没问题后就可以尽快开展工作。

"惠城分部的李经理希望您有空能够过去一趟，新汇丰的少东家想要跟您亲自面谈。

"午饭已经约了蔡董，他要和您谈谈出席新商务会议的事情。

"另外，业务部新一年度的招聘工作已经全部结束，明天所有新员工都会来报到，HR（人事）那边的意思是，想请您去给他们上第一课。"

夏唯安微微顿了顿："明天吗？"

"是的。"

"跟他们说，可以。还有，把新员工的简历资料拿过来给我看看。"

秘书小姐欢快地说："好哪。"

秘书小姐年轻活泼，行动力也很强，没多久，事情就被她安排得妥妥的了。只夏唯安一直忙，到快下班的时候才有空拿起身边的那堆简历。

她打开来，一张张年轻生涩的面孔映入眼帘。

门被轻轻推开，公司里，不敲门就进她办公室的就只有那一个。

她头也没抬，仍继续看着面前的简历。

来人走到她身后，俯身抱住她："还不下班？"

她偏头蹭了蹭他："明天要去给他们上课，我先看完这些。"

"上课为什么要看这个？"

她似笑非笑，瞥了他一眼："是谁说，一个优秀上司最好的激励方式，是让每一个员工觉得，他是特别的？"

"我有说吗？"他微微抬起头。

她挑眉浅笑，夕阳的余晖透过大大的落地窗映进来，照得她漂亮的眼睛里流光溢彩。

他忍不住吻住她。

她说："上班呢。"

他含含糊糊地应："下班了。"

外间传来动静，确实是下班时间到了。

她笑，到底还是推开了他。

秘书小姐进来的时候，里面的两人规规矩矩相对而坐，她问："夏总，谢总，下班吗？"

夏唯安点点头。秘书小姐就高兴地退了出去，走前还极热情地邀请说："谢总，没事常来检查工作呀。"

谢总一来，他们就都不用陪着夏总加班了。

谢子鸣笑："看你把他们剥削得多厉害。"整了整衣服站起来，"走吧，明天还会天亮。"

她接过他伸来的手，最后瞄了一眼面前的简历，看到上面写着的年纪，忍不住叹："二十岁，多年轻呀。"

他笑，把她扯到自己身边，看着她色若春花的脸，轻声说："你比他们更年轻，一直十八岁。"

她说："男人的嘴，骗人的鬼。"

他哈哈笑起来，抱住她亲了一口。

她推开他，他又蹭上来，握着她的手一起抓在门把手上，问："七年要到了，夏总打算什么时候实现你的目标规划，把我'娶'回家？"

她一时有些恍惚，居然就有七年了吗？加上那两年多，将近十年快过去了。

认识他的时候，她才十八岁，还是个青涩的懵懵懂懂的刚出校门的小女孩，莽莽撞撞被当成礼物带到他面前。

一眨眼，已然这么多年了。

她问："那你还记得我那时的样子吗？"

他笑，眉眼缠绻含情，点着她的嘴角说：“自然……那时候的你，就像棵嫩生生的小白菜，傻乎乎就撞到了我的心上来。”

是啊，谁能想到那时候。

Chapter.01
初初遇见

[1]

那时候，夏唯安还未满十八岁，因为经济压力辍学在一家电子厂实习。

那天，她被带出来的时候人还是蒙的。

她班上得好好的，莫名被使唤着换了衣裳。车间经理领着她往外面走，笑眯眯地嘱咐她："你活做得漂亮，客户很喜欢，特意点名要见你。所以待会儿见了客户要乖巧，要听话，要会哄人，他手上握着市值数百亿的工厂呢，哄好了指缝里漏一点单下来，我们大家就都发财啦。"说完还不放心，问她，"你知道怎么哄人吧？"

夏唯安还真不太会哄人，她是家里的大女儿，父母是老实巴交的农民，她也被带得读书时认真读书，干活时埋头做事，哄人什么的，技术活呀，她十分诚实："不会。"

经理看着她那张真诚的小脸。这张脸长在山里农村，虽然在车间捂了一个多月，还是不那么白。不过五官不错，一双眼睛尤其漂亮，水汪汪的，是个一眼可见的美人坯子。

就是太年轻了，还没正式成年呢，脸上一派学生气，一看就稚嫩生涩得很，像是地里那茬才刚刚架上苗的小白菜秧子，嫩是够嫩了，可还没熟啊！

经理忍不住仰首长号，趴在方向盘上痛心了一小会儿，然后一抹脸，说:

"没事，不会哄也没什么，总之让你做什么你就做什么……也别大惊小怪，知道你家里缺钱，等这事成了，我让我姐夫给你提成，你拿到钱，回去不但可以继续读书，还能给你爸爸治病。"

工厂的老板是经理的姐夫。

夏唯安特别认真地点头："好的，经理，我会努力的。"

经理啧啧嘴，把夏唯安带到了谢子鸣的面前。

那是夏唯安第一次见到谢子鸣，长得怎么样她初时也没仔细看，就记得他十分年轻，穿得很是休闲，她进门时他正在和老板说话，胳膊随意地搭在椅背上，脸上带点淡而温和的浅笑。

一点也看不出是个身价颇丰的大老板。

房间里只有谢子鸣和夏唯安的老板在，因为知道老板姐夫存的心思，经理把她送进去就转头走了。

老板长得胖，一身肉，行动倒还灵敏，抖着颤乎乎的肉亲自拉开谢子鸣身边一把椅子，对夏唯安说："来，安安，坐这儿。"

夏唯安被那句"安安"叫得心下一抖，耳根子发痒，忍不住歪着脖子蹭了蹭耳朵，却也乖巧一笑，很听话地在椅子上坐了下来。

老板笑得眼睛都不见，一边招呼服务员上菜，一边向谢子鸣夸夏唯安："别看她年纪小，却是我们公司的骨干呢，做事又认真又麻利，关键是性子也软乎乖巧。"

夏唯安规规矩矩地束手坐在一边，很配合地眨眨眼睛，以示自己真的又乖又巧。

谢子鸣忍不住"扑哧"一笑。自夏唯安进来，他虽没正眼看过她，视线却一直若即若离地落在她身上，这会儿终于忍不住直视着她，问："你多大了？"

夏唯安抬起头来。

彼时谢子鸣正面对着她，能很清晰地看见她光洁饱满的额头，剪水一样的双瞳，挺翘小巧的鼻头，鼓胀的双颊，或许因为离得近，他甚至还能看得到灯光照下时她脸上细细的绒毛。

当她目光那么横扫过来的时候，一种张扬到莽撞的少女感，扑面而来。

夏唯安想起经理的话，很乖觉地说："十九岁了。"

其实还有一个月她才满十八岁。

谢子鸣支手撑额，眼尾轻勾，含着笑意轻轻一问："真的？"

这男人长相只能算一般，五官太过锋锐凌厉，且一身黑皮——当然，那时候夏唯安不懂那是有钱人专门晒出来的健康色，就觉得他完全不像老板，反倒也像是种地出身的。

不过他吐字清晰圆润，声音很好听，就跟家里挂在门前廊下的那串风铃，微风拂过，叮叮作响，说不出来的清雅宜人。

他这么问的时候话尾像是带了个钩子，夏唯安觉得心尖尖似乎被什么碰了一下，有种说不出来的酸爽感，便立马老实了，说："下个月满十八岁。"说完看了眼自家胖老板，一脸羞愧后悔的样子。

谢子鸣忍不住又笑了起来，笑声爽朗，一听就很开心。胖老板本来要呵斥的话在舌尖一转，又变成了奉承："谢总火眼金睛，在谢总面前还想撒谎？"手指一点夏唯安，"老实些哪。"

夏唯安"喔"了一声，声音清脆，倒真有些乖巧软乎的模样。

谢子鸣仍是笑，伸指将烟摁灭在烟灰缸里，问："这个年纪……你怎么没读书？"

夏唯安不太喜欢说自己家的事，便答："不想读了。"

她说完，老板诧异地看了她一眼。他车间里人虽然不少，不过夏唯安给他的印象还是很深的，不仅仅是因为她是同来的那批学生当中素质最好的，最关键的是，他们的带队老师一来就特意和他说起过她家的一些事。

难不成都是骗他的吗？

夏唯安像是没有察觉到他的目光，仍很认真地和谢子鸣说着话。

谢子鸣问她："这么年轻就不想读书，那你想干什么？"

夏唯安说："赚钱。"

年轻的脸上，一脸理所应当的坦然，谢子鸣脸上的笑意淡了些，正好服务员送菜进来，三人一时没有说话。等菜上齐后，老板问喝什么酒，谢子鸣皱眉："天太热，随便点吧。"

"那就喝冰镇的。"老板招来服务员点了冰镇的起泡酒，掉头就见夏唯安正一个人在闷头吃吃吃，忍不住噎了一口气，压着嗓子说，"傻姑娘喂，招呼谢总多喝两杯呀！"

工厂里包吃不包住，不过早餐是不包的，夏唯安出来身上没带什么钱，吃不起早餐，又工作了一上午，正饿着，听见老板说可以吃了就也很听话地吃起来。

不过老板换了指令，她也顺从，从桌上拿起一杯酒放到谢子鸣面前，说："谢总，你喝。"

她才出社会，连敬语都不会用，讲话带点直通通的味道。

谢子鸣睨她："你不喝吗？"

夏唯安说："我还没成年呀，喝不得。"

这时候，她又有一点小狡猾了，知道拿自己的年纪来做挡箭牌。

老板恨铁不成钢，正要说话，谢子鸣说：“那你喂我，不然我一个人喝多没意思。”

这话轻慢的意味很浓，夏唯安也不恼，平静地看向自家老板，意思是有人在呢。老板人精，立马掏出手机看了看，一脸严肃：“嗯，不好意思，我出去接个电话。”然后就干脆利落地走掉了。

谢子鸣似笑非笑地望着她。

老板出门的时候留了个心眼，门没有关严，透过门缝，看到里面夏唯安犹豫了一会儿后，端起酒杯喂到了谢子鸣的嘴前。

她身体微微前倾，从他的角度看过去，看出了些投怀送抱的意思。

老板顿时觉得这个夏唯安是个可造之材，年纪虽然小，却极是知情识趣，满意一笑，把门悄悄拉严实了，正转身要走，撞到一个人，吓了一跳。

“呵呵，姐夫。”见吓到了人，送夏唯安来的经理很不好意思地挠挠头，眼睛却忍不住往门里面瞅。

“看什么呢！”老板在他头上一拍，夸奖说，“这姑娘挑得不错，有前途！”

经理张大了嘴：“啊？成了啊？”

老板得意道：“呵呵，英雄难过美人关嘛！再说了，谢家那位少爷可是一直都很喜欢嫩的，咱们这位安小姐可真正是嫩到他心里去了呢。”

经理赔着笑：“她姓夏呢。”想起夏唯安那张嫩生生懵懵懂懂的脸，忍不住龇牙咧嘴地想，那么嫩的小白菜哪，谢了鸣还真是……舍得下嘴去拱。

啧啧！

屋外两人畅想得没边没际，一个把谢子鸣想成是饥不择食见人就扑的老虎，一个把他当成饿极了在地里乱拱的猪。

屋内两只却挺“纯洁”的，至少夏唯安觉得自己挺纯洁的，喂杯酒而已嘛，就当是喂弟弟妹妹喝水了——她是家中老大，下面弟妹三个，几乎都是她拉扯大的。

她照顾得还挺周到，唯恐不仔细有酒液漏下来会打湿面前人的衣襟，还顺手扯了张纸巾垫在他下巴底下，认真嘱了句：“小心点呀。”

谢子鸣：“……”

这哄小崽子一样的语气，那杯酒怎么也喝不下去。

夏唯安满脸无辜地望着他。

谢子鸣忍不住问：“老肥刘是怎么找出来你这么个奇葩的？”

“老肥刘”就是夏唯安的老板，老板姓刘，又痴肥，所以得了这么个外号。

夏唯安听懂了这句讽刺，却不明白他怎么突然就不满意了。这姑娘长到这年岁，智商挺好，情商却不太高，家里负担也重，别人情窦初开暗恋学校里的校花校草的时候，她拉拨着弟弟妹妹在田间地头锄草呢，所以暧昧挑逗什么的，她真的是半点都不懂。

虽然不懂，她也知道好赖，晓得谢子鸣不高兴了，便决定装装傻，不和他顶牛，毕竟经理可是说了，这位是财神爷，要捧着。

没捧好拿不到提成就算了，她怕经理和老板不满意会扣她工资。

上班一个半月，她的工资可是还一分没发呢。

在钱面前，脸皮什么的都是浮云。

夏唯安就做出老实相，一本正经地答说："可能是因为我活好吧。"

谢子鸣还没喝酒呢，差点被自己的口水呛到了。他把酒推开，认认真真地看向她。

面前的女孩仍是一副坦荡天真的样子，可她却用着这样一张坦荡天真的脸说出内容如此劲爆的话……

下个月才成年呢，哪个禽兽就这么不顾不管开发了她？

谢子鸣自觉不是个好人，但身为人的底线还在，夏唯安看起来再嫩，此时此刻还是让他倒尽了胃口。

小小年纪不想读书，练一手侍候男人的好活……还不以为耻……

他坐开了一些，拿起桌上另一杯酒一饮而尽，难得说了句一个坏男人不应该说的话："你还小，年纪轻轻的，只想着走捷径可不是什么好事。"

然后，他哂然一笑，也不管她，起身走了。

[2]

老肥刘还坐在外边和自家小舅子做美梦，想着拿下了谢子鸣就拿下了多少零件加工业的天下，忽地感到一阵风过去，待得反应过来，谢子鸣已经上车走了。

他们回去包间，夏唯安正在偷吃一只螃蟹腿，腿刚刚敲开。见老板和经理冲了进来，她吓得手上一哆嗦，螃蟹腿没吃到，裙子上沾了一片红黄色的蟹黄。

她坐正了，拿纸偷偷在底下擦。

那两人根本没注意到她的动作，瞄了眼几乎未动的席面，盯着她问："谢总怎么走啦？"

谢子鸣为什么走，包括他临走时丢下的那句话，夏唯安其实是完全不明白的。搞不懂啊，她好好干活怎么就是走捷径就不是好事啦？想了想，她自我总结了一下：“大概是谢总觉得我太粗俗了吧。”

毕竟是一个车间的小女工，怎么配陪高高在上的大老板吃饭啊？老板和经理真是太看得起她了。

夏唯安莫名其妙被拎着来见客，最后又莫名其妙被打发了回去。

关键是，看到了一桌美食，她却没吃饱！

听到她自我总结的答案后，老板和他小舅子都惊呆了，什么时候谢少爷找个姑娘还要讲出身条件啦？不是只要嫩就行了吗？

明明先前还是一副对她很感兴趣的样子好吗？

两人想不通，又十分心塞，本来三人坐下来是打算吃点东西的，结果老板打谢子鸣的电话没打通，抬头就看到正在啃蹄膀啃得十分欢快的夏唯安，更觉心塞，没好气地问：“你怎么还不走啊，下午不用上班了？”

发工资的是老大，夏唯安为工资折腰，只好忍着心疼和胃疼离开了。

回到厂里，她连午饭也错过了。

长吁短叹。

她缺钱，也舍不得拿钱出去外面买来吃，只好回宿舍灌了一大杯凉白开，然后勒紧裤腰带，连午休都没有，又回车间上班去了。

她得把刚刚出去落下的工资赚回来。

工厂是计件的，多劳多得。

夏唯安没太把这事放在心上，她是真单纯，以为老板把她带出去真是因为她活做得又快又好，而那个谢总之所以不满意，是因为她还不符合他要求。

所以她不走捷径，力图将活做得更快更完美，几乎接近零差错。

虽然是计件工资，但她太优秀就显得其他人很笨了好吗？工友们因此羡慕嫉妒恨，怨念丛生。好在她性子好，见谁都笑嘻嘻的，也肯吃苦，也肯帮人，平素下班了给其他人顺手打份饭提桶水什么的很博了些人缘，这才没有被人暗戳戳地使绊子。

饶是这样，晚上还是让一众室友给蹂躏了一通——厂里是大通铺，将近二十多个女工一间宿舍，这么多人一拥而上，夏唯安的腰都差点被她们揉折了。

第二天她还是放慢了一点速度，但差错率仍是极少，有时候看身边同伴做得慢了或者有哪个零件做不好，她也顺手帮上一帮，这些她都不计较，吃亏是福嘛。

如此过了两天，预告里的台风终于姗姗过境了，那天夜里电闪雷鸣，风声呼呼，大雨下到第二天傍晚才渐渐歇了。

城里好多街道都淹了，夏唯安他们在的小工厂倒很安生，反正也没假期，除了上班做不成任何事。夏唯安做完一批货，抬头舒展自己的手脚和脖子时，看着眼前一个个闷头做事的头顶，觉得很压抑。

说实话，这样机械而单调的工作她一点也不喜欢，努力做到最好，纯粹是因为缺钱。

同样也是因为缺钱，她才按捺着留在这里。她年纪还小，对外面的世界一无所知，留在这儿尚有一份稳定的收入，出去了，她有什么？

她还未成年呢。

叹口气，揉了揉脖子，夏唯安正准备再领份零件，争取在晚饭前先做一部分，就见经理远远从门外踩着水跑进来，然后径直走到她面前，敲着她的桌子说："小安，你来。"

夏唯安没有动，坐在位置上问："经理，有什么事呀？"

旁边的工友虽然手没停，但看得出都张起了一只只八卦的耳朵。

经理看了周围一眼，暗觉夏唯安不灵泛，想想她的年纪，再想想靠她能得来的好处，又释然了，十分亲昵地在她头上轻轻拍了一下："傻！叫你去肯定是有好事啊，难不成还有坏事？"

经理坚决不说是啥好事，夏唯安只好跟着他去。这一去就直接去了老板的办公室，老板也在那儿，这么凉爽的天气，他还开着低温空调，房间里冷得像是藏冰室。

老板态度称得上是亲切了，见面就说："安安，你这个人不错，我准备把你调出车间，提你的职……唔，就做个外联部副主任，怎么样？"

夏唯安："……"

外联部是个什么东西，夏唯安都不知道，乍然说要提她为副主任，她整个人都有些蒙，下意识地说："刘总，这个我做不了吧？"

儿戏了不是，她出来做事还不到两个月呢，什么都不懂外联什么呀？

老板却似是信任她得很，先夸她："你是真有本事的人啊，不说别的，就说你做事的态度，做事如做人，从你做事上我就能看出，你是个了不起的丫头。"又劝她，"你就放宽心，我保证这工作并不难，而且你只是个副职，有人带你呢，放心！谁不是从不会到会慢慢学起来的啊。"说着，还拿出一个大红封塞到她手里，"这是预付给你的这一周的工资，你做得好不好，能不能胜任这个职务，这工资都是你的啦。"

夏唯安手指下意识地捏了捏，有厚度，不算少。

一个星期啊，干了！

夏唯安坚决不承认自己是因钱财动了心——回去她开封看了，也就是一千块钱而已，按件计劳，一千块她努努力一周多也就赚回来了，她怎么会为区区一千块钱动心？她纯粹是被老板那句“谁不是从不会到会慢慢学起的”给打动了。

能有机会摆脱流水线上那种机械呆板的工作，她还是很心动的。

夏唯安安慰自己，不懂没什么，只要有人肯带，她一定会用心学。不过她也知道自己什么都不懂，便诚心诚意替老板想，说：“那刘总，重要的活你先别安排给我做啊，我怕弄砸。不是很重要的，你放心，交到我手上，我肯定会给你干得好好的。”

老板和经理对望一眼，唏嘘：是个实诚人啊。

他们挖到宝了！

老板当即笑眯眯：“知道知道，我们心里有数，你才上来，肯定要先给你个适应期的。”拿出好几张纸，“来，把这个转正协议签了，也是给你一个承诺，省得你担心这边没做好，我们不给你钱。”

转正协议是员工转正后要签的一个文件，按说夏唯安属于来实习的学生，是没法转正的，现在老板让她签这个，是真的看重她了。

夏唯安很感动，因为老板和经理都催着，那协议字多且密，且听说转正的都签过的，便草草看了看双方的权利义务，见没什么差错，便抬手签了。

签完，夏唯安特别高兴，出来就给父母打电话报告了这一喜讯。夏爸爸夏妈妈也很为她高兴，两人也不觉得这一切有什么不妥当的，从小到大，夏唯安从来就属于被夸赞的那个“邻居家的小孩”，在家里，她是最值得父母信任的长女，在学校里，她是最受老师喜欢爱重的好学生，现在工作了，她能从一帮人里脱颖而出被老板所看重，也很正常……的吧？

就连带队老师知道后也在电话里替她高兴，还说：“夏唯安，我就知道你会成功的，而且以后更成功，加油，好好干！”

夏唯安踌躇满志。

她读书读得冒傻气，晚上睡觉还傻兮兮地咬被角，觉得老板虽然长得痴肥丑陋了一点，但是眼光好心地好，妥妥是相中了她这匹千里马的好伯乐，她势必得为伯乐肝脑涂地才不会辜负人家。

她摩拳擦掌准备好好干，第二天就漏了气，原因是那天她啥也没干，老板安排了个女的带她，学化妆！

老板的说辞是：“外面都是以貌取人的，先学会打扮自己，去去一身土气。”

夏唯安看看自己，浅蓝T恤、牛仔裤、黑色浅布鞋，确实不太上得了台面。

再看看面前来带她的那位，白色一字肩上衣、单排扣条纹半身裙，俏生生时尚又靓丽。

她鞠躬叫了声“老师”,很用心地跟着学,结果还是阵亡在自己那双手上。她也算有双巧手了，不知道怎么就是捯饬不好自己，夹个眼睫毛，睫毛夹放下来,十数根眼睫毛一起被夹了下来,疼得她一看见夹子就习惯性眼睛疼。

后来还是转悠过来的老板看不下去了，他摆摆手说：“算了吧，别为难她了，她这种就属于等人侍候的料。”

夏唯安当时不明白老板那话里的意思，直到三天后，她被他出了道选择题。

老板的选择题出得相当简单粗暴同时也毫不委婉，在让夏唯安学了化妆，又学了服装的一些搭配技巧，还挂羊头卖狗肉地学了一些沟通技巧后，他把她再次叫进了他的办公室。

当时他在他办公桌上摆了两样东西，一样是一件款式十分柔媚的小洋装加一个更大的红封,另外一样就是露在外面的那个由夏唯安签过的协议。

老板坐在他的大班椅上，一摇一摇地说：“小安你这几天都学得差不多了吧，现在要你出力的时候到了。如今生意难做，谢总那里是势必要争取的，他对你很感兴趣，”把衣服和红包往她面前推了推，“你换上这个去陪他，只要厂里能顺利签单，这个红包就是你该得的预付。”顿了顿，补充，“其中的十分之一。”

那红包是真大，高高耸起，估摸着这回是真有不少。

还只是十分之一。

当老板的姐夫给了甜枣，当经理的小舅子就使出大棒，他仍是和和气气地告诉她：“你要是不想去，也行，这三天的培训费，专人专项，一万八，老板看在你老师的面子上，少你个零头，一万七千八，算是很对得住你了。”

夏唯安：一万八少两百，零头少在哪儿啊?

当然，她更诧异的是：“那个也要收钱的？”

“没错。这上面写了，你要是不能胜任本职工作，就要赔偿厂里因此造成的一切费用损失，包括培训费……白纸黑字，明白着呢。”

夏唯安：“……”

事实证明，任何合约不仔细看都是要不得的，初出社会，夏唯安上了血淋淋的一堂课。

被坑死了！半晌，她说：“那么贵，怎么不去抢啊？”

关键是教学质量也很菜啊，她学完和没学有区别？化妆就不论了，那什么服装搭配，什么场合穿什么衣，路边随便买本书都可以看到哇！

再说了，衣服她自己都会裁啊，给她一块布，做出来的裙子比这个更好看啊，不会这里少一块，那里缺一角啊！

经理却还没完，又说："而且拿不下谢总，厂里大概也是经营不下去了，厂里经营不下去就要破产，到时候底下的人全部被遣散，正式签了合同的员工嘛，肯定是有笔遣散费的，至于你们同来的那些学生，不好意思，大多未成年，且拿不出一点用工证据，大概是什么都拿不到的了。"

夏唯安："……"

这回她听懂了，面前这两人是拿着她的同伴们来威胁她呢。他们同行三十个人，虽说打的是来实习学习的名义，其实就是做的廉价工。但再廉价也有价啊，辛辛苦苦将近两个月，每天工作十来个小时，一分钱都拿不到……

夏唯安深深呼了一口气，故作天真地问："那我要怎么陪那个谢总啊？"

老板呵呵一笑："简单，陪吃陪喝陪玩……有需要的话，陪他做些别的事，不是很难的。"

夏唯安这回抓住了重点，也懂了。她不禁在心里骂了句，果断抱起了衣服和红包。

这回红包里的钱是真心不少，一万块，只是十万之一的话，意味着真把那个谢总搞定了，她能得到十万块！

那真是夏唯安长这么大都没有企望过的数目，她爸爸妈妈在家里种地，她爸没事还四处打零工，一年到头，能够攒下一千块都算是很了不起了。

家里姐妹多，要读书要吃饭要穿衣，真心聚不起钱。

夏唯安握紧了那个红包，换了衣服，然后勇气十足地去赴了老板给她安排好的约。

[3]

赴约的地点是一个灯红酒绿的场合，谢子鸣俨然又是另外一个样子：白色衬衣深色西裤，衬衣上边的两颗扣子解开，衣领微敞，露出一小片结实的胸肌。

他坐在一堆男男女女之间，右手指间夹着一根烟，左手拿了个色盅，淡笑时眼角似有微光闪过，看起来，有种难以言说的风流洒脱味儿，又痞又帅。

夏唯安被人带到他面前，带她去的人笑着和他说："谢少爷，你的人到了。"

场内的人并没停下谈笑玩乐，该干什么仍干什么，只目光悄无声息地都聚过来，反应快的已是忍不住嚷嚷：“谢子鸣你可以啊，口味是越来越淡了，哪里挖出来的？这成年了没有啊？”

谢子鸣微微抬眼看过来，见到她，“扑哧”一笑。

她比那天穿得倒是成熟了不少，化了妆的脸也没有那么孩子气，只是约莫单肩的衣服太性感了，她从头发丝到脚底板，每一处都透着一丝拘束。

周围人都在“嗤嗤”暗笑，他揭开了色盅：“三个一，你们输了。”也不看她，只问，“会唱歌吗？点首歌唱唱去。”

夏唯安半天才反应过来是和她说话，这衬得她动作反应就慢了半拍，好在样子长得好，再憨傻也不显得笨拙，反倒有份特别纯朴的可爱。

当即就有个人盯着她看了半晌，完了凑在谢子鸣耳朵边说：“这妞不错，正！”

关键是长得真好，盘靓条顺，年轻水嫩还有着可见的干净，化了妆后的皮肤也不显得黑了，尤其是裙下露出来的腿，笔直又细长，像能吸光的白，嫩得能掐得出水来。

那种满溢出来的肆意而张扬的青春气息，是年龄最丰厚的馈赠，也是任何仪器和化妆品都无法挽回的珍贵。

连谢子鸣都忍不住多看了她两眼，方才凉凉地警告那人说：“劝你一句，别打她主意。”

他本意是想说人还未成年呢，不想摊上是非就别动歪念头，谁知对方误会了，攀上他的肩呵呵一笑：“知道，你谢少的人嘛，谁敢动？放心，我也就是过过嘴瘾。”

谢子鸣突然就懒得再解释了，招呼着众人继续开新赌局，色子摇动间，连夏唯安那个人都像是遗忘了。

直到房里突然换了音乐，喧闹华丽的摇滚乐变成了高昂清亮的《山路十八弯》，一下就将那奢侈迷乱的氛围给冲得点滴不剩了。

房间里诡异地安静了下来，众人像看怪物一样地看着站在点歌台前的那个女孩子。

她看起来像是被他们的反应吓到了，水汪汪的眼睛里盛满了惶恐，却努力地保持着镇定，瘦长的手指无意识地绞着裙边的蕾丝带子，干巴巴地解释说：“那个，是谢总要我唱歌的。”

她说完，坐在谢子鸣旁边的人夸张地大笑了起来，其他人也跟着笑了，一个个，笑得眼泪都要出来了。

谢子鸣只是扯了扯嘴角，啧啧嘴。

夏唯安可怜兮兮地看着他。

谢子鸣等人都笑得差不多了，丢了色盅，往后半靠在沙发上，冲着她点了点下巴："那你倒是唱啊。"

夏唯安年纪不大，胆子瞧着也小，胆气倒是勇悍得很，听他如此要求还真是一往无前地唱了起来。

她年轻，音色清脆有力，而且显然是有几分功底的，哪怕歌曲选得再不合时宜，可嗓子一亮，还是把在场的人都震了一把。

大家一时都忘了自己聚在这里是吃喝玩乐放肆逍遥的，一帮子只听些靡靡之音的家伙，皆停下来听她唱歌。

她没有拿话筒，就着点歌台旁边的直立麦克风唱了起来，看起来很有些羞涩，但一首难度那样大的歌，给她唱得十分完整。

太完整了，以至于——

"听她唱完，谢少你今晚还过得去吗？"

实在是真切地问出了谢子鸣先生的心声！

音乐停了后，夏唯安特别有礼貌地鞠了一个躬，在一室安静里，问谢子鸣："谢总，还要我唱吗？"

那殷勤的小劲儿！

谢子鸣在众人的起哄声中感觉自己诡异地获得了某种难以言说的满足，这真是太诡异了！

当然，歌是不能再让她唱了，有人比他还要急，立马说："不用了，不用了。"再听她唱下去，他们集体都要"阵亡"了，赶紧招呼她，"妹子你下来，歌唱得这么好，来来，让我们就近膜拜一下。"

夏唯安看向谢子鸣，见他也同意后才慢吞吞地走了过去。

众人齐齐挪位，刚还跟个小透明似的小丫头，被众星捧月一般送到谢子鸣的身边，挨着他坐了下来。

谢子鸣神色复杂地望着她。

她冲他微微笑，漂亮的杏眼里，是一眼可以望到底的纯然、干净，像是误入繁华的小野鹿，有一种无辜到极致的美丽。

让人想要藏起来好好呵护，也想要攥在手里狠狠摧毁。

自称活好的少女，怎么会有这么纯真的眼睛？实在是太不科学了。

他捧了酒慢不经心地想着，没说话，旁边人就逗她："妹子你是干什么的啊？看你长得这么漂亮，又这么会唱歌，不会是哪家预备出道的小新人吧？"

正好某演艺公司的负责人也在，那人就掉头恶狠狠地问他："是不是你家公司的啊？"

这么鲜嫩的丫头，怎么能只给谢子鸣一个人呢？

那负责人坐在外围，也正眼巴巴地瞅着夏唯安，闻言苦笑道：“要真是我家的就好啦。”还同谢子鸣玩笑，“不过要是谢少舍得把她给我，保证能让她红透半边天。”

美得这么天然纯真还不缺才艺的小美女，在时下实在是稀缺品。

谢子鸣笑，撩起夏唯安鬓边落下的一缕头发，很干脆地说：“舍不得。”

耳边响起好几声嫌弃的“嘁”。

然后作为报复，他们联合起来对付他，再玩色盅他就没赢过一回。那些人对新鲜的夏唯安总有几分向往，见她只是规规矩矩地坐在谢子鸣身边，便撺掇着哄她喝酒，她面上老实，其实狡猾得很，拿谢子鸣原先的话堵他们，说：“我怕谢总舍不得。”

谢子鸣差点被她给噎死，握着酒杯笑笑地看着她：“这个我可没有舍不得。”说完，倾身过去贴近她，在她耳朵边轻声说，“要再敢说你还未成年喝不得，我咬死你！”

他突然靠近，浓厚的男人气息混着酒水甘冽的清香，让她很不自在地缩了缩肩膀。

但她勇敢地没有退，咬咬唇，低声下气地说：“不要威胁我啊，本来你让我做什么，我就会做什么的。”

她想得好，好好陪他吃陪他喝哄他开心，说不定就不用做别的了。

所以她听话，让唱歌就唱歌，让喝酒也会喝酒。

她一仰头，将手中的酒一饮而尽。

只她果然是不太擅饮的，一杯酒喝完，辣得连声轻咳，颊上涌起一片霞色，眼睛里波光粼粼，连嘴唇都是红的，水润红滟。

诱人得很。

夏唯安对自己的情况一无所觉，谢子鸣却觉得那杯酒像是被他喝了，莫名有些醉。周围人闹些什么他浑不在意，只是看着她，一时晕了头，拍开其他人伸手将她揽到自己怀里，捏着她的下巴问：“你说的是真的，真的我让你做什么你就做什么？”

夏唯安甩开他的手，扑腾着想坐直，徒劳而已。还未答，就听他又在她耳边轻声问：“那我让你吻我呢，你吻吗？”

她闻言扭头，睁大眼睛诧异地看着他。

他也看着她，眼里带着抹凉薄的笑意，还有她完全陌生而隐然害怕的情绪。

她才十八岁，面对成熟男人赤裸裸的欲望还是有些慌的，无师自通懂一点虚与委蛇，可怕起来就全忘了。

她还能记得场合不对要克制已经是极限了。

她望着他暗暗咬牙，低声骂他："老色鬼！"认真告诫，"陪你喝喝酒唱唱歌就算了，敢动我，我打你啊！"

她后面又说了什么，谢子鸣完全没听见，就听见她骂的那句"老色鬼"了。

他倒是没生气，就是觉得挺荒谬稀奇的。长这么大，他被人骂过坏蛋、流氓、王八蛋，还是第一次被人骂色鬼，还是老的。

他忍不住气得笑了，露出一口白森森的牙："你还贞节烈女了是吧？要不要让你看看色鬼的真面目？"

夏唯安第一次遭遇这种事，微微瞠目。旁边的人还以为他俩在调情，取笑说："喂喂，克制点啊，实在忍不住了，楼上有房间。"

夏唯安觉得他们都好厉害，瞧出来她快要忍耐不了了。

好在谢子鸣自己也自觉，问出那句话后倒没有做什么过分的动作，甚至别人灌她酒，他还帮着挡了两回，就是理由挺恶心的，他十分恶意地问人家："真让她喝醉了，那等会儿我玩什么？"

夏唯安有心想跑，他却不让，攥着她一只手，笑着说："信不信，你这会儿要是真走了，我能让你在这座城市待不过今夜？"

那怎么能行，她的工资，她同学们的工资都还没拿到呢。

她自觉并不怕他什么，就他那身板，想对她用强还勉强了些，就老实下来，觉着要是不过分，她也不是不听话的。

不过这场合挺让她不舒服的，男人女人的眼神还有他们肆无忌惮的调情逗笑都让她从心底里感到不适。谢子鸣的话多少给了她提醒，真醉有危险，装醉就挺好，能避过不少事，也不用应付面前这些人。要是谢子鸣能看在她醉酒的份上不做什么过分的举动，那就更好了，她不用得罪他，顺顺利利交了差，老板也说不出什么。

至于生意的事，她从来不觉得自己能搞好，十万块钱她很喜欢，可再喜欢，挣不到也不是自己的呀。

她就想着拖过这几天，实习期到，大家拿到自己的报酬，从此不受人牵制，哪怕去洗盘子也是重新开始，到时候什么老板，什么谢少爷，和她通通没有了关系。

夏唯安见父亲醉过，琢磨了一会儿后，顺着喝了两杯酒，感觉头是真晕了，扶着额头晃了晃，"扑通"倒在了沙发上，掩都掩不醒。

"真醉了！哈哈谢少，这酒量不行啊，醉成这样你今晚要折不少兴吧？"

谢子鸣的声音凉凉的："那你就也醉死赔罪呗。"

谢子鸣伸手拉了她一把，声音更凉了：“这还叫没醉死？”

“哎呀，那我罚酒三杯，怎么样？”

那人自喝了三杯，气氛渐渐闹起来。

她是谢子鸣的人，也没人趁她酒醉骚扰她，也没人想要坏她。不得不说，夏唯安初出社会，运气还是有点的。

后来她经历了更多，看过更多，自然也知道自己那一晚得来的平安平静有多侥幸，但那会儿，她浑然不知。

她是初生牛犊，从来没有人教过她如何保护自己，凭着一点自以为是茫茫然地在这世界横冲直撞。

[4]

她都不知道自己装了多久，久得她都快要装不下去了，总算散场了。

然后散场的时候她才发现，装过头了，她这会儿突然自己爬起来说要回去可以不可以？

事实告诉她不可以。在她还在醒与不醒间纠结的时候，谢子鸣已经叫来了服务员：“找两个人，把她送到楼上房间去。”

然后夏唯安还没反应过来呢，就叫人扛上楼去了。

谢子鸣自己本来是没打算上去的，春宵多美好，他干吗要去陪个醉鬼啊？关键醉鬼还是未成年。

可是他没打算去，别人却盯上了。

谢子鸣扭头看他：“你想找死？”

他面上并无狰狞，语气也很平静，但那人还是感觉到了他的可怕，呵呵一笑，拍拍他的肩走了。

这是没死心。

谢子鸣只能算不是个好人，那人则是从里到外都坏透了。

今日他要就这么走了，后日估计就可以在社会新闻上看到夏唯安了。

揉揉眉心，谢子鸣顿觉夏唯安十分不让人省心，有那条件决心笼络好自己老板就行，瞎招惹啥？他头疼了会儿，到底还是上了楼，进到房里见她在床上睡着，送她上来的人倒是好心，将她拿被子盖得严严实实的，只露出一张色若春花的脸。

虽仍稚气未脱，却已隐有了勾魂摄魄的魅力。

长成这样还毫无自觉，谢子鸣深觉应该给她点教训。他自己是不稀罕动手的，就给徐波打电话：“这儿有个妞，你叫几个人过来……”他说着进了浴室，门关上声音就隐了，自然，他没看到背后夏唯安震惊的神色，夏唯安也没听到他后头的话，“……别真动她啊，吓唬吓唬就好，人未成年，省得惹麻烦。”

谢子鸣一边放水一边想起夏唯安唱的那首《山路十八弯》，笑了笑，一本正经地说：“我是在拯救失足妇女。”

徐波才不信他，敷衍道：“那我给你找找看，这种看得到吃不到还有可能吃力不讨好的事，估计难。”

谢子鸣放完水出来，裤子还没太穿好，拉开门就看到夏唯安不知道什么时候已经醒了，坐在床头正气鼓鼓地瞪着他。

他瞥她，凉凉一笑，流氓气十足地提了提裤头，拉上拉链，问：“醒啦？要不要先洗洗干净？”

夏唯安“呸”了他一声，声音清脆极了，骂：“老色鬼，你不知羞！”

谢子鸣是真气到了，冷笑着走到她面前：“你矫情什么？我老色鬼？我不知羞？那你算什么？”

他之前对夏唯安是真没兴趣，未成年是一回事，关键是小小年纪，太功利了，为了钱什么都舍得付出。

奈何一直不肯放弃，还说什么她心仪他，心仪到吃不香睡不好。

这种一听就是骗鬼的话，谢子鸣会信才有鬼了，之所以让夏唯安过来，也是想让她自己知难而退。

年纪小就别出来晃了，大人的世界小孩掺和啥？

谢子鸣觉得自己对这小姑娘还挺心软的，这简直莫名其妙。

夏唯安却一点也没感觉到他的心软，她被他恶劣的用词和污蔑气到了，涨红了脸：“你浑蛋！”

“啧，换新词了？”谢子鸣看着她，忍不住又啧了声，死丫头生气的时候更漂亮了，两颊都红起来，带点粉，眼睛又黑又亮，嘴巴抿着，牙关紧咬，俏生生的，生机又明丽。

他手贱，忍不住伸手去捏她，本来是想惩罚她的，结果指尖刚刚碰到一点她的脸，她就突然扑了过来。

他有些吃惊，下意识想搂住她，却只听“啊”的一声，世界倒转，谢先生没等来佳人投怀送抱，反被佳人一下举上了天。

他忍不住就爆了句粗口。

在此之前，谢子鸣对自己的身高身材都很满意。

一米七八的个，七十公斤的体重，穿衣显瘦，脱衣有肉。

直到他被个看起来娇滴滴的未成年少女给举上了天，还是像举根柴火棍似的举着朝天一顿猛甩！

简直要怀疑人生！

只是这会儿他被甩得头晕目眩、心惊胆战，没空怀疑人生，因为他实在担心，底下夏唯安甩顺手了就把他给丢出去，那绝对是可以突破壁垒，进而扑向大地。

他们这会儿是在二十八楼啊！

不知道她发什么疯，但是他也不敢再刺激她，咬紧牙关闭紧了嘴捏紧了拳头，不敢挣扎，也不敢说一句话。

幸好夏唯安没有真的失去理智，他安静下来，她也就不折腾他了，渐渐停下了动作。

可她没放开他，仍显得十分有危险性，他一动她就揪着他甩，轻易得就像是孙悟空耍金箍棒一样。

他不敢再动，咬碎了一口牙，问她："你想干什么？"

夏唯安踢开门，把他带到了外间阳台上，阳台是露天的，没有窗，她就将他搁在栏杆上，抓住他颈后的衣领。

谢子鸣睁眼往下面一看，差点气疯——他恐高啊！

他赶紧八爪鱼一样抱紧了她，她还不给抱，闷声闷气地说："松开，不然把你丢下去。"说着还真抬起他往外面推了推。

谢子鸣哇哇大叫。

这辈子的人都丢光了。

死丫头还讽刺他："没想到你人高马大的，这么怕死。"

谢子鸣："……"

人高马大和怕死有什么关系啊！

他忍！

他小心翼翼松开了她，一手抱牢了栏杆，一手死死抓着她的肩膀，恨得要吐血了，说出来的话却还发着颤："你抓紧点我啊姑奶奶。"

因为爆了句粗口，又被她吓唬了一场，谢子鸣彻底没了脾气，只好老实下来，听她发话。

夏唯安的语气惯常是直通通的："谢总，我们谈谈吧。"

谢子鸣嘴贱，呛她："有你这么谈的？"

她看着他，忽而一笑："那你不想谈也行。"作势就要松手。

谢子鸣哇哇叫着死抓住她，一迭声地叫："谈谈谈！一定谈！"谈你个头啊谈，死丫头你等着，等你放我下来，有你受的！

她并没感觉到他在心里发狠，看他是真乖顺了，这才轻轻"嗤"了一声，带些气鼓鼓的味道说："实话告诉你，我实际还没满十六岁呢。"

谢子鸣瞪大了眼：“哇，真的假的？”

“当然是真的。”她镇定得很，“所以你和我们老板的行为，是……是企图强迫未成年少女，是犯法的，我要是告你，你肯定会倒霉。”

谢子鸣：“……”

他有点心塞，得缓一缓，还没缓完，听到她这么说，不由得爹毛：“强迫你个鬼，老子有那么饥不择食吗！”

夏唯安定定地看着他。

谢子鸣哼了一声：“看什么看？看我也是这么说。要不是老肥刘花样百出，死活非要把你送到我床上来，我嫌麻烦才顺了他，你以为，我会看上你？”

他以为他这么说夏唯安会生气，出乎意料，她一点也不恼，反而笑了一下，十几岁的女孩子，笑得真的特别灿烂明媚，无辜又无害。

“那挺好的啊。”她从包包里拿出一部老得掉牙的旧手机，“麻烦你给我们老板打电话，告诉他你看不上我，让他别拿我烦你啦。”

谢子鸣：“……”

他几乎不敢相信，问：“你是不是眼睛‘瘸’啊？”

夏唯安歪歪头：“什么意思？”

“他哪里好，你要这么守着他？”没满十六岁就跟了他，还这么死心塌地，有天理没有啊？

他还没说完，就被夏唯安呸了一脸：“呸呸呸呸！我干吗要守他啊？死老板拿着我的工资还有我同学的血汗钱逼我来陪你，我能不来吗？”

“那你上次说你活好？”

夏唯安一派天真的：“是啊，我活本来就做得好，车间里百来号人，我年纪最小，可我的零件做得又快又好。”

谢子鸣：“……”

他第一次觉得，自己真的……思想太肮脏了！

[5]

不过弄清了事实，谢子鸣第一感觉竟然是松了一口气，隐隐还有些莫名的欢喜。

尚未欢喜完，胸前衣领一紧，小姑娘揪着他：“你还想叫其他人来糟蹋我！”一下变脸，摆出凶神恶煞的样子，“你现在打电话，否则我……我就正当防卫，把你扔下去，他们来了也救不了你！”

他忽然忘了身处高楼，忘了自己恐高，笑了起来。

夏唯安紧张地盯着他："你笑什么？"

谢子鸣没说话，腾出一只手拿起她手上的电话，手机虽然是智能机，但是很旧了，屏幕都是破的，不由得嘀咕一句："真寒酸，你这手机是垃圾堆里捡回来的吧？"捣鼓了一会儿发现竟不会用，又扔回给她，"拨号。"

她拿回手机拨了号，将电话放到他面前。谢子鸣按照她说的将她老板训了一通，暗戳戳地损她没女人味，完了也不把路封死，给吊了根胡萝卜："你要是再动歪脑筋，刘总，我会觉得你们厂里根本就没有那生产能力，毫不犹豫把你踢出局，你信不信？"

电话是按的免提，哪怕没有亲见，夏唯安都能想象此时此刻电话另一边老板那卑颜屈膝的谄媚样。

她第一次如此直面地见识到了实力的能量。

谢子鸣打完电话，就那么坐在栏杆上冲她挑眉浅笑："怎么样？"

他长得并不算好看，可是一举一动总有股说不出的风流劲儿，特别有味道。

可惜这味道夏唯安还不懂得欣赏，她笑得实诚："挺好的。"

谢子鸣一甩头发，正想要个酷，忽觉半边失重，吓得哇哇大叫，扑腾着扑向她："妈呀妈呀，要摔下去了摔下去了！"

夏唯安不防，被他牢牢地扒到了身上，哪怕已经安全了，也是撕了半天才把他撕下来。

将他丢开后，她特鄙夷地说："你怎么那么怕呀？"楼虽然高，但他人还是安全的呀，再不济，握住栏杆，一时半会儿也摔不下去。

她力道大着呢，不可能看着他往下掉。

她只是想吓吓他，并不想谋害他。

谢子鸣完全不能理解她的心大，闻言狂喷："你往那儿吊一下试试！"

夏唯安揣好手机，这时才觉得自己可能得罪了他，真诚地问："那我要是吊了，是不是我们就两清了，你不生我气了啊？"

她怕自己走后，他又翻脸，和老板联合起来对付她。

不得不说，彼时，夏唯安脸有些大。

但她是真的很认真地在担心着的。

谢子鸣继续喷："那你就去吊啊，去吊啊！"

夏唯安看了看他，转身走向阳台边，手一翻，一手捂着被风吹起的裙边，另外一只手撑着栏杆边就那么迈着白生生的长腿翻了下去。

谢子鸣吓得脑子发木，心脏停摆！还没反应过来呢，一个小脑袋从栏杆边上探出来，问他："这样可以吗？"

谢子鸣："我 #&@# ￥%……"

气得他都语无伦次了，还怕惊着她，不得不强行把那些咒骂都给咽回去。

可憋屈死了他！

夏唯安还不当回事，爬上来拍拍手扶扶裙子："没事的，下面有个横梁，踩稳了怎么都掉不下去。"她还替别人操心，"这酒店这里可算是个隐患呢，隔壁的很容易从这外面爬过来。"

看她落地，谢子鸣总算缓过气来，闻言扶着老腰劈头盖脸就冲她一顿训："隐患你个头！也就你这个神经病敢往那里翻！你知道这里是哪儿吗？二十八啊！掉下去了你连渣渣都不会有！神经病！病得不轻！有病治病，跑出来吓唬人很好玩吗？"点着她额头，"好玩吗？"

夏唯安看着他，乖乖巧巧任他骂，等他骂完了，忽地一笑："你是在担心我？看不出来你也不算特别坏嘛。"顿了顿，又说，"从二十八楼摔下去不会掉得连渣都不剩，还是有点渣渣的，只是很难看就是了。"

谢子鸣余怒未消："你知道个屁！"

夏唯安挺好脾气地说："是真的。我们那儿有个人骑车从十丈高的悬崖上摔下去，尸身瞧着也还好哩。"

谢子鸣："……"

妈妈呀，他遇到的到底是个什么怪物？

他扶腰喘气，半天不想同她说话。

夏唯安还挺自得其乐，坐在旁边椅子上翻手机："我从这儿回去远吗？有公交车吗？这个点怕是没有了。"很苦恼地查好了路线，想起一件事，说，"谢总，你让你那些朋友别来了吧，来了也没用，我力气大，一般男的打不过我的。"

她说着，还冲他扬了扬嫩生生的小拳头。

谢子鸣想起之前被她当柴火棍甩的事，气得肝疼："力气大了不起啊？"

"当然了。"她点点头，"认识我的人都说，我看着瘦，力气能顶一头牛呢。"

女孩子力气大如牛是件很值得骄傲的事吗？

他觉得今天晚上发生的一切把他整个三观都给颠覆了，谁能想到这么个瘦瘦娇娇的女孩子，居然是个怪力女？

之前还怕她受欺负，就应该把那二世祖放上来，让他洗洗三观的。

谢子鸣心累无比，一时完全不想理会夏唯安，看着时间也不早了，就冲进房里休息去了。

睡又睡不着，他总觉得心里有口气舒不出来也咽不下去，见夏唯安迟迟不进来，又气冲冲地爬起来走出去。

她安静地趴在栏杆上看夜景，璀璨的城市灯火映在她周身，将她身上披了一层光，隐约有一种褪去了繁华的静美。

那一刻，他忽然不觉得她只是个十几岁的孩子，倒像个历尽了风霜的旅人，已然是尘世看破的清淡。

听到动静，她回过头来，夜风柔软地拂过脸畔，旖旎又多情。

下一刻，那些旖旎随着她开口倏忽消失，她说："睡不着？我没有吵你呀。"

谢大少莫名有些恼："闭嘴！"

她闭紧嘴巴，无辜地睁大了眼睛。

还真就是个孩子。

他觉得自己肯定是被她吓到了，才有刚刚那些不靠谱的情绪和幻觉出现，便说："你吓到我了，说吧，怎么赔？"

夏唯安眨眨眼睛，跟急于藏食的小鼠仔似的，下意识地捂紧了身上的小包包，警惕地说："我没钱！"

谢子鸣好气又好笑，呸她："谁要你的钱啊？"

"那我也不陪你睡。"她直通通地说，"你都已经那么老了。"

谢子鸣："……"

感觉身上被她插了无数支箭，溅起血光无数。

他怒而掀桌："臭丫头你是故意的吧？"一柄飞镖砸回去，"就你那又干又瘦的土瘪样子，谁要睡你啊？"

岂知这样的飞镖人家根本不在乎，她闻言笑了，没皮没脸地说："不用睡的话那就随便了，你想我赔你什么？"

谢子鸣："……"

赔他一条命行不行啊？感觉他今天晚上要被她给气死了！

最终并没有达成赔偿条件，谢子鸣道："先记着你欠我的，总有我讨回来的时候。"

于是莫名其妙地，夏唯安就欠了他一笔账，当然了，她也不在乎就是了。她本来就不太喜欢车间流水线上的工作，老板不安好心，她宁可去人店里洗盘子也不会在那儿待了。等实习期满她身上有点钱了，到时离开去找别的工作，世界那么大，谁还会碰上谁啊？

欠他的账就欠着吧。

解决了老板那个大麻烦，瞧着谢子鸣也不想对她怎么样，夏唯安顿觉人生挺美妙，心情也就倍加好了。

她决定在这儿赖到天亮有车了再离开。

只是她心情好，谢子鸣心情却不好了，横看竖看觉得她碍眼，跷着腿支使她："我渴了。"

她愣了愣，麻利地回房给他拿了水。

没两分钟，他又说："我脚冷，想泡个脚。"

夏唯安也没犹豫，找服务员要了个盆子给他打了盆热水泡脚。只是在谢子鸣脱了袜子将脚慢条斯理地放进去泡的时候，她在边上感慨："谢总，你有老寒腿了啊？那还真是要好好保养哩，男人脚冷，容易肾虚阳亏，很不好的哩。"

谢子鸣："……"

他觉得，他上辈子一定是欠了这个叫夏唯安的小妖精的。

[6]

要是一般的女人，谢子鸣想也不想就会回一句："我是不是肾虚阳亏，你要不要实际检验一下啊？"

都是男撩女女撩男的旧套路了。

偏偏夏唯安不行，她特别认真，还说："这是我奶奶说的，我奶奶虽然是赤脚医生，但懂得可多哩。"

谢子鸣抬脚就踢了她一脸洗脚水，世界总算是安静了。

静了一会儿又觉得无趣，他一眼斜过去："怎么不说话了？"

夏唯安立在旁边，一副老实相："你不喜欢听呀。"

他说："我不喜欢听你就不说了？"冷嗤，"看你也没少说嘛。"

夏唯安想想，就换了个话题，说："那我给你说说我们那儿吧。我们那儿可漂亮了，山又险又高，山里什么都有，三月倒春来，四月杜鹃花，五月覆盆子，六月以后，漫山都是野葡萄……"

她讲得绘声绘色的，讲她乡下放牛砍柴的生涯，讲她带着弟妹在山里烤地瓜，烤知了，说得好像那些经历是她这辈子最美的时光一样。

谢子鸣家境优越，富贵窝里长大的，身边认识的人在一起不是讲赚钱就是讲女人，便是女人们和他说的也是宝马香车锦衣美食，他还是第一次听人说如此质朴野趣的乡间生活，自然地，他也完全不明白掩盖在野趣和纯朴下的那种种不为人道的艰难和辛苦。

他只是觉得挺好玩的，稀奇而有趣，就像夏唯安这个人。

他听得消了气，总算是记得问她："你们那儿的人都像你力气那么大？"

她愣了一下，笑："怎么可能，我是天赋异禀。"

其实才怪，纯粹是练出来的。她四岁就爬上灶台开始自己做饭，五岁抱着弟弟妹妹满山跑，再大一些，背上背着弟妹，肩上还要挑一担柴火，家里大小六口人，还有爷爷奶奶那里每年烧的柴火，都是她一个人打下来扛回去的。

除了打柴，家里没水，她还要从很远的山头担水回家喝，要帮父母收拾地里的庄稼，她还要读书，要带弟妹，力气不大，做活不狠，哪里有时间，也哪里有可能容她读书？

可现在，她连这样夹缝里挤出时间来读书都不行啦，她爸爸骑车出去撞死了人，对方死了，她爸也重伤，没了爸爸那个赚钱的主力，还欠一屁股债，她就是想读也读不成了。

所以她就跟着技校老师出来打工，一门心思想要赚钱。

只这些，不必说也无须说，夏唯安笑笑地补充：“我是我们那片力气最大的女孩子。”

谢子鸣笑话她：“是怪力女吗，小心以后嫁不出去。”

她嘻嘻笑，不接那个话茬。两人就坐在阳台上斗嘴聊天，她性子烂漫活泼，明明和他也只是第二次见面，她还隐隐戒备着他，却愣是像个久识的旧友，让他不知不觉就陪着聊到了天亮。

察觉天亮时，谢子鸣都吃了一惊，说：“我竟然跟你纯聊天聊了一晚上？”

她笑，晨曦下眼睛里像是落了细碎的星光，站起来抚了抚裙摆说：“那还真是辛苦你了，谢谢你啊。”她说她要走了，尽管讨厌死了老板，还是替他说话，“我们厂里出来的零件倒是挺好的，刘总虽然讨厌，但他做事挺认真的，下面监工也严格，谢总要是还没选中哪家合作，倒真可以考虑一下他。”

谢子鸣眼神复杂地看着她：“你帮他说话？”

她说：“嗯啊。”

“他卖了你你还帮他。”谢子鸣骂她，“蠢包！”

夏唯安没心没肺：“这不是没卖成吗？”

倒把他噎得不轻。

事实上后来再和小姐妹说起这段时，小姐妹问了夏唯安同样的问题，她才说：“我那不是替老板说好话，我只是想尽力帮我们那儿的学校保住这条门路，虽然这门路并没多好，但它总算也是条路。”

就像她，走投无路的时候，还是有条路能给她走，给她家里走。

夏唯安生在农村，那是大山深处，穷得超出很多人想象能力的地方。她不想当圣母，也不想原谅作恶的人，她只是想尽量周全而已。

尽管后来经历越多，她越明白世事的艰难无奈，也就越懂得，周全有多难。

从凤凰台回去夏唯安上班的地方，路程挺远的，而且还不好坐车，公交车不直达，要走一段路。

谢子鸣本想等她求他送的，结果那女孩似是压根没那想法，挥挥衣袖特别洒脱地说："我走啦，谢谢你陪我聊了一晚上。"

他说要送，反被拒绝了，她说："不用送呀。"理由是，"我怕欠你太多还不起哩。"

谢子鸣气得肝疼，狠狠心当真不送，她却不是真矫情假推辞，一转眼，人就不见了。

谢子鸣这才发现，即便聊了一晚上，他硬是没有留下她的电话号码，而他，也忘了给她他的联系方式。

这实在太不合他一贯的行为方式了。

谢子鸣感觉遇到夏唯安，他的人生尽是颠覆。回去一觉睡醒，洗漱的时候，他看到镜子里的自己，捏拳举臂，发现近来疏于锻炼，肌肉确实少了，难怪随便一个女孩都能举起他。

三下两下捯饬好，谢子鸣打电话给自己助理："帮我找个教练，我要健身，增肌。"

助理动作很快，当天就给他找好了人，晚上就可以去训练。

助理送他去的路上有些奇怪，问他："谢总，怎么突然想起要特训啊？"还是增肌！审美问题，谢子鸣以前可是特别不喜欢一身肌肉的。

也不知道自家老板经历了什么，连审美都变了，助理听到身后老板懒洋洋地说："不觉得有了肌肉人特别有力量特别帅？"

助理："呵呵。"

然后，谢子鸣忽然坐起来，问他："小恒，你说我最近是不是变老了呀？"

助理往后瞥了一眼，摇头："没，老板还是那么年轻帅气，英俊潇洒。"

谢子鸣抬手就糊了他一巴掌："走点心！"

助理小恒只好停下车，很走心地瞧了老板好几眼，确认了："真没变化……会不会是晒黑了的缘故？"

谢子鸣拿出小镜子，端详半日，点头："还真有可能。"

于是训练过后，他又让三朋四友推荐了一大堆美白秘方，买了N多美白产品，被夏唯安伤到潜藏的公主心的谢老板誓要改头换面，然后在再见面时闪瞎夏小丫头那双狗眼。

孰料等他自觉成果明显，把老肥刘的胃口也吊得差不多，准备过去签约顺便在夏唯安面前博一个闪亮登场的时候，他却得到一个十分不美妙的消息：夏唯安，她离职了。

去了哪里？

老肥刘一边疑惑地看着他——不是说对那丫头没兴趣吗？这又打听的啥？一边斟酌着说："回去读书去了吧，他们本来就是来这儿做暑期实习的学生，实习完了，自然是要回去读书了。"

谢子鸣说："她不是读不进？回去读的哪门子书？"

"哪里是读不进。"老肥刘见他是真感兴趣，又有些暗恨把夏唯安给放走了，只得尽可能多说一些，"听说是因为家里穷，没钱读。实际上她成绩可好了，县里数一数二的。她马上就要高三毕业了，她老师怕她真辍学，这回特意带了话，说是学校已经免了她的全部费用，这不，就又回去了嘛。"

谢子鸣："……"

他自己也说不清那一刻是什么感觉，失落？怅惘？莫名其妙的魂不守舍。

不管是事业还是感情，谢子鸣一生顺遂，要什么有什么，他从未试过这样的感觉，也不相信自己会对个还没成年的毛丫头产生什么异样的情愫，便强压了心里那点若有所失，说："很好。"转而却又忍不住问，"她到底多大了？"

"马上要十八岁了呀。"

谢子鸣想起那夜她骗他还没满十六岁的事，笑了笑。

他也没怎么把她放在心上，只是又一年高考来到，他被人叫去吃升学宴，突然就记起她，便找人去打听了一下。

那会儿他纯粹是想看看成绩县里数一数二的小丫头能考个什么学校，指不定就考到这边来了呢？此地经济发达，名校众多，考过来是很有可能的事。

可是最终的结果却让他十分意外，即便学校免了夏唯安的全部费用，夏唯安还是没有回去复学，仍留在了外地打工。

一过将近一年，不知道她现在去了哪儿。

他不缺钱也有点势力，真要找个人还是很容易的，但夏唯安却像是失踪了似的，她家里倒是有她的电话，只是谢子鸣拿到手后打过去，得到的是：您拨打的电话已关机。

再久些就变成了：您拨打的电话是空号。

Chapter.02
那你运气挺好

[1]

谢子鸣完全没想到，他第一次打夏唯安电话的时候，她正惊险地逃出一个骗子窝点。

她是因为找工作被拉过来的，拉来一看，是个位置偏远的地段，一间看起来像是被荒废很久的大房子里，面试她的居然是三个身形粗壮的大汉。

她当时就惊了，借口上厕所，掰开窗户跑了出来。

她刚从窗户里爬出一半，探头就看到一张目瞪口呆的脸，吓得她一哆嗦，手机没抓牢，掉了回去。

然后自此就错过了两人联系的机会。

本来她是想要捡的，可惜有人听到动静追了过来，她只好跳出窗外，噔噔噔地跑了。

那个吓了她一跳的人也跟在她屁股后面跑，两人随便拣了一条路没命似的窜，总算是逃了出来。

死狗一样地瘫在地上，夏唯安想哭：“妈呀，亏大了！工作没找到！手机也丢了！”

和夏唯安一起逃出来的是个清秀男生，年纪瞧着也不大，样子却比夏唯安狼狈多了，头发上顶了一坨坨五颜六色的不明物，衣服皱巴巴的，浑身上下冒着一股子说不出来的酸臭气。

也不知道他是在哪里潜伏着才逃出来的。

听到夏唯安这么说，他有气无力地扑腾了一下："能逃出来就好啦，还心疼什么手机呀？"休息了一会儿，有点力气了，他爬过来，伸手扯了扯她的衣袖，"哎，壮士，你怎么那么猛啊，窗户都能掰得弯？"

夏唯安大大咧咧地说："无他，唯手熟尔。"

想她有时候出门，看到好柴火又没带刀，怎么办？拿脚踹用手劈，真的是唯手熟尔。

再说了，那窗上的铁栏杆早就老化了，掰开不用费太多力气。

她一点也没吹牛，但那个清秀小伙显然不觉得，"啧啧"两声，看她的眼里都在冒星星。

两人聊起被骗的经历，过程都差不多，都是在网上看到招聘广告，然后被带了过来。不过男孩子知道的比夏唯安还是要多一些的，他说："我昨天来的，来了后就不让走，说回去收拾东西也不行。长得好的给送到一间房里，长得不太好的在另一间，不知道他们要干吗，反正吃饭上厕所连洗澡都有人守，哪家正规公司这么干啊？必须跑！"

他个子虽然高，但是瘦，动作也灵活，趁着天黑看守的人不备逃掉了，因为不熟路，也不敢跑远，就躲在厕所外面那个大潲水桶里，想等天亮了再走。

他心倒是大，在里面还睡了一觉，醒来准备跑路，就看到夏唯安龇牙咧嘴地在掰窗户栏杆。

"你真的好厉害啊！"他说完，还不忘感叹一下。

两人集合了一下信息，夏唯安说："不知道他们骗了人来是要干什么，得报警啊，里面有不少人呢。"

她手机掉了，就把目光看向男孩子。

男孩摊摊手："没有，被搜走了。"

于是想报警都报不了，夏唯安站起来举目远眺，他们这会儿在山里头，哪儿哪儿都是树，就不远处有一条盘旋的公路，两人在这里待了这么久，也没见有一辆车或者一个人路过。

最后，他们是一路摸索着躲躲逃逃走下山的，被人送到派出所报完案后坐在外面走廊上，你看看我，我看看你，觉得再没有比他们更惨的了。

报警的后续不太好，夏唯安逃跑的动静太大——也可能是那些人被那两根硬生生给掰弯的铁栏杆给吓到了，夏唯安一逃，他们根本就没怎么追她，将房间里面一收拾，跑光光了。

被带去那儿面试的人也一个没找着。

那地方本来就荒僻，警察过去搜检的时候，那栋楼里面空荡荡的，什么都没有。

要不是他们有两个人，且都是一副逃荒的模样，几乎要被认定是在报假警了。

夏唯安人生第一次和警察叔叔打交道，没想到是遇到这样的事。

两人走出派出所，还在猜那些人骗了人去是要干什么。

那男孩子说："还分长得好长得不好，是搞那种不要脸的项目吧？"

夏唯安："我觉得像是贩卖器官的，长得好的割脸，不好的就挖肾。"

男孩子的表情很是一言难尽。

他觉得夏唯安十分敢想，夏唯安识途老马似的："这有什么，我天天在酒楼里洗盘子，没事就跟着老板娘看社会新会，里面什么稀奇古怪的事没有啊！"

男孩子惊到："你还洗盘子？"

"嗯。两天前是这样的。不过现在不是啦，那里的厨师长借口教我厨艺，对我动手动脚，被我淋了一盆刚出锅的酸辣汤，"她耸耸肩，"我就被老板炒掉啦。"

男孩子："……"

他拱拱手，惊叹："感觉壮士你真的是好厉害的样子！"

夏唯安很淡定："还好。"然后长吁短叹一声，"就是……唉，今天又白忙活了，手机还丢了。"她说着站在大街上放眼往四处一看，见派出所门口那儿有个窄浅的巷子，上面还有一点遮雨棚，心觉甚好。

她问男孩："你知道坐什么车回去了吧？"

男孩说："知道，刚已经跟警察叔叔问清楚了。"

夏唯安说："那就好。你路上小心。"

男孩看她不动，有些奇怪："你不走？"

夏唯安指指那条巷子，说："我打算今晚上睡在那儿，能遮风能挡雨，还有警察叔叔保驾，挺好。"

男孩无语，问："你是不是吓到了啊？"还非要睡在警察叔叔眼皮子底下？

夏唯安挺平静地说"没有啊。我这两天都是随便睡的，哪里方便睡哪里，我觉得这儿挺方便的啊，就不走了。"

男孩："……"

这年头还有人露宿大街？他真是无法想象。

尤其是，对象还是这么个如花似玉的美少女。

他问："你搞笑的吧？"

夏唯安说："没啊。"低头从自己随身的包包里取出一包东西，"看，我的简易睡袋，花了我一百块钱呢，不过还好，比住宾馆便宜。"

男孩子彻底无语。

半晌，他说："你要是真没地儿去，就跟我走吧。我那儿还有位置，你可以睡几天。"

夏唯安看着他。

男孩子被她看得有点脸红，结结巴巴地说："我……我就是觉得，你一个女孩子，睡在大街上不是很合适。"

夏唯安问："那你要我给你什么？"

她这一年多在外面，认清了一个事实，凡是别人无端给予的，总是要付出代价的。

男孩挠挠头："我能要你什么呀，就是正好方便呗。再说了，今天也多亏了你，要是没有你，我可能就被那些人给抓住了，然后还不知道给送到什么地方去。"大概也知道自己的要求有多突兀，他很认真地解释说，"你也不用担心我会对你做什么，就你那徒手掰弯铁栏杆的力气，轻轻松松就可以把我灭啦。"

夏唯安听了很心动。她并没有兴趣自虐，露宿街头真的纯粹是为了省钱。她天不怕地不怕，自觉一两个男人也奈何不了她，晚上寻个角落窝一宿，比付钱住宾馆划算多了。

如果能有免费的地方住自然是更好了，她也不贪便宜，大不了她勤快一点，总不会让人家感到不值的。

于是，她点点头："那好吧，谢谢你啦。"

两人上了公交车，路上才想起要问对方姓名，那男孩子说："我叫艾满江，你呢？"

"夏唯安。"念了几遍"艾满江"这个名字，她说，"你的名字挺好听的，艾满江，爱满江，有爱满江。"

艾满江谦虚说："还好啦。你的名字也挺有意思啊，夏唯安，唯愿人平安，应该是这个吧？"

夏唯安点头。

再一问年纪，艾满江比她大，但也才二十一岁而已。

艾满江是维吾尔族人，来这儿才一个多月。他是投奔叔叔来的，叔叔做点小生意，因为他的到来，特意在河东租了一套房子。

“我叔叔这几天都在外地，所以在他回来前，你都可以住在这儿。”艾满江一边开门，一边说。

夏唯安再次道谢，站在门口打量了一下屋内，这一片都是出租屋，一套三房一厅或者四房一厅给切割成了一块一块。

艾满江和他叔叔租住的是其中比较大的一块，一房一厅，加起来二十个平方米，带有一间小小的卫生间和厨房。

房间陈设简单，除了一些必要的家具再无其他，不过堆得乱糟糟的。艾满江很不好意思，一路都在塞塞塞，换下来没洗的衣服、袜子、吃剩的零食袋、随便丢的充电线什么的，到处藏胡乱塞，勉强腾出个地方：“累了吧，先坐下休息休息。”

夏唯安笑了笑，放下包包开始卷衣袖：“没事，我帮你收拾一下。”

她说：“我很能干的，保证你收留我不会觉得吃亏。”

艾满江忍不住笑：“你不能干我也没觉得吃亏啊。”想想这话不妥当，脸都红了。

夏唯安却是没甚感觉地开始忙活了起来，她把艾满江塞进去的东西又取回来，一样一样捋清：“这个衣服是要洗的吗？这个呢？这个还要吗？”拿桶子把脏衣服收拢，又将家具一一摆好，然后让他找了个大垃圾袋，把该丢的丢，还有用的都整理好放在一处。房间本就不大，她也确实能干，收完东西再扫地拖地，速度奇快，他都不用怎么插手，就看她忙，忙完一看时间，也就用了一个小时多一点而已。

房间却整个变了一个样。

艾满江再度满脸星星眼地看着她，双手抱拳：“壮士，请受我一拜，你真是太厉害啦！”

夏唯安摆摆手。

夜里艾满江本来要她去睡房间的，她没让，在客厅一角铺好睡袋，仍要歇在睡袋里。今日过得惊险，两人都已累极，看她实在坚持，艾满江只好随了她的意。

夏唯安睡得特别放松，在桥洞和公园都能将就后，有个房间的角落给她，已经算是天堂了。

她年轻，莽撞地在这个城市里求生，总坚信困难只是一时的，所以连焦虑都很浅。

第二日醒很早，去外面熟悉环境的时候顺便给艾满江买了早餐，两个素菜包子、一杯豆浆，夏唯安说：“我看很多人在买，所以应该还好吃吧。”

艾满江没心没肺的，问她是哪家店，听完点头说：“那家啊，是挺好吃的，我也经常去买。”

两人吃完早餐，夏唯安收拾，艾满江跟在她后面，问她：“你今天干什么去呀？”

“找工作。”

“我也要找工作，我和你一起去好不好？”

“行啊。”

于是一起出门，网上他们是没打算再试了，他们很怕会再遇到昨天那样的事，而真正好些的企业不是看学历就是看经验，他们两个，一个才出社会，一个倒是在社会混了一年了，可她统共就做了两份工，一份是流水线上的零件拼接员，一份是传菜员加洗碗工。

简直是两张白透了的纸，不懂要做什么想做什么，简历胡乱投，基本连面试的机会都捞不到。

他们连着在人才市场晃了两天，基层的工作还挺好找的，但是大多都不包吃住，或者是包工作餐不包住，而包吃又包住的多是餐饮业，可惜夏唯安在里面待了近一年，除了做厨师，别的，她已经不想再做回去了。

艾满江问她：“为什么你不想进餐饮业？”

“因为没前途。”她以她浅薄的知识瞎评价，还说得一本正经的，“我打听过了，餐饮业里面工资最高最有前途的是厨师，可那也不是随便什么人都能做的。”她就是因为想学厨艺被厨师长骗，然后借教学为名对她动手动脚才反抗出来的，“其他的服务员，就是做到店面经理，工资也就那样，而且店面经理也不可能一年两年就混出头。”

她这话很容易让人觉得眼高手低，但是没办法，她缺钱。

艾满江咬着雪糕，跟着她在人群里穿梭，问：“那你想要多高的工资啊？”

夏唯安停下来想了想，细长的手指点在下巴上，说：“我有力气，不怕吃苦也不怕累，努努力至少能月入一万才是我的梦想啊。”

艾满江：(⊙＿⊙)！

他觉得夏唯安好敢想。

偏偏有人不这么想。两人正说着，忽然有个声音从旁边传来：“嗨，两位，你说你想月入一万？那来我们这儿吧，月入一万不是梦。”

夏唯安和艾满江闻言望过去。

那是他们第一次见到晏宁，当时她就坐在不远处的一个招聘摊位前，微微含笑，冲他们招了招手。

[2]

夏唯安后来和晏宁说自己见到她的第一印象：“一身正气、双目凛然，特别靠谱。”

晏宁十分得意。

当然夏唯安后来知道这都是假象。晏宁就是个修了千年道行的老妖精，见人说人话，见鬼说鬼话，坑蒙拐骗忽悠人是个中好手。

像这会儿，他们两个就被她忽悠得一愣一愣的：“我们公司可是行业翘楚，CCTV 上榜品牌，很有实力的！然后老板也特别有想法，敢用新人也喜欢用新人，为什么？因为很多时候，什么都不懂的人才好学，才好教，他们有朝气有激情，敢冲敢闯，反倒那些有经验的畏首畏尾、墨守成规，轻易不敢打破规则。”最后总结一句，“一个企业要创新，还是得用新人哪。”

新人艾满江给她鼓动得满眼放光，一脸通红，正了正衣领，问：“那你看，我可以吗？”

夏唯安倒还记得问她：“你们招的是什么职务？”

“销售助理啊，预备干部。”

“所以就是销售员，是吧？”

“啧，什么叫就是？看不起销售员了是吧？知道乔·吉拉德吗？全球著名的推销大师，上了吉尼斯世界纪录的！还有弗兰克·贝特格，有史以来最伟大的推销员，他的名言就是，成功不是用你的地位来衡量的，而是你克服的障碍，以及创造的财富……哦，国外的没听过是吧，国内的你们肯定知道，牧晓奕，打工女王，也是最有名的销售大师，时薪上百万，牛吧？关键她还是个女的，入行的时候学历也不高，中专肄业，两年就达到了年薪百万，颤抖吧新人们！”

两只新人一脸愣怔！

晏宁喝了一口水，钩钩手指：“有兴趣加入我们了吗？”

两只小脑袋忙不迭地点点点。

然后当即就办入职。

“不用再复试面试什么的了吗？”他们也不是什么都不懂的新人了哩。

晏宁说：“没那么麻烦，反正入职后还有培训的。”

夏唯安被老肥刘坑过，一听有培训就立马警惕地问：“培训要收费吗？”

晏宁笑：“培训收什么费呀，都是免费的。”

夏唯安：“那你给我写个条儿，就写，所有培训都不收费。”

她这会儿渐渐清醒了，想起自己不可能在艾满江那儿久住，也明白她更不可能长期露宿在外，又问：“你们那儿包住吗？”

吃就不强求了，反正怎么也能对付一餐，花不了多少钱，关键是住，这儿租房是真贵呀，一间小小的刚够放张床的房间，都得大几百，她心疼！

晏宁啧啧嘴，仔细看了她两眼。后来两人熟了，她特别无情地嘲笑夏唯安说："知道吗，那时候你和艾满江就像是两只纯洁的小猪崽，脑门上一左一右刻了俩字：好骗！"

晏宁对夏唯安这只小猪崽尤其满意，不仅仅因为她单纯好骗，还因为她漂亮，是那种一眼可见的美，明丽清纯却不带有半点攻击性。

把夏唯安招进去，她就可以脱身了。

所以，晏宁一边给她写保证条，一边问："你没住的地方？"

"嗯。"

"实在没有，我可以跟老板申请，让你住在办公室，就当是帮忙守夜了，还能省个保安钱呢。"可是看着已然兴奋起来的夏唯安，看着她明亮纯净的眼睛里那毫不掩饰的感激与感动，晏宁仅剩的那点良心起了作用，说，"当然，一开始肯定是不能的，你得做出些什么让公司信任你……"也不知道怎么回事，鬼使神差的，她就说，"在此之前，我那儿还缺个伴，你可以住在我那儿……要住吗？"

"要钱吗？"

"不要你钱，就当是我好心收留你啦。但是，不许影响到我！"

后面的夏唯安都听不到了，她只听到那一句"不要钱"，然后当时就剩一个感觉：好人哪！

"我会报答你的。"她说。

晏宁完全没把夏唯安的这句话放在心上，事实上当时她都完全没把夏唯安这么个土妞放在眼里，她存着的良心也很有限，让夏唯安住她那儿是因为她最近烦不胜烦，很需要一个挡箭牌。

她们老板是个隐藏的色鬼，晏宁吊着他胃口，本来一直挺好，这不，老板娘生娃不方便监管他了，死老板就有些忍不住，好几次旁敲侧击要去她那儿喝茶，晏宁感觉理由都快让她找尽了。

帮夏唯安，纯粹是顺带的。她还没找好下家呢，暂时得跟色鬼老板周旋一下。

夏唯安却并不知道这些，她真心觉得晏宁好，和晏宁约定了明天先去公司看看然后再搬过去，他们就离开了人才市场。

回去的路上和艾满江说起晏宁，夏唯安说："晏小姐真是人美心善脾气好，我超喜欢她。"十分满足地宣布，"倒霉这么久，我大概是否极泰来，要改运啦！"

艾满江在边上一个劲地点头附和。

第二天夏唯安背上自己的全部家当——一个背包，和艾满江按照晏宁给的地址找过去。

新公司在桥南一个大的建材中心，两个穷鬼没手机也没钱打车，靠两条腿在里面差点转晕了，才总算找对地方。

晏宁已经等他们好久了，她和一个男人坐在门口喝茶，看到两个小新人蒙头蒙脑地走过来，忍不住笑，和身边男人说："哎呀，我昨天挑的两颗小白菜来了。"

还是鲜嫩嫩的小白菜，便是糙衣布服举止又憨又土也挡不住身上那股子朝气蓬勃的新鲜劲儿。

男人望了一眼，笑："这么嫩，能做事吗？"

"呵，就狗头那抠劲儿，能做事的他也留不住啊，没看我们店里的人都要走光光了吗？快滚，别耽误我接待新员工！"

男人嘻嘻一笑，走了。晏宁跟着站起来，冲已经到近边的夏唯安和艾满江说："嗨，两位，你们迟到了哦，不过依然诚挚地欢迎你们加入圣弗莱门窗这个大家庭。"

嗯，晏宁所在的公司就是个卖门窗的，老板姓苟，江湖人称"狗头"。

公司里现有人员四个，老板狗头，兼职业务经理，设计师晏宁，兼任了办公室主任，还有销售助理也就是业务员两名，晏宁手往前一指："就是你们两个。"

被指的夏唯安和艾满江两个："……"

晏宁一本正经地忽悠："当然了，本来还有一个业务员的，但他马上要走了，所以就不把他算在其中了。"

夏唯安问："走？去哪儿呀？"

晏宁面不改色地说："自然是往上走，他业务能力出色，被调去总公司当区域经理去啦。"又哄两人道，"你们也有机会的，只要能力够。还有，也别觉得我们这儿人少，人少才容易出头，才能赚得多。"

这话深得夏唯安心意，涉世未深的小丫头，立马心甘情愿地钻坑里了。

老板狗头没来，培训是晏宁做的。介绍了公司的一些基本情况后，她捧出几本厚厚的产品目录："来，先认识认识公司产品，都记熟了，不懂的再问我。"

于是两人就捧着册子记，产品型号、材料厚度和宽度、用的五金、设计的轨道……店里放的有样板，夏唯安记性好，记起来并不觉得难。

艾满江就惨了，他是个维吾尔族人，或许对奶山羊、黑山羊、小尾寒羊、青山羊什么的如数家珍，对这些什么门什么窗什么顶固、摩登、斯力高，五毫十毫厚……生不如死。

他又好学，不懂就去问晏宁，问得晏宁都暴躁了，说："你的脸怎么跟你的脑子这么不配套呀，就这点东西你也能记混成这样？"

艾满江可怜巴巴地缩回去，苦兮兮地和夏唯安说："晏宁姐恼了，她不会不想要我了吧？"

夏唯安看了眼坐在外面玩手机的晏宁，说："不会的。"把手里的册子放下，"我教你，其实很容易记的。"

一个小时后，夏唯安都忍不住默默地叹了一口气。

艾满江缩着脖子，小小声地问："我是不是真的很笨哪？"

夏唯安没答，问他："你真是大学毕业？"

"嗯。"他挺了挺胸膛，"虽然是大专，但真的也是大学啊，我不骗人的。"

夏唯安没话说了。艾满江察言观色，不由得沮丧地说："我不会真的不适合出来做事吧？我达大和阿帕（注：维吾尔族称呼，爸爸和妈妈）可是对我充满了信心的，出来的时候，还卖了一头羊给我当路费。"

夏唯安听了叹气："我妈也是卖了一头猪给我做路费，可惜都一年了，我还是没混出个样子来。"

因为和艾满江有这样"共同"的经历，夏唯安对他就多了些耐心，颇多照顾。那时她真以为艾满江和她家一样穷，直到很多很多年后，艾满江请她去他家乡玩，看着那满山满谷都属于他家的羊群，她默默地算了一下账，默默地把那些年对他的怜惜和同情丢到背后喂了狗。

两人一顿叹，外面的晏宁听不下去了，手机一拍，走进来说："行了，别卖惨了，多大点事，记不住就再记呗。该吃饭了，为了让你们感受到公司的温暖，今天中午我请吧。"

于是两只正同病相怜着的小可怜瞬间被治愈了，跟着晏宁去感受她给的温暖。午饭吃得其实很简单，就是附近的一家拉面馆，但味道不错，至少有辣椒，很符合夏唯安这个嗜辣人的口味。

倒是艾满江有些挑剔，一边吃一边说："哎，这个羊肉不正宗，面也没拉好，太粗了，糊了糊了……"

晏宁和夏唯安当没听到，他啰唆多了，夏唯安就在桌子底下踢了他一脚。

艾满江茫然地看向她，问："你踢我干什么呀？"

夏唯安正经脸："啊，不好意思，脚滑。"

晏宁忍笑。后来她去买单，听到夏唯安在后面偷偷教育艾满江："别人请你吃东西，你挑什么呀？"

艾满江问："不好吃也不能说？"

"当然！好吃就多吃点，不好吃就少吃点，挑三拣四的，别人会觉得你没礼貌……"

两人叽叽呱呱。

晏宁觉得夏唯安这个人，虽然年纪不大，但还是挺懂事的。

然后就听到她又补了一句："这样以后就没人愿意请你吃饭了。"

晏宁："……"

三人吃完回去，老板狗头已经到了，明明夏唯安和艾满江站在一起，他却只看到夏唯安，狭长的眼睛里泛着惊喜的光："哎呀，阿宁，这就是你招回来的咱们的新员工？看起来很优（漂）秀（亮）哦！"

晏宁在心里狠狠翻了个白眼。

[3]

虽然晏宁嫌弃死了自己老板，但夏唯安和艾满江对他的第一印象还好，主要是他那人长得还不错，瘦高个，细细的眼睛，笑起来很和善，也不太显年纪。

听他说话感觉脾气很好的样子，没什么老板架子。

夏唯安和艾满江恭恭敬敬地问好。听到艾满江的声音，狗头才记起晏宁是招了两个，忙说："哎呀，这还有一个。你好你好。"很热情地同艾满江握手，然后又来握夏唯安的，也没有什么过分的举动，看起来都是很正常的交际。

晏宁却瞧得冷笑不已。

下午狗头没出去，坐在一边看晏宁教他俩如何应付客户，他招呼晏宁："把我桌上那份材料拿过来，你就实际做给他们看，我瞧着他们两个都聪明得很，能领悟到的。"

晏宁拖长腔调"喔"了一声，将那份常规的培训手册收起，去拿了老板点名要她拿的材料出来——那是老板花大价钱买到的一些极有实力的潜在客户的资料，就是她也不给随便看的，现在却让她拿出来给这些新人教学用。她对夏唯安说："看，老板多信任你们呀，你可得好好干。"

说的是"你们"，却只要求一个"你"好好干，话里讽刺意味十足，可惜只有她自己才懂，狗头还扔了她一个"你很懂事"的眼神。

推销电话是很难打的，一般人接到电话第一反应就是"又是推销的，烦死了"，被挂电话是常事，晏宁也常遇到这样的事，她有心要走，本不想在老板面前卖弄，可更怕把新来的两个吓走，便使出浑身解数，和他们说自己的“专业”总结，说是给客户打电话要“一娇二利三会吹”，所谓的“一娇”就是声音要娇，能吸引住人；“二利”就是感觉要利，说话要利，懂得投其所好，客户喜欢就多撒些娇，多套近乎，套得像亲人一样了，生意也就来了；“三会吹”就是要会吹广告会吹自己会吹捧客户……

艾满江和夏唯安目瞪口呆地看着晏宁扭转乾坤，一客户本来听到她说是卖门窗的就要挂电话的，硬生生被她娇滴滴一声“赵哥，不要这么不给面子嘛，人家打这个电话也是很要勇气的呢”，然后那个赵哥多应了她一句，两人就麻利地聊了起来，最后竟约了哪天上门，然后哪天哪天一起吃饭。

余下三个：“……”

狗头“啧”了一声：“没想到宁宁你还有这本事啊。”

晏宁表现嗨过头，闻言打了个响指，笑得风情万种。

夏唯安咂咂嘴，总觉得晏宁教的这些不是正道。

艾满江则弱弱地举起手：“那个，我怎么办？”他虽然只有二十一岁，但也是大丈夫呢，让他跟人撒娇，他不能想象，“我跟我家达大和阿帕都不撒娇的。”

“那就让你的声音好听起来，尽量让它醇厚、温暖、低沉、有力量！”晏宁又看着夏唯安，“至于你，就要有多娇就让它多娇，有多嫩就让它多嫩。”

她教夏唯安如何更好地嗲声嗲气讲话，夏唯安和艾满江还好，狗头是听得狼血沸腾。趁晏宁去上洗手间，他跟在后面，在夏唯安和艾满江不断重复的“喂，你好”中将晏宁堵在半路，强行给了她一个壁咚：“撒娇给我看的，嗯？”

晏宁十分想赏他一记狗头砍，为了钱，忍着。

“是啊。”她伸手替他理了理衣领，“有奖赏吗？”

“有，今晚去陪你！”

晏宁摇头：“才不要！你一直不发奖金给我，我都交不起租了，哪有地方给你陪啊？”

“奖金嘛，总会给你的……不如今晚我带你去个更好的地儿？你那破地方，不住也罢。”

晏宁惊喜：“老板要帮我重新租个房子吗？”

“呵，倒不用租，酒店不就很好了吗？”

晏宁：好气哦！

她翻了个白眼推开他，他还以为晏宁默认了！

因此晚上狗头兴冲冲地说要请吃饭，晏宁假假地笑着说：“哎呀，老板真大方。”实在忍不住吐槽，“我这算是沾了新人的光吗？”

她来公司这么久，就没见老板主动说要请吃饭，就是想泡她，也是叫的外卖，美其名曰“省事”，那外卖钱还要从她工资里扣！

老板闻言转头，拿手指点着她，一语双关地说：“别吃醋哈，你劳苦功高，晚点我单独奖赏你。”

晏宁奓毛，暗搓搓地卷袖子：走人！必须走人！这个月拿到工资就走人！

当然，也不能指望这回狗头同志就有多大方，他就是请客，请的也是大排档。

别想多了，不是那种摆着羊肉串、放着大盆大盆的香辣蟹和小龙虾的大排档，而是，呵呵，狗头同志指着一锅锅冒着热气的“串串香”说：“来，管饱。”

晏宁 & 夏唯安 & 艾满江：“……”

三人被喂了一肚子白菜、豆腐、土豆片，更让人抓狂的是，他们还得对老板感恩戴德，得不断地强调：“老板你真好，老板你棒棒哒。”

一万万个白眼翻起来。

艾满江是个耿直的孩子，其间见老板拿的是一色的素菜，还问：“老板，你是不是吃素啊？”

晏宁憋笑差点憋昏厥。

就这样，死狗头还想泡她，在桌子底下悄悄捏她的手！

晏宁任他捏，就当被狗挠了一爪子。等他捏得忍不住了，她笑得勾人：“老板，新招来的小哥哥小姐姐说没地方住，我不愿意公司错失人才，就好心先收留他们一段时间了，让他们住我那儿……你看我对公司这么尽心尽力，是不是得给我加工资啊？”

为了逼退死老板，她把艾满江都扯进来了，还好，那两只虽然一脸疑惑，却没拆穿她。

狗头老板完全没有听见她要加工资的那一句，只用一种看负心汉的眼神看着她，眼看着晚上干不了啥，连送都不送，随便找了个烂理由就跑了。

晏宁看透他，也无所谓，艾满江和夏唯安是从没期待过，因此也没感觉。

送艾满江上了公交车后，晏宁带着夏唯安回了她住的地方。

晏宁好享受，租住的房子比艾满江叔侄俩的强多了，是一套独立的二居室，虽说房子不那么新了，但周围环境尚好，没有那么鱼龙混杂。

不过也没有电梯，且她住在最高层，那楼梯略陡，每次爬回家，晏宁就气得发狠：“下次一定要换个有电梯的！”

进门后，她告诉夏唯安：“你住那个房间，本来呢，那是房东存东西的地儿，不准住人的，我也只想着让你在客厅里打个地铺就行了，不过谁让我喜欢你呢，昨天求了房东一晚上，他同意你住到那间房去。这么一来，你就不算借住，算咱俩合租，我也不欺负你，每个月，你给我八百块，怎么样？”

夏唯安：“……”

说好的不要钱，是好心收留呢？

夏唯安背起包，转身就要走。

“哎哎哎，回来回来！”晏宁叫住她，“我给你求得那么辛苦，你居然不领情？”几乎跳脚，“五百块钱，不能少了！你去外面找找，哪还有这么便宜的房子？”

夏唯安闷声闷气的：“我没钱。”

她是真没钱，要开学了，她把她身上全部的钱都寄回去给弟弟妹妹读书，当时还想着很快就发工资了，不会没钱用。

结果冲动之下把厨师长烫伤，她被老板赶出来，要不是她豁出去耍狠，一分工资都拿不到。

可就算到最后，她也只是拿到一半而已。

这一半她也还得寄回去……她爸爸不听劝，身体还没好全就要做事，把原来伤到的腿又给扭到了，得检查得用药。

她没想要占晏宁的便宜，晏宁今日帮她的，她总会在以后还回去，可是现在，五百块钱对她来说，真的是巨款了。

她说完闷头又要往外冲，晏宁咬牙：“四百？三百？两百？哇，夏唯安算你狠，这钱我帮你贴，行了吧？”

真让夏唯安走了，她拿什么应付狗头啊？

夏唯安已经走出门口的背影停了下来。

她转过头看着晏宁。

十九岁的女孩子，半张脸隐在阴影中，声音带点微微的抖，她说：“晏宁姐，我会报答你的。”

晏宁翻白眼：“我稀罕你报答！”气得拿手扇风，“喵的，你怎么那么抠啊？两百块都舍不得？”

夏唯安低声：“两百块我能吃用一个月了。”

晏宁以为她在开玩笑，直到后来，见她早餐一个馒头，中餐两个馒头，晚上一个馒头，一天三餐都是馒头馒头馒头，晏宁不由得问：“你这一个月都用不到两百块吧？”

夏唯安很心疼地说：“用得到的。”掰着手指头给她数，“总要买点生活用品的，还要坐车，天气太热，有时候还总要买点水。”长叹一口气，

“城市里活着真是太不容易了，什么都要用钱买，连卫生巾都比我们乡下的贵一些。”

晏宁不相信她有那么省，捏了捏她白皙的脸：“瞧着你不像这么省的人啊，看这脸上，细皮嫩肉的，又红又润。”

哪有半点营养不良的样子？

夏唯安很有些不好意思：“我之前一直在酒楼上班。”

酒楼里别的不说，伙食是真的好，所以这也是夏唯安特别想要做厨师的原因——工资高，还管吃好吃饱，天底下再没有比厨师更好的职业了。

可惜没人教，她又没钱去学。

晏宁彻底无语了。

也是打从认识了夏唯安，她才总算明白了什么叫贫穷，什么叫作节俭。

夏唯安能省到什么地步呢？所有能用力气解决的事情，绝对不花钱。

比如说买煤气，一般晏宁都是让师傅直接送上楼，然后额外给五块钱上楼费。夏唯安住进去第三天，煤气没有了，夏唯安就跟个汉子似的，直接上冷水洗，晏宁讲究些，拿热得快烧了一点水。因为很不方便，所以一大早，晏宁起床就叫夏唯安：“帮我给送煤气的师傅打个电话，叫送罐煤气来，号码你自己翻。”

夏唯安“哦”了一声，拿起她的手机一边翻一边问：“现在煤气什么价？”

“嗯？不知道，一百块钱左右吧，再加五块钱上楼费。”

夏唯安瞬间惊诧了：“送上楼还要收费？”

晏宁嗤笑：“当然了，这年头有白做工的吗？”

“那要是我们自己搬呢？能省下那五块钱吗？”

“能。”晏宁从镜子里瞥了她一眼，没好气地说，“但是你去搬吗？”

夏唯安说：“我去！”撩起袖子问她，“在哪里搬？”

晏宁被她气笑了，随口说：“你这么能怎么不直接去气站呢，能省更多。”

夏唯安问气站在哪儿，晏宁没好气：“我哪知道？”

结果当天中午，夏唯安休息的时间噔噔噔跑出去不见人影，再回来时一身臭汗，头发都湿透了，不过脸上红扑扑的，眼睛里亮得惊人，走到她面前十分兴奋地说：“晏宁姐，我把煤气提回去了，直接在气站充，真的便宜很多哎。”

晏宁问：“便宜了多少？”

“十块！”

晏宁：“……”

晏宁觉得她病得真的不轻，扭头和艾满江说：“哎，这人你认识吗？

哪儿来的？”

艾满江一脸迷茫：“她是夏唯安啊……”

晏宁说：“我知道她是夏唯安。”指着她暴跳，“但你是从钱眼里钻出来的吗？省这个十块钱有鬼用啊？有那时间和力气省下那十块钱，早就可以想办法多赚个百块千块了好吗？”

艾满江觉得她说得很有道理，点头。

唯夏唯安一刀戳在她心尖尖上，说：“可是晏宁姐，这都几个三天了，我也没见你拿下一单，赚到百块千块啊……能省一点才是一点。”

公司基本工资是浮云，他们都是靠提成活的，没有新订单就代表没有钱。

晏宁看着夏唯安，好想一口咬死她。不过她是晏小姐，优雅迷人八风都吹不动的晏小姐，所以她只是冷笑着喷了夏唯安一句：“你知道个屁，干我们这行的要是天天都能拿到单，那钱还是钱吗？听过一句话吗，所谓的‘三年不开张，开张吃三年’，懂？”

夏唯安和艾满江使劲点头，表示懂了。

不过干这一行，单是真的不好拿，尤其夏唯安这样的新手，手上没有半点资源，想要拿到订单，实在是超级难。

市场竞争又大，建材中心好多家同类产品，上门的客户往往还只走进建材中心的大门，就已经让猫在那儿守着的人拖走了。

所以夏唯安这几天除了打电话，就是在门口发传单守客，电话没进展，守客也很难守到，老业务员欺生人，她就是长得再漂亮，可在利益面前，仍是敌人。

如此，她这几天颗粒无收。

夏唯安缺钱，心里早就隐隐上火了，听到晏宁这么说，只好又按捺了下来。

她不停地告诉自己，想赚大钱总是要先投资的，她想要让自己的工资涨上去，前期必须学习和积累。

于是别人抢客排挤她，她也不跟人争，只默默地在一边学习他们应对顾客的诀窍，然后夜里回去了，一个人默默地练习，把心得都记下来。

不知道老天是不是真的开始眷顾她了，夏唯安入职将近三个月后，她终于迎来了自己的第一个顾客，拿到了人生中的第一笔订单。

还是个大单。

[4]

接到那个单实在是桩意外，夏唯安能做成纯粹是捡了个漏。

话说那天天气奇好，夏唯安像往常一样揣着一沓宣传单守在门口。她这段时间经常帮人跑腿，偷摸地许人家好处，所以好歹也是有了联盟的人，已不必像往常那样被赶到角落里去“种蘑菇”。

偶尔还会有人叫她：“哎，夏唯安，这个客人想要买门窗。”

然后，她也能分到一两个客人，虽说质量可能不那么好——购买力不大对品牌的挑拣度却十分高，但好歹不会一条冷板凳坐到底了。

那时建材中心正准备搞什么“百家联盟”，然后那两天就是预演，抢客比往常更加激烈，有时候夏唯安还没反应过来，就见大家蜂拥着围上去，然后又蜂拥着退下来，她在后面，茫茫然还不知道发生了什么事。

夏唯安捡漏的那个客人是一个人来的。那是个六十来岁的老伯，身材瘦削，脸色黧黑，穿一套半新不旧的衣衫，还不太合身。

旁人问他：“大爷，家里是新房子要装修吗？”

老伯搓着手笑得特别朴实：“是啊。”

“房子有多大？”

老伯说不出所以然，只说：“挺小的。”

“位置呢？”

“唉，位置也不太好。”老伯一副愁死人的样子。

那些人开始还热情得很，领着他这家看看那家看看，看完了他这也觉得“怎么这么贵”，那也觉得，“实在是太贵了”，和他说材料，他头摇到天边去了：“看着还没俺们乡里拿木板子自己打出来的结实哩。”他又操着一口半生不熟的普通话，连对话都难，最后大家都不太搭理他了，进了店也是随随便便应付他两句，暗地里也没少嘲讽他土气，没钱还什么都不懂。

夏唯安一开始没什么机会接近老伯，后来大家都不理他，反倒是她，见他天天来看建材，她遇到了总会打声招呼：“大爷，今日想看些什么？门窗要买吗？”

老伯笑着摇摇头，背着手自己四处转悠。

百家联盟活动开始后，大家每天都有了任务——便是不卖出自己家的，也得帮联盟店里拉客人，都是算提成算任务的，完不成还有惩罚。

人人都像打了鸡血似的，一天天斗志昂扬，看到一个客人进来，就像是挖到一窝宝，哪个客户下了单，其他人立马群起而攻。

夏唯安没有手机，共享不了信息，也就没办法掌握到实时情况，因此落后不是一点两点。晏宁在店里弄了个公告牌，每天在上面抄写任务排行榜，前十名和后十名，夏唯安和艾满江，天天在最后两名挂单。

然后天天大早会的时候，夏唯安和艾满江就被罚冰水淋头，学狗叫一百遍。

他们俩长得又不差，于是成了建材中心一景。

这样的大环境下，老伯这样没钱的“野生客”，更是没有人愿意去理会了。

夏唯安遇见他，也只是例行问候而已。直到那天，老伯逛着逛着居然摔倒了，躺在地上半天爬不起来，当时看热闹的人多，上前搭把手的却少。因为他是在一家卖瓷砖的店门前倒地的，那店里的人竟然叫：“哇，这老头天天来转悠，不会是找碰瓷对象的吧？看到我善良所以碰到我们门前来了？”

最后，竟是关门不理了。

夏唯安过来的时候，老伯躺在地上，嘴唇发白脸发青，面色已经很难看了。

她也没想那么多，直接走上去扶起他，问：“大爷，你没事吧？哪里不舒服？”

旁边人都在看戏，等着她被讹诈，有人断言：“这个夏唯安，不被讹上几千块怕是脱不了身了。”

她如今在建材中心也是穷出名来了，当即有人笑：“还好啦，就她那穷样，老头怕是一分钱都难拿到的。”

忙着拉生意的时候还有热闹可以看，其乐无穷。

夏唯安隐隐也感觉到了他们目光里的恶意，此时却是顾不上了，天气热，地表温度高，老伯躺这么会儿，就已经被烫伤了。

老伯意识已然有些不清，根本没法回答她的问题，她想了想，抱起他就往医院跑。

有看不过眼的朝她喊：“夏唯安，你傻呀，人家指不定就是碰瓷的呢，你送去医院不是让他碰得更深吗？”

她理也没理。

医院离得不算远但也不近，直线距离约莫是三公里，她生生把人抱过去的，还是一路小跑着。

缴费的时候才发现麻烦大了，她没钱啊！她转身就从老伯兜里翻，还好还好，他带了现金，且不少，两三千块呢。

夏唯安从中取了一千，帮忙缴了费用。她还从老伯的兜里翻到一部老人机，里面仅存了两个号码，“老伴”和“我儿”。打了“老伴”的电话，没有接，然后又打了“我儿”的电话，电话接通了，是个年轻的男声，听夏唯安说了经过后，又急又无力，恳切地说：“谢谢你，我现在还在外地，会尽快安排人过去，麻烦你再帮忙看一会儿。”

夏唯安大大咧咧地说：“好啊。”

好在老人没大事，中暑外加晒伤，多休息就好。

老伯的儿子安排的人很快来到，到时老人都还没醒来，来人向夏唯安道了谢，她也就回去了。

她抱着一沓传单继续守客人，别人笑问她：“没被讹？”

她摇头。

“那你运气挺好。”

她很认真地说：“你们把人心想太坏了，不是所有摔倒的老人都是有恶意的。”

他们都嗤之以鼻，夏唯安也没再说什么。第二日第三日那老伯没再出现，所有人都以为这事就这么过去了，第四日，老伯却直接找到了夏唯安的店里。那天，夏唯安又受罚了，艾满江在前一天成功谈成了一单，所以最后一名就成了夏唯安，本来给两人准备的冰水全淋了她一个人。

老伯进门的时候，夏唯安正顶着个揉得像鸡窝一样的头被晏宁训，忽地看到老伯，两人都望过去。

“可算找到你了。”老伯笑，很真诚地对夏唯安表示了一番感谢，然后说，“你这妹子很不错，我打算装修用的材料就找你订了。”

夏唯安有种天上突然掉馅饼的感觉。

晏宁立马把她夸成一朵花：“那是，安安可是我们店里最优秀的员工，又努力又上进又心地好，您老真是太有眼光啦……”话尾一转，“请问您的房子在哪个位置？”

老伯从包包里翻出一张图，上面有面积和地址。

晏宁看了一眼，捂住心口：“不是说您家房子不大？”

老伯搓搓手，表情十分诚恳：“是啊，也就两百多平方米呢，比我想象中的小多了。”

“地段也不好？”单门独栋的别墅区，住在里面的人非富即贵，一般人想买都买不到好嘛！

老伯还叹气：“是啊，偏了点，地方又大，出个门都有些难。”

晏宁和夏唯安沉默了会儿，前者问：“那您打算花多少钱装修？”

“我儿子给了我五百万，我总觉得少了点，材料和人工都好贵啊。”

夏唯安：！！！！！

晏宁：！！！！！！

放着，这个生意我来！

夏唯安觉得那天天上不光掉了馅饼，还是个黄金馅儿的，老值钱啦！

晏宁瞬间更新了排行榜，夏唯安从倒数第一跃居为顺数第一，其完成额让一众老鸟仰望。

某日早会的分享仪式上，夏唯安一本正经地说："人还是要多做好事的。"

众人："……"

虽然拿了第一，但夏唯安在狗头那里也并没有做多久，更没实现自己月入一万的梦想。

一个半月后，老伯订的门窗到货，安装的时候夏唯安去帮忙验收，一不小心发现了狗头的猫腻——他以次充好，拿本地加工的冒牌货充圣弗莱品牌，欺骗客户。

只能说，夏唯安学得太好了，艾满江是和她一起去的，他就完全没看出来，哪里冒充了。

夏唯安没让老伯签单："货可能有点问题，暂时先不收货。"

老伯看着她："怎么了？"

艾满江也蒙蒙地望着她。

夏唯安没解释。走的时候，她又仔细重新核对了一遍货品上的标记，最后确定，这些送过来的东西，确实不是她看到的真正的圣弗莱品牌的。

那时候她心里还是怀着很大的期望是货送错了，结果回去和晏宁一说，晏宁立刻问她："你跟客户说实话了？"

夏唯安摇头。

晏宁就"哦"了一声，低头继续涂她的手指甲，一边涂一边漫不经心地说："这事你别管，安安心心等着拿你的钱就好。"

"什……什么意思？"

晏宁笑了一下，夏唯安入职后表现不错，外能拉单，内能把店里收拾得干干净净、整整齐齐，狗头对她十分满意，这段时间有空就拎着她出去跑，安的什么心思简直是昭然若揭。

以至于都不怎么骚扰晏宁了，昨天她试探着提了辞职，狗头同意了，且还答应，属于她的奖金会在月底分账时一分不少都发给她。

现在离月底就只有七天了，她很快就可以解脱了。

晏宁因此心情特别好，伸出十指看了看，不经意间瞄见夏唯安，嗔道："你那是什么表情？放心吧，货没问题，一般的客户根本就看不出来。"

夏唯安的声音有些飘："看不出来就可以作假吗？"

"那也和你没关系。"晏宁放下手，背靠着沙发很舒服地伸了个懒腰，"夏唯安，我知道你心里怎么想，无非是觉得这样不地道。可我告诉你，哪行哪业都这样，不唯独狗头。你年纪小，见识少，姐姐我呀好心劝你一句，这事你就当不知道，也别觉得心里有什么过不去的，横竖那窗户也不算太差，装上去，死不了人。”

夏唯安：“……”

夏唯安在床上躺了一晚上，她本来是挨床就睡着的人，结果那晚却生生把自己熬失眠了。

第二天一大早，她就去敲晏宁的门。

晏宁脸上还贴着面膜，气冲冲跑过来开门：“夏唯安你最好给我个理由，否则我……”

“我打算和客人实话实说。”

晏宁余下的话就生生憋回了肚子里，手指头指着她：“你你你……你说啥？”

夏唯安面色平静，仍旧是那副小天真的样子：“我不想骗人。”

尤其是老人那么相信她。他本来是没看上圣弗莱的，是因为她，他才会选择这个品牌。

晏宁啧：“夏唯安，你是不是疯了？你知不知道你这样做是破坏规则？你会被整个行业排斥你知不知道？好，就算你不想再在这行混了，那你的钱呢？你奖金可是一分都还没到手呢，你都不打算要了吗？”

夏唯安说：“要啊。但是，我更想要一个心安。”

晏宁：“……”

[5]

晏宁几乎要吐血，夏唯安觉得自己更是想要吐血。

她曾经对这个行业是满怀期望的，虽然她以前在销售排行榜上老垫底，但是她看到了排行在前面的那些人的收入，那是她向往的，也是笃定可以靠自己努力得到的成绩。

她也喜欢这个行业的氛围，那种鲜活的、积极的精神面貌，是完全和工厂、酒楼不一样的。

可是现在，她看到了什么？

以次充好、以假充真，欺骗客户！

夏唯安坐在那里生闷气，晏宁本来不想理她的，可是见她这样，还真怕闹出什么事来自己也跟着倒霉，只得努力劝：“这事儿你其实完全可以当不知道，因为客户如果没有发现，那就万事大安，他们如果发现了，那也有老板自己顶着，你拿你的钱就好。”

夏唯安没说话。

晏宁劝得烦了，就干脆说："你那么较真干什么呢？各行各业的潜规则多了，告诉你啊，生气不来的。"她总有自己的一套理论，还说夏唯安，"你就是太死心眼了，长这么漂亮，不好好利用自己的资本，天天累得跟狗一样和人出去抢单，至于吗？"

夏唯安抬头看着晏宁，什么都没说。

这会儿，她没力气和晏宁说话，那种失望劲儿，快要淹没了她。

等到老板过来，晏宁也拉不住夏唯安了，夏唯安冲到狗头面前："老板，我有事要和你说。"拉着他就往里面一点走。

她还记得注意影响，实在是，对这个老板还怀有一点期望。

年轻女孩的手，白白的、小小的，哪怕掌心有些薄茧，可胜在新鲜啊。

狗头心怀荡漾，刹那间废料填了满脑子，反抓着夏唯安的手轻轻捏了又捏。

夏唯安根本就没注意到他的小动作，避着人了，她抽出手直通通地问："老板，今天送过去那批门窗，不是我们圣弗莱品牌的，你知道吧？"

狗头："……"

他挑了挑眉，伸手在她额头点了点："瞎说什么呢，怎么就不是啦，下次再乱讲，我罚你的哦。"

夏唯安根本没有听出狗头话里的警告加提点之意，避开老板的手，特别认真地说："我没有乱说，我仔细验过的，主材上没有圣弗莱暗藏的标志，就连配件都不是按照产品标识的给的，都是杂牌的……老板，是厂家那边发错货了是吧？我们是不是应该立即跟厂里反映，召回那批产品啊？"

狗头这下是真的恼了，敛了笑意问："你已经跟客户说了？"

"还没有……"

"那就好。"狗头又笑起来，手轻轻抚上她瘦削的肩头，隔着衣服捏了捏，衣服有些劣质，摸起来手感不大好，他"咳咳"了两声，一副语重心长的样子，"小夏哪，这两个月你的任务完成得很好，辛苦了，明儿我太太回来，让她帮你把奖金全都结了，你呀，好好休息一段时间。这剩下的事，你也不用管了，我会亲自安排，怎么样？"

夏唯安沉默。

她不笨，她听出了老板话里的意思，按在她肩上的手又重又热，她挣开他的手，再次问："那老板会召回那些货吗？"

她盯着他，眼睛睁得大大的，清亮的瞳孔显得纯真又无辜。

她年轻，皮肤本就极好，紧致光滑，哪怕没有那么白，可仍然满满都是胶原蛋白，尤其是这会儿，她因激动颊边透出淡淡的红，鲜嫩得仿佛一掐就能出水。

狗头是极讨厌这种不识眼色的人的，可是看着这样的夏唯安，他硬是半点也恼不起来，心里头的小猫爪子不停地挠啊挠，他就真的伸手捏了捏她的脸，凑近了，在她耳边说：“小小姑娘，那么认真干什么？不如今天晚上老板我请你吃饭，咱们再好好聊一聊……”

成年男性的气息扑面而来，夏唯安突然就想起一年多前的夏天，那时候，也有个男人曾挨得她这么近。

她一下就明白了狗头的想法，他说话时呼出的气息喷在她脖子上，让她觉得无比恶心。

沉默了会儿，她仍是问：“那谈完了，那些货，能召回来吗？”

她实在是太想好好解决这问题了，老伯家里不缺钱，从他后来订购的东西就能看出，圣弗莱肯定不是他最开始的选择。

所以，他是为了感谢她，才特意找到她。

但是，她却没有办法好好回馈这份感激。

夏唯安心里难受得很，所以如果陪老板吃个饭聊个天，温顺一点就可以把错误纠正过来，那她是不介意的。

只是她的坚持最终还是让狗头不耐烦起来，他“啧”了一声：“你怎么这么不开窍呢？”打算让晏宁来“开导开导”她，所以说完，他就转身准备出去。

夏唯安在他身后说：“老板你要我别管，是打算将错就错对不对？”

狗头不得已回过头，看着她。

夏唯安说：“你根本没打算召回它们吧？”

“吧”字落音，她越过他，先他往外面走，步伐凛冽，让人不难看出她的决绝。

狗头惊了一下，问：“你干什么去？”

夏唯安边走边说：“我去找老伯，告诉他实情。”

“你疯了！”狗头气急，大步上前拉住她，“夏唯安，你是不是有病啊？那些东西不是圣弗莱品牌的又怎么样？门窗而已，用了又不会死人，也不会烂，它放在那里，是不是品牌关系很大吗？”

太过震惊了，夏唯安有些失语。

她没有想到，狗头身为老板，居然是这种思想。

做了几个月了，也帮着盯了好几回货，她知道，不是所有的客户得到的都是假货，狗头之所以敢对老伯这么做，无非是觉得，对方是个老人，而且还是个有钱的老人，他欺的，是老伯什么都不懂而已。

把自己的手挣脱出来，夏唯安很平静地说："老板，它是不会烂，大概质量还不错。"本地自加工的门窗，成本低一倍还多，但是质量，还是过得去的，"但这是诚信问题，以次充好，以假乱真，这样的钱，我不会赚。所以如果你不召回的话，那我是一定会和他说的，能不能接受，怎么样接受，是老伯的事。"

她侧身，又要走，被狗头厉声喝住："夏唯安，你知道你这一走，会是什么下场吗？"

她慢慢停住。

狗头说："你会一分钱都拿不到！不但如此，我会让你在这个行业完全待不下去。"

又是这样的威胁，夏唯安简直鄙夷，狗头老板的气势，和当初那个谢子鸣，相差的何止是云泥？谢子鸣她都不怕呢，何况一个卖门窗的狗头。

她理也不理，仍往外走，显然是并不受他这要挟。

狗头气死了，就没见过这么犟的。他还要拦，却被夏唯安捉住他的手，用力往后一扳，疼得他"呀呀呀"地往下缩了好几寸。

于是形象再维持不住了，狗头大叫："晏宁，关门报警！夏唯安偷东西打人，我要送她坐牢！"

晏宁其实一直竖着耳朵在偷听，听见这一喊，急急忙忙跑过来，正好迎头赶上夏唯安。

在狗头叫出那一声的时候，夏唯安再次停住了脚，立在那儿望着又疼又气浑身发抖的老板。

晏宁也不知道这家伙居然这么犟，眨眼间就和狗头顶起来了，上前拉住她，小声说："你傻呀，你和他对着来干什么呀？"

夏唯安回头看了她一眼，挣开她的手，又走回到狗头身边，望着他："你准备告我什么？"

"偷东西！店里丢了十万现金，是你偷的！被我们发现还打人试图逃逸！呵，夏唯安，你去说呀，说完了，信不信，你也完了？"

狗头得意扬扬："我大舅子是这个片区的派出所所长，你要是识趣，就乖乖地闭嘴听话，否则，分分钟我把你送进监狱！"

夏唯安再次沉默，就在狗头和晏宁以为她要改变主意的当口，她从袋子里掏啊掏，掏出一部老人机——这是她赚钱才买的，解开锁，她在键盘上摁了两下，她和狗头的对话，十分突兀地从里面蹦出来。

夏唯安："老板，今天送过去那批门窗，不是我们圣弗莱品牌的，你知道吧？”

狗头：“瞎说什么呢，怎么就不是啦，下次再乱讲，我罚你的哦。”

……

老人机别的不说，录音质量很过得去，播放出来的声音真是特别大，在这由各式门窗组成的内室里，嗡嗡回响。

“你居然敢录音？”狗头声音都扭曲了。

“对啊。”夏唯安点头，神色平静得不得了，仍带点懵懵懂懂的味道，“我找你之前就打算好了的，如果你不肯承认，那就想办法让你承认。老伯信任我，我不能辜负他的信任。本来呢，我很感激你在我最困难的时候收留了我，所以我刚刚是打算如果你实在不愿意召回产品，那我就去和老伯说出实情，求他降低价格，接受它们。”她说着扬了扬手机，“不过现在，大概谈判要破裂了，您要送我进监狱呢，但是在我进监狱之前，如果您太太听到这段录音，她会怎么想啊，您当所长的大舅子他又怎么想？”

晏宁 & 狗头：“……”

两人都一起惊呆了。

他们完全没有想到夏唯安会来这一手，实在是……实在是她看起来傻乎乎的，就知道傻做事，还时不时往外冒傻气。

谁知道她居然还会在谈话前偷开手机录音，并且反过来拿这个威胁人呢？

惊过之后，狗头更是差点吐出一口血，他脸色狰狞，叫晏宁：“把那手机砸了！我给你三倍的奖金！”

说完，他自己也扑上前。

Chapter.03
钱和工作你可以选一样

[1]

夏唯安没练过武，但是凭她的力气，一两个男的，只要不是手持利器，她还真不带怕的。

尤其是在她有准备的情况下。

毫无意外，狗头被她举上了天。

她将他高高抵在墙板上，偏头和晏宁说：“你要帮他吗？”

晏宁：“……”

她眨眨眼：“别真伤了人，伤人再有道理你都输啦。”

夏唯安“哦”了一声，眼睛转了转，然后不顾狗头的哇哇大叫，把他带到窗户边上，开了半扇窗，就那么把他塞进窗台上，揪着他的衣领。

嗯，他们这里是二楼，扔下去，不会死，但是受伤绝对是妥妥的。

自谢子鸣后，夏唯安发现这种办法特别好使。

对狗头也一样，她只是平平淡淡一句：“能闭嘴吧？吵得我烦，指不定我就手抖把你扔下去了。”

狗头立即就闭了嘴，停止了他毫无意义的唾骂，只是抓着她的手，弱弱地说：“夏唯安，杀人是犯法的。”

夏唯安瞥了眼自己的手，狗头老板的指甲长，这么一会儿，她手背就让他抠出了血。

她“嗯”了一声，说：“我知道。所以我不杀你，我就是想好好让你听我说一下话。”她看着他，明明还是那张不谙世事的萝莉脸，目光却在这一刻，平静得让人怕，“我是乡下丫头，家里兄弟姐妹好多个，命贱，所以你怎么压榨我，我都可以，唯独一点，黑心的钱，我不赚。所以，老伯家的那批货，你打算怎么处理？”

半边屁股已经吊在外面的狗头：“……”

他也是个十分识时务的人，当即认怂说：“我亲自向他赔罪，说明情况，求他原谅。”颤着声音，“可以吗？”

“可以。”夏唯安说，“但是经过这一次，我大概在你这儿也干不下去了，能让我在这一行干不下去，是你的本事，你放心，只要你不想着诬陷我逼迫我，刚刚的录音，我可以保证，除了我们三个，不会再有人听到。只是我走可以，你得把我的钱结给我，你同意不同意？”

人在屋檐下，不同意也得同意，狗头咬着牙：“好！”

夏唯安将他放了下来。

脚一落到实地，狗头整个人都软了，倚靠在墙上，双腿不停打着战。

这胆子，夏唯安也是无语了。

她不看他，就等着他去找老伯赔罪，这事了了，她才会正式离职。

狗头满腔怨愤地走了，晏宁目送他离开，转回头来看着夏唯安：“就这么让他一个人去？”

夏唯安说：“嗯，艾满江还在那边，我会打电话告诉他，让他先和老伯通个气。”

如果再亲自押着狗头过去赔罪，夏唯安担心他会疯。

晏宁听了笑得不得了：“你觉得他现在就不疯？”她说着，在旁边的转椅上坐下，长腿在地上轻轻一点，十分悠闲地转着圈圈，一边转一边说，“虽然说你懂得用手机录音是有点聪明，不过呢，还是傻了，如果我是你，刚刚就逼着狗头结账走人，至于其他的事，你有录音在手，想他也耍不了太大的花招。倒是你，你知道品牌货和本地货的成本差价是多少吗？现在狗头赚不到这笔钱不说，还得赔进去一大笔，就他抠门的德行，不找回这场子才奇怪了。”

夏唯安说：“我不怕。”

晏宁笑了：“就凭你那傻力气？”她停下脚，“呵”地笑了一声，“知道这世上，最没用的是什么吗？就是一身蛮力。”她点着自己的脑子，“很多时候，杀人比的不是武器而是脑子。行啦，看在你是我带进来的人的分上，指给你一条明路，你呀，把那录音发一份到我手上，明儿你就和他说，这录音你还复制了一份在别的地方，你要是出事，它肯定会流传出去。另外，喏，这是老板娘的电话号码，你存着，万一有什么，也可以用。”

夏唯安听到自己手机响了一下，她拿出来，发现上面有晏宁发过来的一封新的未读短信。

她把玩着手机，沉默了会儿，问：“晏宁姐，你还打算继续在这里干下去吗？”

“当然啊，我又不是你，我可没得罪老板。”

夏唯安抬起头，看着她：“你是因为老板还扣押了你一个月奖金吧？还有，你觉得他占了你便宜，你却一点他的便宜都没占到，所以觉得很吃亏是不是？”

晏宁被她噎了一下，翻了个白眼：“你倒是什么都知道。”关键是她还装得傻乎乎的，好像什么都不懂一样！

夏唯安见晏宁俏脸气得通红，忍不住笑了笑。

其实这事要搁以前，夏唯安是不大懂的，但是她经历了谢子鸣，又在酒楼见识过，自然不是刚出来时那个白纸一样的自己了。

她和晏宁住在一起，后者和老板私底下的互动，她又不瞎，怎么会看不见啊？而且她也知道这段时间，大概店里效益特别好，然后晏宁肯定还许了什么好处给老板，所以本来狗头扣押了她几个月奖金的，上回发工资，至少发了一半给她。

当然了，夏唯安不知道，晏宁许给狗头的好处恰恰是她……要是知道，大概她今日，甚至于往后都不会那么掏心掏肺地对晏宁了。

无知是福。

夏唯安感激晏宁在她最困难的时候对她的帮助，晏宁招了她来，给了她住处，不管晏宁出于什么目的，都给了她庇护。

所以，她很诚恳地劝晏宁：“晏宁姐，如果我们走了，他从扣押你一个月的奖金又变成了两个月、三个月，你还要跟他耗下去吗？把你人生最宝贵的时间，就耗在这点钱上，耗在这样一个企业、一个男人身上，你觉得划算吗？你那么聪明、漂亮，出去哪里不能把这钱挣回来，为什么还要把自己陷在这儿？”

居然教训起她来了，晏宁好气又好笑：“你觉得外面会比这里更好？”

“当然。”夏唯安语气十分肯定，“我刚出来的时候，每个月最多才拿两千多块钱，每天差不多要干十一个小时的活，但是后来我在酒楼，虽然钱还是差不多，但我只要工作八个小时，我觉得那就是进步。老话说得好，树挪死，人挪活，天下一定不是都这么黑的，必然还有更好更公平的环境，否则我们的生活，不会越过越好。”

没有错，虽然夏唯安现在还是朝不保夕，但她仍然觉得，她一天过得比一天好。

晏宁觉得她幼稚得可笑。

和夏唯安一样，晏宁也是很早就出来赚钱，不同的是，她读了大学，然后大学的生活费，全是她自己赚回来的。

她比夏唯安更早就见识了人性的黑暗和职场的可怕，所以她对夏唯安的说法完全嗤之以鼻。

夏唯安说服不了晏宁，便也没有再劝，她给艾满江打电话，把情况和他说了说，这小伙子简直听傻了。

他性子也耿直，狗头老板一来，他就火急火燎地问：“老板，咱们的货真的出问题了啊？”

路上本来已经想着对策的狗头看了眼旁边的老伯，无语。

真的好想拍死他啊！

狗头板起脸试着支开他：“说什么呢，店里有客户找你，你没事就先回去吧。”

艾满江特别实诚地摇头：“不走。夏唯安说了，货出了问题，我得替她和您一起向老伯赔罪。”

狗头：“……”

他想吐血！

老伯却什么都听明白了，皱了皱眉头，问：“货真出了问题？什么问题啊？”

还是艾满江同学抢答的：“厂里发错了货，发的不是我们圣弗莱的货，是别的杂牌子的。”

狗头这下不是想吐血，他是真的吐血了，喉咙口一阵腥甜。

他用力把那股子血气压下去，才勉强挤出一抹笑：“对不起啊老伯，确实是我们工作的疏忽，但不是厂里发错了货，是底下的人没搞好，把别的货送到您这里来了……”

狗头虽然又抠又色，但他毕竟做了这么多年生意，口才还是十分了得的，且脑袋瓜子也不笨，很快就将事情尽力扭转到对他有利的一面。

哪怕这批货亏了呢，老伯这个单却一定不能再有失！

等夏唯安走了，哼哼哼！

狗头想得很好。不过等下了班，艾满江和夏唯安、晏宁三个凑到一起，听艾满江把事情一说，夏唯安还觉得略欣慰："狗头也不是真的黑到底的，看来他是打算重新给老伯订真货过去了。"

晏宁却差点笑死，点着她的小脑瓜说："说你天真，你还真是天真得可爱呀。你以为狗头这么说就是真的安了好心？瞧着吧，他把那些货拉回去，顶多也就是把配件换换，主材不变，过了两天三天，就又会把那些东西拉回去。"斜眼看过去，"不信？那要不我们打个赌，明天，狗头一定会把你的钱都结给你，让你滚蛋！"

夏唯安很不想信的，但是还真就像晏宁说的那样，第二天，她再去店里的时候，狗头早早就去了，然后脸色黑黑地嘱咐晏宁："给她算一下，让她拿了钱，赶紧滚。"

晏宁很欠地问了一句："老板娘回来啦？"

狗头欠钱不结最常见的套路就是，老板娘不在家，所以奖金什么的发不了。

老板娘有时候不在，但更多时候，还是在家的。

狗头不敢朝夏唯安吼，但是对晏宁，他可就半点也不客气了——那祸害是她招进来的呢！

"让你办你就办，怎么那么多废话啊！你也不想干了是吧？"

晏宁其实内心被夏唯安也鼓动起来了，当即回了句："你也把钱都结给我？"

狗头："……"

他脸上的肌肉抖啊抖，抖啊抖，晏宁很怕他把自己的脸皮给抖下来。

还好，没有。

狗头气得抖了半天，也是突然意识到，如果连晏宁都走了，那他店里就他一个光头司令了……他很能屈能伸地咽下这口气，瞧着晏宁那张似笑非笑的脸说："你也要跟我别扭着来是吧？你招的人呢，昨天是怎么欺负我的，你没看到啊？"

还和她撒起娇来了，晏宁像是吞了只苍蝇一般，恶心得要死，脸上却是笑了笑，捶了他一下："这不是你凶我吗？"

她是下了力气的，所以捶完，见狗头捂着胸口半天没说话，这才心满意足地出去给夏唯安算工资奖金去了。

一切顺利得很，她一算出来交上去，狗头就把钱给结了。当然了，老伯那个单的奖金是没有了的，狗头的意思："这个单，亏了一大笔，你的奖金，我是没钱付给你了。"

反正就是不打算给了。

夏唯安看着和她说话时恨不能离她十米远的老板，问：“你这是把损失转嫁给我？”不等他说话，她点点头，“行吧，您开心就好。只有一点，再给老伯发的货，必须是圣弗莱的正品，我会告诉他检验的方法，而且货送到，我也会去帮他验的。您要真不想自砸招牌的话，最好还是不要想其他的歪门邪道，那么，我也一定会信守我的承诺，沉默到底的。”

狗头：“……”

[2]

狗头气得咬牙，却还真拿夏唯安毫无办法。

七寸在人家手上，这会儿不老实也不行。

夏唯安见他是真听进去了，这才缓了缓脸色，特别诚恳地说：“我知道你不放心那录音在我手上，所以为了安你的心，我把那手机寄给我一个堂哥了。他在外地，又不认识你，拿到手机也只以为是帮我保管而已，只要我没事，那个录音就永远都不会流传出来，你也不用担心我会给别的人听到。”

狗头：“……”

送夏唯安出去的时候，晏宁在她耳边悄悄说：“真有你的，差点没把狗头气死。”

夏唯安偏头看了她一眼：“你真不走？”

晏宁懒洋洋地冲她翻了个白眼：“我们都走了，要是一时找不到工作，房租你付啊？”

夏唯安点头：“我付。”打开包包，从里面翻啊翻啊翻出一个小钱包。

晏宁“哟”了一声，还挺感动的，心想这平素难得拔一根毛的铁公鸡，这回真舍得了？就见夏唯安从中拿出五张一百的递过来：“给你。”

晏宁：“滚！”也不送她了，转头就回了店里。

夏唯安搂着自己的包，呵呵一笑，离开了建材中心。

路上接到艾满江的电话，他刚刚不在店里，出去发传单去了，回来就听说她辞职已经走了，在那头嚷嚷着：“小安，你怎么走了也不说一声啊？”

夏唯安在路边等着公交车，天气又转凉了，今日没有太阳，阴风惨惨地吹着，已有些寒意。

她裹了裹衣服，说：“那我现在跟你说一声，我走了啊。”

艾满江问：“那我怎么办啊？”

“你想在那儿干就继续干呗。”她其实懂为什么狗头那么差劲，但晏宁一直没有换下家。店里留不住人，狗头不得不倚仗晏宁是一回事，还有一个，狗头因为经常干以次充好的事，给的提成是整个建材中心最高的。

他虽然押着奖金不发，但也不是真的不发，有了那么几个月，他又把前面的账清一清，哪怕真辞职走人呢，闹一闹，钱总还是能闹到手的。

艾满江做事有些慢半拍，在别的店里他难得抢到生意，在狗头那儿，倒是勉强可以混下来，而且他又是男的，也不怕狗头对他做些什么，所以夏唯安走，她劝了晏宁，却还真没打算拉着艾满江一起。

艾满江老大不高兴的样子："我不想干了。"他的理由也是让夏唯安喷饭，"我想跟你一起，和你在一起，我有安全感。"

经常是夏唯安噎人的，这一回，她硬是被艾满江给噎得无语，只好说："可是我现在失业了，什么时候找到工作还不一定呢。"

没有新员工，狗头也未必肯放人。

就这么和艾满江说着，夏唯安上了车，去了老伯家在的工地。

老伯今日也在，工人们在给他家浴室贴砖呢。他是个做事特别实诚的人，房里只要有工人施工，他就一刻不停地守着。

他家也就剩浴室这一块了，按说门窗这时候，确实该装了，可狗头猛不丁来这么一出，哪怕加急呢，怕也要一个月去了。

夏唯安十分不好意思，对着老伯都有些讪讪的，硬着头皮和他交代了一切，末了说："您放心，您其他的产品都是我帮着您去签订的，我打听过，那些老板都不会干这种事，而且我也会帮着您验货的，一定不会让您吃亏。"

老伯看着她，倒是没有太生气，甚至还担心："你们老板没有为难你吧？"

夏唯安的眼圈一下就红了。

她虽然自觉挺坚强的，可是出来至今，她真是难得听到一句善意的关怀，尤其是，在她还犯了这么大的错误之后。

她眨了眨眼睛，把眼里的泪意眨下去，摇头说："没有。只是我没有在那里干了，您知道我电话的，他们什么时候送货过来，您就什么时候给我打电话，我一定会过来帮您验看。"说着，她还从包里翻出一张折得好好的纸，打开来递给他，"这是我记得的一些判断产品真伪的基本办法，您拿着看，自己也可以对照着去判断的。"

老伯接过，第一眼就看到了一手漂亮的字。夏唯安的字，清秀漂亮，却又笔锋凌然，一笔一画都十分清晰，半点也不拖泥带水。

那一张纸，她把他定制的所有产品的判断方法都写在上面了，排版整齐、条理分明。

老伯不由自主地赞了句："这字真好看。"

夏唯安被老伯偏移的重点弄得哭笑不得，怕他不上心，走时还一再叮嘱：

“您要记得，他们送货来您就通知我呀，自己不要随便签字收货，您签了字，就等于承认了，万一有问题就麻烦了。”

老伯仍是那副不紧不慢的样子，笑眯眯地说：“知道啦。”

夏唯安很不放心，自己也估算着其他产品的送货时间，打算到时间了，就过来看一趟。

她走后，老伯站在窗台上，看着她慢慢走远。晚上回去，他拿了那张纸献宝一样给自己儿子看：“瞧瞧，这字好看吧？”

老伯的儿子三十多岁，俊眉修目，一副冷清样，坐在沙发上正在查资料，闻言抬头瞥了一眼，淡声说：“还行。”

“什么还行，没眼光。”老伯不满意，“比你那手狗扒字可是强多了。”

被自己老爹批评是狗扒字，他也没有什么表情，倒是老头兴致勃勃的：“这是那天救我的那姑娘写的，你知道发生什么事了吗？呵，他们老板背着她以次充好，拿假冒的杂牌来糊弄我老头子，被她发现了……”吧啦吧啦把事儿一顿说。

开始的时候，他儿子还没兴趣，只是听到最后，才抬起头来，微微挑了挑眉：“你确定，她不认识我？”

“啪！”老头将手上的纸盖到他脸上，“要点脸！你以为你是谁啊？有点臭钱了不起？”扔了纸又觉得心疼，立马将它拿回来，仔细看了看，见没有烂，才小心翼翼按原样折好了，准备收回去。

然而对儿子他是越来越不满意了：“我说人自恋也得有个度啊，人家帮了我，你不感谢她就算了，还觉得她没安好心。这年头，只有怕老人碰瓷的，还有怕救人的没安好心的吗？我就觉得你这思想有毒，难怪这么多年了一直找不到老婆，敢情就是疑心病重闹的！”看一看那张纸，更满意了，“这姑娘多好呀，长得好，品德也好，字也写得好，这字正呢，所以人肯定也是正的……”

也是夏唯安看起来太小了，自家儿子配不上，不然他都很想来个拉郎配，把她招为自家儿媳妇。

叹口气，又夸了一通，见他儿子全没反应，老头也泄了气，嘟嘟囔囔地进房里去了。

男人等他走后，停了手里的工作，想了想拿过手机：“上回救我爸那个小姑娘，查出什么没有？”

夏唯安并不知道，她为之愧疚的老伯家里还发生了这一出，从工地出来后，她就去了银行，看着屏幕上显示的余额，她默默看着，心里还是很激动的。

晏宁没有说错，这一行，是个搂钱的活。

托建材中心百家联盟的福，托老伯的福，她这几个月，赚得很好。

33800元，如果加上狗头吞了的应该给的那部分奖金，加起来有差不多五万了，月入一万的梦想，她真的差一点点就实现。

不过现在这样也很好了，夏唯安是个知足的人。

掏出手机，她翻出家里的账号，然后把三万块一股脑地寄了回去，自己留下了3800元。

这也是她手上拥有的，最多的钱了。

晚上，夏唯安特意买了一只鸡——本来想买晏宁最喜欢吃的那家的烤鸡的，太贵，到底舍不得，就买回家自己做。

烤鸡她是不会，但是鸡肉炖土豆她做得还不错，把鸡油剁成块，过水，拿油炸得色泽金黄，盛出来后把土豆煎一煎，再把鸡放进去，倒入调好的料汁，焖上一会儿，香喷喷的鸡肉炖土豆也就好了。

她时间把握得相当好，菜出锅的时候，晏宁正好带着艾满江回来，两人进门就闻到了浓郁的饭菜香味，立马丢了东西循着香味跑进来。

“哇哇哇，好香好香！”晏宁一路叫，一见到是炖鸡，她那么自恃优雅的人也难得爆了句粗口，“夏唯安，你真是发大财了啊，舍得买鸡吃啦？”

她可是看着夏唯安吃了几个月的馒头的，便是之前拿到了其他家的提成，夏唯安也只是多买了两个肉包子犒劳自己。

夏唯安笑，看着晏宁拈起一块鸡肉放进嘴里，也递了双筷子给随后进来的艾满江，说：“没发财，但是我辛苦了几个月，也要犒劳自己一餐呀。还有，我也得谢谢你，晏宁姐，谢谢你带我进入了这个行业，我打算一直干下去。”

门窗卖不了还有其他，销售不需要多高的门槛，她相信，她一定能再找到工作的。

晏宁一口鸡肉差点喷出来，瞪着她：“你的目标还真伟大！”

夏唯安点头：“是的。我要做销售界的女王。”

“下一个牧晓奕？”

“嗯！”

“加油。”晏宁似笑非笑地拍了拍她的肩膀。

[3]

夏唯安定下这么一个宏伟的目标，还真的打算为之努力。吃过饭，她甚至还拉着晏宁和艾满江陪她去买衣服。

“人靠衣装马靠鞍，你总算是学到了。”晏宁很欣慰，看夏唯安老穿得跟个要下地的乡下小妞似的，她眼睛疼，所以擦擦吃得发亮的嘴角，欣然起身陪她买衣服去了。

有晏宁在，夏唯安确实省心不少。知道她抠，晏宁也不带她往贵的地方去，虽然是平价市场，可晏宁眼睛毒，总是能挑到一些价钱不是很贵但是质量还不错的。

夏唯安喜欢简单舒服的穿着，夏天是T恤牛仔，秋冬冷了就加件单衣，再冷就再穿件羽绒服，一向如此。

晏宁通通PASS了，给她挑的一律是衬衫加黑西裤，她说：“你要当销售精英，麻烦穿衣上精英范一点行不行？”

还要把她的运动鞋通通扔了，换上皮鞋，夏唯安宁死不从，她从没穿过高跟鞋，穿跟稍微高一点的鞋就不会走路了！

晏宁恨铁不成钢地点着她的脑袋说：“学习，明白？适应，懂不懂？谁天生会穿高跟鞋啊，还不是走着走着就适应了？再说了，高跟鞋就是女人的武器，没了这鞋你就不是女人，懂我意思？”

夏唯安头摇得拨浪鼓一样的，把晏宁气得不得了，结果她穿上新衣换上自己的运动鞋，唔，确实难看点了，又拖着晏宁去买鞋。晏宁不干，她嘴可甜了，抱着晏宁的胳膊说：“晏宁姐姐最好了，我知道你肯定不会真生我的气的，我就是这样啦，没有见识，你又漂亮又聪明又什么都懂，还好你没嫌弃我，认识你我觉得好幸运好幸福，以后你就是我姐，我亲姐，好吗？”

晏宁呸了她一声，到底还是回头陪她去重新挑鞋子去了。

这回晏宁也没逼夏唯安非要八厘米高的高跟鞋了，见她穿着实在是别扭又为难，给她挑了双浅跟的小皮鞋，好在夏唯安个高又瘦，衬衣西裤，哪怕是小皮鞋，也还是看得的。

装备配齐，夏唯安留下的3800元瞬间就失去了800多元，还要备出下个月的房租——不能真的一直占晏宁的便宜啊，所以夜里她一笔笔记账记得直心疼，第二日就去找工作，连个停顿都没打的。

晏宁问她：“你应该不缺钱了吧？怎么就不能休息一天呢？”

夏唯安说：“我找工作就是休息呀。”

晏宁：“……”

她也懒得管她了。

夏唯安仍是去人才市场打转，她不想去建材中心碍狗头的眼，建材不能卖，她可以卖别的吧？因为目标明确，加上销售人员的门槛没有那么高，这天她只去了一日，就拿回了 N 多公司的材料。

晏宁回来，看到她在发呆，问："你这是在拗什么造型啊？"

夏唯安直起身，露出胳膊底下一堆的公司资料，上面还堆了好些的录用通知："今天收到了这么多，我不知道选哪一家。"

"哟，人才啊，给争着抢？"

夏唯安可怜巴巴地说："晏宁姐你就别打趣我啦，帮我挑一家啦。我什么都不懂，实在不知道哪家好，哪家不好。"

晏宁撩一撩头发，坐到她旁边，拿起那些东西随便翻了翻："这我也不懂，但是我觉得吧，这个年头，自己不懂可以上网查呀，从公司的名气到行业的前途，有得选，那肯定是选最好的喽。"

夏唯安眼前一亮，从椅子上蹦起来："对啊！"又弯下腰，抱住晏宁用力在她脸上亲了亲，"谢谢你，我知道啦！"

抱起资料就要往外跑。

晏宁叫住她："干吗去？"

"去网吧呀。"

对于电脑，她仅仅是懂得点皮毛，不过上网查一查资料还是可以的。

晏宁冲她勾了勾手指头，她就颠颠地跑回来，小狗似的蹲在晏宁面前。

晏宁说："我有电脑。再请我吃一餐鸡，借给你用，怎么样？"

夏唯安认真算了一下："那我还是去网吧吧，网吧便宜。"

晏宁："抠死你算了！"

夏唯安笑："逗你的啦！"仰头望着她笑得眼睛都眯了，"好，明天我给你做鸡吃，谢谢你啊，晏宁姐。"

晏宁哼哼两声，当天夜里，果然就把笔记本电脑借给了她。

晏宁的笔记本电脑是她一个表哥淘汰了给她的，相当老式的款，又厚又重，不过对于此时的夏唯安来说，这已经是相当高级的货了。

她所有的电脑知识都是在学校学的，刚开始用的时候特别慢，打字都是一个手指头一个手指头那么敲的，晏宁看着实在是替她累得慌，就回房里拿出一本电脑基础知识的书丢给她，然后自己睡觉去了。

早上醒来，夏唯安还坐在电脑面前，还是昨晚一模一样的姿势。

听到门响，她抬起头来，很有些茫然的样子："啊，天亮了吗？"

晏宁无语："别告诉我你昨晚一夜没睡啊。"

夏唯安很不好意思地挠挠头。

晏宁说："你今天不用去复试？"

"今天周末啊。"

晏宁一拍脑袋："我倒是忘记了。"在建材中心上班是没有周末的，所以她日子都过得有些糊涂了。

她拎了毛巾去洗漱，出来就见夏唯安目光炯炯地望着她："晏宁姐，除了鸡，你还想吃什么呀？"

晏宁有些警惕地打量了她一眼："无事献殷勤，你要干什么？"

夏唯安不好意思："我想再借你的电脑用一用。"站起来给晏宁又是倒水又是揉肩，"然后晚上我给你做好吃的，好不好？"

"不去网吧了？"

夏唯安摇头。

她账算得可清楚了，去网吧上网，两块钱一小时，白天耗一天，也要不少钱呢，还不如借晏宁的，晏宁还送了她书，她有不懂的还可以问晏宁……嗯，一举几得啦，给她买点好吃的，很划算啦。

晏宁倒是无可无不可，不过能宰到夏唯安这只铁公鸡，她还是很高兴的，就说："行啊。不过，你的资料要查这么久？"

夏唯安说："没有，我就是想学着用一下电脑，昨天我去找工作的时候，好多公司都问我会不会电脑呢，虽然我和他们说我会，但这不是……还要加强嘛。"

说"还要加强"的时候，她俏脸忍不住微微发红，晏宁觉得她傻乎乎的挺好笑，就说："不错嘛，都知道骗人啦。"

夏唯安小声嘀咕："也不叫骗吧。"她本来也有打算有空就去网吧练一练电脑的，她有自信，会尽快学好。不过昨晚上对着晏宁给的书试了一下，发现自己要学的很多，去网吧偶尔学一学，已经是不大现实了。

晏宁啧啧了两声，说："随便你吧，别忘了我的好吃的就行。"坐在边上一边化妆一边问，"你要去的公司选好了吗？"

夏唯安没有再用电脑，正在帮忙把晏宁丢得到处都是的东西给整理好。

晏宁从镜子里瞥见，满意地勾了勾唇，要说夏唯安住进来后她最满意的地方，除了帮她挡住了狗头外，就是她特别勤快这一条了。

以前她这里虽然算不上是猪窝，但肯定和干净整齐挂不上钩的，可自从夏唯安住进来后，这里几乎每天每时每刻都是干干净净、整整齐齐的。

那家伙好像有强迫症，哪里有一点点脏和不整齐，她就受不了，什么都不干，也得先收拾了。

听到她问，夏唯安一边收拾一边说："暂时先选了三家。"

"那么多，就只选了三家？"

夏唯安有些泄气："你这些衣服要洗吗？"得到晏宁肯定的答复后，

就将之放进了脏衣篮里，这才说，“我网上查了，好几个骗子公司，我面试的时候，他们吹得天花乱坠的，实际一查，根本就不是他们说的那么回事。倒是我选的那三家挺好的，就是不知道他们看不看得上我。”想想还有些不服气，问晏宁，“你说那些骗人的怎么还上人才市场去呀？我听说他们公司去招聘，还要交钱的哩。”

晏宁给她说得笑了起来：“那点钱算什么？能骗到一个人，指不定都够他们上几次甚至几十次人才市场了。”

夏唯安嘟着嘴巴：“人才市场也不审查的吗？”

“审啊，但是一个手续而已，又能审到哪里去？所以知道我现在为什么不轻易出来了吧？找工作，可没你想的那么容易。”

晏宁化完妆，拎着包包就走了。夏唯安去洗了个澡换了衣服，把两人的衣服都洗好后，继续坐在电脑面前奋战。

她在学制表，对着书，一点一点地学。

时间在学习中过得特别快，很快周末过去。星期一的时候，夏唯安去了她选的三家公司复试，她要去的第一家，是晏宁给她推荐的，泰华，虽然改制未久，却是本地的龙头企业，是业界相当老牌的电器公司，打工女王牧晓奕就是这家公司的高管之一。

“泰华”的总部坐落在市内黄金地段，是相当有名的 CBD。

知道泰华居然给了夏唯安复试通知后，晏宁的神色颇为复杂，上下打量了她好一会儿，才说：“加油。”

到了地方，夏唯安大概懂得了晏宁眼神和语气里的复杂之意，站在高高的写字楼下，她头一回觉得自己就像是只仰望天空的蚂蚁。

不过，她一点也不害怕。

相反，她斗志昂扬，穿着廉价的衬衣西裤，就那么昂着头走进了这个出入皆显贵的地方。

她的身影快要消失在门口的时候，一辆车停在了她刚刚站立的地方，谢子鸣踏出车门，瞄到了她的背影，但是他没有认出她，很快便转开了视线，整了整衣领，跟着走了进去。

夏唯安在电梯门前等着，两人越来越近，就在谢子鸣几乎要赶上来的时候，电梯到了，夏唯安走进去。

谢子鸣在助理的引领下，拐去了另一边。

夏唯安在电梯里转过身来的时候，他余光刚好和她擦过。

谢子鸣蓦地停住脚，回过头去，那间电梯的门已经在他面前完全阖上了。

“怎么了？”助理茫然地问。

谢子鸣眉头微微皱了起来，看着电梯门上不断攀升的数字，舌尖微微辗转了一个名字：“夏唯安？”

[4]

谢子鸣记住电梯停留的所有楼层，带着助理一层层地去找她，当差不多把全部楼层都找完却没有发现她以后，他不得不怀疑是自己看错了。

毕竟事情已经过去一年多了，记忆出现偏差也难说。

尤其找着找着，他觉得自己很可笑，自己也不明白为什么会对那样一个女孩念念不忘，所以当助理问他还要不要找下去时，他面无表情地说：“不用了。”

他重回电梯，上了自己的办公室。

谢子鸣一走，夏唯安从他身后的洗手间里走出来，也是上了电梯她才发现，比起别人外表的光鲜亮丽，她的样子略有些狼狈。

所以，夏唯安提前出了电梯，找到那层楼的洗手间，把自己稍微捯饬了一下。

脸重新洗过，头发重新梳过，虽然依旧素面朝天，可是看起来精神了不少。

夏唯安挺直了胸膛重新进了电梯，上去后才发现，虽然是最普通的业务员，但是来面试的人居然有很多。

她踩着点过来，已然是有些迟了。

望着一眼看不到头的人脑袋，她乖乖地在队伍尾巴上站好，一边排队一边竖着耳朵听身边同样等着面试的人聊天：

“人有点多啊。”

“毕竟是泰华，几年才难得有一次的大规模招聘呢，他们家待遇好，又喜欢培养新人，发展前途也好，所以大家都想着来。”

“我听说有些老销售员都过来应聘了。”

“是啊！”另外一人的声音听着也有些泄气，“不只是他们，我听说这回泰华的主力还是那些通过专场招来的大学生，他们学历高，起点也高，还容易调教，和他们比起来，到时我们这样的，就算被录取了，实习期的淘汰厮杀也一定非常惨烈！”

“唉，你说那些大学生，他们怎么也跟我们抢这个呀？”

“这你就不懂了吧？现在大学生就业压力多大呀，别看只是一个小小的业务员，实际上在泰华，做业务才是晋升最快的，他们现在的老总，传说就是业务员出身，不到三十岁，就已经是老总了，可以说是现下 CBD 里最年轻身价最高的人。还有牧晓奕，打工女王，听过没有？她最开始，也只是泰华的一个小业务员而已……”

夏唯安听八卦听得津津有味，一双眼睛亮晶晶的。

那两人说着说着觉得不对劲，都回过头来看她。

夏唯安一点也没有偷听被抓包的自觉，扬了扬“爪子”，笑道：“你们好，我叫夏唯安。”

咳，谁想认识她了吗？

被晏宁临时调教过，此时的夏唯安看上去倒有点江湖老鸟的味道了，加上她长得又漂亮，在她前面八卦的两个女孩，其中一个露出警惕的目光，另一个则是一愣之后，也是笑了笑：“你好。我叫刘可。”

夏唯安问：“你们原来就认识的呀？”

“嗯，我们是老乡。”刘可问她，“你是哪儿的人呀？”

夏唯安可老实了，她们问什么她就答什么，从老家哪儿的一直到她工作多久、学历多高，一听她高中都还没毕业，工作经验也约等于零，那两人态度都亲热了很多。

于是三人就一起聊，当然了，菜鸟夏唯安多是听，主要说的还是那两个人。

她们明显比夏唯安知道的要多多了，她们甚至还知道泰华那个既年轻身价又高的老总叫谢子鸣。

夏唯安听着这个名字，很认真地思考了三秒钟，说：“这个名字我听着耳熟。”

她是确实耳熟，而且也确实忘记了谢子鸣的名字，毕竟被老肥刘当成礼物送过去时，也只是叫他“谢总”，然后她听得最多的也是“谢总”。

谢子鸣这个名字，莫名听谁提起过一嗓子，但是夏唯安压根就没有把他和当初那个差点被她骂作“老色狼”的谢总联系在一起。

世界那么大，虽然同姓谢，但是夏唯安还真不觉得，她还能遇上他。

那两个女孩对她耳熟的说法表示了鄙视：“他在这一片可出名了，江湖上到处都有他的八卦，谁对他都会有点耳熟好吧？”

好吧，夏唯安挠挠头，认同了这个解释。

因为有了同伴，等待的时间似乎也没有那么漫长，而且年轻就是好，哪怕才认识，可聊一会儿天就熟悉得跟老朋友一样了。

那两个女孩进去面试的时候，夏唯安给她们加油，她们走时，也都和她说：“努力啊，争取我们一起进实习期。”

夏唯安点点头。

终于轮到了她。

当听到念“下一个”的时候，夏唯安用力地呼了一口气，挺起胸膛，走进了那间她盯着看了一个下午的门。

门内坐着三个面试官，一男两女，居中的男人看起来还很年轻，三十多岁的样子，长相斯文而儒雅。

他声音也好听，带着淡淡的磁性，是传说中的低音炮：“姓名？”

“夏唯安。”

“好名字。”那男人笑，“唯愿平安，是这个意思吗？”

她点点头。

那男人就又笑了起来，看了她一眼：“坐吧。”他接过右手边女孩递给他的简历，低头看了起来。

夏唯安上前几步，在下方的椅子上坐下，目光规规矩矩的。

男人左手的另一个女面试官问起了她的基本情况。

夏唯安很机械地说着。

是真的机械，她觉得自己回答得糟糕透了，背诵着简历上由晏宁帮她修饰过的内容，仿佛在嚼一段特别难下口的腊肉。

那个问话的女面试官有一双特别严厉的眼睛，好像一眼就能把人看穿似的。

夏唯安本来不紧张的，被这样的眼睛锁定着，她突然就紧张起来了。

那男人似乎也察觉到了她的紧张，笑着和那女面试官说了一句：“张经理，你太严肃了。”

叫张经理的女面试官闻言轻轻哼了一声，那男人也没在意，漂亮的手指点在夏唯安的简历上，说：“夏小姐，你最新的一份工作是门窗销售员，能说说你为什么离职吗？”

夏唯安想起来前晏宁和她说的：“如果他们问你为什么离职，你就说你很喜欢做销售，但是你想寻求更新的挑战。”

晏宁说，这是这类问题的标准答案，晏宁也说了，如果她老老实实说她离职是因为揭穿了老板以次充好的阴谋，那么百分之百会被淘汰，因为虽然大家都知道这样的行为是正义的，却是没有老板会欢迎的。

夏唯安相信她说的是真的。

晏宁大学学的是“行政管理”，她之所以舍弃行政管理没有做而转做销售，一是因为毕业就上了销售这艘船，另外一个是，她自由懒散惯了，让她规规矩矩当个 OFFICE 小姐，她不乐意。

夏唯安只考虑了不到两秒钟，就决定还是按照自己的心意回答。

既然刘可她们把泰华说得这么好，她想试试。

而听完她的回答，前面的三个人都微微愣了一下。

那个女面试官抢先问："夏小姐觉得自己这样做对吗？"

夏唯安说："如果觉得不对，那我就不会那么做了。我们那个店人少，老板给的提成也高，同事相处也很融洽，如果不是因为这个原因，我想我可能还不会离开。可是钱我可以赚，却不能昧着良心赚钱，老伯是信任我才找我下单，那我不能明知他被坑了还保持沉默，而且我也不觉得靠坑蒙拐骗的企业能够走远，我跟着那样的老板，会有前途可言。"

她说话口齿伶俐、条理清晰，更重要的是，明明长着一张萝莉脸，认真起来的时候，却颇有几分老成的正气。

"夏小姐很有正义感。"最后，男面试官说了这么一句。

夏唯安觉得这可能不是一句夸奖，然而她不知道该怎么辩驳。事实上，他们也没有给她辩驳的机会，又问了几个问题，其中一个是："夏小姐高中毕业，怎么没有多读点书？"

她固执地沉默了，然后在她的沉默里，那个女面试官说："你可以走了，如果被录用，三天之内，我们人事部门会打电话通知你的。"

夏唯安恭恭敬敬地敬了一个礼，离开。

她想，她可能是被淘汰了。

果然，她一离开，那个男面试官就在她简历上轻轻画了一个叉，把她的简历放到了一边。

张经理挑了挑眉："沈经理觉得这个女孩不合适？"

沈经理回过头来，特别斯文有理地问："张经理觉得她 Ok？"

张经理淡淡地说："我觉得挺好的，虽然学历不高，但是说话条理清晰，谈吐也很得体，心里有底线，也有想法，我不知道她有哪里不好了。"

"出卖自己的前老板也没问题？"

"那不叫出卖，她只是做了她想做的而已。"张经理说着，把夏唯安的简历拿过来，在人事主管意见那一栏，写了个"优"字。

沈经理见状笑了笑："张经理好像忘了，今天是给我们部门招人。"

张经理寸步不让："抱歉，HR 的职责，就是为公司发现合适并且优秀的人才。"

两个主面试官明显又起了争执，余下的另一个眼观鼻鼻观心，好像什么都没听到一样。

夏唯安并不知道身后发生的这一切，出来后，刘可和另一个女孩居然还在等着她。

“你们是在等我吗？”她有些惊喜，迎上前问。

刘可说：“是啊。”

另一个则迫不及待地问她：“你面试怎么样？”

夏唯安叹了口气：“我可能没希望了。”

那两女孩相视一眼，问：“怎么啦？”

夏唯安说：“我的问题没有答好。”

那两个女孩又追问了几句，三人一齐往外走。出来的时候，她们正好遇到一行人进来，当中一个女的，白衣黑裤，短发飒爽，走在最前面，犹如众星捧月一般。

夏唯安、刘可她们连忙让到一边，看他们裹着风走过去，隐隐只听到一句笑谈：“……也不知道能不能招到些真正合用的人才。”

刘可忍不住叹：“这人是谁啊？好有气势！”

夏唯安是不知道的，但是另一个女孩知道，她也望着那些人的方向，说：“是牧晓奕。”

“那个据说初中毕业做到国内销售界传奇的传奇？”

“没错。”

夏唯安听着两人的对答。这时候，牧晓奕那一群人已经进电梯了，她站在最前面，恰好面对着夏唯安，她利落的目光淡淡地扫过来，或许于她只是轻飘飘的一眼，可是在夏唯安，却实实在在感到了某种沉甸甸的质感。

特别的有气势和气场。

当时，她并不知道那是什么，只是本能地追寻着那个答案。

而就在夏唯安离开没多久，夏唯安还有另外几个有争议的人员的简历就被放在谢子鸣的桌子上。

面试的张经理和沈经理坐在他面前，两人第一个争的就是夏唯安，一个说：“谢总，你不觉得这样的人很诚实吗？有才有德，我不认为我们应该把她刷下来。”

一个则说：“谢总，她的行为或许正义，但是她侵害了公司利益也是事实，而且我很担心正义会上瘾，她今日可以因为老板以次充好跟客户举报，他日，也有可能因为别的原因，出卖下一个公司，或者说是同事……而且她还只有高中学历，我不觉得冒着风险录用这么一个低学历的员工，是件明智的事。”

谢子鸣面色沉静地听着，等两人都不再说了，他才各看了一眼，问：“说完了？”拿起那沓简历轻轻扬了扬，冷笑，“你们两个，人脑子吵成猪脑子，就为了这个？”他笑了一下，笑容有点冷，“看来，你们还是很闲啊，这点人事决断居然也要拿到我面前来问，怎么，来邀功啊？”

简历被丢在桌上，原本被归拢的纸张散开，其中一份简历刚好露出半边。

谢子鸣还待要说什么，余光微微一扫，就扫到了一张记忆中特别熟悉的脸。

照片应该是近期的，因为她明显长大了，皮肤白了不少，眼神依旧清亮，精致小巧的下颌微微扬起，唇边一点点笑，显得又青春又明媚，还带出了一点少年人才能看见的骄傲。

[5]

谢子鸣要说的话一下就说不出来了，停在那里。

好在这突然的停顿并没有引起另外两位的怀疑，他们诚惶诚恐地表示：“对不起，我们知道怎么做了。”

张经理和沈经理因为人事关系闹了几次矛盾，这次也是实在吵得太厉害，你看上的我看不上，我看上的你看不上，头脑一发热，就跑到了谢子鸣面前。

不然这种基层的招聘，是怎么也不会拿到谢子鸣面前来说的。

两人拿了简历就要走，谢子鸣却一把按在那沓纸上面：“这个就放在这里吧。他们既然争议很大，想必还是有些闪光点的，不如就全部留下来，还有实习期呢，多招几个人也就是了，你们两个至于吵成这样子。”神情冷冷，先看向张经理，“张经理，你是 HR 的主管，如果在人事处理上做不到有效决断，我会怀疑你的业务能力。”然后又看向沈经理，“沈经理，你最近浮躁了。”

张、沈两人都不由自主垂下头，沉默。

谢子鸣看着很不耐烦，挥手将他们赶了出去。

他们一走，他脸上阴沉的情绪瞬间散了——这两个经理，从某种意义上来说就是关系户，业务能力一般但是调子高得很，他和他们生气，才气不过来哩。

更何况这回他们还给他带来了这个。

谢子鸣抽出夏唯安的简历，仔细看了一遍后，他总算能确定，这确实就是她。

他忍不住笑了笑，指尖轻轻点在她秀气的眉眼上。

而回到家的夏唯安则揉了揉眉头，看着面前做茶壶状的晏宁很有些无奈。自听夏唯安说了她面试时的对答后，晏宁就一直对她冷嘲热讽，进行全方位毫无人道的打击，从身到心，无一放过！

但她也知道晏宁是为自己好，所以乖乖认错：“我错了，下次再也不这样了。”叹口气补充一句，“这不听你说他们家很好嘛，我就觉得应该试一试。”

她偶像所在的公司啊，她以为，道德线会高一些的。

叹气。

晏宁却是冷笑地问她：“你想试什么？”

夏唯安觉得自己还是不要说为好，眨眨眼睛。

但是晏宁已经明白了她的意思，当即冷笑地说：“你当你是谁啊？还试一下，你是想看看，泰华是不是能够接受你这样傻乎乎的正义感是不是？呵，夏唯安，我可告诉你，你这行为，和你不相关的时候，百分之九十九的人会欣赏你，会夸赞你，但是一旦你成了他们当中的一员，不好意思啊，你就是一颗定时炸弹，谁家没点腌臜事啊？有你这么个正义的使者，谁能放心？”

夏唯安：“……”

最后为了能让耳朵清净，她只好请晏宁出去吃夜宵，八块钱一个的大鸡腿，一人啃了一个，这事儿才算消停了。

泰华那边貌似没了希望，夏唯安就按计划去余下两家面试。这两家一家是物流公司，一家是科技公司。这两家的名气，对于夏唯安来说，比泰华都要大，因为她经常可以看到他们的广告，尤其是后者，更是IT界的大佬。

走的时候，晏宁说：“蠢婆，如果他们看得上你，记住不要再犯蠢了。”

嗯，只一个晚上而已，她就给她取了新外号。

夏唯安也不计较，痛定思痛后，点头。

她的痛处是钱，如果迟迟找不到工作，哪怕后面找到了，她怕自己的钱也撑不到她能赚钱的时候。

当业务员，可不是进去就能赚钱的，起码得有一段时间的积累，老伯那样的运气，可一不可再，她完全没敢心存侥幸。

夏唯安抖擞精神再次出发，不过让她沮丧的是，余下两家公司，面试都不太顺。

物流公司需要会英语的，科技公司则是有学历的要求。

尤其是两家的面试官，明显对她各方面条件都很满意的，所以把她刷下来时还颇遗憾：“夏小姐当初怎么就没有继续深造？”

换言之，咋不多读点书啊？

她没有回答，而是看着他们，问：“学历真的就那么重要？虽然我没有读过大学，但是我不觉得自己笨，我也不认为，学历高的人会比我做得更好。”

物流公司的面试官说：“我很欣赏夏小姐的自信，我们也可以不在乎学历，但是夏小姐觉得，你可以用英语和客户交流吗？”

夏唯安：“……”

到科技公司，则是直接问她：“我们的客户群多是IT行业的，最基本的一条，夏小姐的电脑用得熟练吗？”

夏唯安觉得自己受到了暴击。

英语和电脑，都是她的短板，也是她的痛处。

小地方的高中，这两样也都是弱点。

而大学，她不是考不上，而是不得不放弃了那个选项。

当天她打电话回家，发狠一样嘱咐几个弟弟妹妹：“我会挣钱，你们在家好好读书，如果让我知道，你们谁拿着我挣的钱在学校里混，回来我会揍你们的。”

她说得无比认真，咬牙切齿的。

夏唯安是个很务实的人，虽然被打击，她却并没有就此颓丧，回到家后，反而更加勤奋地往那些大公司里投简历。

晏宁都搞不懂她的脑回路：“明知道大公司讲究，你怎么还闷头往里面钻啊？”

夏唯安把明天要去的公司全都圈定好，头也没抬地说：“以前我是觉得，找大公司至少不用担心被骗。但是现在我觉得，我就应该多往大公司去试一试，要是进去了自然是好，就算进不了，可以多和他们的面试官谈谈也能长见识呀。否则总在小地方混，我担心自己会混成个井底之蛙，到老了，都没有办法有长进。”

晏宁不料她有如此见识，闻言怔了怔，破天荒地没有讽刺她，而是若有所思地回房里去了。

留下夏唯安一个人继续投简历，当然了，为生计考虑，她即便在网上投了一堆，但还是分了一部分精力，挑选了几家名声不那么显赫的公司准备去试一试。

同时，她把所有剩余的时间都拿来练习电脑，也因为此，她每天都给晏宁做饭吃，哪怕晏宁不需要，愿意把电脑无偿借给她，她还是会做好饭等晏宁回来。

晏宁刀子嘴豆腐心，知道她大部分钱都寄回去了，现下天天给自己做好吃的，过后肯定又要啃馒头度日，就隔两天拎一大袋菜回来，施恩一般地说：“天天窝家里，看到你就烦，我买菜你做饭给我吃吧。”

夏唯安知道晏宁这是舍不得花她的钱，第一回拎着菜袋子，她沉默了好久，然后越发用心给晏宁做好吃的。

事情多，哪怕没上班，夏唯安整天都忙得像个陀螺，饶是如此，仍记得老伯那边的事，翻翻笔记本，瞅着是时候有别家送材料过去了，便主动打电话："老伯，您订的衣柜和家具那些有去给你安装了吗？"

老伯接到她的电话很高兴，笑着说："有，有，他们昨天才打的电话呢，说是今天会送货过去。"还问她，"小夏你是要来吗？"

夏唯安问了时间，说："我会过来的。"

虽然老伯定制的整体衣柜是个大品牌，不大可能有狗头那样的事发生，但保险起见，夏唯安还是决定去看一看。

夏唯安去完人才市场，出来就上了去老伯家工地的公交车，车是不直达的，下车后还得走老长一截路。

好在她并不怕走路。

老伯一直在等着她，不只是他，这回他身边还多了一个三十来岁的男人，她乍一见面就忍不住屏住了呼吸。

无他，面前的人，大概能算是她目前为止见过的，最帅的男人。

他的皮肤很薄，白到透明，一如上好的陈年美玉，五官细致深刻，眉目如画，他站在还未完工的客厅中央，颀长玉立，双眸低垂，何止是令人惊艳，简直有让人魂为之夺的本钱。

夏唯安都算不得是外貌控，当听到老伯给她介绍说这是他儿子时，她还是忍不住由衷地说了一句："您长得好帅哦。"

说完，她还很认真地又看了他一眼。

老伯儿子的俊脸，瞬间就冷了下去，当然了，之前也冷，这会儿给人的感觉尤其冷而已。

夏唯安顿时觉得自己可能夸错了，颇无辜地望向老伯。老伯解围说："没事，他就是这个样子，从小到大就不喜欢人夸他长得好。"跟着又吐槽，"也就是因为长了这张脸，所以他觉得全天下就没谁配得上他，所以大概这辈子也是找不到老婆了。"

老伯说得有趣，夏唯安忍不住偷偷笑了笑，然后控制不住，又往他家帅儿子那儿看过去。

那男人也冷冷地瞥了夏唯安一眼，夏唯安微愣，讨好地冲他笑了笑。

可能是她笑得太猥琐了吧，那男人扭过头去，没有再理她了。

夏唯安摸摸鼻子，好吧，她会努力控制不去看美人的。她打断了老伯的絮叨，开始帮着查验那些家具的真伪。

她先开箱看的是配件，这个合同上面都是有写明的，全都是国外进口的某五金品牌，她在建材市场的几个月也不是白混的，她一样一样指给老伯看：“正品和仿冒的区别还是很明显的，一个看重量，另外一个就是看材质，最后才看标志这些……”

家具的查验就简单多了，因为大多已经封好边了，只能通过一些事先开好的小孔来查看材质。

大品牌的确在制作上没有什么猫腻，唯一就是看安装工人的安装工艺，夏唯安放了心，对老伯说：“他们这家的安装师傅是整个建材中心手艺最好的，材料没问题，安装问题也不大。”

都说完了，她准备告辞。

老伯因为要在这里等安装的工人过来，就不回去了，但是他安排自己儿子：“这儿出去挺远的，你送送小夏呗。”

他儿子转过身来看了他一眼。

夏唯安很欣赏老伯儿子的颜值，但是说真的，她有些怕他这冷冰冰的样子，便赶紧摆了摆手说：“不用了，我自己回去没问题的。”

她说着就要往外跑，不过刚出门，老伯的儿子就跟上来了。

夏唯安说：“真不用送了。”

没理。

“现在天气不热，我就当散步也是很好的。”

还是没搭理她。

但是走出一段后，他却忽然又冷又淡地说了一句：“上车。”

语气特别不容违逆。

夏唯安就觉得，何必呢，有车送干吗不让啊，她下午还有一个面试，也是赶时间的呢，就跟着上了他的车。

他的车特别霸气，这要搁以前，夏唯安指不定还有些小兴奋，然而这会儿，她特别规矩，老老实实地坐在后座，都不敢随便碰哪里。

除了上车时他问了句“去哪儿”，她答了句后，两人都没说话，他连音乐都没有放，车里的气氛沉闷到能让人窒息。夏唯安努力想找个话题，可是抬眼看到他冷冷的侧脸，又胆怯地放弃了，最后也不折腾，就那么眼观鼻鼻观心，老实坐着。

正坐得昏昏欲睡的时候，她听到他说了一句：“到了。”

夏唯安精神一振，抬头看了一眼，确实是到了，忙说：“谢谢你啊。”准备下车。

那男人却叫住她。

夏唯安疑惑地回过头来。

“听说你在找工作？”他的声音和他的人一样，清泠泠的。夏唯安读书时学到一个词叫“林籁泉韵”，大概就是说的他这样的。

她想走的，一时被他的声音所迷，不由得停下来，点头说：“是。”

“作为感谢你救了我爸爸的报酬，钱和工作，你可以挑一样。”他说着，递了一张卡过来。

夏唯安：“……”

Chapter.04
你们好

[1]

后来再想起这一段，夏唯安觉得自己大概是脑子锈掉了，因为她在很认真地考虑了十来秒后，看着那张让人惊叹的帅气的脸，问了一句特别欠的话：“我可以选你吗？”

然后她就被赶下车了，钱和工作，都没有得到。

晏宁对此给予的评价是：“色令智昏。”

夏唯安同意。

当时，她被老伯儿子喷了满脸的汽车尾气，可想而知，对她的调戏，他有多生气。

下午，夏唯安的面试仍然没有进展——倒不是说没有人愿意要她，业务员而已，大多公司没有那么挑剔，关键是，不挑剔的那几家怎么看怎么不靠谱，听他们说起自己的营销方式，感觉像是给人洗脑然后做传销似的。

夏唯安学识不够，她迫切地想进入正规的公司，得到正规的培训，然后才好真正开展自己的职业规划。

但是再失利，她也没有考虑过老伯的儿子给的选项，该付的报酬，她已经拿到了，做人，她不想太贪心。

所以这事她是当玩笑和晏宁说的，然后不出意外，又被晏宁教训了一通。

最后，晏宁跟她宣布：“亲爱的，那我也告诉你个消息，我辞职啦。还有，工资一分不少，全部拿到。”

夏唯安意外极了：“怎么突然就辞职了啊？”然后又有些愁，“那艾满江怎么办，就留他一个人啊？”

“他也已经辞职了呀。”

夏唯安睁大了眼睛。

晏宁笑着说：“他叔叔说他做这个赚不到什么钱，打工嘛，体验一次就够了，以后他得带他去闯江湖。”她学着艾满江叔叔的语气，用半生不熟的新疆普通话说，“我们新疆来的小伙伴都卖羊肉串发财啦，我们家艾满江也要去卖羊肉串了。”

夏唯安被晏宁逗得笑了起来，然后听晏宁又说：“他们要走，那我自然也要走啦，我才不傻兮兮地再给狗头守摊子呢。我就和他说，他不让我走也可以，底薪一万二，奖金另算，算是他每天勾引我的精神损失费，不然的话，我就要去找他太太好好聊一聊。”她站起来，走到夏唯安身边，轻轻拍了拍夏唯安的脸，一副笑眯眯的样子，“知道吗，这还是你上回给了我灵感，我把这几次他对我说的话都录了音，”打了个响指，“一切搞定！”

夏唯安：“……”

晏宁斜眼看着她：“你那是什么表情？”

夏唯安呼出一口气：“我在想，幸好我已经走了，否则我怕他会掐死我。”她一副老老实实的样子，“我们乡下养狗子，都讲究不能老用一种办法教训它们让它们听话呢，你这……老用这一招，狗头不得气死呀？”

“我管他？”晏宁冷笑，“他是我爹还是我妈呀？管他什么办法，好用就是办法。”

夏唯安不得不承认，对于怕老婆又色心不小的狗头来说，这一招确实是用不老。

她抛开没有再管这个，又问艾满江怎么样，然后问晏宁：“那你辞职了，有什么打算？”两眼亮晶晶，“和我一起找工作吗？”

“当然。”晏宁玩笑地抱住她，将头靠在她肩上，“以后就靠你罩我啦。”

夏唯安呛了起来。

“怎么，不愿意？”

“你就别逗我啦。”夏唯安苦着脸，“我今天去面试，又没成。”

“那我罩你。”晏宁拍拍她的脸，“昨天我就往泰华丢了简历，大概这两天应该就能收到他们人事部的通知，等我进了泰华，放心吧，我会想办法把你也弄进去的。”

夏唯安还能说什么，晏宁这么有自信，她只能崇拜地看着她啦。

不过她也好奇："你怎么突然改变主意啦？"

晏宁说："因为我觉得你说得很对，进大公司虽然没有那么自由，但是也只有在大公司才能扩大自己的眼界，还有交际圈。像我，这辈子的愿望就是钓个金龟婿，可老窝在小地方，金龟婿就是再有金都有限啦。"

夏唯安无语片刻，说："你的目标还真伟大。"

晏宁得意地笑了笑。

夏唯安并没有把晏宁要钓金龟婿的话放在心上，她胡说八道多了，还真是很难让人准确判断，她说的哪句是真，哪句是假。

晏宁的自信显然并不是无的放矢，次日她就收到了泰华人事部的通知，然后面试当天工作就定了下来。

她拿着录用通知单回来跟夏唯安炫，夏唯安表示服气，扒拉了一下自己的钱包，准备还是老老实实接着当找工作的老蜗牛。

结果，转机来了。当天上午，夏唯安还在外面跑，就接到了泰华打过来的电话："夏小姐，您被录取了，方便的话，三天内请来我们人事部办理报到手续。"

当时周围很吵，街上车来车往的，夏唯安也没听清，掏了掏耳朵："您说您是哪位？"

"我是泰华人事部的小艾。"

夏唯安："……"

她跑回去，和晏宁傻笑着说："晏宁姐，我要和你当同事啦。"

晏宁："……"

听她转述了电话内容后，晏宁说："你这是走运了，不错不错。"

两人都很高兴，晏宁这回也不专职敲诈她了，反而要请她吃饭，还把艾满江也给叫了出来。

艾满江听说她们俩又进了同一家公司，羡慕得不得了，二十大几的大男人了，趴在桌子上嘤嘤嘤嘤地哭起来："我不想卖羊肉串，我想和你们一起去上班。"

他还喝了不少酒，拉着晏宁的手，眼泪汪汪："晏宁姐姐，我喜欢你，你不要忘记我呀，等我赚了钱，我还回来找你。"

这突如其来的表白，把夏唯安都惊呆了，晏宁却是淡定无比地摸摸他的头，敷衍地说："行，我等你，如果三十岁我还没有找到我的金龟婿，等你赚钱了就来娶我。"

"那说好了。"夏唯安怀疑艾满江到底听明白晏宁说的是什么了没有，他喜滋滋地伸手，要和晏宁拉钩盖章。

晏宁还真就依了他。

之后两人拖着醉醺醺的艾满江回了家。艾满江在客厅的沙发上睡死，晏宁也早早进房里玩手机游戏了，唯夏唯安，开了电脑，兢兢业业地继续她的学习大业。

泰华说的是三天内，晏宁打算在第三天再过去报到，夏唯安同意，想趁着工作定下来然后还有点时间，把电脑好好学一学。

晏宁给她的书，她已经学了一半了。

夏唯安学到半夜，第二日大早又起了，给艾满江和晏宁熬了粥，然后又继续学习。晏宁和艾满江吃了她做的东西，又去外面浪了一圈，回来晏宁见她还在电脑前，忍不住问她："夏唯安，你人生的乐趣到底是什么呀？"

夏唯安说："三十岁之前，学习。"

"那三十岁之后呢？"

"赚钱。"

"现在不赚钱？"

"现在是投资呀。"

"小样。"晏宁忍不住笑起来，"懂得还挺多，还投资呢。"话锋一转，"夏唯安，你到底有没有好好了解过你自己，知不知道自己最大的武器是什么？"

夏唯安果然是不懂的，抬起脸，懵懵懂懂地问："是什么？"

晏宁看着她。

即便是看得多了，晏宁也无法否认，夏唯安有张长得极好的脸，哪怕这张脸半点也没有受到优待，素面朝天，整日里风吹雨淋，夏日还经过暴晒，可除了黑了一点，她五官精致、眉眼秀挺，尤其是那双眼睛，浓睫卷翘，清亮璀璨，哪怕是这会儿迷茫的模样，也依旧澄澈如水，让人忍不住想陷进她的眼波里去。

这才是真正的纯天然的美人。

可显然，美人自己全没有意识到自己的价值，懵懂又无辜地望着她。

晏宁低头从包里拿出自己的化妆镜，摆到夏唯安面前："看见了吗？"

夏唯安："什么？"

"你这张脸，看见了吗？它就是你最大最好的武器。"

夏唯安觉得她在说笑话，推开她的手："还以为你说什么呢，这算什么武器啊？"她哭笑不得，又继续低头看书，一边看一边还说，"晏宁，人不能把自己的脸或者身体当成武器的，因为你把自己物化了，实际上，也就是自己让自己贬值了。"

她难得说这么一句有深度的话，不过，晏宁嗤之以鼻，说她："那是你傻。"

夏唯安只好笑笑，她不算是个很有想法的人，却是个目标坚定的人，从一开始，她就从来没有打算靠脸去刷别人的好感度，或者说是靠脸去获取什么。

她想做个有实力的人。

哪怕现阶段，她什么都不懂，去泰华办理入职的时候，一本《计算机基础教程》她也只是勉强磕磕绊绊地学完。

但是，她打字已经流畅了很多，会自己制作表格，也能做相对简单的PPT文件。

几天而已，能够这样，她自觉已经很好了。

晏宁笑她："你倒是挺容易自我满足。"

夏唯安很认真地说："因为即便再想赚钱，可我还是不想为难我自己呀。"

晏宁对此，只是奉送了她一个大大的白眼。

两人一起去泰华报到，当天入职，手续办好后，她们就被带到了一间大大的会议室。

会议室里坐满了人，叽叽喳喳的，三五成群凑在一起说话，然而无一例外，众人的脸上都带着难以言说的激动和喜悦。

夏唯安和晏宁进来，房里静了静，旋即又喧闹了起来，夏唯安听到有人打了个呼哨，赞说："呀，来了两个美女。"

晏宁冲说话的那人挑了挑眉，夏唯安没什么表情，小跟班似的，跟在晏宁身边。

正找着合适的位置，突然听到有人喊："嗨，那个夏什么，安安？这里，这里。"

夏唯安循声看过去，就见到了两张熟面孔，她当日来参加复试时遇到的刘可和另外一个女孩王晓月。

那两人坐在顶靠前的位置，冲她挥手。

夏唯安也挥了挥手，那边已经没有空位了，所以她也没过去，只是粗粗打了个招呼后，就和晏宁另外挑了空位坐下去了。

晏宁悄悄捅了她一下，取笑说："喂，夏什么，不错啊，居然还有熟人。"

"来面试的时候遇到的。"

晏宁还要说什么，这时旁边的男孩探头过来："嗨，你们也是新人吧？我一组的，你们分在几组？"

夏唯安和晏宁："……"

两只刚来的菜鸟蒙蒙地看着他。

“一看你们进来的时候就没注意，门边贴了分组的名单呀，你们没看？”

夏唯安就想回去看，可还没起身，门又被推开了。

当日面试过夏唯安的那个男面试官和几个人一起大步走了进来。

室内一下安静了下来。

男面试官带着人径直走到会议室的最前面。

他看了一眼众人，颇温和地说：“相信在座的应该有一部分人已经提前认识我了，但还是允许我先自我介绍一下，我叫沈丛，在接下来的时间里，将由我陪着大家一起度过实习期。今天是报到的最后一天，人差不多也全部到齐了，你们很幸运，实习期的第一课是由我们老总亲自给大家上。鼓掌欢迎。”

沈丛说话温和亲切，但是又不失煽动性，场内的气氛被他调起来，众人都红着脸满怀期待地鼓起掌来。

夏唯安也很是期待。

她们来得迟，坐的是靠近门边的位置，所以她第一时间就见到了进来的人，待得看清后，她刚刚才兴奋起来的脸因为太过意外而微微有些扭曲。

妈呀，谁来告诉她，为什么泰华的老总是这个冤家啊？

[2]

夏唯安猛地转过脸去，恨不得将头整个埋进晏宁怀里。

进来的人此时也正好从面前走过，晏宁也不好说她什么，只不动声色地拧了她一下，待人走过去后，把她揪出来：“夏唯安，你干什么？”

被夏唯安这一打岔，害她连泰华老总的脸都没有好好看清！

夏唯安扭了扭脖子，很心虚地说：“我感觉我脖子扭到了。”

晏宁冲她翻了个白眼：“脖子扭到了又不是断了，你往我怀里栽干什么？”她拢了拢衣服，“老实告诉你，别以为你的比我小就妒忌我，这个东西，你压不塌，和才华一样，天生的。”

夏唯安：“……”

她不由自主地瞄了自己的胸一眼，默默地缩着身子不说话了。

这时候那人已经走到台上了，他转过脸来，晏宁立即就激动了，抓紧夏唯安的手，“哇”了一句：“这才是优质男啊！”

夏唯安悄悄瞄了台上的男人一眼，完全没有体会到晏宁所说的优质。

看到他，她一下就记起了那个有如噩梦一般的夏天，她被老肥刘打扮得像只镶金边的花瓶，给送到了凤凰台里，他的面前。

那时候，她只是一个物品。

她垂下眼睛，那人开口道：“你们好，我叫谢子鸣，希望有机会，一年后的今天还可以在这里看到你们。”

泰华的实习期是半年，带薪，有假，除了随时会被开除，和正式员工没有太大的区别，但是一年后，能真正坐到这里的人，想必皆是他们这一批的精英。

谢子鸣和他们回顾了过往，那时候，他也只是个初入社会的新人，满怀梦想，来到泰华，他的声音，或许没有沈丛那么温和，可是一字一句充满了力量感，却是比沈丛更能鼓舞人心。

披上精英外皮后的谢子鸣，给了夏唯安完全不同的感受，大概就是晏宁说的那种优质男人：自信、阳光、成熟而又沉稳，浑身上下都充满了引人向上的正能量。

夏唯安其实记不大清当初的谢子鸣是什么样的，不过印象绝对称不上好，这会儿见他如此，忍不住有些三观被颠覆的感觉。

于是老是忍不住偷看他，看得多了，不知道是不是错觉，她觉得，他也在看她。

两人目光相撞，她确定了，他确实是看着她。

夏唯安的脑袋当即嗖地又埋进了晏宁的怀里。

想想那时把他当老色鬼防、当柴火棍一样甩的过往，夏唯安一点也不想让他认出她来。

不过显然，世事多不尽如人意，发表完讲话后，谢子鸣突然点到了她的名字：“那位同事，对，就是你旁边一直低着头的那位女士，是我讲的东西你不感兴趣，还是你本来就属鹌鹑的呀？”

夏唯安还没感觉是在说她，倒是晏宁暗地里捅了她一下，然后把她撕开，咬着牙低声说：“臭夏唯安，说你呢！”

夏唯安再抬头的时候，就发现，她已经成了全场瞩目的焦点。

谢子鸣那张含笑的脸明明隔得很远，她却依然感觉到了其中的满满恶意。

他问：“是我说得不够好？”

她忙不迭地摇头。

谢子鸣脸上的笑意就敛了：“那看来，你就是属鹌鹑的了。这么害羞胆小，做销售，我还真怕耽误了你。”转头看向沈丛，“沈经理，这就是你们这批招的所谓的人才？如果她实在不能适应，还是早点让人家走吧。”

夏唯安：“……”

她不由自主地挺直了胸膛，以证明自己绝对不属鹌鹑，也不是害羞胆小，但是，谢子鸣却再没有看过她。

然后下课的时候，沈丛把她叫过去："夏唯安是吧？刚刚谢总的话你也听到了，你放心，虽然你才来，但是我们会给你适当的补偿……"

"我不要补偿！"夏唯安知道，和沈丛说什么都是废话，所以她问，"沈经理，我可以先和谢总谈谈吗？"

沈丛看着她，面前的女孩无疑有一张很出众的脸，虽然皮肤不够白，但是五官够美，也够年轻，因而担得起"色若春花"的名头。

而且，显然勇气也不小，居然敢直接找谢子鸣。

不知道想到什么，他笑了一下："可以。"

夏唯安去找谢子鸣。

谢子鸣的办公室，当然没那么好进的，都不用过五关斩六将，夏唯安甚至连他办公室的门边都没挨到，就让人打发了："抱歉，谢总在忙，如果是工作上的事，请找你的直系上属。"

客气又礼貌地把她打发了。

夏唯安并不纠缠，不让她进，她就在外面等着，连中饭都没下去吃，就在那儿守着。她想，谢子鸣总有出来的时候吧？不吃饭，难不成还不上厕所？

结果他还真没出来，饭是他的助理给他打包送进去的，厕所……反正她一直没看到他出来上过厕所。

夏唯安蹲在过道的一个大花瓶后面，晏宁给她发信息："你在干什么？"

她瞅了瞅玻璃上隐隐映出的自己的影子，叹气，回说："我在COS痴汉。"

"COS"和"痴汉"这两个词都是晏宁教她的，用在这里，实在很是形象。

晏宁回了她一大串省略号，跟着又回了一句："活该，谁让你看中我的胸的！"

夏唯安没心情回应她的耍贫嘴，她愁死了，想如果谢子鸣一直不出来怎么办？沈丛只给她今天一天的时间，今天一过，如果没有接到最新的通知，明天她就得滚蛋了。

还好，谢子鸣没有让她白等，下午上班没多久，他出来了，而且还是一个人，只是面色疲惫，神情带了几分不耐烦。

他边走边烦躁地解开领口的扣子，夏唯安突然从大花瓶处蹦出来，把他吓了一跳。

"谢总。"夏唯安见吓到人，立时表现得可乖了，扎着手，恭恭敬敬地叫他。

谢子鸣："你在这儿干什么？"

“等你。”她说，还知道礼让地一侧身，“您是要上厕所吧？您先上。”

谢子鸣无语。

不过他还真是要上厕所了，便也没管她，径直走上前去。

出来时，她仍等在原地，低眉顺眼的样子。

他洗手的时候，侧首看了看她，发现她的变化比他想象中的大，褪去了少女的青涩，已隐隐可见女人的性感，也不知道她是怎么养的，虽然还是瘦，却已有了些丰盈的肉感，像一则剪影，细长又漂亮。

本来想逗弄她的，来个假装不认识什么的，结果他一走近，她就直通通地说：“谢总，我我……我还欠你一个人情，我是来还你人情的。”

他便什么假都装不出来了，忍不住“扑哧”一笑，凑近了望着她，学着她的语气：“你你你……你想怎么还？”

他离得那么近，她居然也没有脸红，只是微微后退了一些，睁大眼睛看着他，特别认真特别真诚地说：“我好好学习，给你挣钱。”

谢子鸣“哦”了一声，直起身，慢条斯理地挽着袖子：“我不缺钱。”

她微微瞠目，大概理解不了不缺钱的人生，默了默后说：“那你……想要什么？”

他停住手，居高临下地望着她，从他的角度，能看到她长长的睫毛，像只莽撞的蝴蝶，不停地扑扇个不停。

年轻的肌肤，平滑得没有一点瑕疵。

路过她身边的时候，他说：“我晚上要出席一个聚会，缺个女伴，愿意吗？”

夏唯安在他身后，过了好一会儿，才说：“好啊。”

他勾唇笑了笑。

将人交给助理，他丢下句：“晚上我要带她出去，给她好好弄一下。”就继续忙他的去了。

夏唯安和谢子鸣的助理脸对脸，她轻轻摇了摇“爪子”：“你好。”

对方点点头，什么也没问，又把她反手丢给下面的秘书：“听到了？六点之前，谢总要出门。”

谢子鸣的秘书三十岁上下，头发绾成干练的发髻，一身利落的OFFICE小姐装扮，闻言抬起头，托了托眼镜，仔细看了她一眼，说：“好。”

夏唯安就被她带下去，像个洋娃娃似的，打扮了起来。

不管是男助理还是女秘书，好像对谢子鸣这么做都没有异议，也不觉得好奇，显然谢子鸣这么做，也不是第一次了。

观察到这一点，夏唯安略安心，乖乖地坐着，任他们打扮。她虽是乡下土妞，出来的时间也不长，可被摆弄也不是第一回了，因此不管是做头发化妆还是换衣服，都显得淡定无比。

全部弄完，五点半，夏唯安重又被领到了谢子鸣面前，他恰好也要出门了，看也没看她，一边穿上外套往外走一边说："跟上。"

夏唯安就跟着他上了车。

谈了一下午事，谢子鸣累得够呛，车子开出好远，他都没出声，而且也不知道他是不是还在想事情，连表情都是异常的严肃。

夏唯安不敢打扰他，只乖乖地坐着，她无知无畏，心想反正已经上了车了，随便他把她带去哪儿吧，横竖她是一定不能被这样赶走的。

便是在这样的寂静里，突然，她的肚子不合时宜地响了一下，然后又响了一下。

谢子鸣这才回过神来似的，转过头看了她一眼。

夏唯安难得红了脸，讷讷地说："我没事。"

就像抗议似的，话一落音，她的肚子就"咕噜咕噜"，发出一连串更大更亮的响声。

夏唯安："……"

谢子鸣："……"

[3]

夏唯安没能扛过自己的肚子，脸色瞬间爆红。

谢子鸣问："饿了？"

"嗯。"夏唯安老老实实地点头，为了守他，她连中饭都没吃，早餐就吃了两个馒头，能忍到这会儿，实在是她忍功了得了。

但是，她抚了抚肚子，特别坚强地说："没事，我还能扛一扛的。"

谢子鸣无语，低头从旁边拿出一瓶饮料丢给她："先垫垫。"

夏唯安拿在手里，没有喝。

"怎么，怕我下毒？"他开着车，城市的霓虹映在他脸上，显得他的表情别有一种凌厉的味道，"我还以为你真的天不怕地不怕呢。"

夏唯安说："我是不怕啊，我只是怕我越喝越饿，等会儿丢你的脸。"

谢子鸣看了她一眼："很好。等会儿就继续保持你现在的气势。"

夏唯安蒙逼，问："什么样的气势？"

"傻气。"

夏唯安："……"

看她那傻样，谢子鸣忍不住又笑了一下，突然就发现自己似乎是找到了一直没有忘记她的原因，大概是，她的身上总有一股子傻傻的赤诚，让人一眼就可以看穿她的想法，没有算计，也没有那么多的图谋。

而夏唯安，就这么忐忑地、莫名其妙地被谢子鸣带到了一堆陌生人面前。

他们到得算是晚了，进去后，里面一个大圆桌上已坐了好些人。夏唯安目光一扫，只见男女老少都有，个个衣着光鲜，面容精致。

她觉得自己像是误闯处仙人堆里的凡人，处处都显出拘束和村气，便板着脸，努力不拖后腿地跟在谢子鸣旁边。

结果才鼓好勇气，就听谢子鸣冲其中一个人叫："妈。"

这一刻的他，倒和当初那个人重合了，有点痞痞的、慵懒的样子，唇边一抹淡淡的笑意，仿佛很亲近实际却是带着可见的疏离。

夏唯安没想到谢子鸣带她来见谢母，整个人都忍不住僵了一下，尤其是，场上众人望向她的目光，锐利如刀，一点也不亲善。

"子鸣，你这带来的人是谁啊？"谢母还没说话，另一个男人就问了。

这明显是诘难的口气，让夏唯安有些难堪，可更让她难堪的是，谢子鸣还没答，她的肚子就又发出一连串熟悉的"咕噜咕噜"声。

巨响。

室内一片死寂。

如果地上有缝，夏唯安肯定毫不犹豫钻下去了。

而谢子鸣一愣之后，就在这满室寂静中十分不厚道地笑出了声，他趴在她的肩上，笑得整个人站都站不稳的样子，而且他的手还攀得特别牢，她尴尬得要死，想撕都撕不开他。

这会儿，落在她身上的目光，已不是刀，而是子弹，一颗颗要把她扎穿。

谢子鸣好不容易笑完了，伸手拍拍她的脸："不急啊，马上就吃饭了。"转过身，牵起她的手，和那些人介绍说，"先介绍一下吧，这是我女朋友，夏唯安。"望着她，一个一个给她介绍，"那是我妈，这是康伯伯，还有这几位，你就叫叔叔阿姨吧，那个应该比你大，你可以叫姐姐。"

夏唯安睁大了眼睛望着他。

"女朋友"三个字她还没消化，后面一大串，自然是没听到了。

谢子鸣俯身凑在她耳朵边，轻轻撩了撩她的头发，低语道："帮帮我，嗯？"

夏唯安："……"

如果他敢拿留在泰华威胁她，她倒是懒得理他了，但是这种祈求的语气……

夏唯安收回目光，硬着头皮冲在座的人鞠了一躬，含混地说："你们好。"

没人理她。

意料之中的事。

谢子鸣带着她走过去坐下，也是坐下后，她才发现，她的手还被他牵在手里，她瞪了他一眼，他一笑，手指轻轻在她掌心挠了挠，放开了她。

夏唯安："……"

她觉得她被他调戏了。

她郁闷地低下头，谢子鸣叫服务员："上菜吧。"

服务员出去，谢母没说话，被谢子鸣叫作康伯伯的男人率先沉着脸问道："子鸣，今天这个饭是为什么吃的，你知道吧？"

"知道啊，给张叔和张姨接风洗尘嘛。"谢子鸣说罢，端起桌上的杯子，顾自倒了一杯酒，冲席上另外两个，自打他们进来后就脸色奇臭无比的中年夫妻说，"张叔张姨，欢迎你们回来啊。"

张叔张姨没理他，只是望向谢母："对不起啊，今天这餐饭我们看来是吃不下去了，再见。"

说完，这对夫妻一点停顿也没打地起身离开了。

康伯伯和谢母试图挽留，无果。

而那对夫妻身边的女孩子倒是无所谓得很，还冲他们耸了耸肩，也跟着走了。走时，她还安慰谢母和康伯伯："没事的，回头我劝劝他们就好。"

三人在门外说话，门内夏唯安也对谢子鸣说："你这样不好的。"

"哪样？"

她不笨，这会儿也看出来了，便说："那女孩，是介绍给你的吧？"

她瞧着人家挺好的，虽说不是特别漂亮，但是很有气质，身材高挑，素养也不错，相亲时被相亲对象带个女朋友来搅场，没有当场泼他一脸水，已经是表现很好啦。

谢子鸣却笑了笑，还伸手揉了揉她的头发："这会儿你倒又不傻了。"

他动作利落，夏唯安硬是没避开，待要拍开他的手，谢母、康伯伯进来了，夏唯安一下就气短了，倒是给谢子鸣抓到机会，反手就又握住了她的手指。

看在人眼里，特别像打情骂俏！

谢母瞪了自家儿子一眼，她并不年轻了，法令纹深深地印在脸上，薄薄的嘴唇，竖眉时，显得相当严厉。

她看也没看夏唯安，只是问谢子鸣："你是一定要跟我作对是吗？"

谢子鸣一笑："是啊。"

这语气，莫名有些熟悉，夏唯安过了一会儿才反应过来，他在学她！

效果特别好，谢母气得发抖，待要再说什么，被身边人劝住，那个康伯伯回过头来，也是一脸严肃地说：“子鸣，能让你这位朋友先出去吗？”

便是要训人要吵架，也不能当着外人的面。

夏唯安闻言，起身就要走。

她也一点不想留在这里好吧，当炮灰的滋味，也是够够的了。

谢子鸣一把抓住夏唯安的手，夏唯安垂眸，对上他那双琥珀一样淡棕的眼睛。

“不用，”他说，一语双关的口气，“有我，不会有人赶你走。”

他手上用力，夏唯安只好顺从地又坐了下来。

谢母和康伯伯待要再说，门再次被敲响。

上菜了。

一盆又一盆的菜端上来，浓郁的香味不断发散，引得夏唯安的肚子雷鸣般地“咕噜咕噜”响个不停。

她都要绝望了，用手微遮了脸，羞于见人。

谢子鸣却高兴得很，无视另两人的黑脸，拿筷子给她夹了一筷子菜：“饿坏了？吃吧。”

语气那个宠溺，夏唯安从没谈过恋爱，闻言几乎毛骨悚然。

她虽是乡下地方出来的，但是餐桌基本的礼仪还在，谢母和那个叫康伯伯的男人都气成那样了，她还吃？

会给喷成渣渣吧！

谢子鸣却是打定主意要把“恩爱”秀到底，她不动，他就干脆夹到她嘴边喂她：“这个很香，试试？”

肉贴着她的嘴唇，肉香肆无忌惮地引诱着她肚子里的馋虫。

夏唯安简直想咬人！

好在谢母还讲些风度，哪怕被这样的儿子气得要死，也没有说什么，在康伯伯的劝解下，坐下吃饭。

那一餐饭，夏唯安饿成那样，吃得都是味同嚼蜡，其他人就更不用说了。

不过，她还是吃饱了，甚至是吃撑了，因为谢子鸣一直在不停地给她夹菜，那殷勤劲儿，好几回她都觉得，大概一出门，她就要被谢母喊人套麻袋了。

饭后，谢子鸣到底还是留下和谢母谈了谈，叫夏唯安先出去：“在外面等我，我一会儿就出来。”

夏唯安逃一样地跑掉了。

她本来是想先走的，只是还在找服务员问路，谢子鸣就出来了，他步伐很快，带着凛冽的味道，突然从后面一把抓住她的手，就那么带走了她。

夏唯安挣扎，她力气大，不过谢子鸣也不遑多让，她挣得厉害了，他一下停住脚，抓住她的肩把她推到墙边：“夏唯安，你还没完了是吧？”

气势惊人。

夏唯安莫名其妙就㞞了，点头说：“完了。”

谢子鸣瞪着她，他离她很近，近得她觉得只要微微一抬脸，就可以碰到他的下巴。

强烈的男性荷尔蒙气息笼罩了她，让她不由自主地，一阵阵发晕。

谢子鸣倒被她逗得笑了起来，那股子气势自然也跟着泄尽。

“对不起。”他呼出一口气，放开她，“我有点迁怒了。”

显然，他和谢母的谈话很不愉快。

夏唯安不了解，自然也无从安慰，只能干巴巴地应一句：“没关系。”

谢子鸣看着她，又是一笑，转身往外走去。

夏唯安跟着，也不敢问他去哪儿，她对这个城市不熟，除了自己常去的地方，其他就是一抹黑。

车子开出好一会儿，谢子鸣才开口，问她：“想喝酒，去吗？”

夏唯安说：“我不会。”

谢子鸣“呵”了一声：“一年多前，在凤凰台和我喝酒的那个是鬼？”他还记得她当时喝了好几杯吧？以为她醉了，结果是装醉。

被戳穿了，夏唯安也不觉羞愧，仍是觍着脸，一副无辜的模样。

谢子鸣特别想捏一捏她。

这种想法，清醒的时候尚能控制，几杯酒下肚，就有些控制不住了。

他挑喝酒的地方是个酒吧，环境倒是挺清幽的，也不喧闹，两人要了个小小的角落，夏唯安看，他就喝。

她坐在那儿，挺乖的样子，谢子鸣转着酒杯，问她：“你这么想留在泰华？”

她点头。

“为什么？”

她说：“找份合适的工作挺不容易的，而且我喜欢泰华的氛围。”

“什么氛围？”

“大家都很努力，然后，也都很有目标，没有谁是浑浑噩噩的。”

这个时候的夏唯安，还没有学会虚与委蛇，很有一种有什么说什么的坦率，也是这样的坦率，让她显出别样的可爱来。

谢子鸣忍不住笑，问：“你说你是打算来还人情的？”

“嗯。”虽然那个人情债是他强压在她头上的，但是既然她认了，而他们又重新遇上，如果不过分，她还是可以还一还的。

谢子鸣微微挑了挑眉："你打算怎么还？"

夏唯安很认真地说："我会好好做事，努力帮你挣钱，行吗？"

她倒是狡猾，以这样的理由，她就可以继续留在泰华。

望见她眼里的小得意，谢子鸣忍不住又是一笑，心情似乎都好了一些了。

"笨。"忽然，他伸手挑起她的下巴，"夏唯安，你知道你长得还可以吗？女人如果有你这样的长相，完全可以不用那么努力，因为，有的是捷径可以让你走。"

她静静地望着他，清亮的眸子带着一些好奇："什么样的捷径？"

"比如说，这样的。"他说着，凑过脸来，想要吻她。

这个角落里的卡座是圆形的，夏唯安和他是坐在同一张沙发椅上，他俯身靠近时，几乎就把她逼到了一个角落。

但是他没能得逞，夏唯安用杯子抵住了他。

圆口的高脚玻璃杯，不锋利，但是抵在人咽喉位置，还是挺吓人的，尤其是，握着它的主人，还有一身可怕的蛮力。

谢子鸣没有再动，但是也没有退开，他就维持着那个姿势，和她说："应了，你可以少奋斗至少十年。"

说实话，夏唯安第一反应不是生气或者恼怒，而是新奇，因为她第一次面对这样的……勾引。

唔，说勾引没错吧？

这样的事情，她只在电视里看到过哩。

她偏了偏头，一派好奇的天真，问他："你想包养我？"

谢子鸣望着她："你愿意吗？"

他声音很柔，在水一样的音乐声里，颇有几分磁性的温暖和魅惑。

[4]

夏唯安第一次感觉出男人的魅力，那种魅力让他哪怕做出这样让人讨厌的事，居然也没有令她多生气。

明明当初厨师长这么说的时候，她就泼了他一碗热汤。

当然了，那时候的厨师长做得更过分，就在厨房里呢，居然抱住她就要亲，身上油腻腻的，实在是让人恶心。

谢子鸣却是衣着光鲜，连表情都没有那股子猥琐劲儿，望着她的眼睛里，甚至带着淡淡的笑意。

她问他："如果我不愿意的话，是不是就必须得离开泰华？"

“不会。”他说，“你答应陪我出来，白天你当鹌鹑的事就一笔勾销了。”

“那你会给我穿小鞋吗？”

这话也只有她能问得出来，他是泰华高高在上的老总，她不过是个小小的实习生罢了，他得多无聊，才会矮下身段给她小鞋穿啊？

不过，谢子鸣今天的行为本来就够无聊的了，他笑了笑，说：“不会。”

夏唯安顿时就松了一口气，推开他：“那我告诉你，我不愿意。少奋斗十年而已，我还年轻，并不怕花时间。而且，我自己努力的话，那可是终生有靠。”她特别认真，告诉他，“我妈从小就告诉我，人得自己努力，努力才有出息，靠天靠地靠父母，都没出息。”

所以她一直很努力，读书时就认真读书，工作后，就努力工作，不管在什么情况下，她都要做到最好的那一个。

她这么认真，谢子鸣就是想扮演个纨绔都没法扮演下去，只得悻悻地坐好，刺了她一句：“那你有没有想过，就凭你，高中还没毕业的学历，就算再努力，又能怎么样呢？”

夏唯安看着他，黑黑的眸子里是闪亮的笑意：“这话你也和牧总说过吗？”

谢子鸣被噎了一下，但他久在商场，又怎么会被一个小小的初出江湖的夏唯安在言语上难到？他轻轻哼了一声，说：“你以为这世上有多少个牧晓奕？天时地利人和，现在这样的精英社会，想成事，没有学历，没有胆识，没有背景，没有真正的木事，你就算是想当老肥刘都很难。”

老肥刘是夏唯安的前前前老板，在谢子鸣这样的看来，根本就不算成功，顶多只是一个小作坊主而已。

能成为那样的小作坊主，还是他遇上了好时候，而且，还得够不要脸。

像夏唯安这样天真的小白兔，混入名利场，迟早也是陷落的份。

便是牧晓奕，难道现在又过得很好吗？

夏唯安不懂他这话的深意，她现在的眼光，也决定了她无法看到那么远，但是她有自己的信念，她说：“可是，还是有一个牧晓奕，不是吗？”

谢子鸣点头，戏谑地说：“那我就等着看了。”

说话时电话响起，他低头看了一眼，将杯中的酒一饮而尽，接听了电话。

夏唯安听到他说：“没干什么，在跟人坐而论道，你要来吗？”

夏唯安不喜欢他语气里调侃的意味，微微皱了皱眉。

谢子鸣看见了，后来倒也没说什么，挂了电话。

“走吧。”他收拾了一下东西，说。

夏唯安默默跟着，她打定主意不要他送，不料出得门来，他们却遇到了沈丛。

沈丛一个人，脚步匆匆地往里走，差一点点和谢子鸣撞上。

“谢总？”他又看向夏唯安，“你是夏……”

“夏唯安。”夏唯安说。

沈丛点头，看向谢子鸣，眼里的惊讶很快就隐去，他问：“你们这是准备走了？”

“嗯。”谢子鸣淡淡地说，看了眼外面。

酒吧的门并不透明，刚刚有一个人出现在门口，然后才冒了个头又忽然间隐去了。

他也没太在意，散漫地问了句：“和朋友来玩？”

沈丛突然就有些紧张，摇头说：“不是，是有个朋友在这儿喝酒，我来给他送些东西。”

”哦。”谢子鸣应了一声，本来提脚准备走了，却又突然转过身来，“马上就走？”

“对，马上就走。”

“那等会儿，把她带回去吧。”他指了指夏唯安。

就这样，夏唯安被指给了沈丛，等谢子鸣走后，她说：“没关系，我自己可以回去的。”

沈丛温声问：“你住哪儿？”

夏唯安说了地址。

“太远了。”沈丛摇头，笑了笑，“没事，你在门口等我一会儿，我马上就出来，也是顺路的事。”

后来夏唯安才知道，沈丛那天并不是一个人来的，他也不是来给朋友送点东西。

可此时，她还真信了他的话，而且沈丛虽然不像谢子鸣那么强势，可他彬彬有礼而又温文尔雅的样子，同样让人难以拒绝。

夏唯安没有看到谢子鸣见到的那个影子，自然也没有见到门口隐着的一双目送他们离开的眼睛。

沈丛做出真的只是来送送东西的样子，进去没一会儿就出来了，然后带着她上了车。

此时夜色正浓，城市交通正是最后一个高峰期。路上车潮涌动，沈丛的车开得很慢，他们上车没多久，他就接到一个电话，挂了后和夏唯安说：“是谢总打来的，他说让你别忘了，明天上班。”

夏唯安轻轻“哦”了一声，说：“我知道了，谢谢。”

沈丛从后视镜里看着她，问："你还很小吧？"

"二十岁了。"

"二十岁。"他笑起来，"好年轻。"修长的手指拨了一下车载显示屏，"你喜欢听什么样的歌？"

夏唯安说："都可以。"

他就随便放了张碟片，很抒情的音乐，听得夏唯安莫名有些惆怅。

沈丛问她："你和谢总以前认识？"

夏唯安说："以前有过一点误会。"

"难怪，"沈丛笑道，"他今天会特意点到你。"

夏唯安不明白这话的意思，他又解释说："谢总在公司里人气很高，所以一般情况下，他不大和女同事有特别的交流，点名这种事，更是很少会发生。"

他说着又看了她一眼。毋庸置疑，夏唯安是漂亮的，细致的眉眼、倔强的嘴角，还有微微扬着的下巴，显示出她有个不大肯服输的性格。

瞧着，是谢子鸣会喜欢的类型。

夏唯安下车的时候，他还是没忍住："夏唯安，"他有些犹豫地看着她，"你为什么进泰华？"

"这是重新面试吗？"她睁大了眼睛，问。

沈丛微微莞尔："当然不是。难道面试和非面试，你的答案还会不一样？"

夏唯安挠了挠头，笑着承认："是啊。"

"那说说吧。"

"如果是面试，你问这样的问题，我会说，因为我喜欢泰华，我想让我的人生有更不一样的尝试。但如果不是面试的话，我就会告诉你，我之所以想进泰华，是因为我觉得大公司挺好的，能教我很多外面轻易学不到的东西，我没有读过太多书，家乡也在很偏很穷的乡下，所以想长见识，我只能往大公司走。"

这也是她被谢子鸣点名后，一定要堵住他说服他让她留下的原因，既进来了，她不能第一天就被赶走。

"所以，"沈丛问，"你还是想在泰华有所发展的，对吗？"

"是。"

沈丛点头，他一贯温和，这样的温和让他看起来真诚极了。他没有否定她的想法，甚至还带着鼓励和赞赏的味道，他说："算起来，我也是你的上司，既然你有心想要在泰华做出一番事业，那么就听我一句劝，离谢总远一点。"

“有特别的原因吗？”

“没有，我只是不愿意，公司里再多一个被他伤害的人。”说完，他有些无奈地叹了口气，“背后不说人，我这么说其实是有点不道德的，但是我第一眼看到你，就觉得你是个能做实事的人，所以，不想你辜负了你自己。”

夏唯安这个年纪，是最容易被鼓动起热血的，尤其是，她本来就有着满腔热血。

她顿时觉得自己找到了知音，这种知音感让她甚至忽略了他前一句，用力地点点头说：“我不会的。”

沈丛笑了笑。

夏唯安也笑了笑，下了车，立在路边看着他开车走远，直走到看不见车影了，才掉回去进了小区里面。

晏宁还没有睡，她大剌剌地躺在沙发上，一边玩手机游戏一边敷着面膜，看到夏唯安进来，她“哟”了一声：“回来啦？我还以为，你今天就睡外面呢。”

夏唯安蹲到她面前，眼睛亮晶晶的：“明天我可以再去上班了。”

晏宁挑挑眉，放下手机偏头来看着她：“你陪谢子鸣睡了？”

“啪！”

夏唯安在她肩头拍了一记，嗔道：“说什么呢！”

晏宁“啧”了一声：“那不然呢？非亲非故的，他为什么突然改变主意？不对，”她忽然转过弯来，从沙发上坐起，“你今天的表现就不对，他进来的时候，你是在躲他吧？而且，里面坐着那么多人呢，咱们又在门边最角落，没理由，他会注意到你的！”

所以说，聪明人就是有这么敏锐。

夏唯安只得承认：“我以前是见过他。”

“哇！”晏宁惊到了，“你居然认识谢子鸣？别告诉我，你俩是亲戚啊！”

说着话，她看夏唯安的眼神都不对了，显然是瞬间不知道把脑洞开到哪个方向去了。

夏唯安无语：“别乱想好不好？我和他什么关系都没有，就是有过不怎么愉快的一面之缘，然后我比较倒霉，让他记住了我。”

晏宁很感兴趣，一把扯下面膜：“什么样的一面之缘啊？”

夏唯安说：“不想说。”

奈何，她低估了晏宁对八卦的执着劲，她不说，晏宁就缠，晚上睡觉都不放过，就懒在她床上，非要她说。

没办法，夏唯安就只好说了，听到她说她把谢子鸣当柴火棍甩，晏宁抱着肚子笑得在地上打滚，笑完了，揉着她的脸说：“夏唯安，你怎么那么憨啊！”

夏唯安摊摊手：“那怎么办嘛。当时我可气了，以为他要叫好几个人过来糟蹋我，我哪知道他误会了我，只是叫人来吓唬我而已啊？”

现在再想想，大概这也是她敢去堵他的原因吧？

从头至尾，他对她都没有恶意。

晏宁听罢前事，又听她说了今天晚上的事，盯着夏唯安：“对你这么好，他该不会是喜欢你吧？”

[5]

夏唯安呵呵两声，她已经困得不行了，打了个呵欠说：“都讲完了，我要洗洗睡啦。”

她拒绝去听任何揣测，就是因为她明白，谢子鸣并不是喜欢上她，而只是把她看成了一个花瓶，或者说是，一个宠物而已。

她不觉得那是喜欢。

这个和晏宁说不清，因为晏宁激动得已经略有些失去理智了，不停地在她耳边鼓动她：“你应该抓住机会啊，多粗的大腿！”一直跟在她身后，她洗澡时晏宁都在门外喊，“夏唯安，你可别犯傻，这么大的机会，要抓住啊！”

眼看觉都没法睡了，夏唯安只得叹口气，严肃又认真地看着她：“晏宁，不要做梦了，我不会做任何多余的事的。我之所以把这些告诉你，是因为我当你是朋友，你问，我就说。但是，我说出来，不是想让你给我出主意，借此去攀什么大腿的。晏宁，我不想靠任何人，有一天，如果我在泰华出人头地了，那也一定不是因为我傍上了谁，而是我自己，长能耐了。”

认识这么久了，晏宁很明白夏唯安的倔，她既然这么说了，那就肯定要这么做的。

晏宁不由得瞪着她，半晌，点着她的额头气呼呼地说了一句：“你就笨死吧！”转身走了。

终于消停了，夏唯安看她那边的门关上，自己才关好门，爬上床睡过去。

夏唯安年轻，露天都可以睡得安稳，更不要说这时候了。所以第二天一早，当晏宁顶着个熊猫眼出门的时候，夏唯安精神抖擞，显然是睡得很好。

晏宁恨声说她：“你还真是没心没肺。”

她也只是笑了笑，强挽起晏宁的胳膊，一起上班去了。

她没有叮嘱其他，因为她知道，晏宁虽然八卦，但不是个嘴多的人。

果然，夏唯安重新去上班，在实习生中间掀起了不小的揣测，但是，不管他们怎么问，晏宁也没有露出半点口风。

第二日的培训，云淡风轻地过去，那天，谢子鸣甚至都没有在公司出现。

泰华有工作餐。中午，夏唯安、晏宁还有刘可、王晓月坐在一起用餐，四个女孩叽叽喳喳的，除了各自的分组，说得最多的还是那位谢总。

当然了，她们也问起夏唯安是怎么“扭转乾坤”的，被夏唯安含糊过去：“我找了沈经理。”

她这也不算撒谎，昨天她去找谢子鸣之前，是先遇到沈丛的。

两个女孩倒也没多想，本来她们也觉得，谢子鸣那样说夏唯安，是有些鸡蛋里挑骨头，现下能有人扭转他的想法，自然是顶好的。

于是顺着话头八了谢子鸣许多的卦。

王晓月显然比她们三个都要更了解他。因为她们四个都没有分在一个组，以后不说，至少实习期的竞争性大大降低——每组留三人，她们要争也得等通过实习期后才有那个可能性，所以王晓月说了许多和谢子鸣有关的事，比如说这位虽然是从泰华业务员做起的，但是背景深厚。

“他可是妥妥的富二代，家里贼有钱了，不过他毕业后没有进自己的家族企业，反而来了泰华。我听说当时泰华内部矛盾重重，谢总和牧总实际是在内忧外患的情况下突围而出的。”

“牧总？”夏唯安问，“是牧晓奕吗？”

“除了她还能有谁？”

晏宁的重点却是：“谢总是富二代？那他干吗不留在自己家的企业啊？”

“这个你问别人可能不清楚，我却是知道的。”王晓月看了周围一眼。

其余三个女孩很识眼色地一齐将脑袋凑上去，就听她说：“我听说呀，是谢总和他父亲闹了矛盾，被赶出来的。”

“嗯？什么矛盾还能被赶出来呀？”

“原配和小三之争，嫡子和庶子的矛盾，懂？”

夏唯安愣了一下，倒没想到谢家还有这些纷争，她想起谢母那雅致的穿戴，虽然严肃苍老但仍不改秀雅的面孔，有些好奇：“谢总的妈妈是小三？”

“噗！”其余三人都喷了，看怪物一样地看着她，“你是什么脑回路？他妈妈当然是原配，不过啊，我听说，他爸很喜欢那个小三，和他妈离了婚后又和小三有了儿子，对这个长子就不咋上心了，找了个名头，谢总一毕业就让他滚出家了。我还听说，谢总的妈妈特别想他找个有实力的老婆，然后把家产夺回来。”

这八卦有些年头了，一般人还真不知道，夏唯安听得微怔，想起昨晚的事，顿时很有些……嗯，富人果然也有富人的烦恼的感慨。

晏宁却是听八卦听得起劲得很，可劲地哄着王晓月，夸她：“你知道得挺多呀，该不会是认识谢总的吧？”

王晓月摇头，脸上显出一点矜持的得意：“我哪会认识他呀？不过我有个姐姐就在泰华上班，我这都是听她说的。”

哎呀，原来是有后台的，晏宁对她更加亲热了起来，当然，这种亲热，只有夏唯安才感觉得到。

下午开始培训上课，晏宁就和刘可、王晓月混到一起去了，夏唯安怕再被挑刺，死也不肯和她们坐到前排去，挑了个最不显眼的角落坐下。

结果她避了半天，全没点用，最后她还是给培训老师发现了。

被谢子鸣点名的后遗症，她算是在公司出名了，下午上课没多久，培训老师问：“怎样才可以让客户通过电话最快地接纳你？谁有什么想说的吗？”

那么多人举手，也不知道他怎么想的，都当作没看到，低头在花名册上找了半天，找到了夏唯安的名字：“夏唯安，你来说说。”

夏唯安：“……”

她倒是不怵提问，关键是，她不懂啊，搞销售，她就是个半桶水。

培训老师说：“你的资料上写着，你也做过销售的，随便说说吧，说错了也没关系。”

没办法，夏唯安只好把晏宁当初教自己的那个“一娇二利三会吹”说了出来。

乍一听还挺能唬人的，培训老师饶有兴趣：“仔细说说。”

晏宁在夏唯安说出这个答案的时候就已经呻吟着捂住脸，等她讲完，她连头都不敢抬了。

场上一片轰笑声。

培训老师也撑不住笑了，问：“这是谁教你的啊？”

夏唯安已经反应过来了，倒没有出卖晏宁，而且她脸皮厚，被别人笑也没有怎么脸红，摆出特别好学的样子，反问：“这是不对的，是吗老师？”

培训老师就也不好再笑了，顺着讲了一堆的销售知识。

夏唯安记笔记记得可认真了。

可她再认真，还是没有改变被围观的命运，甚至于整个办公区很快都知道有她这么一个奇葩，下课后，走到哪儿都被点名：“夏唯安，‘一娇二利三会吹’，挺懂啊！”

甚至还有人曲解了其中的意思，把它想得猥琐无比，这么想的人，都是和夏唯安同组的，大概是想从根上瓦解她的自信。

所以再上课的时候，培训老师让大家谈一谈今日听课的感悟，夏唯安就第一个站起来：“我今天学到了很多，然后也因为我那个偷师来的销售理论被围观了很久。我本来也以为它是错的，不过听了老师的课以后，我忽然觉得，它其实也并不完全错的，只是它换了一种更浅显的语言去表达了营销的核心思想：能说会道会包装。而在整个营销的过程中，我们守住底线，恰当地引起目标客户的兴趣，任何方式和方法，都是可以值得借鉴的。”

培训老师听后，也不得不承认：“你的课听得很好，抓住了重点。”

她就这么硬生生地把笑话扭转成了一个适合表达的观点，非常聪明地回击了那些笑话她的人。

晏宁悄悄向她竖大拇指。

就是沈丛，大概也听说了课上的事，过后在他的课上表扬了她：“做销售，没有固定的模式。为什么我们公司每隔几年就要往销售部门输送一批新鲜血液？就是因为，公司需要像夏唯安这样脑筋灵活，有自己想法也敢于表达自己想法的人。”

十五天的培训课，夏唯安就这么成了实习生里的“名人”，成了培训老师们的重点关照对象。

课后考核，她得了第一，然后作为第一的福利之一，她光荣地被谢子鸣召见了。

上课这段时间，谢子鸣一直没出现过，至少，夏唯安没有见到过他。

再见面，他似乎又有了些变化，仔细一看，是剪了头发，那种特别短特别短的板寸，眉眼全部露出来，不笑时，越加显出了冷厉来。

他算不上特别帅，但就像晏宁说的，很有气质，那种养尊处优的、矜贵的气度，不是一般人能够拥有的。

他没有在自己的办公室见她，而是在销售部这一层的一间小办公室里把她叫了过来。

她进去时，他正在那儿煮茶，袅袅的茶香淡淡萦绕在房间里，使得他的眉目都温和了起来。

“会泡茶吗？”看了她一眼，他问。

夏唯安老老实实地摇头。

“很简单的。”他示意她坐下，拿小木勺子挑了一点茶叶放到茶杯里，“水开后过两遍，就可以了。”

他把水壶转到她面前，是势必要让她泡茶了。夏唯安就也不推迟，卷起衣袖，拿出上山砍柴的劲儿对付那个小小的茶杯。

确实是不难，就是茶水泡上后，很烫，没一会儿，夏唯安的指尖就红了，莹白的手指，带出一圈淡淡的粉。

谢子鸣就那么靠在沙发上看着她，突然问："后来为什么没有继续读书？"

这个问题问得突如其来，夏唯安不知道当年他还找过自己，闻言抿了抿唇，将泡好的茶沥出一杯放到他面前，说："谢总，我明白你那天说的意思，学历低是我的短板，但是，哪怕再精英的社会，我也不觉得，自己就完全没有了机会。今天的考试只是开始，我会继续努力，半年以后，我会成为新人王，十年以内，我一定要做下一个牧总，成为泰华，成为业界的新的传奇。"

她说得豪情无比。

这些天，她是真的很用心在学，越学她越觉得，她一定要在泰华好好干，这种正规企业里教的一些核心的东西，是一般的小企业，永远也无法企及的。

所以，她决心也下得很大，就是不想让谢子鸣再看轻她。

谢子鸣闻言，挑了挑眉，然后，他转过头，莫名其妙地说了句："听见了吧，人家想要超越你。"

然后，办公桌后面那个高高的转椅转了过来，一个穿着黑色套裙一头短发的女人出现在夏唯安面前。

夏唯安蒙了，看看那人又看看谢子鸣。

后者笑了，笑容略有些恶劣："介绍一下，未来的新人王夏唯安女士，这位就是你以后的目标，牧晓奕。"

Chapter.05
恭喜你，可以成为下一个牧总

[1]

夏唯安走出来的时候，觉得自己都有些飘。

晏宁、刘可她们都在会议室外面等着她，看见她，全都一拥而上。晏宁掐着她的脖子说：“快交代，被老总召见的感觉怎么样？”

夏唯安想了一下，说：“感觉就像是天下掉下一坨金黄金黄的东西，可它不是黄金，只是一坨屎。”

这比喻，把晏宁和刘可几个都逗笑了，抓着她问：“到底怎么回事，不是受表扬啊？”

夏唯安不想说，捂住脸，摇头。

她脸皮再厚，也架不住在当事人面前，发出那样近乎不知天高地厚的挑战豪言啊！

好在牧晓奕挺亲切的，至少，比她外表表现得要更有亲和力，她向夏唯安解释：“不好意思啊，这办公室本来就是我的，谢总非要在这里见你，我避都避不及。”

所以，她也不是故意要让夏唯安尴尬，躲在那里偷听的。

是她本来就在看客户发来的邮件，结果谢子鸣突然闯进来说要借她的办公室见个人，她也没在意，让他随意，就转了椅子，权当是避嫌了。

哪晓得他要见的是夏唯安，然后，后者还放话要成为下一个她。

“嗯，挺好的。”牧晓奕最后笑，看着她的眼里，有淡淡的欣赏之意，“我看过你的试卷，很有想法，而且你的字，很漂亮。我也相信，只要你努力，一定可以达成所愿的。”

算是给她搭了个台阶，才让她出来了。

夏唯安脸却一直都红着，滚烫滚烫的。晏宁比较了解她，悄悄问：“你是不是又干什么蠢事了？”

可这回无论她怎么问，夏唯安都不肯说。

但夏唯安不说，这事还是传了出来。考试过后就是周末，星期一上班，夏唯安、晏宁回到了各自的小组，也总算是见到了各自的组长。

夏唯安的组长是个女的，很年轻，据说是上一届的新人王，她年龄不超过三十岁，人有些细细小小的，长发挑染成栗色，微卷着披散在肩上。

瞧起来斯斯文文、温温柔柔的样子，不像是销售精英，倒像个极少出门的贤惠太太。

她连说话都是细声细气的，组里男生多，看她这样都忍不住屏了屏气，很怕说句什么重话就吓到了她。

她也笑盈盈地点了名后就说：“自我介绍一下，我叫郑绵，接下来的一年，我将是你们的小组组长。你们会和我一起，负责开发惠城河东一片的业务。如何开展业务你们已经学过，所以考核即刻开始，每半个月会公布一次小组考核情况，每个月月底，小组排名最后的两个，会被淘汰。”

最后，她问：“现在，你们有什么问题需要问的吗？”

没有。

大家都还在消化郑绵说的事情，即刻开始考核……也就是说，刚刚他们站没站相、随便谈笑就已经被扣分啦？

像是回应似的，郑绵微微笑了笑：“没错，每天的仪容、精神面貌、开会时的谈吐，甚至是你们先前接受培训时的态度，都在考核之列，所以，”她返身从桌上拿了一张纸，“你们其实在这半个月里，已经有了第一次的基础排名。”

她把纸亮到他们面前，顿时有两个人的脸色就白了白。

夏唯安看清后倒是松了一口气，因为被培训的老师们重点关注着，她表现可乖了，不但考试得了第一，就是其他方面的评分也是很高。

所以暂时地，她竟是小组第一，且颇有一骑绝尘的架势。

她忍不住眯了眯眼，就听郑绵忽然念到她的名字：“夏唯安？”

她举手：“组长，我在。”

“我听说你在谢总面前表态，一年后要成为新人王，十年之内，变成下一个牧晓奕？”她看着夏唯安，笑起来温温婉婉的样子，“加油。”

其他成员闻言，纷纷侧目。

夏唯安：“……”

她觉得，这不是鼓励，这是鞭尸。

她很认真地看了一眼这个新组长，后者仍是温温柔柔的样子，但是眼里带着隐隐的嘲弄和轻鄙的笑意。

夏唯安本来是极不好意思也极恼怒的——当时屋内就三个人，到底谁把这事传出来的？但她也顾不得恼了，在郑绵略带嘲讽的目光下，她挺直了脊背，说：“我会努力的，组长。”

她从来不是一个愿意服输的人，尤其是，话还是从她嘴里说出去的，她不会管别人怎么看，反正她自己是很认真的。

她羞愧的，也只是那话是当着牧晓奕的面说出来了而已。

见她这么坦然，郑绵也是无语，其他人更是了。背着她，窃窃私语没有少，怪笑声此起彼伏，甚至有人毫不掩饰地说：“这是考了第一，膨胀得不认识自己了吧？”

然后，夏唯安因为她宏大的目标，又出了一回名。

晏宁自然也听说了，她也猜到了夏唯安被谢子鸣召见后打死不说的是什么了，因此回去后，她盯着夏唯安看了半晌，阴阳怪气地说：“夏唯安，看不出你还是一条隐形粗大腿啊，以后发达了，可要罩着我哟。”

夏唯安在公司已经被人奚落惯了，淡定点头：“好啊，我罩你。”

晏宁撕着她的脸：“你脸皮怎么这么厚？”然后又训了她一通，“你在谢子鸣那儿干的蠢事就是这个吧？财不露白，野心也一样不要外露，不懂？知道接下来我们要面对的是什么吗？淘汰！你想当新人王，你以为别人不想啊？这么大剌剌地告诉别人你的野心，除了让别人更忌讳你一点，你说，你得到了啥？”

夏唯安这下惊到了，把自己的脸从她手里解救出来：“你信我能成？”

“为什么不信？”晏宁叉着腰，“你比别人差哪一点了吗？这回考试，多少大学生，还有研究生呢，结果呢？第一还不是你的？莫欺少年穷，以后的事谁知道啊？但就是，”她点着她的额头，“你这么野心外露，会成为公敌的，明白？”

被训了一通，夏唯安一点也不生气，这是除牧晓奕外第二个愿意相信她的人呢！

她老老实实地点头，哄晏宁：“我知道啦，晏宁姐，以后再不说啦。”

“以后再不说又有什么鬼用？”晏宁被她气得笑了，又说，“你小心一点你的组长，虽然不知道是什么原因，但是我觉得，她可能对你没安好心。”

夏唯安闻言瞪大了眼睛：“不会吧？她是组长啊！”

“呵，组长又怎么样？如果你有一个长得又漂亮又有能力的下属，哪怕还没有成长起来，你以为，就不是威胁吗？”晏宁白她一眼，坐到桌前开始卸妆，说，“你啊，说运气不好吧，遇到公司的大 Boss 是熟人，不管熟的原因是什么，但至少人家在一百来号人里注意到你了，是吧？可要说好吧，白瞎了长你那么漂亮的一张脸蛋，结果分在同性组长的手下……同性相斥啊！这要是个男的，大概看到你那张脸，你就可以对他予取予求了。”

又是这个理论，夏唯安小声地说：“我不靠脸。”知道在这个话题上和晏宁说不到一起，便转了话题，苦巴巴地说，“我一点也不想让谢总注意到我。”

“呸！”结果这话题也让晏宁唾弃，“你去问问，有多少人羡慕死你了？这事儿可遇不可求，那点误会算什么，只要你往后好好表现，很容易就入人家眼！”说着瞥了她一眼，“看你这傻乎乎的样，运气倒是不错，所以我也不吝啬指点你，就是一点，要给师傅费啊。”

她说着还伸出手来，夏唯安将自己的手盖到她手心上：“师傅费就是吃面，行吗？”

“轻点，你力气大了不起啊？”晏宁收回手，恶狠狠地说，“吃！你个铁公鸡，不吃白不吃了！”

夏唯安在镜子里冲她吐了吐舌头，去厨房做面去了。

结果她做出来的面，自己的是素面，里面除了青菜，什么都没有，晏宁碗里倒是卧了一个鸡蛋。

晏宁忍不住问她：“鸡蛋没了？”

“有啊？”

“那你怎么没有？”

夏唯安眨眨眼：“我不爱吃鸡蛋。”

“你就哄鬼吧！”晏宁把自己碗里的鸡蛋分了一半给她，“晚上我可不想吃一整个，不好消化。”

夏唯安看着碗里的鸡蛋，过了好一会儿才说：“晏宁姐，你对我真好。”

晏宁吸溜着碗里的面，实话说，夏唯安虽然抠，但手艺不错，即便是没什么油荤的素面，味道也是特别清爽好吃，看了一眼对方微微发红的眼眶，她说：“可别太感动，我呀，对你好那也是有条件的，就是等分组赛结束后，不管什么情况，咱们两个可都是同盟，只要都还在泰华，就一定要联合起来。”

晏宁朝她伸出手，微笑："你的目标我很喜欢，夏唯安，我们一起努力吧。"

夏唯安把手放在她的掌中，两只手，用力地握在了一起。

夏唯安说："晏宁姐，不管怎么样，我都会站在你那边的。"

"就算我们两个有利益冲突的时候也一样？"

她的声音毫不犹豫："也一样。"

晏宁说："那好。我会记住你今天说的这个话的，如果你违背了，我会收利息的。"

这个时候，不管是晏宁还是夏唯安都没有想到，有一天，夏唯安要为这个承诺付出的代价。

然而这会儿，她们只是两个心怀梦想的小姑娘，晏宁可能想得多一些，想到了以后可能会有的激烈竞争，所以她积极地寻找一个又一个同盟，但内心依旧是火热而激动的。

对未来，她第一次怀有如此大的期待。

次日一早，所有的新人都最后一次聚在会议室，开了他们最后一个早会。

各组组长、沈丛，甚至连谢子鸣都在。

谢子鸣发言前，各组组长先下发了组员任务，让每个人都给自己先设定一个目标。

"当然了，"其中一个小组组长微笑着，看了夏唯安所在的方向一眼，"是小目标，像当新人王，成为牧总第二这种，是大目标，可以暂时放到一边。"

场上又是一阵笑声，夏唯安没有笑。

谢子鸣也没有，他看了一眼沈丛，然后又看了眼那个说话的组长，含笑的眼神微微沉了沉。

夏唯安没有注意他，事实上，打他进来，她就没关注过他。

她低头，很认真地写下了自己的目标。

[2]

夏唯安写得很用心，她把培训资料细细读过，自觉写得相当务实了。

然而，一听别人的目标……一个站起说："我的目标是，半个月以内吃透惠城河西所有的目标客户，一个月以内至少拿下十家。"

另外一个说："我会努力攻略所有的目标客户，让同组的兄弟姐妹无路可走的。"

夏唯安看向晏宁，眼里的意思不言而喻：不是说财不露白，野心不要外露吗？这些人好像比她还嚣张啊！

晏宁偷偷在纸上写："别理他们，一群智障。"

然后，还用关爱智障的眼神瞄了她一眼。

夏唯安：“……”

当然了，也不是所有人都牛皮吹上天，还有好些人的目标是相当务实也是相当出彩的，但无一例外，他们都很有自信，在未来的一个月里，拿下至少三个目标客户。

夏唯安打开本子，看着自己写的东西，正反省自己是不是太弱了，就听到点名：“夏唯安，你也说说你的呗。”

这声音，让夏唯安一个激灵，果然就见进来会场一直没有发过声的谢子鸣正笑眯眯地看着她。

所有人也都一齐望向她，被大 Boss 再次点名，这回她收获的可不是嘲笑了，而是羡慕嫉妒恨各样都有。

好在夏唯安心理素质还不错，她轻咳了一声，站起来：“刚刚我还在想，比起先前的诸位，我的目标是不是太弱了，因为我这个月的计划里，没有想要拿下任何一个目标客户。我记得在培训资料里有提到，我们这次推广的是公司最新研发出来的一个产品，虽然是最新的，但是市面上仍然有替代品，那如何让客户接受我们的新产品才是我们最主要最应该做的，所以这一个月，我的目标只有两个，一是了解目标客户，二是吃透自己家的新产品，了解使用它能给客户带去的好处，让人相信我们的产品。”

“看来咱们未来的新人王没听课呀，”她话一落音，就有人讽笑出声，“新产品的各项功能作用，早就在培训的时候讲清楚了，你说你要花一个月的时间再去了解它，是不是有点浪费时间啊？”

夏唯安看了那人一眼，那人跟刘可是一组的，从培训开始就特别活跃。

她没有理那人，而是望向台上坐着的谢子鸣：“谢总，我有个意见，可以提吗？”

谢子鸣微微颔首：“可以。我们鼓励切磋不同的意见，但我不能帮你阻止别人反驳你。”

这显然是在帮刚刚出声的那人了，大约还有赞同的意思在里面？

于是三组那人脸上就露出得意的笑来。

夏唯安也笑了笑，摇了摇头：“我没有想要阻止别人反驳我，而是我觉得，公司在实习期的淘汰制度有点欠妥。”无视其他人惊讶的目光，她继续说，“我觉得，一个月就淘汰他人是非常不合理的，因为我相信，成功的路有很多条，有人激流勇进，一开始就能拿下比较亮眼的成绩，但也必然有人喜欢厚积薄发，把市场、产品都了解透彻了才会有积极的行动，一个月，实际上要让客户了解并相信一个新产品是有点不够的，他们用一个月甚至两个月打好了基脚，再用余下的时间高屋建瓴，也许最终取得的成果，并不比一开始就出手的人要差。”

“所以，你现在，是在质疑公司的制度？”

夏唯安还知道谦虚：“不是质疑，只是我的小小建议。”

饶是如此，仍被人毫不留情地嘲笑了，还有人不怎么小声地嘀咕：“这家伙是傻的吧？”

谢子鸣看着她。

她微微昂着下巴也看着他，清亮的眼睛，仍带着孩子般的天真。

他忍不住说了句：“很好。”然后环视众人，“还有谁跟她有相同质疑的吗？”

沉默。

“没有吗？”他又问。

坐在下面的晏宁颇有些咬牙切齿地看了夏唯安一眼，举起了手。

谢子鸣看过来，微微抬了抬下巴：“你说。”

晏宁站起来：“谢总您好，我叫晏宁，我支持夏唯安的看法，因为我也觉得，公司的这个淘汰制度有很大的问题。事实上，盲目地开拓市场并不是很明智的事情，我更相信脚踏实地，才有可能走得更远。”

“晏宁。”谢子鸣轻轻念了念她的名字，笑了笑，“你和夏唯安是朋友？”

晏宁敏锐地感觉到，谢子鸣对夏唯安不同寻常的关注，居然连她们是朋友都知道了。

她立即说：“是，不过我不是站在朋友的立场上支持她，而是泰华的一分子。”

谢子鸣又笑了起来，这男人长得不是特别好看，但是笑起来时，别有风情，尤其是他那双眼睛，不是纯正的黑色，而是淡淡的琥珀棕，不笑时，带着点疏离，笑的时候却又仿佛若春风拂过坚冰，大屏幕上正好放着他整张脸的特写，清晰地映出他的瞳孔，每一根纹路都那样清晰，像是丝丝缕缕张开的网。

他是猎人，正在捕捉猎物。

莫名其妙地，晏宁冒出这样的想法，她又回头看了一眼夏唯安。

夏唯安却担心地望着她，她忍不住翻了个白眼，用口型骂了句：“傻子。”

被骂的那个睁大眼睛微微张了张嘴，看起来真的傻乎乎的。

谢子鸣又说了句：“很好。”再问，“还有人持相同的看法吗？”

他语调平平，但是话里颇有几分危险的意思，所以没有人再出来，包括这几天和她们走得很近的刘可和王晓月。

场上的人都有种谢子鸣下一刻就要开掉这两人的错觉，可是这样的错觉还未成型，就听到他又说："真遗憾，一百五十个人，只有两个人对这个制度提出了质疑，并且还发起了挑战。"

话风不对呀，众人皆愕，谢子鸣一笑后又径直说了下去："知道上一次提出这个制度不合理的人是谁吗？牧晓奕。所以，恭喜你们，夏唯安，晏宁，也许你们真的有可能会成为下一个牧总，我很期待。"

大概是想要给大家一段消化的时间，顿了顿后，他才又继续说下去："不过因为质疑的人数太少，所以公司这一期的实习生淘汰制度不会变，但是为了奖励夏唯安和晏宁敢于直言的勇气，我决定，她们两个将不参与每月的淘汰排名，半年以后，她们将直接按成绩进入总排名。"

全场哗然，就连晏宁都惊呆了。

这是给了她俩一张直通卡啊！

丢了这个雷，谢子鸣就走了。沈丛上台维持秩序，可是这会儿大家的震撼感太过强烈，他说了几次安静都没有用，于是干脆，草草结束了这次的早会。

散会以后，刘可和王晓月第一个跑到夏唯安和晏宁面前，两个人脸上的羡慕太过明显。晏宁心怀大畅，面上却谦虚地说："哎哟，真没想到有这样的峰回路转，刚刚那一刻，我还以为我们要被赶出去了呢。"

事实上，这也是在场大多数人的心声。

晏宁说："我们这是走运啦！"捅捅夏唯安，"你说是吧？"

夏唯安笑了笑，目光却不由自主地瞄向外面，那个人早已不在了，余下的，是更多陌生的人涌上来，有人真心实意地恭喜，有人却酸溜溜地说："拿到直通卡又怎么样，还有半年呢。"

夏唯安正好听到了，收回目光点点头说："嗯，我会努力的。"

根本就不是在鼓励她好吗？那人没想到她会这么无所谓，有心再刺她吧，人家一副笑眯眯的样子也刺不下去，只好翻个白眼，径直走了。

晏宁被夏唯安逗得失笑不已，捏捏她的脸："你这脸皮现在是越来越厚啦。"

夏唯安对晏宁的容忍度总是高很多，抻着脸儿任她捏，含含糊糊地说："晏宁姐，再厚也被你捏薄啦。"

晏宁"喊"了一声，瞅着没人，趴到她耳朵边叮嘱说："该狠的时候就狠点，知道不？别那么傻乎乎的，让人欺负了。"

夏唯安乖乖地"哦"了一声，至于听没听进去，那就只有她自己知道啦。

两人说了一会儿话，晏宁就被他们组的人叫走了，夏唯安回到自己组，发现她被孤立了，就是原先和她混得有点熟了的一个叫莫时的同事见她走过来，也是一捂面前的小本本：“亲爱的，我这忙着呢，你一拿了直通卡的人，就别来刺激我了呀。”

然后，走了。

夏唯安立在那儿，真正成了孤家寡人。

[3]

夏唯安人长得漂亮，性子也好，被孤立这样的事，在她人生中还是很少见的。

她一时有些难堪，但要说多难受也没有。

她神经粗脸皮厚，也没那么玻璃心，同事们不理她，她就去找郑绵，还笑眯眯的：“组长，接下来我要做什么？”

这里说一下办公室的格局，业务部是泰华的一大部门，享有独立的一层，而他们新进人员就占了一片，且每个小组都有一间单独的办公室，当然了，每人想要独立的办公桌是不可能的，房间内的桌位有限，只能是谁先到谁用。

郑绵的办公室也和他们一起，是个单独隔出来的空间，见夏唯安找来，她粲然一笑：“回来了？”拿了桌上的东西，“那来吧，我有事和你们说。”

她带着夏唯安出来，外面的人大概是想要把夏唯安孤立到底，竟然连一张椅子也没给她留——按人数是不少的，但是他们这儿，现在就是少了一张。

夏唯安也不计较，挑了个地方站着，倒是郑绵准备讲话的时候，见她一个人立在那儿，就顺手指了个男生：“拜托，绅士一点，夏唯安连椅子都没得坐呢，让她一让，怎么样？”她笑盈盈的，说话还带点江南女孩子特有的软糯，听着就像是跟人在撒娇一样。

夏唯安听着却是一惊，忙摆手：“没事的，我站着就好。”她脸皮厚，却绝不包括能厚着脸皮占人便宜。

但那男生已经站起来了，且走过来夸张地推着她：“请坐请坐，没有及时让位是我的错。”

所有人都看着他们，推来推去实在难看，夏唯安涨红了脸，最后还是坐了过去。

她坐立难安，郑绵倒是很欣慰，说：“虽然工作上，大家都存在着一定的竞争关系，但是生活里，我还是希望我手下的人，能够发扬风度。”一拍掌，“Ok，我们现在来说正事，从今天开始，考核正式进行，经历了那么长时间的培训，如何开展工作，相信不用我再来教。但是在你们开展工作之前，有一点请一定要记好，虽然你们是竞争关系，但是公司不会允许出现几个业务员同时骚扰一个客户的情况，我们组负责的是惠城的河东地区，十五个人，我已经划好了片区，也分好了任务，记住守好自己的地，不要越界，一旦越过自己的界线，有客户投诉过来，抱歉，他将会是第一个被淘汰的。”

说到正事，众人皆是面色肃然。

郑绵话并不多，交代了要交代的，就让大家散开各自去忙，然后走的时候，她又叫住了夏唯安：“你过来一下。”

这特别的对待，立时惹来其他人的侧目，夏唯安像是什么也没感觉到似的，又跟着郑绵去了她办公室。

“坐吧。”郑绵指了指办公桌前的位置，俯身自桌后的抽屉里取出一份文件，放到她面前，“这是公司新产品所有的参数资料，属于绝密文件，一般你们实习生都是不可能看到的，我给你，是因为你和他们订立的目标不一样，起点也不一样，公司对你的重视度也不一样，所以，你要抓住机会，好好看一下，争取能在实习期结束，有一个好成绩。”

夏唯安被她这番看起来推心置腹的话砸得蒙了一下，很快，又有些诚惶诚恐：“这个……绝密文件，就这么给我，可以吗？”

“当然可以，我相信你，不说成为新人王，转正是绝对没有问题的。”郑绵说着笑，目光是说不出的真诚，“好好看，尽快吃透它。”

她既然这么说，夏唯安也唯有感激地一点头：“好，我一定不会辜负组长的信任的。”

郑绵笑了笑。

夏唯安出来，那个让出来的位置还在，她见给她让位的男生已有了新椅子坐，就也又坐了回去。

这是四个小格子间的一个，不但有椅还有桌子，她一坐下，旁边的人就凑过来，目光落在她手里的文件上，却也不说要看，只问：“夏唯安，刚刚组长叫你去干什么呀？”

夏唯安攥着文件的手指微微紧了紧，摇头：“没什么。”

那人明显不信，“嘁”了一声，又缩回头去了。

夏唯安把资料放到自己背包中，并没有立即就看，而是另外拿出一份资料看了起来。

那份资料就是培训时发的大路货，人手一份，是市面上的同类产品和泰华新品的类比，她仔细看了起来，因为太过专注，中午吃饭的事都忘记了，还是晏宁给她打电话：“你怎么没来吃饭啊？”

她才回过神来，扭头一看，办公室里已然空无一人，偌大的空间内，只有她一个。

食堂吃饭是有一定时间的，过了就没得吃了，夏唯安看看午饭时间就快结束，连忙收好东西准备下楼去。

不料一出来就遇到谢子鸣的助理，见到她，他忍不住吁出一口长气："你在这里呀，快来吧，谢总有事找你。"

夏唯安左右看了一眼，那助理倒像是知道她在想什么似的，笑道："不用担心，这会儿大家都吃饭去了，没有人看到。"

无故越级召见，对夏唯安可没有好处。进了电梯只有他们两人后，助理就掏出手机："把你电话号码给我，以后有事，我就打你电话，不用像今天这样，没头苍蝇一样到处找你了。"

显然，他刚刚是真的在到处找她，以为她去了食堂，就满食堂溜达，还不能问，就怕给她惹来什么麻烦。

他这么体贴细心，夏唯安有些不好意思，把自己的电话号码报给了他。

而事实上，谢子鸣找她并没有什么事，作为大老板，他若在公司吃饭是有自己单独的包间的，这会儿，他就在那里等着她。

"你吃饭倒是不积极。"一见面，他就说，目光还上下扫了她一眼，那意思不言而喻：难怪会这么瘦，那天还饿成那个样子。

夏唯安立在门边，没有接他的话，而是问："你找我有什么事吗？"

她摆出来的姿势挺恭敬的，就是说话还不大会用敬语，所以瞧着总有几分违和。谢子鸣挑眉浅笑，竟有几分风情流露的样子，反问："请你吃饭，算事吗？"

夏唯安没有被他的风情所惑，情之一事上，她就没开过窍！闻言，她有些牙疼的样子，说："我可以不吃吗？"

因为直通卡，她已经被人孤立了，要是让那些人知道她还被大 Boss 如此关照，她想她以后是真的要没朋友了！

谢子鸣很懂她的意思，见她如此，忍不住低低地笑了起来，还笑得挺开心的样子。

夏唯安完全不懂他为什么笑，颇无辜地瞪眼看着她。

谢子鸣就笑得更开了，笑完，才朝她招招手说："过来。"

见她还是不动，他只好说："就这一次，以后我不会随便找你的，今天也是有件事想和你解释一下，你想当新人王的话，不是我传出去的。"

夏唯安很意外，早会的时候，那个组长突然说出她想当新人王，她当时的确是对谢子鸣有些怨念，不过这会儿，她早已经不在意了，就摇摇头说：

“其实你不用特意和我解释的，因为那的确是我说过的话，我不介意让大家知道。”

谢子鸣仔细看着她，见她是真的不在意，就微微松了一口气，却还是说：“不过，总算是我行事不够谨慎的缘故，所以，先坐下来？”

他都这么说了，夏唯安只能过去，其间她还回头看了一眼，见门已经关上了，谢子鸣的助理没有跟着进来。

室内只有他们两个人，夏唯安经历太少，也不觉得暧昧或者尴尬——更暧昧更尴尬的事，她都干过了，对谢子鸣就也暧昧不起来，事实上，因为当年的事，她对谢子鸣，连尊敬感都很少。

谢子鸣也察觉了，不过，他没有在意，等她坐好后，将一双筷子塞给她：“你好像不挑食，所以我就随便点了几个菜。”

泰华食堂的伙食其实是相当好的，不过，谢子鸣点的这些，看起来更加精致。

因为昨晚上和晏宁吃了面条当夜宵，所以她早餐都没吃，这会儿走近了，闻到这浓郁的香味，她的肚子就又咕咕叫地造起反来了。

夏唯安都对自己无语了。谢子鸣也忍不住又笑了起来，调侃说：“每次见到你，好像总是特别饿。”拿筷子点了点，“吃吧。”

都这样了，推让就显得太矫情，夏唯安拿起筷子，夹了一筷子菜。

她对口腹之欲没有太大的奢求，饿了的时候，就是红薯饭都觉得香甜又美味，所以看她吃饭，总觉得吃什么都很香。

不知道是久没吃食堂里饭菜的缘故还是其他，谢子鸣今天居然也多吃了半碗饭。

放下碗，他这才拿出一个黑色的硬壳笔记本：“这是牧总给你的，算是赔罪。”

三个人，事不是谢子鸣说出来的，那就只能是牧晓奕了。所以说，牧晓奕跟她赔罪？

夏唯安都有些惊到。

“不用了……”她很认真地说，“我是真不在意。”

“我知道。”谢子鸣笑，声音竟然听起来有些温柔，然后夏唯安的脸莫名其妙地红了，她低下头，不敢看他。

谢子鸣就又低低地笑了起来，笑完，他说：“拿着吧，这是牧总当年的工作心得，她很宝贝的，要不是真的欣赏你，她也不会给你。”顿了顿，他又说，“横竖是她口风不紧惹的祸，你就安心安意收着。”

夏唯安心动了，牧晓奕的工作心得啊……她收下笔记本：“那请你一定要替我谢谢牧总，我会好好看的。”

她正好坐在窗户底下，秋日暖融的太阳光洋洋洒洒地照在她身上，映着她清亮的眸子，还有细腻的肌肤上点点可爱的绒毛。

手有些痒，很想掐一掐面前这张脸，不过他忍住了，笑了笑，说：“好。”

夏唯安走后，他好久都没动弹，就懒懒地靠坐在那儿，直到助理找进来，他才抬起头，淡淡地一挑眉。

助理说：“谢总，牧总在办公室里等您。还有，中天的李总打电话说，他已经在来的路上了。”

谢子鸣这才起身，回到办公室，牧晓奕果然等在那里。

“饭吃得够久啊。”她纤长的手指轻轻在桌上敲了敲，待他坐下后，微笑着望着他，“谢总，我能不能问一下，这位的身份是不是有点特别？”

谢子鸣也看着她：“入职半个月，普通员工。”

“Sure（真的吗）？”牧晓奕笑，“专门请她吃饭道歉，还从我这儿拐走了我的工作心得，谢总，这个普通员工，能耐很大呀。”

“当然。”谢子鸣面不改色心不跳地说，“她可是下一个你呢。”

牧晓奕一语双关：“希望某些方面，她不是。”

这话一说完，不出意料地看到谢子鸣脸色黑了黑，她很不厚道地笑出声，愉快地出门去了。

[4]

夏唯安回到办公室的时候，里面还没有几个人，不过晏宁已经在等着她了。

“干吗去了，怎么中午没去吃饭？”

夏唯安犹豫着要不要和晏宁说出实情，就见晏宁迅速将手塞进了她的衣兜里，还冲她眨了眨眼睛。

夏唯安一摸，圆圆的，是熟鸡蛋，还有丝热气儿呢。

泰华管理严格，饭菜不许带到办公区域吃，但是在茶水间吃点零嘴儿还是可以的，所以晏宁这是怕她误了饭点饿着了，偷偷给她带了两个鸡蛋。

“先垫垫吧。”晏宁悄声说，左右看了一眼，附到她耳边，“你是不是被你们组的人孤立了呀？”

两人目光一对，晏宁咳了咳：“回去再说。”

不等夏唯安说什么，她就跑了。

夏唯安握着两个鸡蛋，心情复杂地看着晏宁跑回自己办公室，微微叹了口气。

下午她仍继续研究资料，同组已经有人开始电话接触客户了，他们三三两两地一起交流，气氛很是热烈。

只有夏唯安，没有人理她，她找人说话，他们也都爱搭不理的。次数多了，夏唯安就也不去碰那些没必要的壁，专心自己手头上的事。

而郑绵似乎是真的很喜欢她，一些小事老喜欢叫她去做，比如说，去别的部门办点什么事，郑绵就会叫："夏唯安，你来一下。"总能替她引一波仇恨。

夏唯安无奈，可也只能照办，因为就像郑绵说的那样："不要以为我叫你去办事是爱指使你，咱们业务部的人要想做事顺畅，离不开其他部门的支持，所以和他们打好交道是必须的。"

郑绵还告诉她，各个部门谁谁比较好说话，谁谁十分较真还爱抠条例办事，不到万不得已，一定要避开他们，瞧着真是一个关照员工的好上司，完全不像晏宁说的，对她有敌意。

夏唯安就也当她是好心，她说的，都十分用心地记下了。

那天也是因为帮郑绵做事，她下班就迟了，等回到家时天已黑了。晏宁早已回来，在家里等得她望眼欲穿："你这挺忙啊，怎么这么晚才回来呢？"

夏唯安说："帮我们组长做点事。"又问，"你吃饭了吗？"

"在楼下吃过了，你呢？"

夏唯安就笑着从兜里掏出两个熟鸡蛋。

晏宁"啧"了一声："你没吃？"

"嗯，忙起来就忘记了。"夏唯安笑，在她身边坐下，递一个给她，"要不要来一个？"

"我才不要。"晏宁敬谢不敏，"我就不爱吃煮蛋。"她抱了抱枕，盘腿坐好，"你刚才说你帮你们组长做事？她很看重你，不是敌视你？"

夏唯安想了想，说："好像是。"一副宠辱不惊的样子，被晏宁一把扑倒。

"小样，跟我装起来了是吗？"

两人就在沙发上打了起来，那么艰难的时候，夏唯安还能保住剥了一半的鸡蛋。晏宁事后表示十分佩服，让她把那鸡蛋吃了。

完事后才说起被孤立的事。

晏宁问："你们组长护着你，你有没有被孤立得更厉害？"

"有。"夏唯安说。

"比如说？"

"比如我下午出去了一会儿，再回去，办公室的门都让他们锁起来了。"

"我就说呢。"晏宁冷笑，"那女人对你绝对没安好心，你啊，小心点吧。”看着她把鸡蛋吃完，又说，“不过，知道你被他们孤立得这么惨，我居然有点点被安慰到了。

夏唯安：“……”

晏宁忍不住“扑哧”笑出了声。

夏唯安问：“请问，你受到安慰的点在哪里呀？”

晏宁振振有词：“你比我漂亮，组里男的比我们多，结果你都被锁门外了我还没有过，我肯定会觉得好过一些啊。”

夏唯安无话可说，倒是对晏宁同被孤立的处境觉得有些抱歉：“对不起，我好像有点连累到你了。”

“嘁！”晏宁十分不以为然，闻言立即抖了起来，“别跟我酸啊，我可是跟着你拿到了直通卡呢！和这个比起来，他们那点小小的嫉妒算什么？看着吧，不出十天，我让他们都来求着姐！”

夏唯安闻言笑了起来，她喜欢看晏宁这样子，抖起来的晏宁，气场全开，有一种特别御姐的味道。

她很认真地说：“晏宁姐，我相信你可以的，你身上有股子一定能成功的劲。”

晏宁斜睨她：“那是什么？”

夏唯安又说不出了，但是，晏宁很开心。

夏唯安那人吧，说话做事实诚，便是拍人马屁都比别人更真诚一些。

就这样，两人互相蹂躏，当然主要是晏宁蹂躏夏唯安，然后又互吹了一会儿彩虹屁。最后，晏宁心里总算舒坦了，点了点夏唯安拿回来的资料，问：“你还真打算这一个月就研究这些破东西啊？”

“是。”夏唯安想到郑绵说的那资料的重要性，她到底还是没有和晏宁提起，只说，“你要是嫌烦，可以先不管，先和他们一样，去研究一下自己负责的那些客户资料，等我研究好了，我就把笔记给你看。”

晏宁就更高兴了，捧起她的脸，用力亲了一口：“那我可就等你的好消息啦！”

说完，她心安理得地继续去玩她的手机游戏。

夏唯安收拾了一会儿屋子后，埋头研究自己带回来的那些资料。

郑绵给她的那份资料，关于新产品的介绍十分详细，但是，她发现，她看不懂。

电器类的产品，涉及的机械和电子运作原理，她完全是门外汉，公司哪怕培训，也没有那么细致，这么懵懵懂懂的，如果去跟客户谈判，她想，都不用客户问，她自己就能把自己给整晕了。

事实上，她所料还真是不差，次日她就亲耳听到身边的同事被客户问到哑口，挂了电话后，那同事面色难看，瞄了一眼夏唯安，轻轻哼了一声，去了郑绵那儿。

然后，郑绵出来又把他们说了一顿：“你们太性急了，昨天早会的时候，谢总单独表扬了夏唯安，还没能让你们明白吗？卖产品，首先是要对自己的产品有足够的了解，否则，怎么卖啊？”顿了顿，看一眼默默翻资料记笔记的某人，“多向夏唯安学习吧，别的不说，她的沉稳劲，就够甩你们三条街了。”

夏唯安立时就觉得，落在她身上的眼刀又利又多。

她假装没有看到，不动声色地做着自己的事，倒是郑绵又把她叫了进去。郑绵像是气到了，在里面团团转，见她进来，抚着额说：“还是你好，他们要是有你省心我就好啦。”

夏唯安不知道该怎么说，只得沉默。

郑绵发了会儿脾气，捂着肚子看起来有些难受，夏唯安忙问：“你没事吧？”

“来那个了，肚子疼。”郑绵就着她的手在椅子上坐下，就那么趴在桌子上喘了会儿，吐出一口气，颇有些不好意思地说，“我想喝红糖茶水，小夏，你帮我去买好吗？”

夏唯安问：“现在吗？”

“嗯。”

夏唯安想了想，说：“好吧。”

她放开郑绵正准备走，郑绵一下拉住她：“帮我买步行街华悦商场门口那家的好不好？那家的红糖水最正宗，我经常喝的，别地的，我喝着也不放心。”

夏唯安头有点大，倒不是她找不到地方，而是步行街离这儿挺远的，便是转地铁都不方便，来回至少也得一个多小时。

她这上着班呢……

也是看出了她的踌躇，郑绵说：“如果你担心挨批的话，那不要紧的，我是组长，到时候有人问起，你就说，是我安排的，让你出去办事。”

夏唯安闻言眼睛一亮：“组长，你批准了，我们就可以出去吗？”

“当然。我们做业务的，哪能天天就守办公室啊，总是要出门去拜访客户什么的。只是你们现在才刚起步，所以才让你们在办公室里多留一段时间，既是彼此熟悉，也是一个适应的过程。”

“嗯嗯。”夏唯安用力点头，“那组长，给你买了红糖水以后，我可以先申请出去一下吗？你给我的资料，我昨天看过了，但是太专业了，我看不懂，想要去找市场上的同类产品做个比对，然后听听他们的说法。”

不知道是不是错觉，说完这话后，夏唯安觉得郑绵的脸色微微有点僵，不过郑绵很快说：“行啊，你去吧，但是记住，不要在外面太久，久了，我这边好说，就怕其他人闹。”

夏唯安点点头，十分高兴地应了。

其实，从这儿去步行街很是麻烦，因为直达的地铁线路还没有修好，要过去，得先坐一段的公交车到达最近的地铁口，然后才能转线路到达步行街。

夏唯安出来的时候，郑绵也没给她钱，她也舍不得，就直接走路去了最近的地铁口。

她走路快，这么一二十分钟的路程，她还真是不放在眼里。

只是没想到，她会在那个糖水店门口遇到沈丛，他比她早到，已经排上队了。听到她叫他，他回过头，显然十分吃惊：“夏唯安，你怎么在这儿？”

夏唯安笑得阳光灿烂：“郑组长不舒服，我来帮她买杯红糖水。”看着他，天真地问，“沈经理也喜欢喝这里的糖水吗？”

沈丛愣了一下，笑道：“不是，我是顺路来买一些，公司里很多人喜欢喝，我出差路过，就顺便帮他们买一些。”

夏唯安听到这里，才想到自己可能是暴露了啥，怕牵连到郑绵，忙改口：“其实我也是顺便，我是跟组长申请了，要去实体店看一下对手们的产品，然后也是顺便，来给她带一杯红糖水回去。”

“那你就不用买了，我帮你一起买了吧。”沈丛说。

“真的吗？”夏唯安望一眼那排得长长的队伍，只好接受了沈丛的好意，“那就谢谢沈经理了。”

沈丛摇摇头。

他到得比较早，两人说着话，就到他了，他还真是买了好多，各种品类的糖水都点了。

沈丛说：“这是见者有份，他们总要我请客，闹好久了，这个就当是请他们吃下午茶点了。”

夏唯安咂舌，这里的糖水不便宜，一杯最便宜的也要十五块，这么多，得大几百呢。

沈丛却是买了，眼都没眨。将糖水都搬上车以后，他还递了一杯给夏唯安：“这杯就先请你了。”

夏唯安不想要：“不用了……”

“拿着吧。”沈丛硬是递到她手上，“我说了，见者有份。”

然后，他问她：“你是现在就回公司，还是再转一转？”

夏唯安说：“先回公司。”

不管怎么说，她这回是领了郑绵的任务出来的，还是得先把红糖水给她送回去。

“那就坐我的车吧。”沈丛说。

夏唯安也没推辞。

不是高峰期，路上还算比较通畅，而且沈丛是个很 Nice 的上司，路上一直和夏唯安聊工作上的事。听到她说想要去实体店，亲自感受一下市面上同类产品的不同，还要想办法做个用户调查，他格外赞赏：“我很认同你这想法，公司虽然说在前期也有个产品调查，但肯定是没有那么细致的，如果在调查过程中，你有什么别的发现，也可以随时向上面反映，这些虽然和销售没有直接挂钩，但是如果能够被采纳，也是可以加分的。”

这就算是意外之喜了，夏唯安想要调查的劲头就更足了，恨不得今日就能付诸行动。

沈丛见状，不由得莞尔，夏唯安顿时有点不好意思：“我是不是太沉不住气了？”

“这没什么的，你这样，总比那些只想不做的人要好。”

就这么聊着聊着，不知不觉就到了公司，夏唯安帮着沈丛把糖水搬上去，自然在办公室里引起了小小的轰动。

人太多，除了组长以上人手一杯，实习生们就只能是每组分到两杯了。

好在一杯的量够大，大家拿小杯分食，每人还是可以享用小半杯。

枯燥的工作时间里，半杯糖水都足以让大家振作起精神。

夏唯安把郑绵的那杯送进去时，还听到外间传来的欢呼声，因为她大方地把自己的那杯拿出来分享，其他人就也难得施舍了她一个好脸色，还有人和她打听：“你去哪儿了，怎么和沈经理一起回来的啊？”

夏唯安说：“我是帮组长办事，楼下碰巧遇见了，就帮他把东西搬上来而已。”还说，“沈经理就因为这个，所以才额外多给我们一杯。”

她说的是“我们”而不是我，就是不想他们多想。果然，那些人也没有在意，倒是她将郑绵的糖水送进去时，郑绵问了句：“你在那里遇见沈经理了？”

“是。”夏唯安有些紧张，“不会给组长你带来什么麻烦吧？”

郑绵笑了笑，看了眼桌上的红糖水，说：“没事。”她估计还是很不舒服，懒洋洋地又问了夏唯安几句，就让夏唯安出去了。

而夏唯安不知道的是，那杯红糖水，郑绵并没有喝，在夏唯安走后没多久，她就随手将之扔进了垃圾桶。

[5]

夏唯安是个实干精神很强的人，她既定了要实地考察的念头，那就一定要这么做。

因为之前没有关注过，她也不知道哪里有这些东西卖，怎么才可以联系卖家，但是没关系，郑绵让她跑腿和其他部门打交道给了她方便。

这天，夏唯安又帮郑绵去人事部领东西的时候，路过物料仓，看到一个女孩子在辛辛苦苦地搬东西，就顺手帮了一把。

她力气大，人家推个重点的车就醉汉一样走得歪歪扭扭的，她手一搭上去，那车立即就正常了。

那女孩一抹汗，见是她，立即笑道："谢谢你啊。"

两人一起把东西搬进了物料仓，夏唯安都不用对方动手，就把那车东西麻利地卸下，摆到该摆放的地方了。

女孩很感激，自我介绍说："我叫李甜甜，你是夏唯安吧？"

夏唯安惊了一下："你认识我？"

那女孩抿嘴笑："认识，你在公司里已经很有名啦，没想到，你除了漂亮、聪明，力气也大。"那一袋子物料，得有五六十斤吧，男人搬着都费劲，她却没事人似的，轻轻松松就抱过去了。

夏唯安呵呵一笑，对于她的评价很有些不好意思，便说："以后要是有什么重活，你打电话给我呀，没事的话，我就过来帮你。"

就这样，两个女孩建立起了交情。夏唯安被自己组员排挤，中饭都是一个人去食堂，不过李甜甜总是准时过来邀她。

李甜甜是人事部物料仓的，在泰华工作已经有两年多了，她又是本地人，对这个城市也比夏唯安熟悉很多，夏唯安不知道的地方，问她，她准能告诉她答案。

晏宁知道她搭上了人事部的线，笑她是傻人有傻福，也要跟着她一起出去考察。只晏宁行事和夏唯安完全不同，只去了一回就受不住——夏唯安做事认真得让晏宁受不了，为了能更深入了解别人的产品，夏唯安扮顾客还不够，遇到人家招人的，她还要扮员工，假装应聘，免费给人干活，还干得有模有样的！

晏宁简直是无力吐槽，此后便不管她，只等着她把所有数据都搞到手，然后自己捡现成的。

夏唯安就这样忙忙碌碌，有时候上午在公司，下午就出去跑，或者是上午没事出去晃一圈，下午就留守公司。

时间一晃十来天就过去了，不止他们组，差不多每个组，都有人成功签约，其他人一见都急了，只有夏唯安，仍旧按部就班地，按照自己的计划进行着。

这日，她上午出去了一圈，才回到公司，正准备去吃饭，莫时告诉她："组长要我告诉你，下午要带你出席一个会议，让你把所有的资料都准备一下。"

夏唯安现在在组里的待遇和刚开始完全不一样了，经过一个星期的考察后，不知道出于什么考虑，郑绵把组里所有人员的日常考核，都交由她来登记造册，权力虽然不大，但是知道得多呀，也是因为这个，那些人即便仍然想排挤她，也没有那么明目张胆，相反，他们现在还时常围着她转，至于真心还是假意，那就不知道了。

夏唯安也不在意，反正她以真心待人，那些人如何待她，她就管不着了。

如此，倒还真得了一些人的喜欢，像莫时，再羡慕嫉妒也恨不起她来，替郑绵传了话后，还主动邀她："你在外面没吃吧？走吧，我们一起吃饭去。"挽着她的手，亲亲热热的，路上还跟她八卦，上午谁谁又挨批了，还有谁谁谁，客户那边一直没有进展，都急哭了。

夏唯安只是听着。

吃完饭回去，夏唯安找到郑绵，问明开会要的资料，就有条不紊地开始准备起来，两点半开会，两点钟，所有资料全部到位。

她记得很清楚，全部的资料，她都收在文件袋里了，可是到了会场，快轮到郑绵发言的时候，郑绵打开文件袋，发现里面放着的，是一张张白纸。

郑绵脸色当即就变了，扭头看向她，咬牙低声说："你给我准备的就是这个？"

郑绵一向温温和和的，极少有给人摆脸色的时候，然而那一刻，夏唯安觉得，她的眼神特别可怕，像是要择人而噬的怪兽。

夏唯安却没法在意，她本来正和晏宁在打眉眼官司——嗯，那家伙手段也不是盖的，虽然一开始也被小组排挤了，但是后来，她比她更早融入整个小组去，而且也同样深得自己组长信任。

在这样的会场遇见，两人都觉新奇，正眉来眼去交流，忽听见郑绵如此说，夏唯安忙收好表情看过去，惊得手脚一凉："这不是我准备的……"可郑绵已经把全部资料都抽了出来，全部，所有的，都变成了白纸。

白色的空无一字的纸张，像是一张张得巨大的嘴，无声地嘲弄着她。

"我现在就去找！"

夏唯安立时就想站起来，却被郑绵压住，后者在她耳边低声切齿地说：“这是什么场合，你随便就走？”

夏唯安抬起头，两人动作再细微，这会儿，也已经有人注意到她们了。

上座主持会议的沈丛问：“郑组长，是发生什么事了吗？”

原来前一个已经说完了，夏唯安是二组，这会儿已经到了郑绵！

或许是沈丛语气过于亲切，郑绵忍不住红了眼眶，站起来略有些哽咽地说：“没什么，是我工作出现失误，对不起，我们现在继续吧。”

她拿出手机，打开文档：“这半个月我们小组的人已基本进入了状态，同时，有三个已经和客户成功达成了合作意向……”

郑绵的发言十分简短，其他人都有工作报告什么的，郑绵却只简单提了一下小组的业绩情况，其他方面提都没有提。

便是这么简短的讲述也显得很凌乱，本来这样的情况是会引起其他组的嘲笑的，只是郑绵眼睛通红、神色郁郁，显然是出了什么意外，其他人就也没对她如此简要的发言说什么了，当然了，内里各种腹诽是肯定的了。

坐在郑绵身后的夏唯安受到最多眼神的洗礼，郑绵的样子，大家都猜得出是她夏唯安这里出了什么错。

郑绵尽力抑制，可到最后，会还没正式散，她就忍不住哭了起来。

她也没大哭，就是默默地坐在那儿掉眼泪，看起来，特别惹人怜爱。

夏唯安开始还不知道郑绵哭了，她一直在努力地回想，到底是哪个环节出了错。她记得很清楚，自己把全部资料都整理好后放在文件袋里，放前她还再三确认过没有遗漏，然后她就坐在位置上没动过……不，她上了个厕所！

三分钟，就那么三分钟的时间，她的包没有背去，所以是她放在背包里的文件被调包了？

当时有谁在办公室？正想着，忽听见桌椅板凳挪动的响声，她回过神，会已经开完了，其他人都往外走，只有郑绵没有动，沈丛说：“夏唯安，你也等等。”

夏唯安点头，余光见到晏宁冲她使眼色，她才发现郑绵在哭。

她有些手足无措，也很内疚。

沈丛等人走后走过来，递了纸巾给郑绵，问：“怎么了？”

郑绵没接他手上的纸巾，扭过脸去没说话。

夏唯安说：“对不起经理，对不起组长，是我的错，我应该在开会前再检查一下资料的。”

她话还没说完，郑绵就站起来：“和你没关系，是我太相信你了。经理，我今天表现很糟糕，你要罚就罚我吧，我认罚！”

说完，她抹一把泪，头也不回地走了。

沈丛叫了她几声没叫住，很是无奈，看向夏唯安：“仔细说说吧，到底怎么回事？”

他坐在桌上，虽是居高临下的姿态，话里却尽显关心。

夏唯安心里哪怕急得不行，面对上司的问话也不敢像郑绵一样负气而去，只好原原本本把事情告诉他。

她年纪小，经历少，难免会带出一些自己的猜测，沈丛听后问：“你说资料被换过，有确实的证据吗？”

夏唯安摇头。

沈丛就叹气：“回去再找找吧。”顿了顿，到底还是没忍住，提醒说，“如果没找到证据，资料被人换了这样的话就不用说了。”

“为什么？”

“因为不管怎么样，都是你错了。夏唯安，你是第一，培训的时候应该没有忘记老师说的吧？不管因为什么原因，错就是错了，尽力弥补，而不要找原因。”他说着拍了拍她的肩，“我很看好你，所以这事就当是给你一个提醒。你们组长性子软脾气好，你好好跟她认错，她不会因为这一件事就对你怎么样的。”

夏唯安想要点头，然而她突然又想起资料刚被发现不对时郑绵那扭曲的脸，那头就怎么也点不下去，最后她只好含混地应了声，回了办公室。

会议上的事想必已经传出来了，办公室里的人看到她，几乎是人人侧目。

前些时候的讨好，如今都成了隐晦的幸灾乐祸，也许其中有关心的，像莫时，就悄悄冲她打了个手势，那是郑绵很生气的意思。

但是再生气，夏唯安也不能逃避，她去了郑绵那儿。

还好，敲门，她让她进去。

郑绵才哭过，脸色自然是不好看，坐在桌前，面前摊了一些资料，正面无表情地发呆。

见到夏唯安，她连眼皮都没抬一下。

夏唯安弱弱地叫了声：“组长。对不起。”

“出去！”

“组长，”夏唯安急了，本来听进了沈丛的建议不想解释，就老老实实认错的，但是一见她对自己的态度如此，就又忍不住了，“我不是故意的，我记得我都把资料准备得齐齐的，然后去上了个厕所，回来资料就变了……”

“所以你认为，是有人偷换了你的资料？”

夏唯安拧着手指，没说话。

郑绵站起来：“你出来。”

夏唯安不知道她要干吗，蒙蒙地跟着她，直到听到她站在外间的大办公室里说：“夏唯安说，她准备的资料被人换了，你们有谁知道，到底是怎么一回事吗？我们都是一个组的，一荣俱荣这个道理，没理由大家不知道吧……”

夏唯安的脸色唰地白了。

她二十岁了，读书的时候就明白，私底下爱跟老师告状的同学是会被所有人鄙视和看不起，甚至是厌恶的，更何况是在有竞争关系的同事当中？

果然，郑绵的话说得所有人都义愤填膺，捋袖子，一个个面色不善地盯着她：“夏唯安，你什么意思啊？咱们这办公室基本上没有外人会进来，你这是怀疑我们了？”

都这时候了，她只能死扛到底，半垂着眼睛没说话。

“既然怀疑，那就拿出证据来吧！”

他们开始翻找所谓的证据，一个一个的，开包开抽屉，都摊在她和郑绵面前，一副任她们检查的样子。

自然是没有的。

然后，不知道是谁，忽然惊呼了一声。

夏唯安和郑绵看过去，见是一个女同事，她正站在夏唯安的座位前面，转过身来问她：“你说你的资料是放在你背包里的？”

夏唯安预感很不好，果然，她说着将一个差不多一模一样的牛皮封文件袋扬了扬：“那这是什么？”

她甩过来，袋口松开，那些资料全都散落出来，明明白白都是她准备好然后又曾遗失了的东西。

它们，都好好地放在她原来坐的那张桌子的抽屉里。

[6]

夏唯安不知道怎么挨到下班的。

她第一次体会到百口莫辩的滋味。

她记得清清楚楚，文件放在背包里的，最后却让别人在抽屉里找到了。

“自己放错了地方还诬赖别人，夏唯安，你真以为自己强到所有人都要嫉妒你都要害你是吧？”

“去看看医生吧，被害妄想症什么的，可是属于很可怕的精神病了！”

“你还真是有恃无恐，自以为拿了直通卡，别人不能随便开除你，所以就这么敷衍组长的活啊？”

……

一人一句，喷得她无话可说，她只能昂着头，沉默地坐在那儿。

他们什么时候走的她都不知道，手机一直嗡嗡嗡响个不停，她也没有理，就那么呆呆地坐着。

“夏唯安，你还没走啊？”

熟悉的声音在后面响起，夏唯安回过神，叫了声：“沈经理。”

“挨批评了？”沈丛走过来，看了她一眼，问。

夏唯安沉默。

沈丛一笑，抽了张椅子在她面前坐下来：“还是太年轻啊。”他叹息着说，“人这一辈子，哪能不受点磨难呢？工作当中，被批评、被误会、被冤枉，甚至于被设计被陷害，都是很正常的事，利益纠纷嘛，有人就有江湖。不过关键在于自己，能守住自己的底线，还有，始终明白自己要做什么，就好了。”

他说着，又是轻轻一笑，声音更柔了：“出现错误不可怕，可怕的是沉溺其中，不知挽救，明白吗？”

很少有人能这样推心置腹地和她谈这个，夏唯安的心情慢慢缓了过来。

办公室里的人都已经走了，白日喧闹的空间，此时安静得只有他们两个人在。

灯光下，沈丛温和斯文的面孔像是披了一层淡淡的光彩，尤其是他那双眼睛，特别专注，显得柔软而又温情。

好像有什么，轻轻滑过她的心尖，夏唯安觉得心脏的位置颤了一下，她低下头：“我知道了，谢谢你，沈经理。”

两人的地位，在此时堪称是云泥，但是，他居然注意到了她，并且，在她失落失意的时候，愿意停下来安慰她。

夏唯安眼里涌满了感激。

沈丛看得一笑：“这有什么谢的？”他伸手拉起她，“不早了，回去吧。再晚等保安锁了门，你就走不了啦。”

他送她下楼，因为有事，他没有送她回去，不过走时他说：“你也不用太难过，你们组长很看重你的，只要你好好努力，这一次的事，她不会怪你的。实在不行，我帮你去和她谈谈。”

夏唯吃惊地睁大了眼睛：“不不不，不用了吧？”

沈丛笑：“没事，放心，我不会以势压她。”

说完，他摆摆手，就上车走了，显然，夏唯安说什么都没有用。

她忍不住叹了口气。

而车上的沈丛，从后视镜里看到夏唯安还立在原处，忍不住又是一笑，收回目光，他拿起手机拨了个号码。

“喂。”他声音轻柔地说，“今天晚上我可能会晚点回去。”

那边一个女声问：“怎么？”

“公司里有点事，那个立志要做新人王的女孩，记得吗？今天出了点小差错，刚刚我回来的时候，看她在那儿要死要活的，怕出事，就送她回去了，然后我也答应她了，去跟她的组长谈谈。”

女声微微有些惊讶：“她有这么不经事？”

“毕竟年纪还小嘛。再说了，谢总好像很看重她，她在我手底下，要是万一真出了什么事，我可不好跟他交代，他本来就看不大起我。”沈丛说着笑了笑，不过，眼里殊无笑意，而显然，这个话题也让他不是很愉快，他很快决定打住，“行了，我先约一下人，要是能约到可能晚点回，约不到，我等会儿就回来了。”

女声没说什么，只嘱咐：“路上小心点。”

挂了电话后，沈丛脸上的笑意彻底敛尽，眸光冷冷地盯着前面好一会儿，才重又拿起手机。

“喂，在哪儿？”他说，“今天晚上还想去哪儿玩吗，我可以光明正大地陪你了。”

沈丛走后的事，夏唯安并不知道，只留下她一个人了，刚刚得到安抚的心，又抽痛了起来。

CBD 内写字楼林立，虽然建筑群格外高大上，但到了晚上这个时候，这一片空寂冷清得很，打车也不方便，她也不想打，就那么慢慢地往公交车站走过去。

夜凉如水，不知不觉天气就冷下来了。

手机在口袋里嗡嗡嗡振动个不停，她拿出来，是晏宁打过来的。

“干吗呀，一直不接我电话？”一接通，晏宁满溢着担心的声音就传了过来。

夏唯安苦苦地笑了笑，没说话。

晏宁问：“今天会议上到底怎么回事啊？你们组长没有为难你吧？哎呀，我跟你说，本来下班我就要去找你的，可是我们组有个家伙不是一口气拿下三个单嘛，嘚瑟死了，非嚷嚷着要请客，”她说着停了停，夏唯安立时就听到那边传来此起彼伏的叫嚷声，隐隐约约还有得意的炫耀：“今天哥们请客，大家一定要吃好喝好……”

“听见了吧？”对面又安静下来，晏宁略带嘲讽的声音再度响起，“可嘚瑟得不得了呢，我一说不去，就立马明嘲暗讽的，气死我了！”她一口气说了一大通，然后总算又想起她来，回到原点，“你真没什么事吧？”

“没事。”夏唯安说，“我已经准备回去了。”

“现在才回？”

“嗯。”

“那你路上小心点。”晏宁说到这里又笑了起来，“我也是白担心你，就凭你那力气，一般人也Hold不住你。好好休息，晚点我给你带好吃的回来。”

夏唯安应下，挂了电话。

对好吃的，她并不期待，她只是烦恼着，明天该如何面对其他人。

说实话，夏唯安没有想到，郑绵会那样公开地挑破整个事情，以郑绵平时的性格和为人，她实在没想到郑绵会做得那么决绝。

郑绵那么一弄，等于是将她和其他同事，完全推到了对立面。

以后，大概她做什么，都讨不到好了。

这是夏唯安第一次直面职场上斗争的残酷，并不是沈丛三句两句话就能安抚得了的，也不是晏宁带回来的美食所能安慰的。

她越想，心情就越是灰暗，她也总算明白了晏宁当初不愿意进大公司的想法，实在是……太压抑了。

她从来不怕明面上的竞争，却很讨厌这种暗地里的手段，防不胜防不说，还根本就不知道敌人来自哪里。

手机再次响起来，她低头看了一眼，是个陌生的号码。

她不想接，但是打电话的人好像跟她扛上了似的，她不接，那边就一直打一直打，手机没有铃声，握在手上一直振动，让她整个人都麻麻的。

更烦躁了。

她干脆接通，特别凶狠地“喂”了一声。

那边静了静，过了一会儿，就听到了个阴恻恻的声音：“夏唯安，你没有存我电话？”

夏唯安：“……”

居然是谢子鸣。

嗯，听声音是谢子鸣没错了。

虽然他们见面不多，平素在公司，属于谢子鸣的八卦无处不在，但是他人，就夏唯安现在的地位，还是很少能见到的。

不过他的声音太有辨识度了，那种清雅的男声，在电话里更得到了无限放大，好听得能让人心跳加速。

她张了张嘴，最后还是泄气地叫了声：“谢总。”

谢子鸣就没计较了，只问：“在哪儿呢？”

夏唯安下意识地抬头看了看，这一看她才发现，自己居然走错路了，这并不是往公交车站的方向。

再仔细看，嗯，神思不属之下，她走反了！

夏唯安略有些无语，顿了顿才扭头往回走，然后把自己出卖了：“我走错路了。”

这下轮到谢子鸣无语了，又问：“那你在哪儿？”

都这样了，夏唯安只好说：“公司。”又问，“你有事吗？”

她尽量让自己的语气恭敬一些，再怎么说，谢子鸣还是公司的大老板呢，哪怕天天听到他的八卦，哪怕他曾经对她有过那样的黑历史，可是，他的身份仍摆在那里。

夏唯安没想要讨好他，但也更不想要得罪他。

谢子鸣得了准信，留下句“等着”，就挂了电话。

夏唯安就只能等着，她坐在路边上，跟个无家可归的小可怜似的。谢子鸣车开过来远远看到，忍不住笑了笑，停到她面前时，他还取笑她：“这是哪里来的离家少女啊，要不要送你一程？”

夏唯安并不理他的调笑，站起来恭恭敬敬地说：“谢总好。”然后问，“你找我，是有什么事吗？”

她努力让自己的语气严肃，心情够糟了，她不想再在这时候去应付他。

有事快说，没事就让她滚吧！

谢子鸣大约是看出了她言行背后的潜台词，挑了挑眉：“请你吃饭，怎么样？”

夏唯安说：“谢谢，但是我不饿。”她提醒他，“你应该找跟你身份符合的，谢总，我只是泰华一个小员工而已。”

她已经因为他给的那张直通卡被人排挤敌视得够够的了，实在不想再和他有私底下的接触让人发现，然后惹出更多的是非来。

也是进了泰华以后夏唯安才明白，原来没有实力或者势力的时候，被上司“赏识”那就是过错。

她扭头要走，谢子鸣却一把拉住她。

“那么，你请我吃饭，怎么样？”他微微笑，“前面你不还说，你进泰华是为了还我的人情吗？怎么，不还啦？”

夏唯安：“……”

[7]

夏唯安虽然心情不好，但脑子还是在的，闻言皱眉，问：“我欠你的人情，上次不是已经还了吗？”

二十岁的夏唯安，单纯又老实，谢子鸣如此说，她就如此问了。

等于是变相承认，她欠了他一个人情。

谢子鸣忍不住一乐，笑着说：“但是上次，你帮我，我也让你留在泰华了啊，咱们一比一打平不说，我还请你喝酒了呢，所以还是你欠我一个人情。”

夏唯安：“……”

这样算人情的，她服气。

谢子鸣说完就要将她拉上车，她不愿意：“不是，我……”

“嘘……”他轻声，将她困在车门和他之间，修长的手指轻轻抵在她唇边，“听话，我今天晚上可是推了一个很重要的约会，心情很不爽，就当陪陪我，嗯？”

那一声“嗯”，尾音轻扬，就跟勾引人似的。

夏唯安眨眨眼睛，同意了。

当然，她不是被他勾引，而是因为他说的那句“心情很不爽”。

人都怕比较，心情不好的时候，据说看到比自己更衰心情更不好的人，能够得到治愈，夏唯安纯粹是为了治愈自己才答应的。

对谢子鸣，她内心里还真没有多少距离感，大概是，一开始他们就接触得太近了吧……然后，谢子鸣对她，也没有那种人老板对小职员的疏离，私底下相处，他都是痞痞的，一点也没有老板的威严。

所以，这不怪夏唯安，真的。

上车后，谢子鸣问她：“你想吃什么？”

夏唯安有些审慎：“我请吗？”

谢子鸣就笑起来：“你请。”

他倒是想看看她能请他吃什么。

结果夏唯安就请他吃面，就在她住的附近，七弯八拐的一个小巷子里。

夏唯安说：“那家味道还不错，而且比别的地方便宜，外面都卖九块十块一碗了，就他那儿，一直都只有七块。”

谢子鸣：“……”

他连车都没下，只瞄了一眼那个小巷子，就又把车开走了。

夏唯安特别不乐意，就说：“要不我不吃了……”她都到家门口了，要是开去别的地方，他像上回一样不送她的话，她还得花钱坐车呢。

谢子鸣看透她的小九九，忍不住恨恨地说：“抠死你算了。”

夏唯安叹气。

因为她自己定的计划，她这个月还没有开张呢，没开张，那就只有基本工资。实话说，泰华的基本工资对新入职的小职员还是很友善的，2000块，在夏唯安看来，实在是很好很好了。

但是花销也比以前更多了，因为在晏宁那儿免费蹭住了几个月后，她不能再一直蹭下去，所以房租那儿就去了四分之一，虽然省了午饭，但是又多了交通费……这种抠抠搜搜过日子的事，她不觉得谢子鸣这样的人会懂，所以她也不想说，但他又不肯停车，只能嘟着嘴，任他把自己带得越来越远。

而谢子鸣挑的地方，果然是各种高大上的，这回这个门脸虽然同样不大，但是里面的装修、陈设样样精细得不行。

她有些挠头，拿到菜单后倒是放心了，这是一家素菜馆。

嗯，既然是素菜，肯定不会贵到哪里去吧？

谢子鸣见她陡然放松下来的样子，忍不住偷笑，倒也不点破，要了一个高汤白菜、两盅汤、一碟素馅包子，还有什么西山积卷、南瓜八宝羹。

看名字，夏唯安都不知道里面是什么，便干脆什么都不点，都交给了谢子鸣。

等菜上来的时候，谢子鸣问她：“今天在公司受委屈啦？”

他问得漫不经心，不过夏唯安却吃了一惊，旋即有些崩溃：“又传得到处都是了吗？”受郑绵的教训，她已经深刻地领会了沈丛那句“不管什么原因，错了就是错了”的深意，也不说自己被人害，只说，“是我自己做错了事，算不上是受委屈。”

谢子鸣闻言有些意外：“你这表现，倒和我听说的大相径庭啊。”

大相径庭……

她忍不住问：“你听说的是什么样的啊？”

“说你要死要活，可能想不开要从办公室里跳下去了，嗯，大概就是这样吧。”

夏唯安：“……”

她简直惊呆了：“谁说的啊？”

她就一直在办公室里静坐发呆好吗？她的个性，可从来不会允许她采用跳楼这种极端的手段！

当初她爸爸出事，她被迫辍学，不比今日难多了？那时候，她连哭都没有哭，也不过是静坐着发了一晚上的呆，然后第二日就和她妈妈说，她不读书了，等爸爸病好，她要出去打工赚钱。

寻死觅活什么的，就从来不存在她的字典里头。

看见她睁大了的眼睛里面总算添了些神采，谢子鸣笑起来，托住下巴看着她："这么说，没有的事了？"

夏唯安说："肯定没有！"她扬了扬下巴，有些小骄傲的样子，"这次是我失误，我不会用任何极端的手段去惩罚自己的错误的，我只会更加努力。"

不知道为什么，看到她这样子，谢子鸣明明欢喜得很，却还是忍不住逗她："你知道的，如果太难的话，我上回的提议，一直有效。"

夏唯安偏了偏头："什么提议？"然后突然就想起来了，脸色黑了一半，"我不做那种交易。"

她看着他，很认真地说："谢总，你现在是我老板，老是提这些，会毁你老板形象的。"

谢子鸣忍不住，终于哈哈大笑起来。

夏唯安就用看傻子一样的眼神看着他，因为，她根本就不知道他在笑什么，也不知道，自己说的话，有什么好笑的！

她是很认真的，好吗？

小丫头和晏宁相处得久了，然后上网上得多了，总会接收到一些奇奇怪怪的东西，像这会儿，她见他笑成这样，怕他不当回事，还一脸严肃地问他："你不觉得，有个忠心又能帮你赚钱的下属，比一个只会花你钱的花瓶更有价值吗？"

谢子鸣本来快要收了笑的，听到她这么一问，差一点眼泪都笑出来了。

夏唯安无语。

谢子鸣笑罢，问她："你这奇奇怪怪的类比，哪里来的啊？而且，谁告诉你，男人想要包养的女人都是花瓶啊？"

夏唯安："……"

她不肯说了。

然谢子鸣却一直问，问得她不耐烦了，她只好闷声说："网上看到的。"

嗯，晏宁喜欢看那种霸道总裁的小说，电脑里存了一堆，她有一次不小心打开来看了看，唔，可以说，是完全重整了三观，又打开了一个新世界。

读书的时候，夏唯安可没空看任何言情小说。

她当时唯一的弱项是语文，不得不说，也是眼界太窄的缘故，想看本多余的课外书，都很难，后来即便有，也都是老师借给她的，和学习有关的。

谢子鸣听到她这个答案，既不意外又意外，然后又是一阵笑，搞得夏唯安都郁闷坏了，不得不问他："这很好笑吗？"

他带着一脸未散的笑意，颇认真地说："不好笑。"望着她，"是你的表情太好笑了。”

夏唯安：“……”

眼睛撞上他的眼睛，她不由得微微怔了怔，旋即脸上微热，明明他是在笑她，可是莫名地，她竟有些不大敢直视他。

她有些生硬地转移话题：“你被什么人推掉了约会啊，女朋友吗？”

这句话纯粹就是没过脑子问出来的，所以话一出口，夏唯安就后悔了。

果然，谢子鸣又笑了，微微挑眉：“你这是在跟我，打探我的隐私？”

夏唯安脸更红了：“我才没有！”

她的懊恼太过明显，谢子鸣又低低地笑了起来，笑完，他说：“不是女朋友，是一个，怎么说呢，是绝对不会找女朋友的朋友，传说他居然找对象了，我们有些好奇，就约了他一起见面，不过听说你想要跳楼，所以我就提前走了，本来是觉得围观美女跳楼比围观别人女朋友更有意思的，结果两头都没看到，你觉得我是不是应该不爽啊？”

夏唯安觉得，这会儿，她也很不爽，原来他的心情不好是这样的不好！

一龇牙，她假笑道：“对不起啊，没有让你围观成。”

他风度翩翩地说：“没关系，下次准备跳楼的时候，记得叫我去就行了。”

夏唯安牙疼，不想理他了。

好在他们点的餐上来了，然后香味一弥散，她的肚子又响了。

咕噜咕噜，咕噜咕噜。

谢子鸣夹菜的手微微一顿，就拐了弯先给她碗里夹了一筷子，笑着说：“好像我每次见你，你都很饿啊。”他特别自得，“有个词叫作‘秀色可餐’，你饿是不是跟这个有点关系，嗯？”

如此自恋，也是少见了。

夏唯安无话可说，只奉送了一个大大的白眼。

谢子鸣还又笑了起来。

夏唯安不理解他的笑点，也不想理解，埋头吃着碗里的东西。

谢子鸣给她夹的是最先上桌的素馅包子，平平无奇的小包子，吃到嘴里，却是鲜得能让人把舌头都吞下去。

这可以说是夏唯安吃过的，最好吃的包子，没有之一！

也是这时她才发现，原来她对吃的还是有要求的！像这样的东西，才称得上是美食啊！

她有些好奇，扒拉开内里的馅看了看，没有看出什么名堂，因为馅很简单，能看到的就是绿色的青菜叶子，裹着白面，然而味道，却是那样与众不同。

“不用看了，这里的包子，就算是青菜，也是由他们特制的高汤料理过的，味道之鲜，一般人想仿制也难，你要喜欢吃，以后还是努力赚钱，花钱买吧。”

夏唯安“哦”了一声，放弃探寻。

彼时她还没理解谢子鸣说的努力赚钱，花钱来买的含义，直到结账的时候，账单一送上来，她眼睛都要凸出来了。

也没有几样东西吧？除了开始点了四样，后来谢子鸣又加了一盅汤，还有一碟饺子、一碟糕点，加起来，居然要四百八十八块！

夏唯安捂紧钱包，忍不住问：“都是素的哎，为什么也那么贵？”

服务员想来是训练有素，听见她如此质问，仍微笑着说：“虽然都是素菜，但是每一道菜，由经过熬制的高汤提味，而且我们的素菜都是有机蔬菜，老板特意找的那种高山无任何污染的产地生产出来的，便是白菜都比一般的要贵呢。”

总之她说了很多，从原料到里面的汤汁都不同凡响，所以贵，也是有充足的理由的。

夏唯安听得，一下眼睛都亮了：“山里面的东西就贵这么多吗？那我们那也是深山大谷啊，我爸爸妈妈种菜从来都不用农药化肥的，那些菜，你们要吗？”

眼看着她就要跟人谈起生意来了，谢子鸣本来是看好戏的，再也受不了，伸手拍出几张钞票，拉着她就走了。

出门来，夏唯安还在叨叨咕咕：“我是说真的，我们那儿的人种菜，从来都不用任何肥料的，就是养的猪，也从来都不喂饲料，按城里人的说法，真正是纯天然没有任何公害呢……”

然后一下就被谢子鸣打击到了：“喂，能醒醒吗？你知道你们那里到这儿来有多远吗？就算是他们收，你送一车菜过来，运费是多少，你想过没有？就算送过来了，路上要不要保鲜，保鲜要不要用到药水，那药水是不是对菜就有了污染？”拍拍她的脸，“别做梦了，好好努力吧，争取当你的新人王，夏唯安，我保证，只要你能当上新人王，我一定不会亏待你，OK？”

夏唯安点头，有些呆地应：“OK！”

谢子鸣就又轻轻拍了拍她的脸，唔，和他想象中的一样，年轻女孩的皮肤，哪怕不够白，也是足够的细腻温软。

Chapter.06

无故辞退

[1]

夏唯安浑然未觉自己被占了便宜。

她只是沮丧于这边山里人的好命，同样是山，人家的地就是金窝窝，他们那儿，就只能是土疙瘩。

她觉得不服气，上车后还一直望着那家饭店，十分羡慕地说：“等以后赚钱了，我也要回去开一家这样的饭馆，就用我们那儿种的菜，这样我爸我妈还有我们村里的人，生活就都好啦。”

谢子鸣听罢，“嗤”地笑了一声，说：“那你得亏死！”他一边开车，一边问她，“开餐馆，厨师是关键，没有好的厨师，就算你的原料再好，也没有人会去吃的。”

夏唯安说：“我会找，等有钱了，我就可以找最好的厨师了。”

“那你们那边的消费跟得上？一个高汤白菜，88 块，你确定，你们那里有很多人可以吃得起，或者说舍得去吃？”

他不遗余力地打击她，直打击得她有些生气了，他才不说了。

那时候，也已经到夏唯安住的地方了，临下车的时候，她才想起来，从钱包里抽出饭钱递给他：“说好了我请客的。”

谢子鸣斜睨了她一眼，有些好笑：“不心痛？”

"心痛。"她说，"但是应该我请的，还有，谢谢你。"

也许之前她还没有反应过来，但是现在，她忽然就醒悟了，他是专程来找她的。

只因为听说她受了委屈，就推掉了和朋友的约会来找她，带她去吃饭，气她逗她，让她全然忘记了之前的不开心。

他和她本是陌生人，身份也更是天差地别，晏宁都因为不想再受同组的排挤，明知道她有事还是和同事一起出去了，他却能抛下他的朋友，过来找她。

夏唯安领他的情。

谢子鸣接下了她给的钱，捏着钱，他有些玩味地说："因为你这句谢谢，我倒是觉得今天挺值了。"

她脸一下就红了，不止脸，其实眼睛都有些红了，只她不想在他面前失态，低头打开车门很快就走了。

身后一直没有传来车子发动的声响，大约是，他一直没有走，她也就一直没有回头。

回到家，屋内一片漆黑，晏宁还没有回来。

往常这时候，夏唯安总是要学一点东西的，不是电脑，就是看看英语或者别的晏宁借给她的销售宝典，但是今天，她忽然就没了兴致。

默默在沙发上坐了好一会儿，看看时间，她给家里回了个电话。

电话是夏父接的，他果然还没有睡，接了电话，很高兴地问："怎么这时候给我们打电话呀？工作还好吗？"然后叮嘱她，"在外面别亏待自己，吃好一点，没事给家里写写信，寄张照片，你已经有两年多没有回家啦，我们都很想你。"

听着这熟悉的乡音，一向自诩坚强的夏唯安也忍不住泪盈于睫。

她不敢让父母担心，只好"嗯嗯嗯"地应，等情绪缓和过来了，才问他们："你们在忙什么呢？怎么这时候还没有休息？"

夏父说："快要收红薯了，家里的背篓都烂了，怕要用的时候你妈又没得用，我就趁夜帮她弄一下。"

"那妈呢？"

"和你弟弟妹妹们在整屋后的柴呢，要下雨了，那些柴都是干的，放那儿不理就要打湿了。"

她忍不住心疼："这么晚了……"

"知道，这不特殊情况嘛。"夏父的声音不疾不徐，和她说着家长里短，"你的意思我们懂的，明天是周末，今天你弟弟妹妹他们睡晚了，明天就让他们起晚一些。”怕她责怪，赶紧给她说好消息，“你大妹月考的成绩出来啦，全班第一，老师都说，她和你当初一样聪明，肯定能考上一中，以后考个好大学。”

夏唯安流着眼泪笑了：“那就好。”

夏父和她有一会儿没说话，过了好久，夏父才说：“安安，要不你还回来读书吧？现在我的腿已经好多了，药也不用那么多了，有你上回寄来的钱，省省足够你复读一年考大学了……”

“不了。”夏唯安打断夏父的话，“我现在的公司挺好的，就算读了大学，不还是出来找工作上班吗？”然后就老生常谈，说同事们有多好，上司有多体贴人，还说了今天晚上吃到的东西，全部都是素的，但是味道却鲜得不像话，连家里冬天吃得要吐的白菜，经过人家的加工做出来，味道都是顶顶好吃的。

父女两个聊了很久，夏母他们忙完过来也跟她聊了一阵，直到聊到手机收到短信提示音，她才发现这么下去，话费可能不够了。

果然，挂了电话后，她发现收到的短信就是移动公司的，告诉她，她这个月的套餐通话时长超过了，然后，欠话费了！

今天还真是伤心又伤钱包的一天！

夏唯安心痛到滴血，这种心痛甚至盖过了她的怯意——有那么一刻，她是想要辞职的，因为她几乎已经能够预见接下来的日子有多难。

可这会儿，她不了，一晚上花了这么多钱，她必须留在泰华，要把钱再挣回来。

都说家是人受伤后的最后港湾，在港湾里充好电，夏唯安就又成了那个无坚不摧的夏唯安，她难得放纵，什么也没学，洗洗便睡了，而且还睡得十分好，以至连晏宁什么时候回来的都没有发现。

因为是周未，夏唯安也没叫她，往楼下跑了一圈，一身是汗地带了两个包子回来。

晏宁已经醒了，不过显然是还没完全清醒，顶了个凌乱的造型有气无力地趴在沙发上。

“干吗去了呢？”她问。

夏唯安说：“跑步啊。顺便给你带了点吃的，要吗？”

晏宁呻吟：“又是馒头？你哪天能不能换一个花样啊？”

“我给你买的是包子。”夏唯安纠正，还说，“这里的馒头很好吃啊。”放下包子，去里间洗脸换衣去了。

她一般没这么讲究的，只是回来时看到楼下一奶奶在搬东西，她顺手帮了一把，蹭了些脏的在上衣上。

换好出来，晏宁都已经吃上了，一边吃一边说："中午不用买菜，我昨晚给你打的包，中午热热还可以吃……哎，我还没问，昨天到底怎么回事啊？"

夏唯安顿了顿："没什么，只是我把组长要的资料弄错了。"

"你会弄错？"晏宁不相信地问。

"嗯。"

"我怎么这么不相信呢？"晏宁嘀咕，不过看她不想说也没再问，见她准备洗衣服，就回房去把自己的也丢给她，"顺便了，谢谢。"

她丢得自然，夏唯安也接得自然，伸手接了，将衣服分了类，很仔细地先把上衣清出来洗了。

晏宁就看着她洗，然后站边上跟她吐槽："不过就这么一点事，你们那组长，啧啧，戏精上身了吧？看起来她好像被你害得有多惨一样。"

夏唯安沉默，也算惨了吧，在那么多组长面前丢脸。

晏宁说："你也是，资料搞错了，和她提个建议，让别的组长先说，你再回去帮她拿不就行了？至于搞成那样吗？"探头过去，瞅见夏唯安的神色，不由得哼了声，"不会是她不让吧？啧啧，不得了，宁可自己丢脸也不让你去拿，夏唯安，你不觉得这里面有问题吗？"

夏唯安沉默，有些事不能细想，细想哪儿都是问题。

摇摇头，她说："没事，我以后会注意的。"

她息事宁人的态度，气得晏宁翻了个白眼："你就好欺负吧，小心人家欺负上瘾了，以后就逮着你对付了，你可是劲敌。"

夏唯安笑："我都成劲敌了……"

她一个小地方来的乡下丫头，居然让那么多人联手对付，何其有幸。

晏宁见说不通她，就也不浪费那个唇舌了，包子吃完，洗了脸，化好妆，收拾得齐齐整整的，她接了个电话就出去了。

晏宁周末如果不补眠，是极少在家的，夏唯安也没在意，只是她去前面阳台上晾衣服的时候，居然看到了艾满江。

他在下面等着晏宁，仍是那个羞涩的大男孩的模样，不过看到晏宁时很开心，笑得露出了整整齐齐的八颗牙齿。

看起来有点憨。

夏唯安摸了摸下巴，他们都认识，艾满江来了却不上门，只在楼下等着，这是和晏宁有情况啊？

嗯，和晏宁？

夏唯安略有些好奇，又探着脑袋多看了两眼，直到他们肩并肩走得没影了才收回视线。

白天家里就她一个，夏唯安中午就吃了晏宁带回来的东西，下午她出去了一趟，其间晏宁给她打了个电话，让她别做晚饭，她给她带吃的回来。

结果，她回家后望得脖子都长了，连书都看不进了，晏宁还没回。

差不多晚上八点，晏宁才到家，对着夏唯安幽怨的眼神，她也知道不好意思："一直等着啦？来来来，保证让你等得值。"

她两只手拎满了东西，大袋小袋的，夏唯安帮她把东西提进来，放下，接过她从中翻出的吃食，瞅了瞅其他，问："你今天逛街去啦？"

"嗯。"晏宁累瘫了，趴在沙发上不想动，懒洋洋地应她，"逛街、看电影、吃东西，我感觉把我身上所有的元气都耗尽啦！"

夏唯安问："你一个人啊？"

晏宁说："当然不是。"却没说艾满江，指使夏唯安，"帮我倒杯水来好不？"

夏唯安放下开到一半的盒子，去给晏宁倒水，将水递过去后，她突然问："晏宁姐，你是不是在和艾满江谈恋爱啊？"

"噗！"晏宁刚喝进嘴里的水全都喷了出来，要不是夏唯安躲得快，就全喷她身上了。

夏唯安赶紧拿来抹布帮晏宁善后，晏宁放下杯子，盯着她："你今天看到啦？"

"嗯。"她老老实实地点头，"我看到他来接你，然后，他好像很高兴。"

"啧。"晏宁把余下的水都喝下去，又躲回沙发上，"那就是个傻的。"

夏唯安吃着东西，含含糊糊地问她："你喜欢他吗？"

晏宁转头看了看她，说："你也是个傻的。"

她是笑着说的，然而笑容却是惆怅又寂寞，还有隐隐的不甘。

彼时的夏唯安无法理解，而等她终于能够理解的时候，却已然是物是人非了。

[2]

夏唯安挠挠头，有些惶恐地问："晏宁姐，我是不是不应该问啊？"

逗得晏宁"扑哧"笑出声，说："没有什么不该问的，只是我不想答你了，所以，你还是乖乖吃你的东西，怕冷了不好吃，我可是打车回来的。"

夏唯安闻言，再顾不得其他，赶紧埋头苦吃起来。

等她吃完，晏宁也不知道抽的哪门子风，夜里非要跟她一起睡。

夏唯安睡的是小房，房东原来放杂物的，她搬来后，那些杂物也没搬走，夏唯安收拾收拾，也就勉强能够放下一张一米二的小床。

晏宁平素是极少进夏唯安房里来的，今日进来一看：“哎，你这弄得还挺舒服的嘛。”

不得不说，夏唯安特别会收纳整理，房里的杂物堆放得整整齐齐的，拿布盖好，也不觉得很碍事。

她还将其中一些东西拼起来，组成了桌子凳子，用她没有穿的旧衣服裹着，居然还有点小温馨的模样。

“干净些还是舒服。”晏宁坐在她床上，左右看了看，和她说，“要不亲爱的，你也帮我房里整理整理呗，每个月房租，你少出两百，怎么样？”

“不用。”夏唯安笑，俯身把被子散开铺好，“只要你不嫌，我每天搞卫生的时候，顺便帮你整理一下就行。”

不得不说，夏唯安抠归抠，但是在有些地方，她又大方得惊人。

晏宁因而笑她：“财大气粗啊。”倒也没有再和她争。夏唯安大方，她自然也不小气，多给的房租，到时候她就帮她买些日用品还有米菜回来也是一样的。

夏唯安整理好床铺，晏宁仰头就倒下了，她在床上滚来滚去，忽觉不对，鼻子左嗅右嗅：“咦，你喷香水了吗？怎么你床铺上香香的啊？”

夏唯安将手伸进枕头下面，取出一个小小的香包：“是这个的香味吧？”

那香包也是她用自己不能穿的旧衣服做的，蓝底白花的素衣，做成香包却有种格外朴素的野趣。

“这是什么花？”晏宁放在鼻间闻了闻，问。

“不知道，小区里捡的，我闻着挺香，就干脆都捡回来做了这个。”

“你还挺有生活情趣嘛。”晏宁觉得自己要重新认识她了，“还有吗，也给我两个？”

夏唯安还真有，她从自己的衣服包里找了两个出来，不好意思地说：“做得挺简单的，我怕你不喜欢，所以就没给你。”

“我很喜欢啊。”晏宁拿着香包，欢喜得不行，一个劲地夸她，“夏唯安你这是深藏不露啊，看不出来，你懂得其实挺多。”望着她，一个劲地啧啧，“又勤快又漂亮又能干，哎哟，以后不知道会便宜哪个王八蛋，这时候我就有点后悔，你说我怎么就不是个男的呢？人才市场把你捡回来，然后把你变成我的小媳妇，想想也挺美呀。”

晏宁说着说着就有些不着调，夏唯安也习惯了，就任她说，她只是笑。

之后，晏宁就在她床上玩手机、打游戏，夏唯安则看她销售一类的书。

晏宁看夏唯安如此勤奋，本也想跟着一起努努力的，奈何精神不济，没看两页，她打了个哈欠："我困了。"抱着夏唯安的腰，缩到被子里睡着了。

小小的床，挤得不得了，晏宁却难得很安心，早上被床头的电话吵醒，迷糊间听到夏唯安说了句什么，就窸窸窣窣地起床了。

她问："是谁啊？"

"是当初买门窗的那个老伯，说今天狗头老板会给他送货过去，我得去看看。"

晏宁一下就清醒了："你这售后做得还真好啊，都这么久了，你还要管啊？"她坐起来，"夏唯安，你信不信，如果这次狗头送过去的货不对，你还要坏他的事，他会找人做了你啊？"

夏唯安说："他不会的，我手上还有他的录音呢。"

晏宁说她："天真！"

可是她劝不住，气得晏宁扯过被子一捂："随你便啦！你就傻吧！"

结果就耽误那么一会儿，等她气哼哼地找出来的时候，夏唯安已经走了。

晏宁："……"

真的，她觉得她就没见过比夏唯安更傻的了，自己都转行了，这还要帮前客户担保终身吗?

在晏宁看来，为了一个这么自己沾不到光的客户而再得罪狗头是不明智的，断人钱财如杀人父母，狗头再怎么样，那也是地头蛇，是她们这样的小角色惹不起的。

可夏唯安还真就去了，而且她到的时候，狗头那边的货早已送到。

狗头店里大概是新招了人，他自己没来，来送货的是一个三十来岁的男人，胖胖的，看起来巨憨厚的样子。

他并不认识夏唯安，夏唯安现在的打扮在晏宁的调教下很有些白领风，虽然衣服质量都不咋的，但是她人出挑，便是劣质货，穿着也很有味道。

因为不认识她，又见她和老伯熟稔，还一来就帮着验货，很懂行的样子，男人就诚惶诚恐地说："您放心，我们这次送来的货绝对没有问题，上回那真的是搞错了。"

吧啦吧啦讲了一堆，然而还是给夏唯安挑出了问题，她说："主材看着是没问题，但是你们的配件，不是原来我们说好的进口的 Hebe 的，进口的 Hebe 不会标注中文，但是这个，是中文标注的。"

那人脸上一僵，装模作样地过来看了看："哎呀，对不起对不起，又拿错了。"把配件都收起来，"没事的，反正师傅也要明天才来安装，我等会儿就把货换回来。"抬起头，特别感叹地和老伯说，"这个是你女儿吧，没想到挺内行啊。”

老伯呵呵笑：“不是，小安不是我女儿。”

“那就是儿媳妇了！”胖子还真就认定了一样，羡慕地说，“您老可真有福气，儿媳妇又美又能干，这年头，像她长得这么漂亮还什么都懂的女孩子已经不多啦……”

夏唯安：“……”

她正想要澄清，老伯已然先说了：“呵呵，是啊是啊，小夏真的是很能干的，我也想有这样的好福气呢。”

胖子就有些摸不着头脑，也不敢乱说话了，见夏唯安没有别的话说，就拿着配件走了。

师傅明天才能过来安装，合格的配件也要明天才能送过来了，夏唯安又仔细和老伯说了如何验看。正要走，老伯说：“辛苦你专门跑这一趟，要不中午我请你吃饭吧。”

“不用了。”夏唯安推辞。

老伯说：“要的要的，一定要吃饭的。”见夏唯安一定不肯接受，就一摸脑袋，“哎呀，可能是吹多了风，我头有点痛，好晕。”

这边风是挺大的，新房子还没有装门窗，简直是四面透风，呼啦啦吹过来，老人家还确实有点承受不住。

夏唯安也顾不得走了，忙扶住他：“您老没事吧？”

“没事，就是有点晕，回家躺躺就好了。”他可怜巴巴地看着她，“你是有事吧？那你忙去，不用管我了。”手却把她的衣服扯得死紧。

他都这样了，夏唯安还怎么走？不过饭是不能吃了，却坚持要送他回去。

因为老人说了，家里就他一个人，他儿子忙，那是常年不着家的。

老人现在住的地方离得还挺远的，在郊区，是一栋独栋的大别墅，修得跟个小城堡似的，巨大。

夏唯安见到的时候震撼极了，也难怪老头觉得城内还在装修的房子小了，和他们原有的这套比起来，那真是小太多！

老伯是本地人，家里又不缺钱，事实上，老伯所在的地方，那些人家修的房子虽然没有老伯家的大，但也都是漂漂亮亮的。

两人下车后没走多远，他家就到了。路上，老伯一直跟夏唯安絮絮叨叨：“其实我觉得住在这边也挺好，但是毕竟偏了一点，城里那套房子，是给我家儿子结婚用的，就怕未来的儿媳妇住着不方便。唉，哪里知道，房子都快装修好了，他女朋友影都还没有。”

老伯说起自己的儿子就是一肚子的怨念：“书读太多了，感觉人都读傻了，做什么都要求高得很，当初要他回来接手家里的事，他还嫌我们理念不合，得按他的来，不然他不接！这找个女朋友也一样，还要讲什么心灵契合度！就他那龟毛劲儿，鬼才能跟他契合得上啊！”

夏唯安听着就只笑，待得进到他们的大城堡里，老伯兴致勃勃地要带她参观。不得不说，这房子建得是真好，有花园，有游池，还有球场，屋内还有练歌房，连儿童乐园都有。据说，这儿童乐园是老伯的夫人在世时主张修的，那时候想着有孙宝宝了可以玩，结果，老夫人都病逝了，不要说孙宝宝了，连儿媳妇都没看到。

夏唯安第一次见到如此豪气的房子，真的有种刘姥姥进大观园的感觉，但她还是很克制，没有怎么失态的模样出现。

她如此淡定，老伯是越来越喜欢她了，不料房子看完，夏唯安就说：“您既然没事了，那我就走了哈，天气凉，老伯你一个人在家，好好休息。”

老伯：“……”

他不想她走，一捂肚子：“哎哟，我这肚子，又痛起来了。”

夏唯安：“肚子疼？你刚不是头疼吗？”

老伯说得理直气壮：“现在肚子疼了。”

夏唯安只好又留下来照顾他，然后一照顾就到了中午，见老伯“挣扎”着要起来做饭的样子，她只好说：“那我帮你做吧。”

老伯可开心了，指点着她进了厨房，就跑外面去给自己儿子打电话：“我不管你有什么事，现在回来，立刻，马上。”那边说在忙，老头就说，“我头疼得都快要死了，告诉你，不要安排人过来，如果你自己不回，那我就死在家里算了。”

说罢，“啪”地挂了电话。

老伯的儿子事实上这会儿还真有事在忙，挂了电话，他和坐他对面的人说：“抱歉，可能今天谈不出什么来了，老头不舒服，我得回去一趟。”

“伯父不舒服啊？”坐他对面的男人说着站起来，“那我也去看看他吧，认识你这么久，还没有拜访过伯父呢。”

于是，在大别墅里充当小厨娘的夏唯安没想到，当听到外间的动静走出厨房时，乍一眼就见到了一张熟悉的脸。

谢子鸣上下打量了她一圈，微微挑了挑眉。

“这是你的副业？”他问。

因为是在做饭，屋内又暖和，所以夏唯安脱了外套，在外边系了一条有着红色蕾丝花边的围裙，见和围裙搁在一起的还有个同款的厨师帽，她就一起戴上了。

大大的客厅宽敞的房间，她猛不丁这么走出来，还真的很有豪门小女佣的感觉。

不过夏唯安却是没有女佣的自觉的，她还奇怪呢：“谢总？你怎么也来了啊？”

老伯的儿子进来后在问候自家老头，闻言回过头来：“熟人？”

谢子鸣一笑：“泰华的新员工，不过现在好像在你家的厨房里。”

[3]

从老伯家出来后，夏唯安搭到了谢子鸣的便车。

自然了，他们是吃了饭后才走的。

午饭是夏唯安一个人做的，她一个乡下来的小丫头，菜的分量做得特别实诚，四个人，四菜一汤，全是满满一碗一碗的。

老伯知道谢子鸣是夏唯安的老板，帮她讨好他，一个劲地往他碗里夹菜，不吃完还不干，以至于出门后，谢子鸣觉得自己只要稍微动一动，那些饭菜就要从胃里翻出来了。

太难受了，所以车行了一段路后，他不得不停下，将椅子微微往后倒了一些，半躺在那儿不停地抚着肚子想要加速消化。

而这一切的始作俑者坐在一边，见他如此便问：“谢总，你不舒服吗？”

谢子鸣都懒得应她，微微侧了侧身子，看着她：“夏唯安，你看起来，和李逸知父子俩很熟啊？”

“李逸知？”夏唯安问，“是老伯的儿子吗？”

“你不知道他名字？”

夏唯安摇头：“我就见过他一次，今天是第二次。”第一次见面的时候，老伯也没给她介绍他儿子的名字，她还真是不知道。

谢子鸣颇有些玩味地笑了起来：“你知道我认识他有多久了吗？”

这话题变得突如其来，夏唯安愣了一下，说：“不知道。”

“呵，三年。”谢子鸣说，“这三年里，我们一起吃过饭、泡过澡、打过球，但是这是我第一次上他家里来。”

夏唯安看着他，不明白他说这个是什么意思。

她看起来懵懵懂懂傻乎乎的，谢子鸣没忍不住，探手在她额间弹了弹，在她发作前又收回手。

“傻。”他骂她，骂完了又说，“反正现在我也走不了，就说说吧，你和他们父子俩是怎么搭上交情的。”提醒她，“仔细一点。”

谢子鸣虽然看起来懒洋洋的，不过夏唯安听得出他很重视，就真的仔仔细细，从头至尾把如何跟老伯认识，他发病，她又是怎么把他送去医院，然后他出院后就找她，给了她如何如何的方便让她一夜致富的事，重新说了一遍。

听完后，谢子鸣有些无语，跟她确认："你的意思是，当时他父亲的情况很危险，别人都怕碰瓷，只有你抱起他直接跑到了医院？"

夏唯安点头："不过我觉得我干蠢事了，当时应该给他打120的，因为后来我才知道，无故晕倒的人不能随便动的，尤其是老人，一不小心，会加重他们的病情。"

谢子鸣："……"

他突然想剖开她的脑子，看看她脑回路是怎么长的，谁跟她纠结这个啊？

他有些无语，瞪着她半晌，问："你知道李逸知是什么人吗？"

她摇头，果然是不知道的。

谢子鸣倒是耐心了起来，给她科谱："那你知道乐家吗？"

这个夏唯安是知道的，国内知名的连锁大百货超市，城内就有三家大的，小的生活类超市更是有十几家，算是本土乃至国内都非常强势知名的一个企业了。

谢子鸣的解释则又更专业："乐家，国内大百货超市，规模不是最大，但是在行业里是做得最好的，他在城西的那家乐家总店，可是国内百货行业同行观摩学习的榜样。当然，我和你说这个，只是想告诉你，李逸知父子很厉害，而且，我们公司正在和他们家谈合作的事。"

嗯，其实谢子鸣说到李家的背景的时候夏唯安就懂了，这个乐家，是泰华的大客户。

不过，这种级别的大客户，一般都是泰华总部的头头们直接对接的，夏唯安不觉得和自己有什么关系，所以她表现得也很平淡，还问："谢总，这和我应该没什么关系吧？"

谢子鸣呵地笑了一下，起身将椅子调回原位，发动了车子。

他一边开车一边说："我现在相信，你能成为牧晓奕第二了。"他转过头来看了她一眼，"你运气很好。而运气也是实力的一种，很强悍的一种。"之后他就把她送回了家，然后扔给了她一句话，"我和李逸知约了周三再见面谈，夏唯安，准备准备，你也一起吧。"

夏唯安："……"

谢子鸣的车子已经开走了，她还立在原地，仰起头往天空望了望。

今日没下雨，但是也没有太阳，阴沉沉的天气，寒风已有些刺骨。

不像是能掉下馅饼的样子哇！

回到家，夏唯安还有些蒙蒙的，她迫切地想要让晏宁帮她分析分析，晏宁却不在家。

打电话，晏宁也没有接。

晚饭的时候，晏宁倒是打了个电话回来，只说在外面，归期不定。

然后这一不定就是，她一个晚上没有回来。

夏唯安开始还硬撑着等晏宁，后来等不住，自己就睡了。次日在公司楼下遇见晏宁，她是打车来的，人还没下车就叫住在路边走着的夏唯安："夏唯安！"

夏唯安停住脚，看着晏宁下车走过来，有些奇怪："你怎么啦？"

她走路的样子有点奇怪。

晏宁呵呵一笑，拧了拧她的脸："小孩子，别瞎打听！"

夏唯安无语，任她在自己脸上作怪，末了扶住她，说："我不是小孩子了，你不说我也知道了。"

"那你说。"晏宁偏头，笑盈盈地说。

一夜而已，这姑娘眉间就多了些掩不住的春意，也多了一些说不出来的媚意。

走路又是这个样子，还真当她瞎啊？

夏唯安一本正经，低声说了四个字："纵欲过度。"

她说完就被晏宁掐着腰间的软肉蹂躏了一把。

打打闹闹，就忘了和她说昨天的事，各自到了办公室，夏唯安才不得不收了那点笑意，叹息一声。

那个之前人人都让着她的位置，已经有人坐了。

夏唯安也不在意，甚至于她也没有去坐另一张还没有人坐的位置，只是拣了个边角，坐下来。

结果这也没能消停，没多久，有人过来踢了踢她的凳子："喂，这凳子是我的。"

夏唯安抬起头。

是他们组目前的销售冠军，一个块头蛮大的北方男生。

离上班时间很近了，所以该来的人都来了，夏唯安举目一望，见还有个位置没人坐，也不跟他争，起身就往那边走去。

她才一坐下，那人又跟了过来："不好意思啊，这也是我的。"

这场景略熟悉，夏唯安初到城里读高中的时候，班上一个痞痞的男生也曾这么对付过她。但是那会儿，他们才十几岁，现在多大了？

说起来都丢人吧？

夏唯安一直都知道，自己不能做个包子，所以这回她没让，而是看着他，问：“那么请问，到底哪里才不是你的？”

对方嚣张至极：“不好意思啊，都是我的，销售成绩垫底的人是没有位置坐的，你不会不知道吧？”他说着俯下身来，半边身体趴在桌子上，在她耳边低声说，“让组长丢那么大丑，你以为，她还会罩着你啊？”

隔得近了，闻到她身上淡淡的香味，男人这才发现，面前的女孩有张比他想象里更美的脸，细腻的皮肤，柔软而又清澈的眼睛，纯净得如一汪清水，特别让人有……破坏的欲望。

事实上，夏唯安虽然和组里人不大亲近，但她却不出意外是话题度最高的，不仅仅是她在培训期的表现，还有她出色的外貌。

可以说，新进的实习生，只要是男人，就没有不对她有遐想的，只不过竞争太残酷，目前大家还顾不上而已。

那人被夏唯安黑白分明的眼睛这么一望，心里立时就痒了痒，手指轻轻抚上夏唯安的手指：“不过，如果你愿意的话，现在我可以罩着你。”

夏唯安垂眸看了一眼，仿佛什么都不懂似的，粲然一笑说：“好啊。”

那人被她笑得晃花了眼，晕晕乎乎就走了，所以郑绵进来，看到她坐在那儿，微微有些吃惊，不过郑绵收敛得快，也没有人注意。

郑绵好像全然忘记了上周的事，路过夏唯安的时候，一如往常般叫她：“夏唯安，你来一下。”

夏唯安起身跟着她进了办公室。

郑绵坐在办公桌后看着她。那天的夏唯安穿一件浅粉色的竖条纹衬衫，那样挑人的颜色，她穿起来，却显得特别的青春洋溢。

夏唯安的漂亮，是英姿飒爽，也是生气勃勃的，她身上有那么一股子劲头，让看到的人忍不住就对她心生亲近和欢喜。

郑绵微微笑了笑，问：“夏唯安，你和沈经理，很熟吗？”

夏唯安不明白她问话的用意，摇了摇头：“不算熟，不过进公司的时候，他是面试官，还有就是上回去给你买糖水，遇见过他。”

听到夏唯安说糖水，郑绵的眼神不由得闪了闪，她笑得更亲切了：“没有别的了？”

夏唯安说：“没有了。”

然而，她犹豫了，看在郑绵眼里，也就是，她撒谎了。不过郑绵也没有追究，只是笑了笑说：“那沈经理对你还真好，那天晚上特意找我帮你说情。”椅子后仰，郑绵目光有些锐利地望着她，笑容看起来有些凉，“其实又算什么大不了的事呢，他倒是郑重其事的。”

夏唯安不知道该说什么了，事实上，她也不明白，为什么沈丛会对她好。

受艾满江和晏宁的事刺激，她心里有了点旖旎的想法，然而又不敢去想，唯有沉默。

沈丛待她的态度，亲近有余，但并不亲热，也没有一般男人看到她时的那种着迷和惊艳。

不得不说，夏唯安经过这些事，也确实是成熟了许多。

不过她的沉默却让郑绵误会了，后者脸上的笑意淡了淡，很快又打起精神，仍一如往常般，把事情交给她做，她都领了，默默地走出来。

见郑绵如此待夏唯安，其他人自然也转变了态度，连坐在她原来位置上的人都赶紧起身：“夏唯安，你坐这儿，这可是你的宝座，不好意思啊，刚刚我要做事，就借用了一会儿，你不怪我吧？”

夏唯安看了他一眼，说：“你坐吧。”并不理他。

其他人也都凑上来，倒是莫时，似乎是不好意思的样子，远远地坐着，只是看了她一眼。

一切似乎和以前并无不同。

这两天夏唯安没有打算出去，因为谢子鸣那么神来一笔，她打算把调查到的资料先行整理一下。

国内外相对比较有名的品牌，夏唯安已经调查了一大半，自然，她是以买家的名义去进行比较的，得到的数据自然只能是很基础也是很大众的。

有两家，她还以应聘者的身份去上过半天班，然后拿到了一些关键性的数据，这会儿，她要整理的，就是这些。

周二，她接到谢子鸣助理打来的电话，说是和乐家那边的时间定下来了，是星期三的下午。

她周三和郑绵请假，并没有说要陪谢子鸣出去见客户——这太惊悚了，以她现如今的身份，真要说出来，都不知道别人会怎么揣测她，甚至于，她连晏宁都没有告诉。

郑绵批了她的假。

所以午饭过后，在公司小憩后，夏唯安就先行去地下车库等谢子鸣，只是刚从办公室出来，就又遇到了沈丛。

见到她，沈丛脸上漾出一点笑，同她打招呼：“就要上班了，这是去哪儿啊？”

看他笑，夏唯安忍不住也笑。

两人都是面带笑容，又是在人来人往的办公场所，哪怕只是普通得不能再普通的寒暄，还是给了别人不一样的解读。

二组郑绵所在的办公室里，百叶窗还没有完全关上，所以郑绵也看到了这一幕。

恰好莫时进来问她："组长，夏唯安说她要出去，可是下午有个会，人事那边要求所有实习生都参加，她不用去吗？"

郑绵拉上窗帘，外面人的影子彻底隔绝后，她笑了笑，说："她不用了。"

[4]

夏唯安并不知道，郑绵不想让她参加的会议有多重要，而这个重要的会议通知，其实上周五就已经公布了。

只是那时候她恰巧不在，于是恰巧的，所有人都很默契地选择没有将这个事告诉她。

而这个会议，算起来也是HR那边组织的一个实习生的例会，身处最高层的谢子鸣，身份太高，所以他也是不知道的。

又因为有夏唯安跟着，他没有叫助理一起，而是亲自开车。

看到夏唯安乖乖地等在车库门口，他忍不住笑了笑。

等她溜上车后，他故作不满地说："偷偷摸摸的！夏唯安，我们这是公事，麻烦你不要做成我们俩在偷情一样好不好？"

这话说得，夏唯安眨眨眼睛，一副欢喜的样子问："那这么说，如果这次的生意能谈成的话，是不是也算我的提成啊？"

然后被谢子鸣啧了一句："美得你！"

夏唯安泄气，谢子鸣见状忍不住又笑起来，露出奸商的本相循循善诱："你也别想一口气吃成大胖子，想成为牧晓奕，你还是老老实实一步步往上走比较好。我呢，也是看你有这个潜质，所以带你提前去见识一下，这种经验，可是比单纯的提成要宝贵很多的，否则，你以为我真搞不定李逸知啊？这是现成的便宜让你捡，你啊，就偷着乐吧。"

夏唯安闻言想了想，居然很赞同地点头，逗得谢子鸣又是一乐。

开车无聊，他便忍不住逗她："是不是我说什么你都信啊？"想起以前，"我记得那时候我也就打个电话而已，你居然真相信我会找人去糟蹋你，喂，夏唯安，难不成在你眼里，我就有那么坏？"

他说着顿了顿："还有，我还记得，你骂我'老色鬼'来着。"

夏唯安装死，他要再说，她就干脆把自己整理的资料拿出来："我走访了几家品牌的同类产品，这是我这两天做出来的类比表，你要看吗？"

话题转得一点也不高明，谢子鸣挑挑眉，正好是红灯，他停下车，漫不经心地接过了她手中的资料。

敛神一看，他忍不住先赞了句：“字写得不错。”

她没有电脑，所以做的表格是纯手写体，但那字写得就跟印上去的一样。

谢子鸣忍不住又看了看她，字如其人，夏唯安的字和她的人一样，干净清朗，一笔一画皆是工工整整。

能看得出她性格里的从容不迫。

也是因为字太好看，谢子鸣才稍微分了点神去关注其内容，看着看着，他不由得惊讶地问：“这是你做的？”

“嗯。”

“你一个人做的？”

这话有些质疑的意味，夏唯安语气就也更肯定了：“是的。”

谢子鸣呼出一口长气，问：“你怎么想到做这个？”

夏唯安说：“我结业那天就说了呀，我觉得，要想把产品推销出去，第一是要更好地了解自己卖的产品，我看过公司给的资料，和市场的类比，但是太粗糙了，而且，光看资料也没有实地走访了解得更深呀，所以我这些时间，就一直在外面跑。”

谢子鸣闻言静了静，过了好一会儿，他问：“谁教你的办法？”

“没谁教，我自己摸索的。进泰华之前，我在建材中心卖门窗，我是新人，刚去的时候什么都不懂，建材中心搞百家联盟，我天天垫底，天天给人淋冰水，然后我们的品牌在建材中心又不是很出众，头两个月，我月月是零蛋，后来没办法了，我就去偷师，别人带了顾客，我偷偷跟进去旁听，还拿了他们的资料去研究，一来二去，我也能找出我们产品的一些优势，然后也接到了一些单子。从那以后，我算是彻底明白了，兵法上说的，知己知彼，到底有多重要。”

她清脆的声音，安静地在车内响起，谢子鸣听到她说：“我是新人呀，年纪也轻，也没有读过大学，我没有其他的见识，那就只好自己去努力，让自己多见识。”

她说得并不怨艾，显然她是真的这么想，也是这么做的。

谢子鸣静了静，才笑着说：“看不出你还很有想法，并不只有一身蛮力啊。”

这话听着就不大好，谢子鸣后悔，夏唯安则是沉默了。

谢子鸣只好又补救，发动车子，把那文件放到一边：“这个文件还没做完？”

“嗯。”

“愿意交给公司吗？”他说，“我知道，这是你的东西，你还要凭这个去争新人王，所以不白要你的，有这个，再加上李逸知的单子，你只要参与，新人王的名号肯定有你一个的。”

如果其他人听到他这样说，肯定会高兴得不得了吧？夏唯安不，她也高兴，但是惊讶比高兴更多一些，她说：“这么容易？”旋即摇摇头，“不了，这个资料我可以交给公司，但是老伯家的单就不用给我了，我不想让自己得到得太顺利了，运气太好，人会容易飘。”她爸爸当初为什么会出事？就是那段时间太顺了，他高兴，喝了点酒去上工……想到这里，她又有了些犹豫，觍着脸补充，“当然，如果你愿意，算我一点点提成，也可以的。”

她拿手指，当真比出了一点点。

谢子鸣本对她前面那番话都生出敬意来了，孰料她又突然来了这么一句，忍不住笑了起来，叙睨了她一眼：“知道乐家的单拿下来有多少吗？你就敢要提成？”

夏唯安说：“可我不怕钱多呀。”

“那也不行，按说乐家这样的客户不是你现在能接触的，我带你去观摩已经是特例了，你还想名利兼得，小心馅饼大了砸死你。”

他这话其实并不太有道理，因为乐家的单，泰华的胜算并不大，哪怕泰华在业内名声再大，却改变不了这是他们第一次自主研发属于自己的商用系列电器产品的事实。

谢子鸣谈生意带着夏唯安，未必就没有打着想利用李父对她的好感，多争取一点胜算的主意。

他有些理解夏唯安为什么不提这一茬，也许在她看来，帮李父那件事，真的是太微不足道了，而她，其实已经收到了足够的报酬，甚至于这报酬还超过了她的所求，所以即便她离职这么久了，还是任劳任怨地帮忙做着相关的后续工作。

这种行为，在很多人，甚至是谢子鸣看来有些傻，但是他同时也很清楚，她这样是多好的品德，相信李父也已经看到了，不然不会邀请她去家里。

那李逸知能不知道？

所以他就是在利用她，利用完了还不打算给她好处。

夏唯安却毫无被利用的自觉，听他这么说，还觉得颇有道理，傻乎乎地点头：“好吧，你说得对。”

简直不能直视。

两人到了李逸知那儿。李逸知人虽然冷清，却也是个人精，一眼就看透了谢子鸣的用意，淡淡地望了夏唯安一眼。

还好，虽然夏唯安那次“调戏”过他，但是眼神里并没有太花痴的神色，相反，她跟在谢子鸣身边，微微肃着一张包子脸，十分郑重其事。

李逸知心下稍安，和谢子鸣谈起公事来。就如谢子鸣私下想的那样，李逸知并不是太看好泰华的产品，但因为两人交情还在，所以他还是愿意给他一个竞标的机会。

不过，李逸知没有谈，他只是坐在一边听工程部的总监和他们说，总监得他提醒，倒是比他不客气多了，直接说：“泰华是老品牌，但是做这个，还是属于新人，既然李总和您是老朋友，那我也不怕实话和您说了，如果谢总您还是咬着要这个价钱的话，胜算不大，因为同比起来，市面上那几家已经做了好几年的品牌，显然要更加可靠。”

谢子鸣不动如山，闻言微微一笑：“我知道你的意思，但是这个价格，已经是我们给你们的最优惠的价格了，当然，你们可以选择那几个所谓的大品牌，但是就成本而言，看似他们只是比我们贵了一成，可乐家有那么多门店，往后门店也会越来越多，每一家门店的成本增加一成，都是不得了的。另外，说回品质，虽然这是泰华第一次自主研发的产品，但是，我们给国内外的工厂做了二十多年的成品和半成品的精加工，至少在零部件这一块，是完全值得信赖的，而系统的研发，并不是泰华脑子发热一下做出来，这是经过了近五年差不多几十名研发人员的共同努力，而且，还经过了一系列的实际使用，不断改进才有的，我们就此还做了一份对比，”他说着扭过头，对夏唯安说，“这个你和李总还有这位尹总说一说。”

夏唯安正看两人打机锋看得津津有味，猛不丁听他这么说，还愣了愣，微微一顿后，才努力做出若无其事的样子，将自己的那份“研究资料”拿出来。

说实话，一开始她有着肉眼可见的紧张，说话的声音都微微发颤，看起来老可怜了：“那个，李总、尹总好，这是、这是我这段时间走访的市面上的几个同类大品牌做的产品，然后我做了一个对比图……”她把自制的表格拿出来，不出意外，那张做工工整漂亮得如同印刷上去的手写表格，也把李、尹二人都震了震。

李逸知还好些，毕竟他已经在自己父亲那儿看过了，他们的尹总是真的惊艳了，拿着表格先不看内容，只问：“这是你自己写的？”

夏唯安说：“是。”

他冲她竖大拇指，如今这年头，还能写一手漂亮字的人，很少了。

谢子鸣则对上了李逸知了然似的目光，微微笑了笑。

夏唯安一说到自己擅长的，那股子紧张劲儿都没了，到后头，她越说越流利，而且她声音柔和好听，不疾不徐，连着那点子乡音，听起来都有些可爱。

三个男人一时都听进去了，待她说完，他们久久没有发声。

最后还是李逸知先反应过来，淡淡说了一句：“每一样产品都利弊分明，谢总，你的小助理很不一般啊。”

褒贬难辨，不过谢子鸣决定当他是羡慕嫉妒之后的赞美了，点点头：“我也觉得，所以李总和尹总，不妨好好考虑考虑我们泰华。”

一番你来我往，唇枪舌剑，最后谢子鸣终于成功投递了竞标书，且多了三分胜算后，才带着夏唯安退场。

从乐家总部办公室出来，时间还早，谢子鸣本来想请夏唯安吃点东西的，被她推了。

今日收获良多，她极需要回公司整理一番。

谢子鸣也理解，便直接将夏唯安送回了公司，当然，夏唯安自己回的办公室。

然后一回去，她就被叫去了人事部，拿到了被辞退的通知。

“什么？”她简直不能置信。

“无故旷工，缺席考核会议，夏唯安，即使你在培训考核时得了第一，甚至拿到了谢总给你的直通卡，可那只是业绩上的，不遵守规定，按照公司条例，你已经够格被辞退了。”

夏唯安：“……”

[5]

夏唯安蒙了好几秒，才反应过来：“无故旷工？考核会议？到底怎么回事啊？”

负责通知她的 HR 小主管定定地看了她一会儿，见她是真的什么都不知道的样子，才皱了皱眉，转身从桌子上拿出一张纸：“这是你们组的出勤表，你自己看看吧，差不多有连续一个星期，你不是上午就是下午不在公司。另外，今天下午三点的实习生综合考评的第一次会议，上礼拜五就已经把通知发到各个部门了，甚至于，在员工通道栏里，还张贴了有公告，别告诉我，你不知道。”

夏唯安闻言，忙争辩说：“我是真的不知道，没有人通知过我，至于员工通道的公告，我没有见过，还有，”她指了指她手上的出勤表，“我出去都是按照规定，和郑组长申请了的，怎么能算我无故旷工呢？”

“你这是什么都不认了是吧？”小主管生气了，她还真是个较真的人，当即拉着夏唯安就去了员工通道那儿，只见一纸新鲜的会议通知，非常醒目地张贴在那里。

夏唯安的心如坠冰窖。

她很确定，这则通知，她刚刚回来的时候都没有看到过！

小主管问："你还有什么要说的吗？放心，就你们这批人而言，你虽然是第一个被淘汰，但不会是最后一个，所以，你也不用觉得有什么丢脸的，老老实实办手续吧。"

她说完就走了。

夏唯安立在那儿，满办公室的人都望过来，目光里有了然的同情，有幸灾乐祸，也有事不关己的漠然。

忽然，她听到有人偷偷叫她："夏唯安，夏唯安！"

她转过头，是晏宁。

晏宁站在外间的走道上，正冲她招手。

夏唯安没有动。

晏宁无法，只好自己走过来，但是上班期间，她也不能多说，只说："对不起，我不知道你没有接到通知，下午我发现你没来，你就给你打了好多电话，但是你的手机都关机了。"

话还没说完，他们那组的组长就在叫她了："晏宁，上个厕所你也去得够久的啊，快点回来，有事找你！"

晏宁无奈，只好担心地看了一眼夏唯安，小跑着进去了。

夏唯安用力闭了闭眼睛，她手上还攥着那张出勤表，看到纸，她就清醒过来，先给谢子鸣打了一个电话，那是她第一次也是最后一次利用和他的关系，她用得毫不犹豫——既然那份资料谢子鸣要她交给公司，那么她即便是旷工，也应该是可以原谅的。

电话打完，她才回了自己组的办公室。

所有人都在，明明所有人也都在关注着她，但是他们硬是装作一副很忙的样子，没有人看她。

夏唯安也没有理他们，她直接去敲了郑绵办公室的门。

"进来。"

夏唯安推门进屋，里间郑绵正和莫时在说话，莫时站在郑绵旁边，拿着纸笔在和郑绵讨论什么，两人脸上，都漾着笑意。

看到她，室内陡然一静，郑绵收了笑意，慢慢直起腰，望着她："回来了？"声音仍然是和和软软的，好像很亲切的样子。

夏唯安看了眼莫时，问："组长，能单独和你谈谈吗？"

莫时闻言要走，被郑绵拉住了："你不用走，等会儿我们接着再讨论。"

然后看向夏唯安，“有什么要说的，你就说吧。不过如果是你被辞退那回事，那就不用说了，HR 那边的决定，我一个小组长可没有权力干涉。”

“我想知道，这个考勤是怎么一回事，这不是我做的那一份，而且，我记得我每次出去的时候，都是有跟你申请过的。还有，今天这个会议，我没有接到任何通知，就是我出去的时候跟你申请，你也没有提醒我。”

“需要我提醒？”郑绵听得惊讶极了，“夏唯安，所有人都知道的事情，你要我专门提醒你一个人？”她在“一个人”上加重了语气，显示出她特别地惊讶，“你这不是把自己当实习生，是当经理了吧？我这个组长，得为你服务？好吧，既然你这么要求，那我破例，特别为你解释一下，考勤，甚至于组内考核的事，我后来出于信任是都交给你了，但是夏唯安，你经常不在公司，所以为了能让大家都方便，我把考核的事，也同时交给了莫时在做，既是彼此监督，也是备份。上周会议上，你把所有的资料都弄丢了，害我丢了一个大丑，今天我就不敢把这事交给你，所以就拿了莫时准备的备用资料，我仔细看过了的，她这上面的登记，没有问题。”

莫时闻言，面色微微僵了僵，在夏唯安望向她时，她垂下了眼睛。

夏唯安问：“莫时，难道你不知道，我每次出去都有跟组长申请过吗？”

莫时半低着头：“对不起，但是我没有看到任何报告单。”

当然没有报告单，因为郑绵说口头申请就可以了。

夏唯安突然想起那个被藏起来的文件袋，当时她没有注意，也许，现在再去看，那些报告单，可能也都不在了。

夏唯安心头发沉，职场倾轧，她听晏宁提到过，却从来没有见识过，然而今天，她终于见识到了它的可怕。

只要有足够的力量，黑，即是白。

她气到不知道该说什么，只是望着郑绵。她的目光太平静了，平静得郑绵心里有些发毛，然而，郑绵不肯服输，仍是笑着说：“如果没事的话，你就出去收拾东西吧。我是没有办法为你扭转任何局面，不过如果你觉得，你很受上面赏识，可以去……”

“郑组长。”她话还没落音，沈丛突然走了进来，打断了她的话头。

郑绵抿了抿唇，虽有不甘，还是没再说下去，站起来叫了声：“沈经理。”

“你们都先出去吧。”沈丛微微点头，对夏唯安还有莫时说。

夏唯安没有动，他轻轻拍了拍她的肩膀，安抚说：“去吧，在外面等着，等会儿我有事情要公布。”

她只得和莫时先后走了出去。

关门的时候，她似乎听到郑绵说：“你这是打定主意要做她的保护神了是吧？”

语气嗔怪，像是在撒娇。

不过郑绵和人说话一向是那个调调，夏唯安没有在意。

门关上了，沈丛说什么，她没有听到。

出来后，夏唯安发现，她的所有东西都被丢在角落里，人走在其上，踩来踩去。

她走过去，蹲下来慢慢清理，东西都不重要，她是属蜗牛的，所有重要的东西，都一直背在背包里。

自上回那事后，背包更是从不离身。

只是哪怕不重要，看到它们这样被踩踏，她还是觉得很难过。

一只脚踩在她正准备拿的一份资料上，她抬起头，又是那个“本月第一”。

他俯下身，将那份资料拾起来，远投进垃圾桶里，然后回头同她粲然一笑：“抱歉啊，你现在已经不是泰华的人了，这些都属于公司机密，你不能带走的。还有你包里的东西，人事那边打了电话过来，要做好交接，所以你包里，凡属于泰华的东西，一张纸片，都不能拿走。”

夏唯安想起他昨日说的话，站起来看着他：“你不是说要罩我吗？”

“可你也没想让我罩不是吗？昨天下班后我找你，也没见给我面子呀。”他说着又凑近了些，低声说，“不过如果你没地方去的话，我可以收留你，晚上去我那儿，怎么样？”

夏唯安很认真地考虑，晚上要不要去他那里，像当年对付谢子鸣一样对付对付他。

说实话，这人给她的感觉特别恶心，也才二十几岁的男人，却满身油腻。

她不知道泰华挑人的标准到底是什么，但是如果最终让这样的人得了新人王的话，她会觉得很不甘。

正要说话，郑绵办公室的门打开了，沈丛和郑绵一前一后走了出来，沈丛拍了拍巴掌：“大家集合一下吧，我有件事情想宣布。”

所有人都站去了他面前，夏唯安正犹豫着自己要不要过去，就听到他说：“夏唯安，你也来。”

大家都望过来，夏唯安面色如常地走过去。

大家都以为沈丛要宣布的也是让夏唯安即刻离开的事，不料，他说的却完全和众人想的不一样：“有件事情，我得说一下，关于夏唯安被辞退的事，我已经跟HR那边反映了，所谓的无故旷工，其实是有原因的，是公司特批了她去做一件事情。既然是为公司办事，自然她要出去，就算不得旷工。另外就是今天的会议，也是因为临时有公事在身所以没能参加，这件事目前来讲，属于机密，因此我就直接略过你们郑组长对她做了安排，是我违规在先，我会做出相关的检讨，但是夏唯安的处罚决定，HR 那边已经同意撤销了，我们欢迎夏唯安，重新归队。”

没有人鼓掌，在沈丛坚持着“啪啪啪”拍了几下后，才稀稀落落有了其他人特别敷衍的附和。

Chapter.07
他大概，可能，是有点疯了

[1]

夏唯安就这么莫名其妙地被辞退，然后辞退还不到半小时，HR 那边又下发了收回辞退她的通知。

晏宁自然也得到了消息，回去后围着她转了好几个圈，笑道："夏唯安，这回你可是彻底出名了啊，沈经理为了你，亲自向HR做出抗诉声明，啧啧啧，不得了。"

她好奇得不得了，巴着夏唯安一直问："你和沈经理什么时候搭上的啊？还为公司办事，为了英雄救美，他倒是什么理由都敢用啊。"

夏唯安闷闷地看了她一眼，说："那不是随便找的理由。"

"嗯？"晏宁没听清，但是她太兴奋了，也就没注意听，甚至也没有在意夏唯安的辩解，见夏唯安围了围兜准备做饭，一把拉住夏唯安的手，"哎呀，你还做什么饭呀，沈经理帮了你那么大的忙，你就不趁热打铁，请他吃个饭，感谢他一下什么的？"

夏唯安想起自己请谢子鸣吃的那餐饭，心下一哆嗦："我没钱了。"

而且沈丛会出面，应该也是谢子鸣的安排吧？

晏宁对她这死抠的性子也是服气，点着她的额头："抠死你算了！我出钱，你请，好吧？"

夏唯安吃了一惊："为什么呀？"

和她相反，晏宁在钱财上一向散漫，但是这么散，还是很少见的。

"你还问为什么？"晏宁被她气笑了，"当然是有大腿就要赶紧抱上啊！夏唯安，你不会觉得，这次公司没有辞退你，就万事大安了吧？你们组，包括你们组长对你的态度，你还没有看清？他们现在是上下一心地想要搞死你啊，你还不捡个粗一点的大腿抱，这样的事，你是还想来第二回还是怎么的？"

"再说了，你抱牢了大腿，我的日子也好过一些啊，我组里虽然没有你们那组那么血雨腥风，可是，我也很难的好吧？"

夏唯安闻言，愧疚得不行，望着她："对不起，是不是我连累了你啊？"

晏宁"啧"了一声："连累也算不上，毕竟当初是我选择支持你，跟你一起出那个风头的，我沾了光，受点排挤也没什么。而且我比你走运，分的组长是个男的，他比较怜香惜玉，所以我日子稍微比你好过……那么一点点。"她说着笑，拖起夏唯安往外走，"哎呀，你就别管晚饭的事了，赶紧给沈经理打电话，晚了他就自己吃了，你再约也约不到了。"

夏唯安想了想，到底还是依了晏宁。

有些事，她也确实是想找沈丛问一问。

她去房里拿手机打电话，晏宁亦步亦趋跟着，一见她的手机忍不住又叨叨上了："我说，你也换一部手机行吗？这破手机，这年头除了那些老头老太，还有谁用啊？我真是受不了，今天但凡你有一部好点的手机，能受那惊吓吗？"

夏唯安没理，低头翻着沈丛的电话号码。

公司里有把所有部门负责人的号码张贴出来，所幸，她也有存他的号。

电话拨通，沈丛接了，温和好听的男低音："喂？"

夏唯安莫名有些紧张："沈经理。"她咽了口口水，在晏宁无声的鼓励下，结结巴巴地说，"今天谢谢你了，我想请你吃饭，可以吗？"

沈丛听得笑："你受惊了吧？不用那么客气，还是我请你吃饭吧，当压压惊。"

这么好说话，不要说夏唯安，就是晏宁都意外得不得了。

夏唯安的手机收音不大好，便是没有免提，晏宁都能听到对面的话，所以等夏唯安挂了后，她摸了摸下巴，说："不太对啊，我感觉沈经理对你实在太好了。"低头仔细看了看夏唯安，坏笑，"他也是男人，该不会是，他喜欢你吧？"

夏唯安学着她的样子，翻了个白眼，把她推出去："你先出去，我换件衣服。”

其实也没什么好换的，她的衣服为求简单省钱，来来去去就那么几套。

她是被晏宁说得有些紧张了。

晏宁冲她扮了个鬼脸，倒也没有再挤对她，然后自己也跑回房换了套衣服。

两个人都特意收拾了一下，晏宁本来还要给夏唯安化妆的，不过夏唯安不好意思，怕太刻意了，就又被晏宁说了一通：“你知道什么呀，出门化妆是礼节，是对人的基本尊重，OK？”

这时，夏唯安的电话却响起来了。

沈丛到了。

他是特意来接她们的。

上车的时候，晏宁特意把夏唯安挤到副驾驶位，自己上了后座。夏唯安还有些拘束，晏宁却是落落大方得很，上车就嘴甜地叫：“沈经理，我也跟着一起去蹭饭，没关系吧？”

沈丛很温和地点点头：“当然。”然后又看了她一眼，“你是晏宁？”

晏宁抚着胸口：“我好荣幸，您居然认识我。”

沈丛笑得客气：“‘唯二’两个被谢总发了直通卡的人，我当然认识。”说完，很绅士地问她们想吃什么，一口气介绍了附近有些名气的餐馆。

晏宁和夏唯安都说：“你做主就行。”

夏唯安还补了一句：“还是我请客。”

沈丛笑瞥了她一眼：“怎么，你自己受委屈还不够，还要你的钱包也跟着受委屈啊？”他修长的手指握着方向盘，目视前方，温柔地说，“没关系的，请你们吃饭的钱我还是有的。”

晏宁坐在后座，恰好能看到他秀气的脸部轮廓，觉得这个沈经理，还真是帅爆了。

所以还是大公司好，随随便便一个男的都很优质。

下车后，沈丛去停车，夏唯安和晏宁在门口等，后者挽着前者的手说：“要抓住机会啊，沈经理很不错。”眼睛微微眯了眯，“是个很有风度的男人呢。”

夏唯安看着她：“什么风度？”

气得晏宁点着她的脑袋：“笨死你算了！”

夏唯安低头偷偷笑，她当然懂晏宁的意思，只是她不想顺着晏宁的话去继续。

感情这种事，在她一穷二白的时候，她一点也不敢奢望。

所以还是笨一点吧。

三人吃饭，沈丛要了个小包间，也没谈工作，就是一边烫着火锅，一边拉拉杂杂聊些有的没的，吃得差不多，晏宁借口打电话就避了出去。

房间里只有夏唯安和沈丛两个人，或许还是晏宁的话有了些作用，夏唯安感觉自己再面对沈丛，没有那么坦然了。

沈丛倒是很自如，还亲手给她烫菜吃。

“多吃点。”他笑着说，“今天是真的让你受委屈了。”

夏唯安这才想起自己约他出来的目的，问：“沈经理，是谢总让你帮我出面的吗？”

沈丛点头：“抱歉，我应该早点回来的。”他停了筷子，拿纸巾擦了擦嘴，“事实上下午那会儿我看到你和谢总出去了，对不起，我也是忘记了今天有会议，否则，我一定会告诉谢总，让他和 HR 那边打个招呼的。后来我回来的路上接到谢总的电话，可把我急得不行，只是紧赶慢赶还是让你受了委屈。”

“委屈。”夏唯安念着这两个字，抬起头看着他，“沈经理，如果谢总不说，你会相信我没有无故旷工吗？”

“我信你。”他也看着她，目光温柔如水，“我很相信你，从第一次面试的时候见到你，我就相信，你是一个认真踏实的好女孩，看到你，我仿佛是看到了当年的我自己。你是个好女孩，努力做自己的事就好，其他的，你不用管，我会帮你。”

“还有，同事之间的那些纷纷攘攘之所以会困扰你，是因为你还不够强大，所以好好加油吧，当你一飞冲天，那些人只能仰望你的时候，就没有人敢再对你做什么了。”

夏唯安觉得，这是她听过的最动听的话，因为，它那么明晰地指出了她往后要走的路。

要变强。

要变得更好。

她用力地点了点头，说：“我会努力的。”

沈丛轻轻笑了笑。

晏宁瞅着时间回来，她生来敏感，自然发觉了两人之间气氛的改变。

尤其是夏唯安，心情变好了许多，连对沈丛的态度，都是恭敬中夹着亲昵的味道。

她偷偷笑了笑，也不催着走，坐下来变着法地打探沈丛的私生活：“沈经理，你应该结婚了吧？”

还有最后一点羊肉卷，沈丛不想浪费，问过夏唯安还能吃得下后，就丢锅里烫了起来。

听到晏宁这么问，他抬头瞥了她一眼，唇畔带起一点笑：“身为下属，你这可算是在刺探上司的隐私了。”

晏宁吐了吐舌头：“现在不是非上班时间嘛。”

沈丛笑了笑，到底没有说他结没结婚。晏宁后来也就不敢再问了，不过回去后，她和夏唯安说：“以我对男人的理解，这么避而不谈，很可能是有问题的，待我帮你打听打听啊。”

然后，她打听了一圈，得到的消息是：“他好像是结了婚的，不过没有人见过他老婆，所以大家都猜，他可能是离婚了。”

夏唯安听到消息怔了怔，晏宁问她：“怎么，怕啦？”

“怕什么？”

“怕他是个离婚男啊。”她说了一堆道理，“跟你说，像他这样的离婚男人，这时候就是个宝，因为二十几岁男人没定性，三十多了，就懂事了，会疼人，也有能力疼人，因为经济基础上去了，你啊，正好可以上了。”

夏唯安简直是佩服她：“你就这么想把我和他凑到一堆？”

“当然啊，背靠大树，我们才好乘凉。”

晏宁这也是有苦说不出，她那个组长，前期是关照她，但是现在，他打着关照的名义，想要追求她。

追个毛线啊，一个小组长而已，晏宁跟他吃个饭聊个天还可以，让她和他谈恋爱？别搞笑了。

哪怕她把艾满江带去见了他都不行，竟然和她说，她还没结婚，他就可以和艾满江公平竞争！

晏宁也是烦死了。

看到夏唯安这不开窍的样子，她也郁闷坏了，你说，怎么她就没有夏唯安这样的好运气呢？那天一起去吃饭，她看得出，沈丛对她的感觉平平，哪怕他一直在和她说话，但是他更照顾的，还是夏唯安。

从他的眼神里，她也能看得出，他对夏唯安是不一样的。

可是夏唯安年纪虽然小，却坚定得很：“我不会听你的怂恿，没有出成绩前，我不会考虑自己的事。”她也怕晏宁是受自己牵连在组里的日子不好过，就把自己总结出来的成果偷偷交给她，“你先看，然后可以试着去和客户谈啦，这个东西，暂时就你一个人先看看就好啦。”

可是晏宁并不感兴趣，也不知道这份东西花了她多少心血，瞄了两眼，就丢到桌上，再没有看过了。

夏唯安叹了一口气。

[2]

因为有沈丛出面，夏唯安得以继续留在泰华，上班遇到“小组第一”，他走近了揽住她的肩膀：“哎哟，不错哦，居然能让沈经理亲自出面保你。”看着她，问，“晚上一起吃饭，有没有空？”

其实这人天天给她发信息，奈何夏唯安从来不回，她连微信都没有，就一个登录在晏宁电脑上的QQ号，也是几乎废的，为此，组里其他人包括晏宁都没少吐槽过她。

这也是夏唯安和组员关系淡薄的另一大主因，别人下班都在群里吐槽聊天，哪怕存在竞争呢，也不至于撕得这么狠。

也就她永远都是缺席的。

夏唯安并不理会他话里的那种暗示之意，她拍开他的手，很认真地说：“今天晚上没空。”

“我好像约了你几次了吧？怎么，都没空？”

夏唯安说：“真的，建材中心有一个展销博览会，白天没空，晚上我想去转转。”

她这么一本正经，那人也只好收了那点龌龊心思，想了想，问：“和你一起去？”

夏唯安无所谓：“好啊。”

说话间，他们进了办公室。起起伏伏，夏唯安的那个位置再次没人敢占，其实她并不霸道，别人占了她也不会说什么，但他们要发扬风格，她也不会谦让。

因为她确实需要一张桌子。

夏唯安白天整理了跟着谢子鸣出去的所得，又把分到自己手上的客户资料都细细整理了一遍。

客户资料主要是两大类，一类是家装客户，一类是商用客户，夏唯安在总部做事，家用和商用客户没有细分，颇有一种不管白猫黑猫能抓到老鼠就是好猫的感觉。

现下新人里签到的单几乎全是小额的家用客户，夏唯安发现分到自己手上的商用客户并不少，其他人想来也一样，所以她想要把成绩赶上来，必须尽快拿下一两个商用客户。

夏唯安没有电脑，也没有智能手机，就从公共区域找了一本没人要的纸，拿出来在那里细细核对，然后把自己认为可以列为重点区域的重点客户都标出来。

她做这些的时候并不瞒人，所以那些人都暗暗耻笑她，她也很坐得住，就按照自己的固有节奏做着自己想做的事。

晚上她还真和“小组第一”去了那个博览会。事实上，公司那天去的人还挺多的，夏唯安那个认真劲儿，每一家都仔细看仔细问，扮成顾客还像模像样的，“小组第一”开始的时候还觉得新奇，后来渐渐就不行了，他身形胖嘛，里面又热，没两下就受不住，自己先跑了。

夏唯安直到打烊才出来，于是那人想发生点什么的，也没有发生什么。

而HR组织的考核会议一过，差不多一个月也过去了，夏唯安算上原始的积分，目前虽然不至于垫底，但是排在最后的两个一裁掉，她也掉到很后面了。

然后工资也发下来了，基本工资加上各项补助，七七八八的，到手她居然也有近三千块。

晏宁比她还多一些，因为晏宁跟在她组长后面捡了点肉吃，在核计月度的末尾搭到了末班车，捡了一个小单子。

看着工资条，晏宁感慨：“还是大公司的福利好啊，看到钱其他的我都可以忍了！”

其实也就是实习生的时候，这点福利尚好，越往上，转了正式员工后，有一套很严谨的考核流程，销售的业绩压力非常大，没有完成任务，基本工资递增往下扣，没几个人能淡定得了。

但这会儿，晏宁、夏唯安还想不到那么多，两人讨论着钱怎么用，还幻想着。

“转正后有五险一金呢，五险什么的不说，那个住房公积金可是好东西，攒上几年，拿住房公积金去买房，比一般的压力要小很多。”

晏宁说着想远了，想她要买哪里哪里的房子，因为那儿环境好，临河，交通也方便，地铁口就在小区门口呢，她上回从那里经过，老早就看准了的。

夏唯安一句话给她打回原形：“你的存款有多少了？”

晏宁翻了个白眼。

晏宁超爱买东西，尤其爱奢侈品，她的钱，几乎都败在这上面了。

夏唯安笑，晚上下班，花了她人生中第一笔最大的钱——买智能手机。

智能机也有便宜一点的，几百到几千甚至上万，考虑到就是因为贪便宜，上回买的老人机电池续航能力都差得要命，夏唯安接受了晏宁的建议，买了一部知名度很好的国产品牌手机。

一千五百大洋，还是相当心疼的。

晏宁看不得她那抠门样，请她吃烧烤安慰她。

城市里随处可见的路边摊，两人顶着寒风坐在简陋的棚子里吃着满是调料味的烧烤，这时候就有些想艾满江了，可惜他被他叔叔打发出去参加各地的美食节了，短期难得回来。

晏宁还要了两瓶啤酒，拿着瓶子要和她对吹。

夏唯安能喝酒，但她实在不喜欢酒这东西，晏宁就说她："喝酒这个你还真得好好练一练，往后谈生意，少不了应酬，你要是一点酒都不能喝，让人轻易灌倒了，遇上个心怀不轨的，你就等着哭吧。"

夏唯安想想有道理，就硬生生灌了自己三瓶酒。

三瓶喝完她就倒了，醉得稀烂，把晏宁气得够呛。好在她们吃烧烤的地儿就在小区旁边，和摆摊的小哥哥也认识，晏宁就撒了撒娇，卖了卖惨，哄得人家帮忙将人扛了回去。

夏唯安一到家就开始造，各种呕各种难受，搞得第二日，晏宁顶了两只大大的熊猫眼，差点生啃了她。

夏唯安穿着一身酸臭的衣服，可怜兮兮地抱住她："晏宁姐，我难受。"又说，"谢谢你啊，等我有钱了，我一定会报答你。"

晏宁："呸！"把她丢进了浴室，让她洗澡换衣，"告诉你，上班要是迟到，我和你急。"

她们差一点点还真迟到了，在门口遇到同样差一点迟到的郑绵。夏唯安看到郑绵还有些别扭，她明明没做错什么，这段日子却有意地避着郑绵。

郑绵倒仿佛什么都没有发生过似的，打完卡后回过头见到她们，还粲然一笑："还不快点，要迟到了啊。"

夏唯安怔了怔，就是晏宁也不由得挑了挑眉，等郑绵走后，捅了捅她："你们这个组长不一般，段数挺高啊，你小心些吧。"

夏唯安笑了笑，长长地呼出一口气。

不过后来的日子，夏唯安和郑绵之间一直相安无事。十一月底，乐家那边的竞标结果还没出来，泰华定了时间要办一次近年来最隆重的公司年会，请了诸多的合作方，这也是泰华的新产品正式在市面上全方位亮相的机会。

所有的实习生全被安排到了年会的布置工作上，他们自然也要邀请自己意向的客户过来参观，于是各种安排就必须要提前做好。

晏宁他们二组和其他一三四五组分到了相对繁重的布展工作，里面一些展柜什么的，不大，但是奇重无比，两个男人抬都是走得踉踉跄跄的，女的更是连抬都难抬起来。

夏唯安却不一样，和她一起过来抬展柜的女同事，试着抬起一边，用力得脸都红了，展柜还是纹丝不动，却见夏唯安掂着试了试，然后十分轻松地抱起展柜走了。

走了！

她又被当成奇葩被所有人明里暗里围观。

有人问她：“夏唯安，你力气怎么那么大啊？”

她波澜不惊：“以前在家里练出来的。”

他们这些人，哪怕家庭条件和夏家一样苦，可还真没有人像她那么为家事拼过，所以完全想象不出她是怎么练出来的，他们也不想想象，逮着这么个能轻松干活的不使唤，他们是不是傻？一合计，就撺掇着夏唯安：“那你就帮忙把展柜搬进来好不好？”

当天到的展柜不算多，一个中型货车的量。

夏唯安估算了一下，点头：“行。”

于是除了少数几个看不过眼的还留下帮帮忙，其他人呼啦啦全跑了，然而再过得一会儿，连那几个人也找借口跑了。

等晏宁听到消息跑出来一看，差点气晕，她点着夏唯安的脑袋骂：“你是不是傻？当了一次出头鸟，还没被打压怕是吧？”

夏唯安看着晏宁笑，笑得晏宁也没脾气了，扔给她一个快餐盒加一瓶水：“歇歇吧，看你那一头的汗，就跟个地里的野汉子也没差别了。”

“‘野汉子’这词不能用在这儿。”夏唯安纠正她，接过饭和水，喘口气坐在台阶上，也不马上吃，而是打开瓶子慢慢地喝着水。

她小口小口地嘬，晏宁斜眼看过去：“看你这样，也挺斯文呀，怎么干起活来就那么拼呢？”

夏唯安这才说：“我不怕费力气。”

“你是不怕，人家占了便宜，背地里还叫你‘傻女金刚’呢。呵，夏唯安，我都不知道说你什么好了。”

“那就别说啦。”夏唯安一副笑盈盈的样子，把水盖上后，杵着瓶子看着她，“晏宁姐，你为什么对我这么好啊？”

夏唯安心里明镜似的，也许一开始，晏宁确实是存着利用她挡狗头的心思，但是后来，晏宁确实是对她挺好的，像姐姐一样，照顾着她，也引导着她。

晏宁却好似没有看到她眼里的感动，没好气地说：“因为看不过你那傻劲儿呗！”拍拍屁股，进去了。

等夏唯安吃完饭，晏宁又出来了，这回她还叫了几个人来帮忙，连刘可和王晓月都来了。看到那两人，夏唯安才发觉自己有一段时间没和她们聚过了，颇有些不好意思。刘可和王晓月倒是没什么，还让她展示了一下她的力气，捏了捏她的手臂。

“也没肌肉啊，怎么力气那么大？”

夏唯安傻笑，任她们在自己身上揉来捏去。

等她们研究完了，众人才又开始搬东西。

刘可、王晓月还有晏宁力气小，三人合作，抬一张展柜还是可以的。

没人帮忙的时候，夏唯安闷头干活，也不觉得有什么，可有了人帮忙，她才发现，原来一个人，是那么寂寞。

有朋友在身边，哪怕是最枯燥最无聊的事，说说笑笑，仿佛都轻松了很多。

同一栋楼的某间办公室里，牧晓奕收回投注在广场上的视线，转回头和没什么形象地坐在办公椅上玩游戏的谢子鸣说：“你看中的人，还是太独了一点。”她在他对面的椅子上坐下，摇了摇头，“真正做营销，可不是靠哪一个人的力量。”

谢子鸣的眼睛盯着屏幕，手指在手机上飞速地滑动，闻言漫不经心地说：“她会成长的。”

牧晓奕笑了笑。

[3]

夏唯安不知道楼上还有大佬关注着自己，她拿起最后一件东西，还没进会议厅就听到了里面的争吵声。

和夏唯安同组的一个男人正指着晏宁骂：“你又算什么东西，要你狗拿耗子多管闲事？”

“我多管闲事？你们这些人还真干得出，指着一个女孩子搬东搬西，你们坐在这里纳凉吹风，还要说风凉话，做的还是不是人事？”

“怎么就不叫人事了？我们这叫分工合作，懂不懂？倒是你，真把自己当根香葱了是吧？你那能耐，和你们组的男人撒撒娇卖卖嗲可以，到我们组来逞威风，你这是把自己当老板娘了还是怎么的？”那人说着，巴掌一拍，吸引了更多人看过去，“来来来，瞧瞧，这位可不仅想当新人王，她还想当老板娘骑咱们头上呢，就是不知道老板愿不愿意要……”

那人话还没说完，忽听“砰”的一声，惊天动地的响声过后，一个硕大的由纸皮包着的展柜落到了那人的脚边。

所有人都不由自主地感觉自己的脚指头痛了痛。

那人更是一愣过后差点蹦起来，扶着展柜叫：“啊啊啊啊，断了断了，要断了！”

“闭嘴！”夏唯安煞气腾腾地站在展柜后面，“离你脚还远着呢，放心，断不了。”

那人这才惊魂未定地收了声，低头一看，果然展柜离他还有着一个脚趾的距离。

但是，已经很近很近了，很恐怖啊！他不由得恼羞成怒：“夏唯安，你疯了啊？压断我的脚，你赔得起啊？”

“我赔不起，”夏唯安很认真地说，“所以我还留了一点距离。不过，你也不要太过分了，让我做事可以，我有力气，我也不可惜我的力气，但是，别欺负我朋友，否则下一次，我不保证还能给你留着那点距离。”

她说完，又抱起那个展柜，很是轻松地离开了。

走前，她瞅了一眼晏宁：“还帮我吗？”

晏宁这才回过神来，咳了一声，在一室的寂静里，和刘可、王晓月等人一起跟着她走了。

把展柜放到指定的地方，她们都一脸兴奋地涌上来：“嗨，夏唯安，你刚刚真是帅呆了！”

夏唯安看看她们，又看看晏宁，见她也是一脸兴奋，忍不住挠了挠头，说：“以后你们别为我和那些人吵，不值得。”

“你就是脾气太好！要是早拿出刚刚的霸气，他们敢那么对你？”晏宁见夏唯安不是很赞同，她“啧”了一声，和刘可、王晓月说，“马上要上班了，你们先去吧，我教育教育她，随后就来，今天谢谢你们了，回头让夏唯安请吃饭。”

其他人都嘻嘻笑着走了，晏宁跳上展柜坐好，看着她：“怎么，我帮了你，你好像很不开心啊？”

夏唯安气鼓鼓地说：“他那么说你呢。”

晏宁听得怔了怔，旋即一笑：“怎么，你生气是因为我啊？”

夏唯安点头，也叹了口气：“晏宁姐，对不起，害你听了难听话。”

晏宁都不知道该说什么了，大概是很感动吧？

多稀奇，她竟然让个小女孩感动了。

事实上，晏宁很清楚，她其实早就被面前这人感动了，否则，她不会一再维护她，甚至于也不会辞职，和她一起蒙头蒙脑进了泰华。

出来混了这么多年，她还没这么掏心掏肺对一个人好过呢，想当初发现自己一时热血投了简历给泰华时她都要惊呆了。

可是，她就是喜欢这死丫头啊怎么办，知道狗头对她没好心所以下班后没事就寸步不离跟着夏唯安，却又从来就不点破；想着省钱大老远地搬着煤气罐子去帮她换煤气，明明那么抠，可省下的钱夏唯安还是不肯要她的；没钱交房租的时候，就努力地帮忙做家务，给她买包子，夏唯安自己却只啃馒头……

她心潮起伏，夏唯安见她久不作声，就在她身边蹲下来，很是颓丧地说："晏宁姐，你说我是不是很失败啊？上班这么久了，除了你，一个朋友都没交到。"

想一想，同是拿到直通卡的人，晏宁明明也被排挤，可真有什么事，还是能叫上几个帮忙的人，她这却是……所有人都只在一边旁观。

晏宁回过神，听到她这么说，忍不住"扑哧"笑了起来："有我你还不够啊？"也学她一样蹲下，很没形象地搂着她，"其实我早就想说你了，业务再重要，可和同事的关系也重要，你真要想做出什么成绩，同事关系是必须要维护的。埋头只做自己的事，再优秀，也是个独的，独木难支。"

夏唯安难过地说："其实我也想融入他们的，但是他们说的话题我都不懂。"

什么明星、游戏还有奢侈品衣服、包包，不管他们感兴趣的哪一个话题，她都无法参与。

她能感觉到他们的轻视，看她就像是看怪物一样的眼神，她看起来无所谓，其实也是心怯的。

所以她才那么拼，想着自己成为最好的，那么他们自然而然会亲近她，会和她好了吧？

就像当年她刚进城读书，衣着简陋，一口乡音，所有人都耻笑她，可当她成为全校第一，远远把第二名抛下时，所有人又都来讨好她……

晏宁说："所以你不懂就要学啊，和你说了多少次，明星可以不认识你，但是你得认识他们，游戏你也可以不玩，但是你得知道啊，衣服什么的……亲爱的，不是我说你，你真得在自己身上多投点资啦，一天到晚就那么两三套衣服，你干啥呢？"

晏宁又训了夏唯安一通，就跑回自己负责的区域做事去了。夏唯安把她的话想了想，痛定思痛，觉得自己确实不能像做个只会读书的书呆子一样，变成个只会拼任务的机器。

是时候抽点时间，在其他方面下下功夫啦。

她拿出自己的小本本，将上面的计划稍做调整，见郑绵来了，就赶去和其他人会合。

不过她前期"独"得太过，现下想融入同事之间还颇有些困难，等郑绵公布下午的任务的时候，夏唯安问身边一个女同事："你说，我们下午是不是还要搬这些重东西啊？"

那同事看了她一眼："反正你力气大，搬也没事吧？"然后，就走开了。

夏唯安："……"

她忽然发现，哪怕她上午再卖力，把其他人的活都做了，但是似乎，并没有换来谁的感激，嗯，连好感都没多加一点。

郑绵照例简短地对上午的工作进行了总结，第一个夸的就是夏唯安，然后说其他人："所有的活都让她一个人做，最后还让其他组的过来对我们组指手画脚，你们挺能啊，除了夏唯安，每个人扣2分，没问题吧？"

夏唯安听后心里一沉，2分，这仇恨拉得就大了去了，在以考核分作为排行的实习期，2分的惩罚，真的已经很大了！

她往后在组里，怕是真要成为公敌了。

所以人都散开后，夏唯安试着跟郑绵沟通，只是她才开口，郑绵就把她堵了回来："这事你不用管，他们也确实太懒散了，我这也是让他们长点记性。"

说完，她就走了，夏唯安只觉得万分无奈。

从始至终，郑绵对她没有流露出一点点的敌意，可夏唯安就是觉得，郑绵不喜欢她，很不喜欢。

她在孤立她。

果然，夏唯安下午再要做任何事，总有人会拦住她："别呀，活都让你一个人干了，那我们干啥？"将她挤开，硬是不让她插手。

夏唯安就这么闲了一个下午，最后愣是真的什么都没有做。

但是郑绵并没有批评她，这导致其他人很不满，在下班前的例会上叫嚷着说："组长很偏心啊。"

郑绵似笑非笑："人家上午累了一上午，还不兴让她休息休息啊。行啦，别叫啦，今天大家都辛苦了，晚上我请大家吃饭，怎么样？"

"一餐饭怎么能安慰到我们，必须得两餐啊！"

"行啊，只要你们好好干活，三餐都行。"

他们说得热闹，只夏唯安沉默了。

然后准备出发吃饭的时候，夏唯安被人叫住说了两句话，再回头的时候，那些人已经全走了。

没有人等她，也没有人告诉她吃饭的地点，她就这么被人……落下了。

她摸出手机，想了好久，到底还是没有给他们打电话。

晏宁的小组也要聚餐，事实上，这样的集体活动，是最好拉近组内成员关系的时候，一般是组长或者是会来事一点的组员，提议一起吃个饭或者来点活动什么的。

所以看到夏唯安一个人，晏宁很是惊讶："你们组晚上没活动？"看夏唯安好像要哭的样子，又问，"不会吧，就落你一个人？"

夏唯安低下头，她本来不委屈的，但是被晏宁这么一问，顿时委屈得不得了，连眼圈都红了。

晏宁无语，然而这种事，她能做的也有限，只好提议："要不你跟我们一起去吧？"

夏唯安摇头。

他们组内的活动，她一个外组的插进去算怎么回事啊？传到郑绵耳朵里，怕又是一番是非。

她把这担忧说出来。

晏宁叹气："你倒不笨。"安慰她，"慢慢来吧，横竖这就是个实习期，哪怕你跟他们完全闹翻，只要你能留下，以后就是新开始。"又说，"不过一餐饭而已，没事，你先回去，等我回家了，给你带好吃的。"

夏唯安勉强笑了笑，看着他们离开。

她也没就走，又回头把其他人毛毛糙糙做得不好的事重新理了一下。有事做，她心情总算慢慢平复下来，一直到保安过来清场，她才收了工作，离开了会议厅。

出来夜色已浓，处处皆是灯火辉煌，只是天气很冷，又下雨了，绵绵的细雨伴着初冬的冷风，随着呼吸吸入肺里，又冷又潮。

夏唯安站在廊下看了会儿雨，就那么冲进了纷纷细雨里。

她其实是有伞的，她身上的背包就是百宝囊，里面什么都准备的有，只是这会儿，她不想拿。

公交车站有点远，路上的行人神色匆匆，只她慢慢地沿街走着，还没走出多远，忽觉脚被什么轻轻碰了一下。

她有些受惊地跳到一边，回头，就见一辆黑色的车子，无声而缓慢地滑行过去，慢慢地，它停下来，车窗打开，露出谢子鸣那张微带了笑意的脸："赏个光，请你坐车怎么样？"

[4]

夏唯安一直没法把谢子鸣当成是自己的大老板，大概也是因为，他从来没有在她面前流露过任何老板的威严。

犹豫了一会儿，她上了车。

等她坐好后，谢子鸣翻出一块毛巾丢给她："擦擦吧，你这是准备走回家？"

他说着还往后看了一眼，夏唯安经他提醒，也回头看了看，不由得赧然，说："我走过站了。"

谢子鸣忍不住一笑，也没就走，就那么坐在那儿看着她。夏唯安头发都湿了，衣服厚实又是深色的，倒是看不出湿了多少。

她把头发抹得不再滴水后，又低头细心地抹干了座位上的水珠，将毛巾折起来："弄脏了，我洗干净再还给你吧，还有上回的衣服，一起还给你。"

谢子鸣的目光没什么侵略性，但是被他这么看着，她还是有些不自在，一向莽莽撞撞的人，连头都有些不敢抬起来。

他极少看到她有这么害羞的一面，她虽是少女，却爱装憨得很，想看她露出少女的娇羞什么的，挺难的。

他忍不住又是一笑，这才回正坐好发动了车子，问她："你这是要去哪儿？"

"回家。"

"你们组就没搞什么活动？"

还真是哪壶不开提哪壶啊，夏唯安低下头，轻声说："有。"

倒是没有撒谎，谢子鸣看了她一眼，识趣地没有问她为什么不去，而是说："正好，我也落单了，你请我吃饭怎么样？"

所以说，怎么才能把他当老板嘛，时不时刮底层员工身上的皮，夏唯安下意识地说："不好。"好歹还记着他的身份，努力找补了一下，"你是老板，被人看到我和你一起吃饭，对你影响不好的。"

谢子鸣一边开车一边逗她："怎么不好啦？"

夏唯安绞尽脑汁："说你不注重身份什么的……"

谢子鸣"哦"了一声。

"也是。"他点点头说，"但是你前面已经跟我一起吃过两回饭了，而且，一开始好像是你找的我吧？蹲在洗手间门口，跟痴汉似的，还毛遂自荐说替我卖命挣钱……"

他越说夏唯安越是无地自容，忙不迭地打断他："好好好，我请你吃。"

谢子鸣这才满意地住了嘴，"啧"了一声："看你那肉痛样，请我吃饭，要当成一种荣耀知道吗？而且，钱挣来是干什么的？花的，不会花就不会挣。"

夏唯安觉得，谢子鸣某种程度上，和晏宁很相似，都是一肚子的歪理。

要不是他身份太高，她还真想把两人凑做一对。

说是要夏唯安请客，地方却是由不得她做主的，谢子鸣挑剔，找的吃饭的地方都是一看就很不凡的。

这回他没带她吃素菜了，却是吃火锅，前面排了七八十个号。等到他们，也不知道到什么时候去了。

夏唯安说："要不我们走吧？"

随便吃吃多好哇，这里一看就死贵。

谢子鸣拎了两张凳子，递给她一张，老神在在地坐下："不行，我今天就想吃火锅。"

夏唯安无奈，只得陪着。

好在时间一长，排前面的人有等不及走了的，他们也没有等太久。

约莫半个小时，就有位了。

两人的小位，在一个角落里去了，不过倒也安静，外间的喧闹隐隐约约地传过来，仿佛暗暗应和了夏唯安的心境——别人的热闹，总与她无关。

见她心情又有些不好，谢子鸣问她："喝酒吗？吃火锅的时候喝点冰啤酒，很舒服的，要不要试试？"

他觉得他就像个邪恶的巫婆，总是不停地勾着她的钱包，夏唯安却只能点头："好。"

两人各要一瓶酒，谢子鸣却只喝了小半杯，余下的全让夏唯安喝完了。

她醉过一回，差不多找准了自己的酒量，这一瓶半的啤酒，对她还真不是什么事，她抱着酒瓶子和谢子鸣干杯："谢总，我敬你呀。"

喝上瘾了，又多要了一瓶，然后就真的喝醉了，心情不好的人，似乎醉得比平时都要快一些。最后一点酒喝完，她脸色酡红，眼神都有些迷离，话也放肆了起来，喝完酒，也不吃菜，就那么直通通地盯着他，冲他招了招手。

谢子鸣看了她好一会儿，懒洋洋地凑过去，就听她神神秘秘地问："谢总，你说，你说实话，你是不是也觉得我傻啊？"

谢子鸣好笑，问她："你哪里傻了？"

她纤指指着自己秀挺的鼻尖："你觉得我傻，看不出你对我有兴趣呗。其实我早就看出来啦，老肥刘当初就是想要我陪你去睡觉的，他说你就喜欢小孩子……这样不好的，是犯罪。"

她还认真地告诫他，弄得谢子鸣好气又好笑，伸手就捏住她的鼻子："你倒是挺聪明。"

捏得她出不了气，她双手挥舞着拍开他，抱着瓶子莫名其妙就开始哭："你也欺负我。"是真的掉了眼泪，却跟个小孩子似的，没有哭出声，只是眼泪一流出来就拿手背抹了。

连抹眼泪的动作都带些孩子气，却又那样委屈而可怜。

谢子鸣有些牙疼，哄她：“我没欺负你，我就是觉得你好玩，跟你在一起，挺放松的……要不，这餐饭我请你了？”

夏唯安还是不依，摇摇头，抽抽噎噎着说：“我要请的。”又抹了抹泪，她说，“不关你的事，我就是觉得挺难过的。”

谢子鸣问：“因为他们都排挤你吗？”

她委屈巴巴地“嗯”了一声。

谢子鸣安慰她：“其实没什么的，你还小，不明白人际关系的复杂，慢慢学着就好了。”

大公司做人，小公司做事，还真不是说说的，谢子鸣哪怕身居高位，也依然逃脱不了人际芜杂带来的心烦。

他没有开解她，只是默默地任她哭，给她递纸巾，又让人给她倒了一杯温开水。

夏唯安哭了好一会儿，哭完了，酒意似乎也散了些，她擦擦眼睛，也不明白自己怎么就委屈上了，很不好意思：“对不起，我们走吧。”

谢子鸣体贴地朝她伸出手：“要不要扶着你？”

她摇摇头，走得稳稳当当的，只是行为还是慢了一拍，等上车了才想起：“哎，我还没付钱呢。”

谢子鸣把衣服丢去后座，转头看了她一眼：“真等到你想起，我们该被当成吃霸王餐的抓起来了。”

她眨眨眼，有些迟钝地从袋子里翻出一个小小的钱包：“多少钱，我给你吧。”特别认真地说，“说好我请你的。”

谢子鸣随口说：“一万。”

夏唯安“啊”了一声，掏钱包的手僵住了。

显然她酒并没有全醒，谢子鸣忍不住笑了起来，转过身来看着她。

因为才哭过，她的眼睛就像是刚被水洗过的葡萄，湿漉漉的，有些无措而茫然，脸庞被酒意醺红，宛若是三月里的桃花瓣，那么柔软，又那样鲜嫩。

还有嘴唇，丰润而鲜艳，红彤彤的，微微嘟起，就像是在跟人索吻一样。

谢子鸣忍不住凑近去。

“夏唯安，”他叫她的名字，“有个办法可以让你不付钱，也可以让所有人都不敢再排挤你。”

离得太近了，她下意识地往后避了避，却被他说出来的话吸引，睁大了眼睛，呆呆地问：“是什么？”

“做我的小情人啊。”他笑着说。

脱口而出的提议，谢子鸣以为自己只是开个玩笑，但是，等她回答的时候，他清清楚楚感觉到了自己内心那暗戳戳的期待。

不过，夏唯安拒绝了。

“我才不。”她靠倒在座位上，有些头疼地说，“我不走邪门歪路。”见他还没有退开，就顺手抓住他的领口，把他揪近了一些，点着他的额头特别认真地说，“谢总，你不要总勾引我啊，我现在不谈恋爱的。”

她说了什么，谢子鸣根本没有听进去，这会儿的他，离她太近了，近得，能闻到她身上的芳香，混着淡淡的酒味，十分诱人。

他无视了她大不敬的动作，顺着她的劲往她身上倒过来，却在离着她的唇仅有 0.01 秒的时候，“吧唧”一声，他的脸整个让她的手掌给盖住了。

然后，她毫不留情地推着他往后退。

“你离我太近啦。”她抱怨地说。

谢子鸣这才清醒过来，深深地吁出一口气，把她的手拨下来。

他觉得，他大概，可能，是有点疯了。

居然趁她醉酒，想要占她便宜。

他斜睨了她一眼，她仍无知无觉地坐在那儿，嘴里念念叨叨：“夏唯安，不要怕，你是了不起的夏唯安，没有谁可以欺负你的。”

他忍不住伸手在她脸上扯了扯，都扯疼了，她也只是迟钝地揉了揉，轻声嘟囔着：“疼。”

好吧，这就真的是一只醉鬼，装得再清醒，也掩盖不了醉了的事实。

夏唯安自己却不觉得，她模糊的意识里，觉得自己还挺清醒的，清醒地认得回家的路，清醒地记得，在谢子鸣把她送回家后，她打开门，冲他弯腰道谢，诚意很足地说：“谢谢你，我今晚过得很开心。”

然后，她还记得自己洗了一个澡，换上衣服，睡了个十分黑甜的觉。

她还做梦，梦见自己回了老家，这边阴雨连绵，冷得瘆人，老家那边却是炎炎盛夏，山上的野葡萄熟了，弟妹们说想吃，她就揣了个袋子，帮他们摘去了。

满山遍野的野葡萄，一丛丛挂满了树，她摘啊摘，摘了一大袋子，可是踢开一个石头，就看到了一窝盘踞着的毒蛇。

长长的黑色的身体，扁平的脑袋，绿豆大的眼睛，阴冷地盯着她。

她一下就吓醒了，吓出了一身的冷汗。

睁开眼睛，看到完全陌生的摆设，她还有些茫然，直到感觉到自己身上不对，掀开被子，天啊，她居然是全裸的！

全裸的！

[5]

夏唯安可没有裸睡的习惯！

她有些惊讶地重新抬起头，打量了一下身周的环境，目光在被丢得七零八落的衣服上停了停，她揪着被子靠过去，翻开床头柜上的一本小册子。

很好，不是她和晏宁住的家，是酒店。

她揉了揉头，简直不明白自己为什么会在酒店里，她记得她和谢子鸣一起去吃火锅，她喝了一些酒，然后似乎是有些晕头了。

不过，她人是清醒的，因为她还记得他想要叫她做他的小情人，被她义正词严地拒绝了呢。

那现在，又是怎么一回事啊？

那些扔得乱七八糟的衣服（她自己扔的），活像是电视上演的那些饥渴的男女，进门迫不及待亲热，连衣服都没法好好脱一脱……

不能想了，越想越心惊，夏唯安火速起床，捡起自己的衣服穿好。

还好，天气冷，衣服多穿一天也没什么，然后她的衣服又都是相似款的，便是多穿了一天，也没有人会发觉。

至少，晏宁早上来上班看到她，就没有发现她还穿着昨天的衣服，晏宁甚至都没想到她会夜不归宿，还跟她抱怨：“你怎么来这么早哇？起床也不叫我，差一点迟到了。”

夏唯安心里纠结得要死，她很想问一下晏宁，如果和人发生了点什么，身上会有什么感觉，但面上却是平平常常的，回说：“我早上很早就起了，是跑步过来的。”

晏宁像看怪物一样地看着她：“跑步来的？”冲她竖起大拇指，“好吧，你了不起，省钱已经省出一定的境界来了。”

夏唯安终究还是没有问她什么，倒是觑空自己拿手机悄悄百度了一下：“女人喝了酒和人发生关系，自己会有感觉吗？”

看到百分之九十的答案说“只要没醉死，就一定会知道”，她顿时松了老大一口气。

结果气才松下来，她就收到了一条短信：“昨天的房费折后五百八。”怕她没有存他的号码以为是诈骗短信，后面还贴心地附上名字“谢子鸣”。

夏唯安：“……”

每次伤心过后就要伤钱包，她是真的难过死了！

看谢子鸣这态度，昨晚估计是真的没有发生任何事，所以，她家的老板还是有节操的啊！夏唯安瞬间精神一振，乖乖地回了他三个字：“知道啦。”

至于钱，嗯，下回遇到了，再给他吧。

谢子鸣趴在床上，听到手机响后把手机抓到面前，看到她回过来的消息，忍不住微微笑了笑。

没一会儿，手机又响，他点开，还是她发的。

“谢谢你，老板。”

仿佛又看到她一本正经骂自己“老色鬼”的样子，这句“老板”，大概重点都是在“老”字上吧？

臭丫头，在隐晦地提醒他吗？

谢子鸣笑了笑，丢开手机起床穿衣，精神焕发地去到公司。助理过来，和他说了一大堆要办的事项，他都没在意，沉吟了会儿，说：“把能推的都推推，等会儿你和我一起去会展现场看看吧，这次的供销合作年会很重要，注意不要出现任何疏漏。”

这是正事，助理完全没有多想，肃容点头：“好的。”

谢子鸣这是临时决定，所以算是突击检查，因此并没有通知展会那边的负责人，大家都在忙，也没有多少人注意他，便是有人注意到了，谢子鸣也是摆摆手，示意不用管他。

因此一路往前，直到走到夏唯安他们负责的区域，还没过去，远远就听到一个略有些尖刻的声音：“夏唯安，你这是要摆出花来啊！你这么能，那活就都让你干了呗！”

“咣当”一声，那人把夏唯安面前的展台踢得一歪，转身大剌剌地走了。

从谢子鸣的角度，能看到展台的一角砸到了夏唯安的膝盖，她疼得当即就弯下腰。

但是她也没有说什么，只是默默地揉了揉膝盖，然后将展台扶正，继续做着手头的事。

没有人帮忙，她还真就一个人忙着，忙得还很认真，展台摆好后，左看右看，不断地调整，力图都在同一水平的直线上。

“谢总？”看他半天没有动，助理不得不出声叫他。

谢子鸣抬步走过去，径直走到夏唯安面前：“怎么就你一个人？”

她惊了一下，回过头，轻咳了一声后说：“他们……在忙别的。”顿了顿，又补充，“我这也快完了。”

其实才怪，明明旁边还搁了几个没有开封的展台。

谢子鸣并不点破，只是回首吩咐了一下自己身边的人：“你帮帮她。”

然后就走了。

留下助理和夏唯安两个眼对眼，没一会儿，夏唯安像是才反应过来似的，慌里慌张地掏出手机：“老板过来了！”

她就这么明目张胆地在助理的面前给其他人通风报信。

等她挂了电话，助理说：“你这是当我不存在啊。”

他对夏唯安挺好奇的，很明显，自家老板和她早就认识，而且对她还挺不一般的，所以他这话，语气轻松，调侃的成分居多。

夏唯安瞅着他，可怜巴巴地说：“你不会告诉谢总吧？”还贿赂他，“我不要你帮忙，我力气大，这点事，自己就可以搞定的，你休息休息怎么样？”

为了让他相信，她还真的走过去，拆出一个展台，也不用他帮忙，十分轻松就搬过来了。

助理：“……”

这下他有些同情刚刚那个发脾气走掉的人了，面对这样的同事，还是个女同事，大概，很没有……存在感吧？

谢总的品位还真的是不一般哪。

助理心里吐槽，面上却是一本正经地说：“我什么也没看到，什么也没听到，不过谢总让我留在这帮忙，那我就必须帮你的忙的。”

话还没落音，踢踢踏踏的脚步声响起，从另一边走出来好些人。

看到谢子鸣的助理在，那些人可热情了，一个个激情踊跃地同他打招呼：“张助好。”打完招呼，又热情地和夏唯安说，“哎呀，你手脚好快呀，就去上个厕所（喝口水）而已，你就弄这么多了呀？”

夏唯安不想和他们把关系弄太僵，配合地笑了笑：“是啊。”

人多了，助理也就帮不上什么忙，不过他还是尽职尽责地留在原地，直到看着他们把所有的展台都拆出来放置好才离开。

大 Boss 身边的人在，大家都干劲十足的，等他一走，其他人才围过来，问夏唯安：“张助为什么会在这儿啊？”

夏唯安现下也有一些城府了，面不改色地说：“老板说这一块很重要，让他留在这儿，帮忙看一看。”

那些人似信非信，可是她之前才提醒过他们，这会儿也就没再说什么。

夏唯安的电话是打给莫时的，虽然莫时坑了她一把，但是在她心里，还是和莫时最亲近。

快下班的时候，莫时破天荒地走到她身边：“之前谢谢你了。”

夏唯安打电话的时候，他们那些人正集体窝在一处摸鱼聊天，这如果被老板撞见了，那真是不得了了。

所以这个情，她领。

夏唯安摇摇头，说："没什么的。"

语气平淡，看得出，是真的不觉得这事有什么。

莫时仔细看了她一会儿，见郑绵还没过来，压低了声音说："之前的事对不起，不过，如果我说，那些事不是我要做的，你信吗？"

夏唯安转头看着她，莫时也看着她。

莫时有一张娃娃脸，小眼睛，皮肤很白，脸颊处却有两块十分明显的雀斑，不好看，但是挺可爱的。

夏唯安说："我信。"

莫时嘴角微扬，笑了笑，然后她又叹了一口气，脚步轻移，离夏唯安更近了一些。

她声音放得很轻："你要小心组长，她不喜欢你。很不喜欢。"

夏唯安震惊地看着她："为什么？"

"我不知道。"莫时的声音像是缥缈的雾气，如果不仔细听都完全听不到，"但是她，明里暗里，鼓动大家排挤你。"

看郑绵出现，她收了声，不动声色地又远离了夏唯安。

夏唯安蒙蒙的，一丝寒气，慢慢从她的脚底心升起。

郑绵走过来，那张秀秀气气的脸上，仍旧带着温和的笑意，走过夏唯安时，她还同夏唯安打招呼："辛苦了呀。"

只看外表，还真的一点也看不出，她不喜欢夏唯安。

不过，夏唯安不迟钝，她知道郑绵不喜欢她，只是这人心思深，像早上，明明昨天走的时候完全没有想到要叫她，可是早上来，郑绵硬是可以笑着问她一句："怎么昨天晚上你没一起去吃饭呀？"当着那么多的人教她，"要合群。"

所以，她相信，莫时说的是真的。

所以，上回的事，郑绵还是记恨了吧？

夏唯安叹口气，这时候的她，嗯，天真地以为，郑绵对她的最大不喜，就是因为她上回没办好事。所以后面，她就格外细致，每次要做什么事之前，都是检查又检查，细致得不得了。

如此，紧锣密鼓地，年会终于到了。

到了正日子，难得地连着晴了好几天，看到太阳，每天的心情都好了起来。

所有人都忙得不得了，夏唯安他们这些实习生也分到了接待工作，除了自己负责区域的客户，还有公司里的一些老客户都是由他们来接待的。

这天夏唯安刚刚送走一个客人，回头就见到旁边展台上的莫时被客户逼问到脸色通红，说话都不流利了起来。

接触的人多了，夏唯安很懂一些客人的刁钻，简直是稍不注意，就能掉到他们的坑里。

显然，莫时这是掉坑了。

夏唯安喝着水，静静地听了一会儿，转头时接到莫时求救的目光——事实上，莫时是先向旁边的人求救的，但是没人理她，不得已，转而靠向夏唯安。

夏唯安并不介意自己只是个“备胎”，她呼出一口气，微笑着靠近，不动声色地接了客人的话题：“刚刚您说的是这个智能化的系统升级问题对吧？没有错，我们的系统确实是还存在着一些缺陷，但是我可以保证，它的操作系统就目前而言，应该是国内最好最新的系统了，它以后当然也要升级，就像我们最开始用的电脑操作系统一样，从最开始的手工操作，到现在的联机批处理，世移时移，肯定也是不断升级发展的嘛……”

庆幸自己看书看得牢靠，夏唯安就是侃个电脑系统都能把它的发展史说得完完整整，看起来，真的是特别博学特别专业。

Chapter.08
那样温柔

[1]

等客人大笑着满意离开，莫时忍不住擦了擦额际并不存在的汗，冲夏唯安一笑：“谢谢你啊。”左右看了一眼，见没人注意她们，忍不住夸了一句，“你真厉害。”

夏唯安说：“这不算什么。”递给莫时一瓶水。

莫时接了却没喝，抿唇想了好一会儿，才鼓起勇气问她：“夏唯安，你是不是有别的资料啊？我觉得，你刚刚说的好多东西，我都没听说过。”

莫时说的是夏唯安对新产品的理解，不管是她的分析还是她得出的结论，都是公司培训以及分发的资料里所没有的。

她倒是想问夏唯安是不是瞎说的，不过她很清楚，哪怕两人交集不多，她也清楚，夏唯安不是一个喜欢信口开河胡说八道的人。

尤其是和公司的新产品有关，这关乎着公司的声誉，夏唯安更不会乱说了。

夏唯安没说什么，见莫时很是期待地望着她，想了想，低头从底下找出自己的背包，从中翻出一份资料来：“你可以看看这个。”不想莫时误会，她还是特别说明了，“这是我走访了市面上许多同类产品以后，自己总结分析出来的，你如果感兴趣，可以参考参考。”

这个东西，她做完以后就给了谢子鸣一份，本来她以为，谢子鸣让她上交的意思是要她跟大家一起分享，结果谢子鸣拿到后，却没了任何后续。

夏唯安不知道什么原因，也不敢轻举妄动，如果不是想要试着笼络莫时，她还不一定会拿给她看。

她担心里面是不是有她总结不到位的地方，所以莫时拿到后，她也特别叮嘱了一句："不知道准不准确，你可以参考，一定不要完全当真。"

莫时应下，接过资料好奇地翻开："手写的，是你自己写的吗？"

夏唯安"嗯"了一声。

莫名看着那字，再次赞叹："你的字可真漂亮。"

夏唯安笑了笑没说话。

莫进也没再说，低头仔细看了起来，资料对比十分清晰，不过想要理解却不是一时半会儿的事，如果对一些专业性的东西不了解，那想完全理解就更难了。

莫时也是努力过的，所以她比晏宁识货得多，默默看了好一会儿，才问："这个，我能拿回去看看吗？"见夏唯安望过来，她保证说，"我一定不传给其他人，我保证。"左右看了一眼，她轻声说，"这里不方便……"

语气里有些恳求之意。

夏唯安本人是不觉得这东西有多机密的，就是担心谢子鸣别有安排……她说："你可以拿回去，但是，不要再传给别人了。"

莫时说："我懂的。"

莫时没想到她这么好说话，一时特别感激她，这一感激就忍不住讨好她，和她聊了起来。

快中饭时间了，这会儿客人渐少，她们倒是可以休息一会儿。

莫时问："你最先那一个月经常往外面跑，是不是就是去调查这些资料了啊？"

夏唯安"嗯"了一声，说："是啊。"

"夏唯安。"莫时叫她。

她回头。

莫时又紧张地往周边看了看，说："那你出去，是真的有和组长打过申请的吧？"

大约猜到莫时会说什么，夏唯安静了静，才说："当然。"

莫时咽了口口水，她说："其实你后来看到的那份考勤，不是我做的，是组长交给我，然后要我签名的。"她说着，声音压得更轻了，"夏唯安，我一直觉得，组长并不是因为上次你弄错资料的事讨厌你，有一次，那时候我们才分到她手底下呢，她看我和你走得近，就要我从你那儿悄悄拿一份资料去复印……我没敢，那可是公司机密啊，万一真传出来了，我有得好？但又不敢违背她，只好疏远了你。

“夏唯安，我其实挺喜欢你的，我没有想要和他们一样排挤你，我……我是有苦衷的，你信吗？”

她信吗？

一间办公室里共事快两个月了，夏唯安当然相信，莫时不是那种势利的人，她性格胆小谨慎，不大会讨好人，但是也绝不会随便去得罪人。

培训的时候，莫时就坐她旁边，没什么人和莫时说话，她算是跟莫时交流最多的一个。

她直觉地相信，莫时说的是真的。

但是为什么呢？郑绵从一开始就讨厌她？

夏唯安想不出原因，进泰华之前，她没有见过郑绵，进来后的培训期间，她也没有和郑绵有过接触。

“你说，她是不是觉得我太出风头了呀？”想了半天，夏唯安问。

莫时摇头，说：“不可能的，其实组员成绩好，组长也是沾光的，因为我们的业绩里，有一部分，组长也是可以拿到提成的。”

“那是怕我以后会和她成为对手？”

她记得，晏宁就这么说过。

莫时欲言又止，她心里隐约有个猜测，不过，她觉得太荒唐了，所以，没有说出来，

听夏唯安这么猜，她也只是说：“可能吧。”

夏唯安就觉得，郑绵这些人想得好远。

她还是实习生呢，郑绵就防到以后去了——但其实防她一个人干什么呀？实习生过后又不是只留下她一个，难道其他人以后就和她没有竞争了？

夏唯安很想不通，不过她心大，事已至此，也只能走一步看一步了。

她把这事丢到了脑后。

事实上，除了那两回，郑绵还真没有再公开针对过她，甚至于在年会期间，郑绵还挺看重她的样子，许多事，都交给她来做。

年会过后，又有了新的一次评比，在大家都很争先的情况下，夏唯安得了小组第五。这成绩看着还不错，但是瞅瞅还留下的人数，其实也只能算是中等而已。

晏宁是他们组的第三，连续两次，她都是这个成绩。

她自己很满意，在她看来，第一第二风头太大，容易给人当成靶子，

第三则刚刚好，往上突破容易，往下……也不容易被人嫉妒。

那时离过年也没多久了，公司在腊月二十七的时候，所有实习生就都放了假，假期有十天，看起来还算长，但是夏唯安没有回家。

太远了，然后车票也难买，与其花费那个钱和时间，她还不如留在这边，把该学的学一学。

成了小组第五，排位不算高，但夏唯安的工资却不是第一个月可比的——因为她终于有提成啦！

留了自己用的，她照例把余下的钱都寄回了家。

家里人收到钱自是高兴，但对她过年不回去还是有些失望，不过也没说什么，夏父夏母只嘱咐她："一个人在外面，好好吃饭，好好休息，照顾好自己，不要舍不得。"

夏唯安都一一应了。

晏宁过年是回去的，而且是一放假就走，所以租房里，只剩了夏唯安一个。

她却不觉得寂寞，事实上她可忙了，跑到大学城那边卖旧书的店子里，趁人家还没关门，淘了一大堆旧书，从经济金融到销售管理还有计算机，什么都有。

晏宁说夏唯安是准备当书虫，走时还不放心，叫了艾满江："没事来看看她，她这一个劲地看书，我怕她自己把自己饿死了。"

嗯，艾满江也没回家，年三十开始有庙会，他和他叔叔都留下了。

说起这个，艾满江一肚子怨念，他一点也不想跟着叔叔满世界卖羊肉串，哪怕是开个小店，他也不感兴趣。

他喜欢上班，哪怕朝九晚五，在他，都是乐趣。

所以晏宁一嘱咐，他除夕前一天就颠颠儿地跑来看夏唯安，拿了一堆东西，其中还有他叔叔烤的羊肉串，拿过来的时候都已经冷掉了，两人办法也多，拿电饭煲在锅底刷层油，像是蒸蛋糕一样把羊肉串加热了，然后守着电饭煲一边吃烤串，一边喝啤酒。

夏唯安想练酒量，喝得十分豪爽。艾满江见她如此，也跟着大喝特喝，一边喝一边叹："还是和你们在一起舒服。"赖在地上，"我都不想回去了。"

夏唯安笑他："是不是晏宁在更舒服？"

艾满江呵呵傻笑。

夏唯安就奇怪了："你怎么和晏宁姐……"她做了个手势，有些为难地问，"在一起了啊？"

艾满江说："晏宁姐挺好啊，我从来就没见过像她那么有气质的人，听她说话，我都觉得喜欢。”

他凑过来一些，和她说悄悄话：“其实，我对她是一见钟情哦。”

说完，他眨眨眼，特别甜蜜的模样。

夏唯安翻了个白眼：“我一点也不羡慕！”实际却是狠灌他的酒。

最后两人都喝醉了，醉得稀里糊涂的，一人抱了个沙发角睡了过去。

幸好也是烤着火的，否则非感冒不可。

饶是如此，第二日醒来两人都是难受得很。艾满江的叔叔给他打了无数个电话，夏唯安手机里也有好些个未接来电，夏唯安发现其中一个居然是沈丛打来的，愣了愣，连忙回过去。

“你没回去过年？”沈丛劈头便问。

夏唯安说：“是啊。”

“那中午一起吃饭吧，我把所有没有回家去的实习生都叫到了一起，到时候你也来。”

沈丛的话还没说完，艾满江跑过来哀号：“小安，我惨了惨了，今天有活动，我昨天一晚没回去，我叔叔都要劈了我啦！”

哀号完，他就火烧屁股一样地走了。

沈丛的声音静了静，过了会儿，他问：“男朋友？”

夏唯安忙声明：“不是啊，就是朋友，他怕我一个人在这边过年寂寞，就拿了东西过来看我，结果我俩喝醉了，现在才醒来。”

可能是着急，她结结巴巴的，一说就是老大一串，听得沈丛忍不住笑了起来：“你急什么呀？”声音轻轻柔柔，“我信你。”

那样温柔。

夏唯安向来迟钝，然而那一刻，她着着实实觉得，沈丛对她，确实是不同的。

一般人，他的语气有那么温柔吗？

[2]

这一次，实习生过年没回家的并不多，连夏唯安一起，也就六个人。

沈丛说他住的地方离夏唯安不远，所以中午的时候，他是开车过来接她的。

留下来的人全是其他组的，夏唯安面熟，却不认识，沈丛却好像是全都认得，见面后一个一个，都能叫出他们的名字。

非但如此，他还能说出这些人面试时候回答的一些问题，这一手出来，简直是震翻了众人，也极大地拉近了大家的距离。

于是吃饭的时候，所有人都在追问沈丛：“他面试的时候你们问的是什么呀？那他呢？”

夏唯安佩服得五体投地，她就坐在沈丛旁边，趁大家不注意，小声和他说：“沈经理，你好厉害啊。”

沈丛笑，看一眼众人，也学她的样子，将手放在嘴边，凑近了悄声说：“告诉你一件事，我之所以还记得，是因为来之前，我去公司把他们的档案调出来看过了。”

夏唯安：“……”

她睁大了眼睛，反应过来后，抿嘴笑。

沈丛又凑近了一些，说：“御下手段而已。你以后要记得，不管是客户还是下属，你多记得他们一些，对你的成功只有好处，没有坏处。”

夏唯安偏头看着他。

沈丛也望着她，两人目光相撞，她觉得自己像是撞进了一汪温柔的海水里，暖暖的、柔柔的。

她不由自主地按了按心脏所在的位置，点头说：“好。”

他这是在提点她，但是她太意外了，忘了说谢谢。

因为都是年轻人，而且沈丛很好说话，这餐饭的气氛十分融洽，他们还拉了个小群，沈丛在里面连着发了几个红包，且告诉他们：“等晚上转钟的时候还有红包雨，大家都等着啊。”

气氛更热烈了，一个一个争着要敬沈丛的酒，沈丛的酒量也不是盖的，来者不拒，连着喝了好几杯。

夏唯安在最后面，刚举起杯子，沈丛就拍了拍她的头：“你不用喝了。”拿过她的杯子，自顾自喝了下去，“我帮你喝就行。女孩子，能不喝酒就不要喝，酒可不是什么好东西。”

他这一举动突如其来，场上静了静，旋即有人开玩笑说：“幸好今天就夏唯安一个女生在，要不然，沈经理你得多喝多少酒啊？”

沈丛笑得风度翩翩：“喝多少我也能喝，反正今天你们是灌不醉我的。”

他是真没醉，淡然而又镇定地陪着他们喝了许久，最后还一个一个地妥善安排回去。

至于夏唯安，他叫了代驾，仍是先送她回家。

代驾在前面开车，她和沈丛坐在后座。他看起来有点累，靠在车窗上，闭着眼睛养了好一会儿神。

夏唯安也不敢吵他，就那么规规矩矩地坐着，他睁开眼，看到的就是她秀气的侧脸，长长的睫毛从他的角度看去，就像是软软的蝴蝶翅膀。

明明是一个很软萌的人，偏偏，嘴角轻抿着时，下巴线条微微收紧，瞧着很有几分倔强的模样。

沈丛一时有些恍惚，目光不觉就深了些。夏唯安察觉，转过头来，粲然一笑说："你醒啦？"颇是关切地望着他，"喝那么多酒，没事吧？"

他摇摇头没说话，仍是那么看着她，眸光深而悠远。

夏唯安被他看得不好意思，脸难得红了起来，伸手摸了摸，问："怎么啦？"

沈丛笑了笑。

那笑容，让夏唯安的小心脏忍不住颤了颤。

只是此时的她不懂他这笑容的含义，于是少女怀春，以为自己是被他给迷到了。

回去后好久，她都没法静下心来，正好晏宁打电话过来，她想了想，问晏宁："喜欢一个人，到底是什么感觉啊？"

晏宁尖叫："啊啊啊，夏唯安，你喜欢上谁啦？"然后她一猜就中，"沈经理？"

夏唯安："……"

她老老实实地交代："不知道，但是我觉得沈经理的眼睛有点勾人。"

然后，她把中午的事和晏宁说了说。

晏宁快要欢喜炸了，若非隔得太远，晏宁当时就恨不能扑到她身边，一个劲地说："他肯定也喜欢你，没得说了！夏唯安，你真的是……超棒！趁着过年没人打扰，赶紧把他拿下来啊！"

夏唯安给她扰得耳朵疼，又有些后悔告诉她，不得不叮嘱说："你别乱讲啊，万一是假的呢？而且我现在不想想这些事。"

"那你什么时候想啊？傻子哎，沈经理年纪不小了，你以为，他能等你多久？拼事业和谈恋爱没有冲突的呀，相反，你要是能攀上沈经理这棵大树，你觉得，郑绵还敢随便针对你？新人王，分分钟都是你的好嘛！"

晏宁的功利性，简直让人头皮发麻，夏唯安觉得，再让她说下去，什么浪漫绮丽的想法都没有啦。

她果断挂了电话。

不过被晏宁这么一说，她心情倒是平静了许多，因为她很清楚，自己现阶段要做的，不是抱大腿，而是尽可能地让自己多学习，多成长。

她背后，背着的是家。

夏唯安又沉下心来学习，转钟的时候，她给自己通讯录里存着的人一一发祝福的消息，到沈丛，她是单独发的，祝他："新年快乐。"

简简单单的四个字。

他没有回。

倒是一个意想不到却又有些意料中的人给她回了一个电话，谢子鸣。

夏唯安站在阳台，凌晨时分，远方有烟火炸响，在空中荡起一圈又一圈彩色的涟漪，他似乎就在燃放烟花的地方，因为夏唯安听到电话那边，有着很响很响的烟花炸响的声音。

他的声音因而听起来就有些遥远的感觉，他问她："一个人过年，害怕吗？"

她愣了一下："你怎么知道我一个人？"

他笑笑说："你猜。"还问她，"你在干什么？"

夏唯安十分诚实地说："刚刚在看书。"

"什么书？"

大概也是真的有些寂寞的，他问，她就当真走回桌前，把那些书拿出来，一本一本告诉他。

听到她看的书的内容，谢子鸣似乎有些吃惊，过了会儿，他说："很好。夏唯安，你一定能成功的。"

她点点头："我也觉得是。"

他又笑起来，挂电话前告诉她："新年快年，明天送你一份新年礼物。"

夏唯安很期待，老板送的礼啊，会不会是一桌吃的？或者，干脆就是一个大红包？

事实证明，她想多了。谢大 Boss 颇有一些不按常理出牌，一大早，夏唯安还在被窝里挣扎，是起来看书，还是在被窝里躺着看。

她的电话响了。

谢子鸣的助理亲自过来，给她送来了老板的礼物。

一箱子书。

不夸张，真的是一箱子，而且那箱子还不小，塞得满满当当的。

这儿没电梯，谢子鸣的助理本来是想送到门口的，奈何实在搬不动，只好打电话给她。

夏唯安跑下去接。拿到书，她很有些哭笑不得，跟助理道谢："谢谢你啦，辛苦啦。"

把书拿回去一翻，她才知道谢子鸣有多用心良苦。

他给她的，都是他曾经读过的书，上面不仅有他的笔记，而且，他还特别详细地给她整理出了难易程度，告诉她，哪阶段看哪些，哪个阶段，又看哪些。

夏唯安没有读过大学，去买书也纯粹是凭直觉，觉得需要什么买什么，谢子鸣这却是在告诉她，如何系统地去看书和学习了。

深吸一口气，她给谢子鸣发消息：“谢谢谢总，我一定会好好看的。”

他十分高冷地回了一个字：“嗯。”

然后没过一会儿，他又发来新消息：“有什么不明白的，可以问我。”

夏唯安问：“真的？”然后试探着给他发了一个问题，其实挺幼稚，她就是想知道他有没有糊弄她，结果他还真回答了，而且，答得还很仔细、很全面。

夏唯安顿时就感动了，这样的好老板，嗯，必须要好好学习，努力为公司发光发热啊！

谢子鸣万没想到，自己的一番苦心，会得了夏唯安这样的忠心。收到她再次表示感谢的消息，他笑了笑，指尖轻敲，打了几个字：“不用谢，以身……”“相许”的“相”字才打了一半，就有人走了过来，一把拉起他，“子鸣，躲懒了是吧？快来快来！”

他收了手机，跟着那人一起走了。

本来这样的应酬场面，他向来是得心应手的，逢场作戏什么的，也能得些快乐，今日却觉得很无聊。

那条信息一直没发出去，他一直等着夏唯安再向他提问题，但是，之后连着几天，他都没有再收到她的消息。

倒是初五的时候，谢子鸣难得清闲了下来，正想着要不要去看看那小姑娘，还没出发，就接到了她的电话。

李逸知的父亲出事了，现在在医院。

谢子鸣二话没说，赶过去。夏唯安拿着单子，正在医院门口等着他。

“情况怎么样，不严重吧？”他迎上去问。

夏唯安叹气：“不知道，是摔了一跤，腿动不得了，医生现在正在给他检查。哦，对了，要缴费，但是，我没钱。”

她说着，把单子递给他，可怜巴巴地看着他。

谢子鸣接过单子，轻轻弹了她一下：“我来吧。”

看到她，觉得天也蓝了，水也清了，就是掏钱包帮别人付钱，谢 Boss 也付得是心情舒畅的。

缴了费，两人坐在检查室外等李老爷子出来，谢子鸣智商清零，喜滋滋地问：“你怎么想起给我打电话啊？”

夏唯安的理由简单又粗暴：“因为我没钱缴费呀。”

谢子鸣：“……”

他低头看着她睁得大大的眼睛、秀气漂亮的脸孔，忍不住森然一笑，捏了捏她的脸。

其实，有那么一刻，他挺想咬她一口的。

真的，挺想的。

[3]

被捏的夏唯安却只觉得莫名其妙，她不觉得自己那回答有什么呀。

然而不等她反抗，就被谢子鸣的下一句话给冤死了。

谢子鸣说："原来你惦记我的钱包呀。"

夏唯安立时忘了被捏的痛，捂着脸申辩说："我我我……我才没有。"她口才还是好的，脑子一转就想到了，一本正经地跟他解释，"你不是想和李总他们家合作嘛，李老伯摔了腿要住院，你张罗，肯定比我张罗效果好呀。"

哪怕她说的是真的，谢子鸣仍是莫名不爽。

他不爽的后果是，又捏了一下她的脸。

一个冬天，夏唯安白了不少，尤其是近段时间饮食规律又好一些了，她的气色也相当好，一张脸粉嘟嘟的，特别嫩。

那是抹再多化妆品都没有办法得到的粉嫩。

谢子鸣放下手，手指不自觉地搓了搓，心里像是灌了半缸子水，一漾一漾的。

这种感觉，于他也是挺新奇的，他没有去深究这种感觉的意思，顺着夏唯安的话说："你不用辩解，惦记我钱包的人多了去了，你也不算什么。"

夏唯安："……"

好抓狂！

事实上，李老伯出事后，夏唯安第一个想到打电话的并不是谢子鸣，而是沈丛。

但是沈丛没有接，发信息也没回。

夏唯安当时都急死了，也等不得，给医生一催一催，就想到了谢子鸣。

结果他一来就给她安了个罪名。

夏唯安微微嘟了嘟嘴，谢子鸣看见了，盯着她说："你要是再嘟嘴，信不信我把你的嘴也给掐掉啊？"

夏唯安就赶紧把嘴恢复原位，还坐得直直的，看起来特别乖。

谢子鸣忍不住笑，笑完了，才问她："你怎么知道李老爷子出事的？"

"他打电话给我了呀。老伯闲不住，大过年的跑去新房那里搞卫生，然后不小心摔到了腿，要不是我心血来潮给他打电话拜年，还不知道会怎么样呢。”

谢子鸣望着她：“你初五才给人家打电话拜年？”

年三十一条祝福短信，年初一挑着人打电话拜年，是很多人惯常的操作，等到初五才打电话的，还真是少之又少。

夏唯安有些不好意思：“我看书看忘了……”事实上，要不是艾满江打电话问她怎么没有去庙会找他，她可能今天都还是忘了的。

谢子鸣问：“你看什么书啊，我送你的那些？”

她点头：“嗯。”

“看得懂吗？”

“大部分可以。”缺失的教育总是缺失的，因为对夏唯安来说，最难的是那些英语原版书，她再有恒心，看一会儿都没法坚持下去，“就是英文书里面的一些专业术语，查字典不一定能查得到。”

谢子鸣说：“习惯就好。学英语，坚持读原版书是个很好的办法。”看她又是乖乖点头，他忍不住弹了她一下，“不过如果实在很难，你可以问我。”他望着她，笑吟吟的，有些骄傲，又有些期待，“叫我一声老师吧。”

夏唯安望着他，特别干脆地叫道：“老师。”

她不知道，谢子鸣听到那个“老”字，心思歪到哪里去了，而她本来还要说的话，随着检查室的大门滑开而不自觉地咽了回去。

李老爷子出来了。

他精神还清醒着，就是神色痛苦，医生出来告诉他们说：“膝盖处粉碎性骨裂，得尽快安排手术。”

李老爷子听到医生这么说，忍不住长叹了一气，弱弱地说：“我不手术。”

然而不管是医生还是夏唯安、谢子鸣，都没有理会他。

将人推回病房后，谢子鸣去见李老爷子的主治医生，夏唯安则和李老爷子说：“这回再不通知您儿子都不行啦，您就把电话号码给我吧。”

李老爷子疼成那样了，闻言还是哼了一声，把头扭到一边：“我不。他都不管我的，我也不要他管。”

夏唯安才不理他呢，笑着说：“那行，我们谢总那儿有，我让他打电话去。”

李老爷子气得吹胡子瞪眼睛，连疼都忘了，一个劲地说她：“偏心！我们两个先认识的吧，你怎么能不帮我呢？”

夏唯安软软地哄：“我帮您呀，帮着您做对的事，才是帮。”

谢子鸣回来，就听到她软绵绵的这么一句，忍不住微微笑了笑。

只没想到这年初七还没过呢，李逸知就出国忙公事去了，听到老爷子摔伤的消息，他在那头静了好一会儿，才说："我知道了，这事我会安排的。"

和当初老爷子大热天中暑告诉他消息时，他的回答一模一样。

最终来的，据说是李逸知的秘书，一个二十来岁的小姑娘，可能是工作还没多久，面嫩得很，李老爷子发脾气不要她帮忙找的护工，她就躲在一边哭兮兮地抹眼泪。

谢子鸣和夏唯安俱看得无语，后来还是谢子鸣帮忙，另外找了个老成的人过来帮忙。

李逸知人虽然没回来，但他关系还是有的，这倒不用谢子鸣操心，次日上午，老爷子就被送进了手术室。

夏唯安横竖没事，下午又过来看他。到医院的时候，老爷子果然已经出来了，一只腿缠满了纱布，躺在床上疼得直抽抽。

想来之前也有不少人来看过他，因为床周围摆满了鲜花和水果，李逸知的秘书也在，面对老爷子的疼痛，她似乎是完全没办法，站在一边，看起来特别无措的样子。

夏唯安挺服气她的，你说，老人术后疼痛，你哪怕就是陪着说说话给他转移一下注意力也行啊，那么愁眉苦脸一言不发地陪着，算怎么一回事？

夏唯安却是挺有经验的，她爸爸出事后在医院住了差不多一个月，其间全是她照顾的。李老爷子冲她叫唤，她就哄他："刚手术，是有一点疼的，到晚上就好啦，您忍忍，我帮你去问问医生，看有没有缓解的办法。"

然后，她出去溜了一圈，再回来手上就拎了桶热水，拿了热毛巾，帮他在伤口周围慢慢热敷。

这样做其实效果不大明显，医生说了，术后的这种疼痛无药可解，只能忍着熬着，但是热敷可以帮助伤口周围的血液加速运行，可以缩短疼痛的时间，同时，家属的关心，也能让病人在心理上舒服一些。

果然，热毛巾一敷上去，老爷子的呻吟声都小了些，夏唯安又哄着他说话，和他聊天，乱七八糟的，什么都说。

她见识少，但是说话有趣，老爷子竟也分了点心神，感觉没有那么糟糕了。

待得他好不容易睡下了，夏唯安准备回去，叮嘱护工和李家的秘书："要是还疼，你们就帮他敷一敷，伤口的地方不要敷，就是周围帮他缓解一下，同时还要注意把毛巾拧干，不要打湿纱布，免得伤口感染了。"

说了一大通，护工应下了，李逸知的秘书却跟着夏唯安出来，讨好地恳求她："夏小姐，我看老爷子很喜欢你，要不晚上，你就留下来陪陪他，好不好？你需要什么，我都可以答应你。"

夏唯安看着她，她也看着她，眼圈还红了：“对不起，我知道这有点为难你，但是我也是实在没办法了，老爷子不喜欢我，可医生也说了，今天晚上是手术后最关键的时候，因为病人还有可能会发烧……护工虽然也会帮忙，但是我看了，他到底没有你细心。”

她说完，双手合十，不停地拜托夏唯安。

夏唯安不大会拒绝人，别人那么一说，她就只好留了下来。

可能是之前耗费精神太多，也可能是热敷真的有了效果，老爷子这一觉虽然睡得不大安生，但确实睡了好一会儿的。

他一醒来就看到了夏唯安，那姑娘在他睡着的时候一直在帮他做热敷。

睡了一觉，老爷子精神好些了，还同她开玩笑：“你还在啊？难怪我做梦都梦见有只小狗子窝在我腿上，毛茸茸的，可舒服啦。”

夏唯安笑，俯身过去帮他翻了个身，将枕头也垫高一些，一边做着这些，一边还问他：“那小狗子漂亮吗？”

“漂亮，可漂亮啦。”

夏唯安做出不高兴的样子：“比我还漂亮？”

“那必须……没有。”

说着，两人都笑起来。

逗着老人说些口水话，夏唯安给他拿水漱口，漱完了，就喂他吃饭，一边说笑，一边吃，饭也差不多吃完了。

夏唯安收拾的时候，老爷子躺在那儿看着她，说：“丫头，你年纪不大啊，看你这样子，还挺会照顾人的啊。”

夏唯安说：“我爸以前出事故，我在医院照顾过一段时间。”

“那你爸现在没事了吧？”

“没事了，做了一年复健，现在自己走路没问题了。”

休息一会儿后，护工帮忙做按摩，夏唯安就陪老爷子聊天。到夜里果然就比白天更难受，一难受，老爷子骂他儿子，从他儿子看不起自家的生意，要他儿子回来接管还要同他谈条件说起，一直骂到他儿子不想结婚，恃靓行凶，以为自己长得像点样子，就嫌这个也不好看，那个也丑……

夏唯安本来很担心的，听到他说出“恃靓行凶”这个词，还是忍不住笑倒了。

一夜过去，夏唯安和护工两个都被折腾得够呛，到早上，老爷子身上的热度退下，人才总算安稳了一点。

现在照顾老爷子的护工是谢子鸣安排过来的人，夏唯安想着接下来还要辛苦他，就让他先去休息，等他休息好了，她再走。

这安排，本来也没啥的，结果李逸知回来了。

他一回来，看到夏唯安守在自家父亲床边，脸色立即就变了几变。

夏唯安本来想着，人家亲儿子回来，她可以走人了。孰料，她才把他叫出去，还没开口，人家就先说了："夏小姐，对你在工作上的敬业，我很感佩，也很谢谢你对我父亲的照顾，你的付出，我会给你相当的报酬，至于其他的，抱歉，我可能没有办法答应你。"

夏唯安："……"

[4]

一夜没睡，夏唯安反应有些迟钝，被人劈头盖脸这么一说，她也没生气，就是挺好奇的："什么其他？"

李逸知看起来特别不耐烦，但是看在她不眠不休照顾了自己父亲的份上，他决定，还是给点耐心和她说清楚："一，泰华的标我们不会选，因为从长久经营考虑，我们一般都会选择品牌力比较好质量也更值得信赖的产品；二，不管感情还是婚姻，都不是儿戏，你因为什么选中了我，我管不着，但是我不会因为我父亲喜欢或者其他的原因而去挑选自己的伴侣。"看夏唯安还是蒙蒙的，他声音更冷了，干脆直接挑明，"简单一点说，你再讨好我父亲也没用，夏小姐，你不是我会选择的结婚对象。"

夏唯安觉得，她现下的样子肯定很蠢，因为她，太吃惊了。

李逸知说完就要走，夏唯安反应过来，赶紧拦住他："等等等等……"她腾出一只手扶了扶头，勉强顺着他的思路捋下去，"你刚才说，我帮忙照顾老伯，是因为我们公司的订单，以及我看上了你？"

李逸知一副"难道不是这样嘛你别白费心机"的表情，高贵冷艳地看着她。

夏唯安："……"

她向来挺不愿意展示自己暴脾气的一面的，实在要暴了，她更愿意用自己的"武力值"，嗯，如果力气也是武力的一种的话。

然而现在，她有些忍不住了，指着他说："别那样看我啊跟你说，否则我会想打你的，真的！"然后噼里啪啦，"你要我识时务，拜托，我也想请你用用你大老板的智商好吗？不要以为自己公司很大，以为自己长得很帅，所有人就要巴上你！我认识李老伯，是大太阳他中暑晕倒，没有一个人理他，这次也一样，他摔倒了，腿断了，动不了了，身边也没有一个人，是我把他送来医院，然后通知他儿子，他那个长得帅又有钱的好儿子这时说的却是'好，我知道了，我会安排'，然后他儿子所谓的安排就是把自己的秘书叫过来，给他请个护工照顾！拜托，李先生，你知不知道有个词叫‘空巢老人’？知不知道有个词叫‘孝顺’啊？老人生病了你不在，摔伤了你不在，我帮着照顾一下，就是看上你？好笑啊，就凭你对自己爸爸的这个态度，我都担心如果我嫁给你，有一天我死在路上都没有人收尸好吗！所以请你感觉别那么好啊，泰华的生意不归我管，你的长相也不是我的菜，我也很严肃地告诉你，照顾老伯，是因为我感激他曾经帮助过我，而且，我很同情他！就这样啊，谢谢，再见！”

这么老长一段，夏唯安几乎是一口气说出来的，说完以后，她也学他的样子，准备潇洒离开，然而没走两步，她又停下来，转回头：“对了，还有一个，泰华的产品虽然是新品，但不是一次性产品，从长远的经营来看，性价比才应该是一个公司考量的重点，你那种‘只买贵的不买对的’的思想，很不符合管理精神，OK？”

这一次，夏唯安没有停留，直接走人了。

才走过旁边的转角，她就看到了谢子鸣。

他不知道什么时候来的，但想来来得并不晚，因为他一看到她，就冲她笑得荡漾无比。

夏唯安正在气头上，胆气格外壮，也不理他偷听的事，瞄了他一眼，头也不回地走了。

走出医院，她才发现谢子鸣也跟着。他开了车，慢慢地在她身边晃悠，叫她：“喂，我送你吧，走路多费力气。”

被外面的冷风一吹，夏唯安清醒了，考虑了几秒钟后，乖乖地爬上了车子。

车内的暖气，烘得她微微打了个寒噤，谢子鸣从后座拿了个毯子给她：“要不要裹一裹？”

她身上倒是穿了件羽绒衣，就是看起来不那么厚实，今日无雨无雪，但是风紧，冷得比往常更厉害些。

夏唯安没拒绝。

吹着暖气，手上抱着柔软的毯子，一夜没睡的后遗症是，特别容易犯困。

她禁不住打了一连串哈欠。

谢子鸣问：“一晚没睡？”

“嗯。”

听起来可怜巴巴的，谢子鸣笑：“辛苦了。”

夏唯安还介意李逸知说的那些话，小声嘀咕：“我可不是为了公司。”

“我知道。”他说。

“也不是因为他长得帅。”

“嗯，当然。”

夏唯安这才心安，眼皮子打架，她努力想要清醒，因为她看到谢子鸣似乎是在笑，奈何睡神太强大，没一会儿，她就闭上眼睛睡着了。

谢子鸣腾出手帮她把毯子拉开，盖住她。

昨晚她可能是真的累得够呛，连往常莹润的皮肤似乎都没有光泽，眼下甚至有了黑眼圈。

他没有叫醒她，到地方了就把车停在路边，走过去帮她把座椅调低，然后开着暖气，任她睡。

夏唯安感觉自己这一觉睡了好久好久，而且睡得特别沉，醒来的时候，神清气爽。

看到外面的天光，她有些疑惑地问：“这是天亮了还是没亮啊？”

雾气沉沉的，一时确实有些分辨不清。

一个声音从旁边传来：“天还没黑。”

她回过头，这才记起自己睡前的点点滴滴，发现自己还在车上。

她忙坐起来：“对不起，我睡着了。”懊恼地拍了拍头，“你应该叫醒我的。”

谢子鸣把手机里的游戏退出来，斜睨了她一眼：“突然跟我这么客气？”

可能脑子还是没有足够清醒，夏唯安一不小心就说了实话：“不客气一点，我怕你把我扔下车去呀。”

“在你看来，我就有那么恶劣？”

“也没有吧。”她挠了挠头，有些伤脑筋的样子，“就是凭着老板的身份，宰了我两餐饭钱而已。”

话一落音，夏唯安蓦地醒悟过来，对上谢子鸣那张似笑非笑的脸，她讨好地笑，叫他：“谢总。”

谢子鸣微笑：“睡醒了？”

夏唯安被他笑得瑟瑟发抖，点头“嗯”了一声。

谢子鸣说：“那好，我饿了，既然你说我宰了你两餐饭钱，唔，我记得，我好像只让你付了一餐的钱……为了名副其实，你再请我吃一餐吧。”

夏唯安：“……”

她钱不多了啊，呜呜呜……但是她再白痴也知道，老板说要她请客，那是没有推让的余地的。

因为，这是多好的向上司献殷勤的机会呀，她要是推出去，拿晏宁的话说，得天打雷霹！

老板的饭不好吃，但是小员工的饭，也没那么好吃的呀！

不得不说，夏唯安的情商也是低到一定程度了，她从来就没想过，身为老板的谢子鸣，为什么要来吃她这个小员工的饭。

而为了省钱，夏唯安也是拼了，她眨眨眼睛，轻咳了一声："那要不，我做给你吃好不好？"

她挺了挺胸脯，厚着脸皮自吹自擂说："我做的饭可好吃啦，你可以试一试的！"

要是随着谢子鸣去下馆子，夏唯安觉得，她铁定会破产。

因为现在还是春节期间啊，所有的餐馆都会涨价！夏唯安可是在酒楼里待了一年的人，可熟悉这个套路了！

好在，谢子鸣同意了。

夏唯安就觉得自己占了好大便宜，乐颠颠地带着谢子鸣去超市买菜，她也算是下了血本了，考虑到是春节，她还拿出老家的好客劲，买了一只猪蹄。

路上，她一直和他吹："我做的香辣猪蹄超级好吃的，我爸我妈我弟我妹他们都特别爱吃。"

谢子鸣其实对此并不太期待，他比较期待的是，自己终于可以登堂入室了。

"登堂入室"这个词真是用得怪怪的，但是他这会儿确实想得有点歪，并且，觉得夏唯安这个邀请是十足的暧昧。

夏唯安若知道他这么想，肯定会喊冤，然而她不知道，所以怕他嫌弃简陋，她还一路跟他介绍，说这个小区是附近比较好一点的小区啦，还说晏宁姐姐挑剔，这里的房租很不便宜了。

总之，各种提前预告。

谢子鸣也不戳破，笑眯眯地听着。

事实上，夏唯安、晏宁住的这小区是个老小区了，环境还行，但是设备设施却十分跟不上，没看到连电梯都没有吗？

不过没有电梯，夏唯安也是有话说的："爬爬楼梯，可以减肥。"

谢子鸣还真是久没有爬过楼了，这一爬就爬到七楼，差点要了他老命。

夏唯安手上还提着两袋子东西，却是走得轻轻松松，一路走一路等他，虽然表情无辜得不行不行的，但是谢子鸣莫名就想起以前他要她给他泡脚时说的话："肾虚阳亏……"

这个坚决不能承认啊，于是他咬着牙，硬是做出一副气不喘胸不闷的样子，淡定地说："这个楼梯也不难爬嘛。"

"是吧？"夏唯安点头，"我也觉得挺容易的，一下就爬上来了。"

好不容易等她进厨房里了，谢子鸣才漏出那口强撑着的气，脚软手软地瘫在沙发上。

缓了好一会儿才缓过来，他抬目打量夏唯安住的地方，还真是相当简陋的地方，室内陈设乏善可陈，客厅内除了一张沙发，就只有一个小小的茶几，一张约莫是用来吃饭的小方桌子，以及三张小凳，墙上挂着一台款式已老的电视机。

除此之外，别无其他。

但是整个环境收拾得很干净，地板锃亮锃亮的，能照出人影，便是身下这张素色的布沙发，看起来虽然有些旧，却也是干干净净的。

隐隐约约，还有一些好闻的香气，似乎就是夏唯安身上的香味儿。

谢子鸣觉得自己就像个毛头小子，对着张沙发都能感觉出甜味来，醒过味就十分鄙视自己，起身准备去厨房看夏唯安做饭。

才站起来，就见她出来了，手上还端着一壶茶、一碟子切好的水果。

谢子鸣就又坐了回去，夏唯安把东西放他面前，她并没有身居陋巷的拘束，相反，一双眼睛还亮晶晶的，特别欢喜的模样，说："你要是饿得厉害，就先吃点水果，喝点茶吧，我去做饭，很快就好的。"把烤火的炉子拖出来，"要是冷，就烤这个。"还顺手拿出一个遥控器，问他，"看不看电视？"

是真真正正把他当成客人在招待。

她年纪还这么小，春节独自在外面过年，想必，还从来没有人来拜访过她，陪伴过她吧？

谢子鸣一时看懂了她的欢喜，有些怜惜，摆了摆手说："你不用管我。"

"好吧。"夏唯安轻快地应了一声，又回厨房忙活去了。

谢子鸣跟在后面，和客厅一样，厨房装修虽然旧，但也是收拾得十分干净整齐，连灶台都是干干净净的。

这是谢子鸣第一次看她做饭，二十岁才出头的小姑娘，立在灶台前，有一种说不出的麻利劲儿，和平时看起来温暾的她，是完全不同的样子。

突然，她踮起脚要去拿挂在墙上的汤勺，因为挂得高，她有些艰难地踮起脚。

一只手从她背后伸出来，她转头冲他道谢，却发现两人离得好近好近，墙壁刚好就在她的身后，她不自觉地退了一下。

他跟着靠近，甚至还微微低了低头，那样子，像是要吻她一样。

那一刻，夏唯安清晰地听到了自己的心跳，怦怦怦，十分激烈。

那是从来没有过的感觉，惊讶、慌乱，却又暗暗期待和欢喜。

活到二十岁还没谈过恋爱的少女，不知道该推开他还是……推开他，只是她的手才碰上去，就被他捉住了："怎么，帮你个忙而已，你就要占我便宜吗？"

目光循着他的目光望过去，她这才发现，自己摸上的，是他的胸！

夏唯安："……"

[5]

在化解尴尬上，不得不说，夏唯安还是有机智的。

哪怕脸红透了，她回过神后，仍能做到表面寻常地收回手，肃着小脸，特别认真地说："谢总，你离我太近啦。"

谢子鸣笑，确实离得近，他笑时胸腔的震动，她都感觉到了。

他把手上的汤勺递给她，没有说什么。

然而什么都不说的威力比说还要大，他只要浅浅一笑，夏唯安就发现自己有些招架不住了。

小步挪动着离开他的包围圈，夏唯安低头干活。锅里的水已经开了，猪蹄在里面泛出一层层白色的油花，她快手快脚地把肉沥出来，感觉到身后的视线，她说："这里油烟味有点重呀，谢总要不你出去烤火等我吧？"

谢子鸣说："不好，一个人坐着无聊。"

"你可以看电视啊。"

"没意思。"

"玩手机？"她记得她之前在车上醒来的时候，他就是在玩手机，而且还玩得可开心了。

谢子鸣说："玩腻了。"

好吧，他赢了。

好在他也不挡事，夏唯安只能当他不存在。

把猪蹄炖上后，她就开始煮饭、备料、做其他的菜，差不多四十分钟，饭菜就全弄好了。

她也并非吹牛，她做的猪蹄肥而不腻，又香又嫩，很是好吃。

就是谢子鸣吃不得辣，夏唯安怂恿他："你应该试试吃点辣，这个猪蹄放点辣椒，相信我，味道更加棒，你吃过一次，肯定还想吃第二次的！"

谢子鸣有些怀疑地问："真的？"

"真的。"那小脸儿别提多诚恳了。

谢子鸣还真信了她的邪，任她放辣椒，结果那辣椒超级辣，吃一口，他喉咙冒火，吃两口，一双眼睛给呛得泪汪汪的。

夏唯安问他："好吃吗？是不是特别香特别好吃？"

谢子鸣硬着喉咙："好吃，好吃你个鬼，我都快要被辣死了。"

夏唯安哈哈笑，笑完了，这才又端出一份没辣椒的，还说他："没口福啊，那你还是吃这个吧。"

谢子鸣顿时觉得，哎，这姑娘，真是太贴心了！

饭这才吃得和谐，谢子鸣看了看空荡荡的房间，想起她另一个室友："她什么时候回来？"

"晚上的飞机，应该十点多到吧。"

谢子鸣居然有点遗憾，还以为晏宁今天不回来了呢，不然的话，他看了眼桌上的啤酒瓶，倒是可以装醉一下下……

咳，想多了。

便是谢子鸣没想多，他想做点什么也是不成的，因为夏唯安还惦记着住医院里的李老爷子，问他："你说我要不要给老伯带点菜去啊？他好像不太喜欢吃那秘书给他带的菜，昨晚跟我抱怨好久呢。"

秘书会买什么？多半是李逸知的安排，如今李逸知回来了，大概老爷子还是吃不太省心的。

谢子鸣看了她一眼："你不介意李逸知那样说你了？"

"介意啊，但是我要是真不管老伯了，那才是遂了他的意呢。我照顾老伯，确实是因为他对我好，当初我在建材市场上班的时候，连着两个多月没有接到一个单，他就买什么都拉着我，然后那些提成都算了我的，所以，他是在我差不多弹尽粮绝的时候出现的，我很感激他，帮他也是因为这个，才没有那么多奇奇怪怪的想法，我觉得，我想法正，就不害怕别人误解我，我也不会管别人是不是误解。"

谢子鸣看着她，这样的夏唯安其实天真得有点可笑，但是这样的天真，已经在他的周围很少看到了。

她待人，有一种少见的赤诚，这赤诚令她在面对他这个老板的时候，也没有卑颜讨好过。

他不知道，她有没有想要用他们俩的这种关系给她自己牟利，如果有，谢子鸣想他可能也不会太在乎，大概就是因为，她身上的这种赤诚吧。

笑了笑，他说："如果你想去，那就去呗。"

她说："我就是担心我做的菜他不喜欢吃，嗯，等等，我还买了一点排骨，给他熬个排骨咸菜粥好了。"

她说完又去了厨房，然后忙活了好一阵才出来。

拎起筷子的时候，他看到她指尖都让冷水给冻得红透了，粉嫩的指尖，像是一片片桃花瓣。

没有哪一刻，谢子鸣如此深刻地感觉，当初那个嫩生生的小姑娘，成熟了。

有了风情，有了……媚意。

两人那一餐饭，就着小火锅吃了许久，然后粥好以后，他又把她送去了医院。吃饱后她有些犯困，上车没多久就睡着了，怀里抱着个小保温饭盒，跟只小猪似的，睡得特别香甜。

也特别没有警觉意识。

车开得很慢，四十分钟的车程，硬是让他开了一个多小时。

到医院时天已微黑，夏唯安迷迷糊糊的，推开车门就要下车。

他拉住她。

她回过头来，疑惑地看着他。

她好瘦啊，手腕细得仿佛能让人一手捏断，任谁也想象不到，这么瘦弱的手，却有那样大的力量。

谢子鸣放开她，问她："你是不是觉得自己力气大，所以对人特别放心啊？"

他打定了主意，如果她说是，他一定会给她一个教训，很深刻的教训。

结果，她眨了眨眼睛，说："没有啊，是因为我相信你。"

听到这个答案，谢子鸣觉得自己像是六月天喝下一大杯凉凉的山泉水，又凉又甜，让他从头到脚都舒爽了。

想说什么，夏唯安已经下车走了。

大概是夏唯安说的那些话起了作用，李逸知居然一直守在医院里，貌似父子俩闹别扭了，李逸知端着碗正在哄老爷子吃饭，但老爷子侧身躺着，一副抗拒的姿态。

听到夏唯安的一声"老伯"，父子俩同时望过来，而且李逸知的神色间，很明显地松了一口气，放下碗盏站起身来，看了眼夏唯安后，同谢子鸣点了点头。

两个大佬走到一边去说话，夏唯安假装没有看到那一桌丰盛的饭食，跟老爷子献宝："我给你熬了排骨咸菜粥哦，很开胃的，你要不要吃一点啊？"

老爷子特别给面子，说："行。"

夏唯安便扶着他坐正一些，拿勺子一口一口细细地喂他。

夏唯安口味有些重，所以她炖的排骨粥，虽然清淡，味道却很得老爷子的喜欢——主要是那些她自己做的咸青菜，特别好吃，再加上排骨里面浸出来的油，嗯，他冲她点头："很好吃。"还故意大声说，"比那些个不知道在哪里买的东西强多了。”

一听就是说给他儿子听的，夏唯安抿嘴笑，回头见李逸知和谢子鸣停了说话，前者有些无奈地看了这边一眼。

然后两人就出去了。

老爷子哼了哼，跟个小孩似的，偷偷和夏唯安说：“你别生气啊，我知道他误会你了，已经狠狠帮你骂过他了。”

“是吧？”夏唯安也学着他的样子，压低了声音问，“那他没有翻脸吧？”

老爷子一扬脸：“他敢！”

夏唯安笑，见他精神好了很多，便问：“腿还疼吗？”

“疼！”

“慢慢就会好了，我记得我爸爸也就是刚手术那一两天比较难受，后面就好了。”她又说，“您要好好吃饭，争取早些养好啊，还有，以后别爬高踩低啦。家里的事儿，他不操心，您老也就别操心啦，不然您看，这摔到哪里了，多疼啊。”

老爷子叹气：“我这不也是想早点把房子装好吗？房子装好了，他也就没借口说那些女孩嫌家里远，不肯找女朋友啦。”

说到这里，他眼巴巴地瞅着夏唯安，觉得这缘分挺好啊，他装房子，就遇到了这姑娘，关键这房子的所有材料都是她帮忙挑选的呀，如果最后是她住进去……不过他很快知道自己大概是妄想了，因为他发现夏唯安一点也没有接收到他的脑电波。小姑娘心思特别纯正地安慰他：“儿孙自有儿孙福，他都那么大了，您操那心干吗呀？想开一点，心情好身体好，活得久久的，多看看这世界，多好！”

老爷子就被她噎了一下。

不过外面看，这两人聊得还挺欢的，老爷子之前不肯吃东西，却把夏唯安带去的粥都吃光光了。

李逸知因此心情特别复杂。

但是夏唯安出来，他也没有按照老爷子的指示跟她道歉。

他一直坚定地相信，夏唯安接近自家老头是有阴谋的，就算以前没有，现在不排除也没有。

所以，他只是淡淡地和她说：“谢谢你了。”

夏唯安也是个妙人，她也淡淡地说：“不客气。”然后看向旁边的谢子鸣，“谢总，我们走吧？”

谢子鸣和李逸知打了招呼，带着她离开。

走出医院后，谢子鸣冲夏唯安笑：“你刚刚那是冲李逸知甩脸色吗？”

夏唯安才不承认咧，她虽然不知道谢子鸣和李逸知关系怎么样，但前者现在有求于后者是肯定的，老板有求于人，她这个小员工却甩人家脸色？不想混了呀？

所以，她义正词严地表示：“我就是不敢多看他，因为他太帅啦！”

谢子鸣：“……”

他不自觉地抬头看了一眼镜子，里面反射出来他自己的样子，哪怕再自恋，也得承认，和李逸知那个妖孽比起来，他的长相真是太普通了！

伤心！

眼看着自家老板的脸都要灰了，自觉自己可能犯了错的夏唯安连忙狗腿地补救：“谢总，你不用跟他比的，太帅的人没人敢要，多可怜？还是你这种比较好咧。”

这是夸奖吗？谢子鸣瞄向她。

瞄得夏唯安头皮发麻，急中生智，赶紧再次补救，认认真真望着他：“你看，我就喜欢看你这样的，多舒服呀。”

谢子鸣神色复杂。

夏唯安以为自己马屁又拍在马腿上了，心里正哀叹，忽然谢子鸣伸出手，在她的小狗头上摸了摸：“不错。作为体恤员工的好老板，我允许你这一路就这么看着我，别转头，这是福利，你要好好领取。”

夏唯安：“……”

Chapter.09
这是你第二次冤枉我了

[1]

夏唯安觉得，如果真有人这么眼也不眨地看着自己，她得崩溃！

但是显然，她家老板不是一般人，还真这么让她盯了他一路，直盯得眼也酸了头也疼了，最后不得不可怜巴巴地说：“对不起老板，我错了。”

“错哪儿了？”

“大鱼大肉再好，那也不能常吃啊。”

然后不出意外，又被谢子鸣修理了一通。

夏唯安觉得，她可委屈了，她说的明明都是真话嘛，鱼肉再好，常吃那也会腻啊，那人长得再漂亮，看着再舒服，经常看，也是会疲劳的嘛。

结果谢子鸣就罚她，把他的照片设成手机屏保，一天二十四小时，没事就看他。

夏唯安服气，当时设成的屏保，回去她就换了。

惩罚什么的，大不了见到他的时候，她再换回来嘛。

夜里十点半，晏宁准时到家，她带了两个大箱子回来，便是夏唯安再大力士，给她从楼下两趟提上来，也有点喘了。

但是东西带回来，夏唯安可幸福了，因为晏宁带了好多好吃的，其中还有晏妈妈特意嘱咐的：“这是给你的，我妈说，你过年回不了家，就给你多带点。”

辣椒、牛肉干、豆干、红薯干，还有香肠、腊肉……呜，夏唯安已经能想到自己未来有好多好多肉吃的幸福场景啦。

原本今天又是猪蹄又是排骨的，她花了不少钱，打算节衣缩食攒回来，好啦，现在也不要她节省啦。

两人一边吃着晏宁家乡带来的零食，一边嗨皮地聊了聊别后余情，夏唯安那点想家的惆怅就都散了。

她想着，她要挣钱，努力挣钱，争取明年也能回家，坐飞机回家！

晏宁笑夏唯安目标远大，然而夏唯安却觉得，如果把人生看成是一场漫长的长跑，那么，定制一个个小小的目标和计划，是很有必要的。

开年以后，公司正式上班，夏唯安组从最开始的十五人，到现在的十个，差不多，每个月都有两到三个人离开。

对于夏唯安来说，新的一年有个非常美好的开头，因为她终于在公司里有了晏宁之外的朋友，那几个没有回家的同事，也因为他们共同加入了一个小群，虽然没怎么见面，但是常聊天，感情就也深厚了起来。

再加上他们又都不是一个组的，彼此间的竞争不大，所以时常在里面聊一些公司八卦，或者探讨一些工作上的问题，当中一些人，还真的不乏真知灼见。

至少对这个时候的夏唯安来说，受益良多。

每次她觉得有收获了，就往群里砸红包，数额不大，但是乐趣大啊，抢得一块两块都觉得自己占好大便宜，于是那个群就更活跃了。

除此之外，夏唯安和莫时是真建立起了友谊，当然，是私底下的，表面上两人还是没有任何的来往，不过往后组里再有什么动作，夏唯安总算是能收到消息了，而不会像以前一样，便是有什么，她也是最后一个知道的。

夏唯安也不是没有付出的，她得给莫时开小灶，另外，莫时有一些难搞定的客户，夏唯安都会帮着献计献策，甚至一起出面。

正月十五过后，大多企业单位都正常上班了，夏唯安也遇到了第一个比较难缠的客户。

说难缠是因为，对方有实力，是家公司的少老板，但同时也不是个正经人。

他是夏唯安重点客户归类里的一个，接了电话后，表示对夏唯安这个系列的新产品比较感兴趣，便让她去面谈。

那家公司的总部就在惠城河东，搭城际快车也就是一个半小时的车程，两人第一回见面，那少老板对夏唯安的兴趣，明显超过了对产品的兴趣，一直在问她：“你成年了啊？怎么这么年轻就出来做事了？”又说，“你长得还真漂亮，是我见过的，最漂亮的女孩子了。”

然后一直吊着她，也不给她一个明确的话。

夏唯安其实也感觉到这人对自己不怀好意，但是因为他公司实力不错，她就想多少挽救一下。

再说了，言语上占点便宜，她装装傻也就过去了。

结果她一装傻，人家就以为她是欲拒还迎，那天直接跑过来，开了房，把她约去了宾馆。

夏唯安是第一回遇到这样的事，也没有人告诉她，男人在宾馆开好房等，本身在某种程度上就代表了一个暧昧的信号。

其实也不怪夏唯安想得简单，如果约的是晚上，她可能还会考虑一下，关键，他是白天给她打的电话，说：“我刚过来，你有空吗？我们谈谈？”

夏唯安还以为有戏了呢，拿好资料，连合同都备了一份，兴冲冲地跑去了对方说的地点。

打开门发现人家房里布置得罗曼蒂克得很，有鲜花，有音乐，有牛排，还有洋酒。

夏唯安要谈工作，他把她的资料一丢：“先不着急，陪我吃点东西。”

她就只好按捺下来，陪他吃牛排，喝酒。

那也是夏唯安第一次吃牛排，刀叉拿得都不好，少老板倒也不笑她，还坐她旁边，握着她的手，教她：“来，这么切，牛排才能切得好。”

夏唯安感觉身上所有的鸡皮疙瘩全都立了起来，硬着头皮，把那块牛排切完了。

他还要喂她，她连忙坐开：“不用了，我自己会弄。”

少老板倒也没逼她，定定地看了她一会儿后，笑着回到自己位置上。

他没再过分的举动，夏唯安就也松了一口气，他要她喝酒的时候，她就也举起了杯子。

她从来没有喝过洋酒，连白酒都没沾过，所以可想而知最后的结果了。

她醉得稀里哗啦的，也幸好是她酒量太浅，醉得太快，所以醉意没有太深，当少老板抱上来时，她用力挣开了他。

再次感谢她有一身大力气，便是醉成那个样子，那男人也没有得逞啥。

夏唯安跑了出来。

可她醉得东南西北都分不清了，没办法，缩在宾馆外面的一个角落里给晏宁打电话，打电话她也讲不清，稀里糊涂的，倒把晏宁急得不行。

晏宁对这个城市也没有那么熟，完全没有办法根据她那颠三倒四的信息，什么“旁边有棵很大的树，对面好多花”得出她到底在哪里的结论。

最后没办法，晏宁试探地给沈丛打了个电话，沈丛见晏宁急得不行，忙说：“你别急，我给她再打个电话问一问。”

然后，他硬是从夏唯安零碎的话里，找到了她。

找到夏唯安的时候，夏唯安正抱着一棵树在发呆，看起来清醒得很，一开口就完蛋了，笑得跟个二百五一样：“这里的柴好多啊，砍回去能烧好久了。”

显然，她怀里的那棵树，就是让她祸害了的。

晏宁简直是捂脸不想认识她，也幸好她躲的地方比较偏，这副烂样子才没有被人看到。

沈丛倒是好脾气，哄她：“这里的柴还不算好，走吧，我带你去个地方，那儿的柴火更好呢。”

夏唯安认真地看了他好一会儿，软软地叫他：“沈经理。”

样子又变得可萌可萌了。

沈丛一笑，扯开她的手，抱起了她，将她抱到车上，又把她抱回了家。

七楼啊，大冬天的，把她抱上去后，晏宁看到汗意透湿了他的衣背，那件价格显然不便宜的皮衣上，都浸湿了一层。

沈丛特别绅士，因为这是女孩子住的地方，他没有逗留多久，只嘱咐晏宁照顾夏唯安，还体贴地说：“放心，我会给你们两个都请假的。”

晏宁向他道谢，将人送走后，就磨刀霍霍、咬牙切齿地看向夏唯安。

夏唯安无知无觉地躺在那儿，嘴里哼哼唧唧地一直叫：“难受，我好难受。”

洋酒的劲比一般的酒劲都要大，夏唯安是想吐吐不出来，想睡偏头疼又睡不着，她觉得自己像是被架在了热锅里，底下柴火烧得旺旺的，把她整个人都要烘干了。

喉咙里都在往外喷火。

就这么着不知道过了多久，醒来的时候天已经黑了，她躺在自己的小床上，睁眼就看到晏宁正双目无神地望着她。

“你怎么了啊？”她摸摸晏宁的脸，以为晏宁睡不着，抱起晏宁的肩膀就往床上拖，“来吧，我陪你睡啦！”

晏宁按着她打了好几下：“睡你个头，你个醉鬼！你总算清醒啦，我都快要被你折磨死啦！”

夏唯安捂着脑袋，被晏宁捶了好几下，可算是想起来醉酒之前的事了。

她觍着脸对晏宁笑："晏宁姐，是你把我找回来的吗？"不顾她的挣扎，抱着她哭，"晏宁姐你真是太好了！"

然后，她又被晏宁摁着揍了一顿，被晏宁赶去做饭："我快要饿死了！被你折腾得现在可以吞下一头牛！"

对此时的晏宁来说，吃饭最重要，其他的，全都要靠边边！

当然了，夏唯安做饭的时候，晏宁也没真闲着，就在一边学她醉酒的时候的样子："一会儿抱着我叫妈，哭得撕心裂肺的，喊'妈，我想你们了，我想回家'，一会儿又拳打脚踢，大叫'你走开！不然我就打你了'……"

嗯，总之是各种精彩。

夏唯安被她说得，脸都绿了。

晏宁还不放过她，最后来了一击重击："还有，我和沈经理去找你的时候，你抱着人家的景观树笑得就跟只傻哈士奇似的，一个劲地嚷'这里的柴好好哦，砍回去可以烧好久'，还差一点把沈经理也当成柴劈了。"

夏唯安："……"

她抖着声音："沈经理也去啦？"

"嗯，不然你以为就凭我，可以把你带回来？跟你说，人家可好啦，一路公主抱把你抱回来，到家的时候，他衣服都湿透了，你吐不出，就吐了人家一身口水，哗哗从他的衣领下流下来，那场面，啧啧啧！"

夏唯安想死。

如果刚刚把沈丛当柴烧只是重捶一击的话，最后这个肯定是炸弹级别的。

她放下刀，捂着脸，有点不想活："我怎么办呀？"以后大概都不敢再面对沈丛了。

晏宁斜着眼睛："你认真的啊？"

当然！

"求我！"晏宁抖抖腿，"我告诉你个办法，让你以后特别好意思面对他。"

夏唯安期待地看着她。

晏宁说："把他变成你男人啊，成了你的男人，自然就不存在什么黑历史不黑历史啦。"

[2]

夏唯安转过身，不想理她。

晏宁"啧"了一声，围着夏唯安打转转："你说你，傲娇个啥，是不是觉得有像沈经理那样的男人喜欢你，很得意啊？”

夏唯安说：“我才没有！”她停下手中的动作，转过头来看着晏宁，“你以后也别老说这个啦，我和沈经理，我们不可能的。”

“为什么？”晏宁简直不理解，“你不喜欢他？”

她不喜欢他吗？

夏唯安摇头。

沈丛温和、斯文、稳重又可亲，简直符合她心目中最完美的上司形象，她也有自信，她会做一个最好最好的下属，但是喜欢，像是女人对男人那样的喜欢，夏唯安则觉得，这事离他俩，好像太遥远了。

仔细回想了一下，她说：“沈经理应该只是关爱下属啦，他那样的人，不会喜欢我的。”

好吧，这是患得患失，晏宁能理解，不过她还是翻了个白眼：“如果他不喜欢你，他会一听我说你不知道在哪个角落被人灌醉了，会急得什么都不管，就带着我去找你？如果不喜欢你，你以为，他会把你这么辛辛苦苦，抱上七楼？如果不喜欢你，你喝醉了，弄得他一身脏，他还会用那样温柔的眼神看着你？夏唯安，别跟我假来假去的，你是自己瞎，还是当我瞎啊？你见过沈丛在公司里对别人好过吗？外面对他的评价可是‘虽然看起来很亲切，但是非常不好接近’，亲爱的，你有这感觉吗？”

夏唯安：“……”

晏宁捏起案板上一根黄瓜丝搁到嘴里，拍拍她的脸：“好好想想吧。我要是你，这个机会我就不会错过。我在外面这么多年，像沈丛这样的男人，哪怕离了婚，那也是优质男，也是不可多得的。”

晏宁说完就出去了，夏唯安则继续做她的菜。

等她做好菜出来，她也想通了，和晏宁说：“我想明白了。”

晏宁一边悠悠哉哉吃着，一边望着她。

夏唯安说：“我现在的目标就是要做新人王，感情的事，我还小，所以不想考虑，你以后不要再在我面前说那些啦。”

晏宁嘴里的香肠都差点掉出来，探身摸了摸夏唯安的脑袋：“孩子，你是不是傻？”

夜里，晏宁还当着她的面和艾满江打电话：“夏唯安真是傻透了，多好的机会，多好的人啊，她居然不想谈恋爱！”

艾满江应该又在哪个烤串现场，震耳欲聋的夜宵摊音乐声里，他完全偏了重点，幽幽地问：“那我算是很好的人吗？”

晏宁熟练地哄他：“当然！”故意和他腻腻歪歪，涂了夏唯安满脸恋爱的酸臭味。

夏唯安专心专意地看她的书，只在晏宁挑衅到面前来的时候，才叹口气说：“好啦，我知道春天来了。”

“嗯？”

“所以人和动物一样，都到了发情期，我可以理解，但是你别再怂恿我了好吗？”她拍着胸脯，“我是个意志坚定的人！”

晏宁：“……”

晏宁总觉得，夏唯安的脑回路是和别人不同的，夏唯安自己也觉得，比如说，被那个少老板那样对待，大概大部分人都要对他退避三舍了吧？夏唯安不，第二日上班，她就给他打电话：“你还在这边吗，我想再跟你谈谈。”

她去也没有跟谁说，就那么一腔孤勇地再次单刀赴会了。

少老板倒还真在酒店里等着她，仍是那个房间，只是鲜花音乐还有牛排什么的都没有了，时间还早，他不知道是没心情还是没有时间布置。

这次他是直接开门见山了：“怎么，昨天跑了，又后悔了？”他一袭睡袍，胸口露出一半的白肉，就那么懒洋洋地躺在那儿，冲她张开了手臂，“看在你长得确实漂亮的份上，我可以再给你一个机会，你要不要？”

夏唯安立在那儿没有动。

她撩了撩袖子，这动作引得少老板眼角抽搐。昨天夏唯安揍他之前就是先撩的袖子，然后一拳擂过去，要不是他避得及时，差点就要废了好吗？

他还愿意见她，真的也是……好了伤疤忘了痛。

牡丹花下死，做鬼也风流。

不过，这不代表他就还愿意挨揍，不自觉就收了嚣张的姿势，往里缩了缩：“你想干什么？”

“不想干什么。”夏唯安拉了张凳子，在床前坐下，特别诚恳地说，“我就是想认真地和你探讨一下，我们泰华跟你们合作的可行性。”

然后，她一二三四，给他列出他选择泰华的好处：“第一，成本问题，也许你现在会觉得，这会儿一次性投入这么多钱很舍不得，但是你要考虑到，如果你用了我们的产品，你将会省下多少电力成本，还有，我们的产品都有安全报警功能……”

跟着谢子鸣，近距离旁观他和李逸知的谈判还是很有效果的，至少，现学现用，用到这位虽然脑子里废料比较多，但野心也还是比较大的少老板身上，十分有作用。

把所有的好处列完，夏唯安还又加了一把火：“我们的这系列产品，乐家也正准备用。”

少老板心动了，他第一次认真看了夏唯安给他带来的资料。这人也是真的不算是不学无术的，看完之后他就明白了：“这个对电路系统都有要求，我的新场子现下别人帮我设计的消防图和电路图我不是很满意，如果你们泰华可以免费帮我改进，这个合作，我可以考虑。”

夏唯安舒出一口气，她说：“好。”

少老板起来跟她握手，摸到她滑嫩嫩的小手，他贼心不死地又勾引了一句：“夏小姐，一边谈生意一边谈点情，不是更有意思吗？”

夏唯安一本正经地说：“相信我，比起一个情人提供给你的东西，一个专业的供应商供应给你的产品，更值得你花钱，也更值得你信任。”

这个回答超赞，于夏唯安来说，真的算是超水平发挥了。

而少老板，居然也认同，他笑了一下，说：“那我就先等着了。”

从宾馆出来，夏唯安仰头看了好一会儿天，今日天气转好，阳光暖暖的，连天空都蓝到让人沉醉。

心情甚好地回去公司，她还在路上就开始打听，有谁认识能做好那种电路布局的人。

她在小群里发消息，结果其他人还没有回，倒是让沈丛给抓住了。

他给她私发了消息，问她：“在办公室？”

“没，在回去的路上。”

沈丛就没说什么了，然后她一到公司，在门口就遇见了他。

“沈经理？”她有些惊讶地迎上去。

沈丛看着她：“酒醒了？”

她不好意思地吐了吐舌头：“昨天谢谢你啊，本来应该一醒就跟你道谢的，就是，我有点不好意思。”微红着脸，她说，“我是不是弄脏你衣服了呀？你给我，我帮你洗干净。”

她说得老认真了，沈丛却是笑，伸手弹了弹她的额头：“男人的衣服，不要随便帮他洗。就算是男朋友也一样，洗习惯了，就什么都依赖你了，这不好。”

这话说得……他语气没什么，但是话意已经很暧昧了吧？

夏唯安愣了愣，不知道该怎么回，只好“哦”了一声，表示知道了。

沈丛又是笑了笑，问她：“这是去哪儿了？”

“见一个客户。”

“谈成了，人家要你帮忙走电路图？”

夏唯安精神一振，点头期冀地看着他：“沈经理，公司里有这样配套的服务吗？”

“没有。”沈丛说。

夏唯安禁不住就蔫了蔫，沈丛一笑：“你也知道的，这个产品是公司新研发的，所有的东西都还在筹备中，而且，没有任何一家公司会提供这样的服务的，夏唯安，这个你要和客户说清楚。”

夏唯安心里凉凉，却还得打起精神：“我知道了，谢谢沈经理。”

“跟我客气什么？”他说，低头看了一下时间，“我还要出去一趟，得走了。对了，夏唯安。”他叫住她。

夏唯安回头。

沈丛说：“以后别那么喝酒，很伤身体的，嗯？”

语气那样温柔，夏唯安觉得，晏宁的话对她的影响还是存在的，因为她居然抵抗不住地红了脸，点头说：“好。”

她立在那儿，看着他上了车，车子载着他，驶得越来越远。

这一次，她是真的感觉出了，沈丛对她的不同。

“夏唯安。”远远地有人叫她。

夏唯安转身寻了好一会儿，听到车喇叭的声音，才循声找到了叫她的人。

走过去，随着车窗降下来，她看到了坐在车里的谢子鸣，当然了，叫她的人不是他，是他的助理。

“上车。”谢子鸣说。

夏唯安犹豫着没有动。

谢子鸣就又多解释了一句：“乐家那边的投标结果出来了，通知我们过去，还明言要你一起。”

夏唯安：“……”

这本来应该是很值得惊喜的事，不过有了李老伯住院她被李逸知误会那一出，得到这结果，好像也没有那么高兴了。

夏唯安上了车，她本来想坐副驾的，不过谢子鸣帮他把后座门打开了，她也只好随他的意，上了后面。

谢子鸣就坐在后座，她进来后，他往最边上移了移，她就也坐在这一头的最边上。

车出发，她本来想给郑绵打个电话报备一声的，打开手机却发现里面有两个未接来电，便看了一眼谢子鸣：“谢总，你刚给我打电话了呀？”

“哦。”谢子鸣有些阴阳怪气的。

夏唯安还以为是因为自己没及时接电话他生气了，便说：“对不起啊，我刚才没听到。”

谢子鸣扯起嘴角笑了笑，过了会儿，他突然问她：“你和沈丛很熟？”

[3]

夏唯安忍不住就是心间一跳，速度飞快地摇头：“没有！”

速度太快了，引起了谢子鸣的怀疑，他挑了挑眉，看向她。

他眼神很深，浅棕的眸子，特别专注地看人的时候，让人十分有压力。

夏唯安结结巴巴地说：“怎……怎……怎么了？我不能和沈经理说话吗？”头皮发麻地自动自觉解释起来，“我是跟他道谢来着，他昨天帮了我一个忙……其实我们俩不熟的，真的，一点也不熟。”

“你慌什么？”谢子鸣轻轻哼了一声，身体一倾，就拿走了她手上的手机。

他要开机的时候发现有密码，往她面前一伸：“解锁。”

夏唯安：“……”

她弱弱地抗议：“随便看人的手机，不好的。”

“哦。”谢子鸣淡淡地应了一声，看着她，“然后呢？”

夏唯安咽了口口水，默默地把自己的手指头摁上去，解开了锁。

解开之后她就知道坏了，屏保忘记换过来了。

果然，谢子鸣把手机屏幕对着她：“说好的二十四小时要享受福利的呢，嗯？”

夏唯安眨了眨眼睛，小脑筋动啊动，动了半天，颇有些自暴自弃地问：“如果我说是屏幕它自己跳没的，你信吗？”

谢子鸣闻言对着屏幕研究了一会儿，点头：“我信。”不及夏唯安惊喜，他跟着又来了一句，“这么烂的手机，大概是会程序错乱的，要不摔了别要算了？”

她新买的手机！

夏唯安心肝都颤了一下，头摇得像是拨浪鼓，一把将手机抢回来，说：“我自己的手机，我不嫌。”

她放在胸口紧紧护着，大有“机在人在，机亡人亡”的气势。

谢子鸣被气得笑了，伸手指着她：“你……”又放下来，“行，我就懒得跟你计较。不过你得记着，换了屏幕，可是得被罚的。”

“罚……罚什么？”

“你觉得呢？”

真要她觉得，她一样都不想被罚。

说起来夏唯安郁闷坏了，她都不知道怎么就成今天这局面了，凭什么呀，她自己的手机，她还不能做主了？

偏偏对方理直气壮得，就好像是她真的理亏欠了他一样。

考虑了半晌，夏唯安特别务实地说："不伤钱就行。"

"行啊。"

答得太爽快了，夏唯安有些怀疑地看着他。

这个老板可是非常人，狗头请客虽然便宜，但是至少他不宰人啊，最多也就是 AA 了，这位谢总，可是尽坑她请客，还拣贵的地方去吃。

她眼神太直接了，引得谢子鸣弹了弹她的额头，可能觉得不过瘾，他盯了她一眼，在她还没反应过来的时候，又弹了一下。

她今日大概是出门没看皇历，这额头被弹三次，也是遭老罪了。

她小声抗议："疼……"

被谢子鸣横了一眼："我弹就疼，别人弹就不疼？"

夏唯安："……"

她特无辜地看着他，表示，她不明白他在说什么。

然后，又被弹了。

夏唯安只好装死。

好在，乐家很快也就到了，谢子鸣的助理没有跟上去，他似乎纯粹是送他们过来的，到地方后，把东西往夏唯安怀里一塞，就走了。

夏唯安都来不及问一句两句，就只得拿稳了，小跑着跟上谢子鸣。

再次来到李逸知的办公室，夏唯安已经能很好地当好一个小跟班的角色了。

李逸知对她的态度却又较上回不一样，这回他特别看了她一眼，有些牙疼地说了一句："夏小姐，我父亲很希望你有时间能去看一看他。"

最近忙过头，她都把李老伯还在住院的事给忘记了，忙抛了那点小小的成见，不好意思地说："对不起，我都忙忘了。"

这实诚孩子。

谢子鸣叹。

还没叹完，就听见她又关切地问："老伯现在好一些了吗？应该能下地走点路了吧？"

李逸知微愣，他不大习惯和人在说公事的时候谈这些，沉默了一会儿才说："还不能。"

样子看起来有些冷然，夏唯安低头，没再问什么了。

谢子鸣这才站出来，和他开始谈公事。

因为乐家已经通知他们中标，所以今天谢子鸣过来，其实是谈合同的细节的。看着两人谈判，夏唯安再次长了见识，这两人应该是朋友吧？但是论起公事来，都很有些六亲不认的意思。

尤其是李逸知，抠合同细节抠到人头皮发麻，他会把每一个产品的每一个零件都提出要求，其他的交货时间、付款方式、双方的权责等等更不用说了，夏唯安好几次都看到谢子鸣无语得说不出话来了，李逸知都像没看到一样。

讲真，夏唯安很怕谢子鸣会当场蹦起来给李逸知那么一下，但还好，他一直控制着，直到把合同细节全部谈完。

谈完还没完，合同重新整理后，两边还得交由工程、财务各方审核，再之后没有异议，才能签订合同。

在乐家就耗了差不多半日工夫，连午饭都是在李逸知办公室里吃的。

是外卖，乐家卖场里有的东西。李逸知的下属送餐过来的时候还不忘为他们自己打一下广告："我们最近也在考虑外卖，如果吃了好吃，两位没事不妨打这个送餐电话，城区以内，我们有自己的派送员，会以最快的速度送达。"

夏唯安接下他给的名片，谢子鸣见她当真认真在看，就干脆把自己的那张也给了她，说："想吃的时候，给我也点一份。"

夏唯安："……"

她觉得她家老板已经完全抠出了水平，抠出了特色。

腹诽得太明显了，谢子鸣冷不丁问她在想什么的时候，她一个不慎就说出了心里话，然后，满室俱静。

连李逸知吃饭的动作都轻了一点，他抬起头看看谢子鸣，然后又看看夏唯安，轻轻勾了勾嘴角。

谢子鸣则回了她两个字："呵呵。"

夏唯安头皮发麻，恨不能把头埋进盒饭里。

合同谈完，回去的时候她特别乖，因为助理已经把车开走了嘛，她自动自觉主动帮忙叫了车，然后就跟伺候皇帝的小太监似的，小跑着上前帮忙打开车门，还拿手遮在他头顶，殷勤地说："谢总您小心，谢总您注意。"

她个半路出家的销售人员，还没有完全学会用敬语，所以"你"和"您"经常混在一起，这会儿倒是很拼了，一路都是敬到底。

谢子鸣淡淡地瞥了夏唯安一眼，夏唯安的皮，就不由自主地紧了紧。

因为李逸知先前的话，谢子鸣也没回公司，而是又带着她去了医院。他们到的时候，护工正在帮李老爷子做按摩，两人等了等方才进去。

养伤十来天，老爷子似乎还瘦了，夏唯安觉得老爷子挺亲切，两人交道打得多了，她也没有一般人那么奉承他——或者说，她还没有点亮奉承那个技能，所以说话随意得很，当然，也显得亲切：“您是不是没好好吃饭呀，看您都瘦很多了。”

老爷子就很吃她这一套，笑眯眯地看着她，点头：“吃好了吃好了。”还问，“你怎么这么久没来看我呀？是不是把我忘了哟？”

夏唯安说：“哪能呀，实在是太忙了。”还把谢子鸣推出来，“不信你问我们老板，我还在实习期呢，如果不好好上班，我就得被淘汰啦。”

“淘汰好哇。”老爷子高兴得不得了，“他们淘汰你了，你就到我们这儿来，我们乐家，就需要你这么能干的女孩子，放心，到时候，没人敢随便淘汰你。”

当着谢子鸣的面，就这么愉快地挖起了墙脚。

偏夏唯安还顺着他的话说：“行啊，那万一我失业了，我可就来找您啦。”

谢子鸣闻言微笑脸：“呵呵。”

存在感太足，那两人这才对视一眼，好歹收敛了一些。

出来后，夏唯安还主动跟谢子鸣解释：“什么失业了去找老伯，那就是哄哄他的。”

谢子鸣：“呵。”

“真的。”她努力地自证清白，“我可喜欢泰华的工作环境啦。”尤其是每个月出报表的时候，别家的工资是秘密，在泰华却是公开的，那些排在前面的人的工资条，简直能让人眼睛都羡慕红了，为了钱，哪怕如今的工作环境已经没了培训那时的激情和融洽，她也是不会轻易认输离开的。

可惜这解释太干巴巴了，谢子鸣显然不信，直到她说：“我才不会去乐家，那个李总本来就对我有误会，如果我真去了他们那儿，指不定他就会以为，我当真是觊觎他的美色了。”

“觊觎”两个字，说得谢子鸣终于没忍住笑了起来，然后他大发慈悲地说：“行了，乐家的单最后能够拿下来，多少还有你和老爷子的关系在里面，这关系你可以维持，但是更亲密就算了。”

夏唯安点头。

要不是因为赚了老伯的钱，狗头又来了那么一出，她也不会跟老伯走太近呀，省得说她图谋人家什么，真是扯不清。

她听话，谢子鸣心情就也好了起来，然后晚上还破天荒请她吃饭，末了，拿出一个长长的小盒子：“送你的。”

夏唯安没敢接，因为盒子太精致了，一般盒子都很精致的东西，里面的东西就更加了不得了。

她说："谢总，你请我吃饭就行了，送东西就算了吧，无功不受禄。"

话落，又被谢子鸣弹了一下。

夏唯安捂着额头瞪他。

谢子鸣笑着说："笨不笨？都说乐家的案子能谈下来有你的作用了，这东西自然是公司补偿给你的。至于提成，你现在还在实习期，这么大的单砸下来我怕撑死你，所以，你就先拿着这个吧。"

夏唯安心里哀号，原来真的没提成啊！

但是她也清楚，谢子鸣这么做也确实是为她着想，否则到时候，以她的资历只怕分分钟被人排挤出局。

但还是好难过好难过，那是很多钱啊很多钱！

在心里为那许多飞走的钱哀悼完后，夏唯安才勉强提起精神打开了盒子。

嗯，流光溢彩的一条项链，中间一颗大钻石，被一圈小碎钻包围着。

很美，关键是美得还很内敛低调，十分适合此时的夏唯安佩戴。

老实说，谢 Boss 选这个礼物也是煞费了苦心的。

可惜，某人好像不大领情。

不领情就算了，她还不识货！

拈起链子，她问："这是什么做的，银的吗？这些钻石是假的？"

谢子鸣："……"

他冷了脸，龇牙："不好意思啊，是铂金，钻石也是真钻石。"

夏唯安："……"

她偷偷百度了一下铂金和钻石的价格，震撼了，忍不住嘀咕："这个转手卖了的话，应该能换很多钱吧？"

谢子鸣再次："……"

他现在就想把她卖了，换钱！

[4]

谢子鸣眼里的凶意太明显了，夏唯安没敢再说什么，"啪"地把盒子一收，装进包里，十分麻利地道谢："谢谢谢总，我很喜欢。"

才怪啊！

她想要钱，不想要这种华而不实的奢侈品啊！

谢子鸣能看不出她眼里的言不由衷？冷笑着骂她："不识货！"这财迷样子，要是搁别人身上他早一脚踢开了吧？偏对她就不同，想了想，还又说了一句，"新人王的时候把它戴着。"

夏唯安眨巴眨巴眼，第一反应是，不能换钱了，至少，在新人王评出来以前，不能换钱了，第二反应才是——“你也觉得我能评上新人王？”

谢子鸣：“呵！”

夏唯安才不管他阴阳怪气呢，笑得眉眼微弯，喜滋滋地说：“哎呀，这是老板帮我背书的意思吗？”

她倒是聪明。

谢子鸣心里有气，这会儿偏不让她如意，说：“就算我帮你背书又怎么样？新人王的评选时间不算短，你目前的成绩在你们组不算顶好吧？中途再掉一掉链子，呵，对不起啊，虽然我俩认识，但该滚就还得滚的。”

他本意是调侃，顺便激励激励她——拿了直通卡，要是最后被淘汰，作为发给她直通卡的人，他也会很没面子的好吧？

夏唯安这会儿倒机灵了，很认真地说：“我不会掉链子的。”

“当然。说好了要留下来卖身给我的呢，要是连个卖身的机会都没有争取到，呵！”

后面的意思，他用了个“呵”字代替，夏唯安这下不止头皮发麻，连脊椎都是麻麻的。

她不得不申明：“我好像没说要卖身吧？”

总感觉这个词挺不怀好意的。

谢子鸣看着她：“你说要留下来帮我赚钱，难道不就是主动卖身？”

夏唯安：“……”

不知道是不是错觉，他说“卖身”的时候，总有一种要她献身的感觉……咳了一下，她只能装呆，点头说：“好吧，我会努力的，努力提升，好好为公司服务。”

嗯，只是为公司服务。

这略有些隐晦的暗示，听得谢子鸣微微勾了勾嘴角。

手有些痒，好想在她的呆脸上掐一把！

不过，不着急，谢子鸣提醒自己。

饭后结账，饭店送了两张电影票，他状似不经意地问她：“要不要去看？”

他看出了夏唯安眼里的向往，但是很快，她就控制住了自己，摇头说：“不了，看完电影就太晚了。”

她表情很正常，找的理由也很正常，不过谢子鸣还是知道，她想去，之所以拒绝是因为，她不想和他去。

她对他有了戒备。

想到这里，谢子鸣挑了挑眉，也没说什么，把那两张电影票退了回去，然后就把她送回了家。

过后，他的预感得到了证实，他发现想再约她出来就很难了，偏偏乐家的事一结束，他想要找个把她带出去的理由都没有。

谢子鸣差不多有一个月没有看到她，那一个月，新人组又进行了一次测评，夏唯安退到了第六，当时他们组只剩下九个人，第六其实是一个相当危险的位置了。

谢子鸣没打算再去找她，不过那段时间他心里就像是猫抓的似的，总是不得安生，就干脆接了一个商务活动，出了一段时间的差。

再回来天已经开始热起来了，街上甚至有姑娘穿起了单薄的春衫，头天晚上，谢子鸣和光头等一帮狐朋狗友混到半夜，第二日头有些疼，到公司后他没有坐电梯，想着爬爬楼梯锻炼锻炼身体。

他一路轻悄地沿着楼梯往上跑，正跑得微微来了汗意的时候，突然听到了夏唯安的声音："……你确定要这样吗？"

然后就是一个年轻男人的声音："你陪别人也不是陪吗？我听说，你可是缠了一个老头大半个月，怎么，老头你可以陪，我就不行？"

夏唯安好似有些无语："三十多就是老头了？"

男人笑："但是他头发快掉光了呀，你看看，我至少头发还很浓密吧？而且，夏唯安，这已经是第四个月了，你还没有冲进过前三，你觉得，剩下的两个月里，还有希望？不如靠靠我，或许我还能帮你想想办法……呀呀呀，疼疼疼！"

夏唯安的声音还是那么平平静静的，甚至还带了一些稚气："你别动手动脚啊，我力气很大的，一不小心掰断了，就麻烦了。"

那男人抽着气喊了好一会儿疼，才慢慢缓过来，脚步声响起，谢子鸣抬头，看到那男人从里面退到了楼梯这边，因为背对着，他看不清对方的样子，只见对方抱着手臂，身体绷紧，似乎很是戒备的模样。

"夏唯安，你装什么清高？别以为巴上沈经理，我就不能拿你怎么样，咱们等着瞧！"

然后那男人就折身跑了下来，结果跑下来就看到了谢子鸣，他顿住脚，叫了一句"谢总"，脸色憋得通红。

谢子鸣淡淡地看了他一眼，擦过他的肩往上走去。

夏唯安那个"憨货"，听到叫"谢总"还探头出来看了一下，见到当真是谢子鸣，不由得呆了呆，下意识也想跑的，人都缩回去了，过了会儿，又探出来，乖乖地叫："谢总。"

谢子鸣已经走上去了，看着她。

将近一个月没见，夏唯安似乎又有些变样，大概是因为脱了冬装的缘故吧？只穿了一件衬衣的她，看起来特别苗条。

但又不是一味的瘦，而是纤秾合度，玲珑有致。

难怪那男人会忍不住勾搭她。

谢子鸣本来也不想理她的，但是忍不住，都要走过去了，又停下来，斜睨着她：“三十岁的老头？”

难得，夏唯安脸色涨红，分辩说：“他污蔑我！”

“哦。”谢子鸣点了点头，又问，“那是谁？”

“是……是沈经理介绍给我的，会画电路图的工程师。”

“沈经理。”谢子鸣笑了一下，终于走了。

夏唯安忍不住呼出一口长气，看他沿着楼梯一路往上，心想这老板也挺奇怪的，好好的电梯不坐，走楼梯……想到之前的事，她又探头往下看了一眼，底下空空如也，已经没有人了。

谢子鸣不知道夏唯安的腹诽，到了办公室后，他有条不紊地洗了个脸，换了套衣服，然后助理进来，给他说了今日的行程。等助理说完后，他才淡淡地提了一句：“会议前看销售部的沈经理在不在，在的话，让他来找我一下。”

助理出去，没多久，沈丛就进来了。

“谢总，您找我？”

谢子鸣正在看文件，头也没抬，只是示意他坐，在文件上作了两个标注后，问他：“新人组那边情况怎么样？”

“挺好的，这次着实有几个好苗子。”

谢子鸣点头，又和他说了几句公事，才突然说：“对了，有件事跟你通个气，早上我来的时候走的楼梯，然后看了一出好戏。”把看戏的内容提了提，他搁下笔，看了眼沈丛，“女的是夏唯安，男的……你去查一查他是谁，这种人，我不管他销售的成绩有多出色，在我这里，不想再看到他。”

沈丛脸色有些难看：“我知道了。对不起，我实在没想到，他们背地里还有这样的事，您放心，这事我一定会尽快处理的。”顿了顿，“至于夏唯安，我觉得是不是应该给她一个机会？那个所谓的老头我知道，是一个会做电路图的工程师，夏唯安最近跟了一个单，对方要求我们可以帮忙出一个电路图，您也知道的，公司没有这样的配套服务，她不想放弃，就私底下找了人帮忙。那工程师开价有些高，夏唯安没钱付，就天天去缠他，正好工程师的老母亲生病没人照顾，夏唯安就帮忙照顾一段时间，所谓的陪老男人，也就是那些人没事乱造的谣，事实上，夏唯安做事很认真，也很努力……”

谢子鸣手上的动作微微一顿，他第一次认真看向沈丛：“电路图？她不知道，我们公司没有这样的配套服务吗？”

“我知道。她曾经来问过我，我也提醒过她，只是我觉得，这是她私下的行为，对公司没有什么影响，只要她不耽误自己的事，私人行为，我们不应该干涉。”

“沈经理，好像很维护她？”

“也算不上维护。”沈丛笑了笑，像是没注意到他话里的意思，“您知道的，我一开始也觉得她正气太过，倒是听您的吩咐和她接触过几次后发现，她是真的很有潜力，每次看到她，就有种看到年轻时候的牧总一样，总觉得，她和那时的牧总，一样的青春洋溢、生气勃勃，总是很有活力的样子。”

谢子鸣笑了一下，对他的长篇大论没有任何评价，手指轻轻在桌上滑了滑：“行吧，那她的事，你们看着处理。”

“谢谢谢总。”

谢子鸣脸上的笑意微微敛了敛，摆了摆手。

明明在夏唯安之前，很多人经常也会说“谢谢谢总”，可是不知道为什么，今日听到沈丛说这四个字，莫名就让他有些不快。

沈丛像是没有看到他那一刻脸色的变化，起身退了出来。

门在沈丛身后轻轻阖上，他停住脚，回头看了一眼后，轻声笑了笑。

于是下午的时候，夏唯安收到了来自沈丛的“警告”：“谢总说公司是严肃的办公场所，他对早上看到的事很不满，夏唯安，以后行事还是要注意一点。”

夏唯安觉得自己冤死了，但是她也清楚，人微言轻的时候，申冤是没有用的，就可怜巴巴地看着沈丛：“沈经理，我不会挨罚吧？”

“不会，我已经帮你跟谢总求过情了。只是你毕竟是在他那里挂了名的，以后行事，还是要注意一点。”他叹了口气，望着她，温和地说，“夏唯安，销售这一行，长得好看的人总是会吃点亏，就算有能力，别人也以为你用了不正当的手段，所以，自己更要对自己有所要求，同时，也要对人更有防备心，明白吗？”

夏唯安用力地点头：“明白了。”

她挺感动的，因为她觉得，沈丛的话，简直是戳到了她的心坎上。

公司为什么最近会到处流传她的谣言？其实也就是因为吃饭的时候，她和晏宁随口的一句闲聊。

晏宁问她："你最近在干什么呀？晚上也不回来了？"

人家工程师的妈妈生病，就是晚上缺人照顾，所以夏唯安自告奋勇去帮忙，不过也是想让人看到她心诚的份上，可以不收钱，先帮她把图画了。

所以，她当时也是嘴贱："为了钱啊！"

然后被旁边的人听到，各色谣言就开始乱飞了，传谣言的人压根就没有听她的解释，只记住了她那句"为了钱"，还有晏宁那句玩笑："做工程师是不是很辛苦啊？那人早早秃头谢顶，看起来就跟个老头一样。"

桃色新闻，自此产生。

而早上纠缠她的那个，是另外一组的第一名，他借口说听到消息郑绵要处理她，把她骗去了楼梯间，然后骚扰她。

因为不同组，听信谣言的这家伙就觉得，夏唯安谈生意靠的就是那张脸，所以只要他手指勾一勾，她就能上钩。

事实上，公司很多人都是这么认为的，背地里，他们极不相信夏唯安的能力，夏唯安受歧视，已经不是第一回了。

她着实感动，走的时候，还冲他深深鞠躬，说："谢谢你，沈经理。"

沈丛温和一笑："没事。"

对比谢子鸣说她不自重，简直是天上地下。

所以下班的时候，夏唯安接到谢子鸣的电话，她想也没想，挂掉。

[5]

挂完了，夏唯安才想起，哎呀，不行，人家是老板，这么挂了不是又是一宗罪呀？她就问旁边的晏宁："挂错电话了，怎么补救啊？"

"立马回过去呗。"

"不想回。"

"那就关机，假装手机没电了。"

好主意！夏唯安毫不犹豫就把手机关机了。

晏宁看她这一顿操作，忍不住笑问："谁的电话啊？那个工程师老头？"

夏唯安叹气："拜托别再说工程师老头了，公司里绯闻都传上天了，然后今天谢总听到了，还和沈经理说了，然后沈经理把我叫过去训了一通。"

这话有些删减，被自己组的人骚扰的事，夏唯安没打算说出来——内心里，她还是觉得这事有些羞耻的，所以不愿意提，便挑着跟晏宁抱怨了一通。

晏宁回："公司有病吧，这事也值得教训你？"

夏唯安无辜地看着她。

晏宁还想要说什么，考虑到是在公交车上，便把这话咽下了。

回到家两人都没来得及说这事，路上堵了一点车，夏唯安今日赶去医院就要迟了，连晚饭都来不及做，匆匆洗了个澡，拿了两本书就跑了。

气得晏宁骂她：“这么上心，也难怪别人到处说你了！”

夏唯安一句话都来不及辩，关上门就跑了。

她舍不得花钱打出租车，所以到医院的时候还是晚了一些，所幸老太太人好，并不觉得她有求于她家，来照顾她就是理所当然的事，见她跑得气喘吁吁的，还安慰她：“不着急，他都还没来呢，我家媳妇也不会跟他说。”

夏唯安抿着嘴角笑，走到床边看了看：“您脸色今天好多啦。”

“嗯，我也觉得今天强了很多。”

老太太是食管癌，前几天刚从重症监护室里转出来，年纪大了，恢复起来就很慢，别的病人勉强可以扶着墙坐起来，她连动都不能动。

所以夏唯安其实挺理解刘工的做法，没有钱，他凭什么帮她啊？

人家家里也是遭了大事，夏唯安也不想这么占人便宜，可又着实没钱，就只好来帮着照顾老太太减轻他一些负担。只是刘工咬死了不先给钱他就不帮忙画图，哪怕夏唯安在这里一守就是十来天，他的态度都没有松动。

不过老太太和刘工的妻子倒是感动了。

这不，就给她打起小报告来了。

夏唯安五点半下班，这个点，刘工的太太要回去接小孩，所以向来是刘工来接班的，夏唯安就赶着这个时间过来，本意是让刘工不要那么赶，余下的事都交给她，但是刘工不放心，下班后，总还是会先过来陪一段时间。

以前他会整夜整夜守在这儿，夏唯安就也陪着，坚持了两天，他实在撑不住，便默认了让她晚上来帮忙守着自己老母亲的事实。

夏唯安可比个糙老爷们会照顾人多了，掐着点，她把老太太的晚饭拿去热了，打了热水，帮老太太擦手洗脸，忙得差不多，饭食也好了。

刘工来的时候，夏唯安正在喂老太太吃东西，食管癌的恢复期是个比较艰难的过程，尤其是刚开始，只能吃流质和半流质的东西，吃得又慢，还容易呛到。

夏唯安把桌子拖近一些，一手拿勺子，一手就在老人胸口缓缓按揉，慢慢地帮助她恢复吞咽，整个过程，耐心又细致。

连同室病人的家属都说：“这姑娘，一看就挺会照顾人。”还夸老太太有福气，儿子媳妇孝顺，连找来帮忙的人，都找得这么好。

夏唯安也不多说，只笑眯眯地听着。

喂完今日份的小半碗，她准备去洗碗，转身就看到刘工站在门口看着她，或者说是她们，神色有些复杂。

夏唯安老老实实地叫：“刘工。”

人没应，她就也不多缠，默默地拿着碗去洗碗，洗完出来，刘工已经在门外，和她说：“你来一下。”

夏唯安放好碗出去，刘工完全没啥废话，问她：“图纸呢？在吗？”

单刀直入，夏唯安一时都没反应过来，愣了两秒才说：“有！在我手机里，”又惊又喜地看着他，“我发给你？”

刘工“嗯”了一声，收了图，一句话没有就走了，态度看起来特别傲。

不过夏唯安一点也不介意，在她看来，人家就是那性格，完全计较不来。这人是沈丛的一个朋友介绍给她的，作图水平很高，但是性格实在太糟了，死抠钱还不大合群，想当初她找上他，跟他说了基本情况后，他听了半天，就问了一句：“你打算给多少钱？”

然后听说她要赊账，二话不说就走了。

要不是有他妈生病这个突破口，夏唯安想打动他，简直是不可能的事！

但他也完全可以等他妈妈出院以后再答应她，选在这个时候，可见他人并不是真的那么不通人理。

而且他速度很快，只两天就帮忙画好了。

图纸是刘工的妻子带过来的，没有电子版，就是一张 A3 纸，夏唯安展开一看，只觉得电路图画得又漂亮又工整。

比起刘工本人，刘太太短发圆脸，看起来特别可亲，她和夏唯安也混熟了，帮夏唯安把图纸收好，笑着告诉她：“这两晚都在画这个，弄到很晚才睡，我看他啊，虽然嘴上没说，还是很感激你帮着照顾他妈妈的。”

夏唯安说：“没事，反正我就一个人嘛，下班了也没事，还不如来帮帮你们的忙。”她其实挺不好意思的，这种情况下还来求人，所以说着说着脸就臊得慌，只得保证，“不管这个单子有没有拿下，你们放心，刘工的钱，我不会少他的。”

只是数目大，她一时拿不出，必须得分月攒出来，要是单能拿下，一个月也就给了，拿不下，那还真的要分好几个月。

不过，不管拿没拿下，夏唯安已经打定主意，这个月发了工资，她找晏宁借一借，怎么的，也要把钱凑给他。

人家老母亲这病，要的是钱花呢，她也不想让人家太为难。

刘工的妻子人是真的好，闻言摇头说：“没事，不着急。等我妈出了院，医院报销一部分，我们的压力也就没有那么大了。”

她又客套几句，夏唯安赶着上班就走了。

打过卡后，夏唯安就跟郑绵请假，拿着图纸去了惠城。

夏唯安这一去就是两天，其间谢子鸣倒是没再找她，她也完全忘了他曾经找过她的事，一心一意跟少老板磨。

总算把合同磨成了，夏唯安走时请人家公司里的一行人吃饭，然后她还差一点被灌醉了，上车即睡觉，迷迷糊糊地竟然赶去了公司，吃了闭门羹以后，才发现今天是周六，没有人上班。

整个 CBD 到了周末都很冷清，她头晕晕的，出来后坐在门口的广场上发呆，三月的天黑得已经没有那么晚了，半下午的太阳，甚至还能称得上热烈。

她就坐在那里晒太阳，半晌，听到有人问她："夏唯安，你在这里干什么？"

她转过头，来人逆光而站，看不太清面容，只看得到衣装笔挺，连鞋子都擦得锃光瓦亮的。

声音也有点熟。

脑子因为喝了酒反应有些慢，她挠了挠头，呆呆地回："我休息一下。"

来人："……"

他走近了，凑在她身边闻了闻："你喝酒了？"

她"哦"了一声。

他磨磨牙，像是特别嫌弃，用两根手指拎起她的后衣领："走吧，我送你回去。"

夏唯安就这么上了人家的车，上车以后，对上脸了才认出来，呼出一口气，努力做出恭敬的样子："谢总。"还问人家，"今天又没上班，你怎么也在这里啊？"

谢子鸣不大想理她，可她说话时凑得比较近，加上此时车子突然一个急刹，她控制不住就倒向了他怀里。

她平素看起来大大咧咧的，醉酒后警惕心却全表现出来了，还没等谢子鸣感受出软玉温香的刺激，就见她扑腾着自己坐稳了，然后一下揪住他的胸口，把他揪到她面前，说："老实说，你是不是对我有什么企图？"

谢子鸣任她揪着，甚至还抽空往前面看了一眼，恰好开车的助理也回过头来，两人视线相对，后者轻咳一声，迅疾无比地又扭回去，握紧了方向盘，假装自己什么都没看到，也什么都没听到。

谢子鸣这才将手撑在坐垫上，顺着她的劲倒向她面前，轻声问："那你觉得，我对你有什么企图啊？"

夏唯安眨了眨眼睛，想了半天才说："你想占我便宜。"她瞪着他，黑白分明的眼睛，纯净剔透犹如刚刚水洗出来的宝石。

谢子鸣轻轻笑了一下，目光从她的眼睛，移过她秀气挺俏的鼻梁，再到她红润而又丰盈的唇瓣，慢悠悠地说：“这已经是你第二次冤枉我了吧？为了不让你失望，我是不是应该真的占你一点便宜啊？”

夏唯安：“……”

她还没反应过来呢，就见他的脸凑近来，吻住了她的唇。

Chapter.10
最坏不过是从头再来，她不怕

[1]

夏唯安从没想象过自己的初吻是什么样子。

人都说少女怀春，她却好像和这个词没有多大的关系，家里穷，少时她就只想着帮父母带好弟弟妹妹，然后尽可能地读好书，让父母不要为她操太多心。

在学校里压力也很大，她一心都扑在学习上，别的女孩子讨论哪个男生帅的时候，她在研究怎么学习才能又快又简单。

别人在想以后要找个什么样的男朋友，她想的是，她要读什么样的大学，才能尽可能让家里的负担不要那么重。

在酒楼上班，没事的时候老板娘他们会说一些社会八卦，然后提到什么“扶弟魔”，说这是世界上最可怕的生物。夏唯安了解意思后默了默，觉得自己大约就是属于这种可怕的生物，因为家里孩子多，很长一段时间，她可能不但是“扶弟魔”，还有可能是“扶妹魔”。

所以，她自觉地不跟男孩子多亲近，也不去想感情的事，身上一堆拖累，她就别拉着别人和她一起倒霉了。

晏宁鼓动她去追求沈丛，她从来都是听过就算，便是出于这方面的考虑。

谢子鸣对她的心思，之前她没感觉，上回却是隐隐猜到了，身份差距太大，她从来没想过他会喜欢她，怀的心思，约莫和少老板那一类人差不多吧？

看她漂亮，哄哄她，当个花瓶，当个玩物。

这不是夏唯安要的人生。

所以这会儿，她借醉酒想要提醒他。

然后，他得寸进尺来吻她是什么鬼？

夏唯安提着他的衣领就要把他推出去，只她手上才刚用劲，就觉得腕间一麻，不自觉那股劲就散了。

然后很快，她被谢子鸣压在了身下。

后座的空间只有那么大，她几乎是半折叠着被他扣在那儿，力气完全被他压制了。

夏唯安彻底清醒，睁大了眼睛，呜呜呜地叫。

唇上一痛，谢子鸣用力咬了她一口，这才移开嘴，目光幽深地望着她。

那种头皮发麻的感觉又来了，夏唯安再不敢乱动，大大的眼睛，略有些惊慌地望着他。

两人都没出声，就那么对视好一会儿，谢子鸣又俯身下来，吻她。

这一回，他温柔了许多。

她像是吓到了，也没有再挣扎。

她的唇凉凉的，很软，牙齿轻轻在上面碾磨，像是QQ弹弹的果冻一样。

少女的馨香扑满了鼻腔，像是一碗酿得恰到好处的酒，只是闻到味道，就让人不由自主地沉醉了。

只他知道时机不合适，也没有多深入，就那么轻轻碾磨了一会儿，放开了她。

彻底松开她之前，他在她耳边说："看，这才算是欺负。"还点着她被他啃得微微红肿的唇，笑了笑，"以后别在男人面前'恃醉行凶'，OK？"

她微微嘟着嘴，很是委屈地看着他，直看得他有些忍不住了，才直起身体移开了视线。

"停车！"

助理猝不及防，有些慌乱地踩了刹车。

谢子鸣说："下车。"

助理松开安全带，打开车门正准备走，就听到后面的人又说："不是你。"停了停，"不下车吗？"

不管是助理还是夏唯安，这才发现，已经到夏唯安住的地方了。

夏唯安什么也没说，打开门头也没回地走了。

助理坐在那儿，看着她走远，过了好一会儿，才战战兢兢地问："谢总，现在去哪里啊？"

谢子鸣看了他一眼："不是去公司取资料？"

嗯，还要去取资料继续办公事吗？

助理不由得感慨老板真不愧是工作狂人，眼看着夏唯安已经走得没了影，才发动车子离开。

走了一段路后，助理回头，发现谢子鸣仍维持着一开始的姿势，落日的余晖透过车窗照在他脸上，映出明明灭灭的暗影。

助理跟了谢子鸣很久了，后者对夏唯安的不同，他从第一次见到她时就看出来了，这段时间，谢子鸣让他去找她，屡屡没有找到时，那烦躁的心情，他也看在眼里。

不过，这……吻都吻了，也算是得偿所愿了吧？怎么看上去，还不是很开心的样子呢？

助理想不通，就频频往后望，终于，谢子鸣察觉了，问他："你想说什么？"

助理小声地说："谢总，你是喜欢她吧？"

不是玩玩的那种，看得出，谢子鸣是带了几分认真的。

谢子鸣闻言笑了起来，他望向窗外，三月春意正浓的时候，这个城市的街道到处都能看到满树的繁花。

"是啊。"助理听到他说，喜怒不明。

而和谢子鸣不同，夏唯安回到家，是真正称得上惊魂不定，晏宁在一边做面膜，一边和人打电话，看她面色不对，便坐了起来，挂掉电话。

"你这是怎么了，刚被人强过？"晏宁取下面膜，问。

一语就中了重点。

要不说晏宁眼睛毒呢。

夏唯安抚着胸口喘匀了气，看向她："晏宁姐，我拿到了一个大单。"转移了话题。

晏宁果然就转移了注意力："合同谈成啦？"

"嗯！"

"啧啧！"晏宁很是替她高兴，"这个单一拿下，下次考评你大概就不用担心会被淘汰了。"伸出手，"合同给我看看。"

夏唯安坐过去，把合同拿给她看。

夏唯安一靠近，晏宁就闻到了她身上的酒味，忍不住偏过头："你是喝了酒赶回来的？"在她身上嗅了嗅，"咦，好像不止酒味，还有别的什么味，是香水吧？”

谢子鸣没有喷香水，但是他车里有……

夏唯安想到车上发生的事，脸一下就红了，像弹簧一样蹦起来：“哎，我突然想起，我还要去医院看看刘工他妈妈。合同你看着，我先走了哈。”

然后，晏宁就眼睁睁看着这个刚回到家屁股还没坐热的家伙，嗒嗒嗒又跑了。

她摸了摸下巴，喃喃说：“不对劲呀。”

于是刚下楼，夏唯安就接到了晏宁的电话，晏宁开口就是：“让我猜猜，你干什么好事了……唔，回来之前，你是被人吻了吧？”

夏唯安手忙脚乱地挂了电话。

上车好久以后，她都捂着脸，到了医院，脸上还留了一点淡淡的红晕。

夏唯安到时，刘工正在喂老太太吃饭，抬头看见她，淡淡地打了个招呼。

夏唯安昨晚上没来，怕他误解，跟老太太打了招呼后，就笑着同他说：“刘工，我这有个好消息，那个合同，谈下来了。”

刘工喂饭的手微微一顿，点头：“恭喜。”

这么多天，夏唯安这还是第一次看到他笑，忍不住也笑了起来，接过他手中的碗：“我来吧，你这样，阿姨容易呛到。”

刘工也不推让，把碗给了她，自己立在一边看着，间或递两张纸巾给她。

等喂完了，老太太也累了——吞咽于这时候的老人来说，算得上是个力气活，夏唯安帮她擦过脸洗过手，就将床摇平一些，让她睡着。

两人退出房外说话。

夏唯安说：“他们对你的图纸很满意，不过因为你没有去现场，所以还有一点点需要改动的地方，到时候，再麻烦你一下好不好？”

刘工点头。

“钱的话，等二十号工资发下来，我就转给你。”

刘工还是点头。

跟这样的人，谈话是很费力的，夏唯安也不费那个神，又说了两句，就说：“昨晚我在惠城一直没回，今天你回去休息吧，我帮你照顾阿姨。”

刘工想了想，点头，走到门口瞄见老太太已经睡着，便拿了东西准备回去。

路过夏唯安身边的时候，他停住脚，说：“谢谢。以后再有事，可以找我。”

夏唯安笑，声音清脆地应：“好呀。”

刘工就也笑了笑，补充一句：“可以赊账。”

夏唯安就这样，拉到了一个意外的同盟，而且，刘工不止给她这一个惊喜，后来他还介绍了好几个工程师给她认识，并且，和夏唯安私底下进行合作，互相介绍客户，以至于她在成为新人王之后，很快在泰华站稳了脚跟。

晏宁常说她："傻人有傻福。"

不过，这些都是后话了。

当天，夏唯安仍是守在了医院，给病人守夜是件很辛苦的事，要看着药水，还要注意刘老太太食管切口处的漏液情况，老人睡不好，她还要想办法助她睡眠……一晚上过去，能蜷在小床上勉强睡上四个小时，算是很好的情况了。

可以说，夏唯安为了争取刘工，也是付出了不小的代价。

好在刘工一家挺识趣，并不因为夏唯安有求于他们便无限地压榨她，刘工的妻子经常很早就来替换她，有时老太太那儿无事，还会骑车送她回家。

这天，也是刘工的妻子送她回家的。夏唯安到家时天才蒙蒙亮，她累得狠了，进屋随便洗了个澡，连头发都没吹，就那么爬在床上睡着了。

睡得迷迷糊糊的，她觉得不对，睁开眼就看到晏宁那张敷着面膜的脸，白生生的，黑黑的眼珠子直直地看着她，把她吓了一大跳。

夏唯安伸手就揽住晏宁的脖子，把晏宁往床上一拖："你干什么呀，我差点把你当鬼打。"

"哎呀，烂掉了烂掉了！"晏宁才敷的面膜就这么被夏唯安折腾烂了，气得她拍了她好几下，勉强敷回去，自己爬上夏唯安的床，把冷得跟冰块一样的脚往夏唯安腿肚子上一放，就开审起来了，"夏唯安，老实交代，昨天跟你 Kiss 的人是谁呀？"

夏唯安闭着眼睛装死。

晏宁就在她耳边不停地吹气，直吹得她实在忍不住了，缩着脑袋滚到床里面，求饶说："好啦好啦，别吹啦。"

"那你交代。"晏宁哼一声，"别想着撒谎骗我，昨天你回来那样子明显就不对，嘴巴红红的，还有点肿，一看就是被人啃的，最关键的是，你满眼都是春意，那是藏都藏不住的。"

夏唯安："……"

她一点也不想交代，哪怕晏宁看着话多，其实嘴巴对外很紧，她还是不想告诉她。

晏宁却猜："是沈丛吧？"

"不是。"

"肯定是。我昨天去门口问了，保安说你是被一辆黑色的奔驰车送回来的，沈经理开的，不正好就是黑色的奔驰？”

夏唯安：“……”

她服气，晏宁挖掘八卦的决心还真不是一般的强。

夏唯安困倦得很，否认了几次，见晏宁不信就也懒得再说什么了，闭着眼睛，一边听她瞎扯一边养神。

听着听着，快要再次睡着的时候，突然听到晏宁说：“夏唯安，你帮我和艾满江说说呗，让他以后别来找我了。”

夏唯安：“……”

突然来的神转折，让她蒙住了。

[2]

夏唯安一直不明白，晏宁为什么会喜欢上艾满江。当然，这不是说艾满江不优秀，事实上，艾满江其实挺好的，长得秀秀气气，脾气也是秀秀气气的，虽然没有那么精明，但是蠢萌蠢萌的，也很可爱。

但再可爱，和晏宁也不像是一路人。

不过两人都是她朋友，夏唯安便也只盼着两人好，从不问他们原因，现下晏宁要分手，她实在忍不住问了一句：“为什么呀？”

晏宁躺在夏唯安旁边，面膜遮挡，让人看不清她此刻的表情，听声音却是平静又无所谓得很：“没有为什么，本来就是玩玩的呀，难不成，你觉得我还会跟他结婚？”

夏唯安觉得自己的三观需要重组一下，惊得声音都劈了：“感情也能用来玩？”

晏宁“扑哧”笑出了声：“当然。感情本来就是用来玩的呀，太认真了，还有什么趣味可言？”她用手轻轻抹平了面膜，声音又冷又平，“再说了，当初也是因为我们组长对我纠缠得太厉害，我想脱身，就把他拉出来遛了遛，本来就是做戏的，谁让他当了真？”

夏唯安：“……”

想起那天早上晏宁那一脸的春意，还有两人之后当着她面撒的那些狗粮，晏宁和艾满江通电话时脸上的欢喜……夏唯安无法接受这个解释，忍不住问：“晏宁姐，你是开玩笑的吧？”

晏宁伸手摸了摸她的头，有些感慨又有些自嘲地说：“夏唯安，你可真单纯。”沉默了一会儿，她笑了笑，“我没有开玩笑，夏唯安，我就是寂寞了，无聊了才找的他，他也就是我的一个挡箭牌，当初从狗头那儿离职的时候，我也是把他拉出来，骗狗头说我和他在谈恋爱。艾满江是维吾尔族人，狗头有点惧怕他少数民族的身份，所以后来，才那么痛快放了我的。

“离职以后，艾满江跟我表白，那时我们组长又缠着我，我想着他既然喜欢，那就圆他一个梦想吧，或许得到了，他就觉得没意思了。但是他好像越陷越深，我不想这样，也不想再在他身上浪费时间，所以，就只好拜托你了，帮我劝劝他，跟他讲清楚。”

夏唯安一点也不想帮晏宁，她挺同情艾满江的，就问：“那你，就一点也没喜欢过他？”

“喜欢啊，但是，不是我想要的那种喜欢。”

夏唯安无语，实在不能理解晏宁的想法，既然不喜欢，又是怎么做到，和他谈了这么久的恋爱的？

还貌似发生了那样亲密的关系。

别人感情的事，她一点也不想掺和，正要拒绝，晏宁的电话就响了，晏宁翻身捞过手机，她余光瞥见，正是艾满江打来的。

夏唯安以为她不会接了，谁知她倒又接了。

艾满江问她：“昨天晚上你说的话是假的对不对？”

晏宁冷静地回：“不是。我是真的想要分手。”

“为什么呀？因为你嫌我是个卖烧烤的吗？那我不卖了，我也找份工作去上班……”

“不是！”晏宁打断他，“原因我已经说了，有很多。一，你比我小，我没有安全感，我理想中的男人，年纪得比我大一点，经济要稳定，地位要突出，和他在一起后，不需要我太努力太拼命就可以过上好日子；二，和你在一起，我很开心，但是给我的感觉，不像是找了个男朋友，而是找了个儿子，你天天跟我诉苦，其实我一点也不喜欢听；三，一开始我就和你说了的，艾满江，我们在一起，就是玩一玩，不要去考虑以后，也不要影响彼此的生活，你违规了，所以，再见吧。”

“吧”字落音，她就干脆利落地挂了电话。

夏唯安听得惊呆了，半坐起来看着她。

“怎么？”晏宁挑眉看着她。

夏唯安说：“晏宁姐，你好渣！”

晏宁“嘁”了一声，翻了个白眼：“我渣在哪儿？我从来没有骗过他，和他在一起的时候，都说得清清楚楚、明明白白，我们就是试一试、玩一玩，他不要对我有任何要求，但是你知道吗？那天晚上，我和我们组的人一起去吃夜宵，碰到他了，他居然吃醋，还跟我吵架，他凭什么呀？”

夏唯安：“……”

她已经不知道该说什么了。

晏宁渣到那么理直气壮，好像也不需要她说什么了。

被晏宁挂掉电话，艾满江后来果然就打给了夏唯安，他在那边哭唧唧的，问她：“我做错什么呢？她和别人勾肩搭背，我连问都不能问一声？”

两人公说公有理，婆说婆有理，夏唯安夹在中间，完全不知道该怎么办。

后来没办法，艾满江亲自找过来，夏唯安只好躲了出去，连晚上都没回，直接去了医院，第二日又是从医院直接去的公司上班。

交完合同，夏唯安的心放下一大截，便是不知道其他人的成绩，只看前几个月的报表也能得出，她这一次，肯定安全了。

郑绵拿到合同，瞅了夏唯安好几眼。

最近这段时间，夏唯安成绩一直没上升，组内原本她在做的一些事，就顺理成章地交给了其他人，两人之间除了必要的工作，基本没啥交流，算得上是井水不犯河水。

郑绵看过来，夏唯安便老老实实任郑绵看，看完了，郑绵也只是轻描淡写说了句：“不错。”

然后就是跟财务和仓库那边对接，夏唯安忙了一上午，到中午吃饭的时候，才和晏宁会合，就接到了谢子鸣的电话：“过来我们第一次吃饭的地方。”隔着电话，可能也感受到了夏唯安的拒绝，他轻轻笑了一下，“要我亲自过去请？”

夏唯安立即说：“不用了。”麻利地找了个借口，让晏宁给她偷两个鸡蛋，就跑掉了。

她觉得自己往谢子鸣的用餐室跑的过程，就跟个潜伏的小特务一样，左瞅瞅右瞅瞅没有人了，迅速打开门溜了进去。

然后一进去，就撞进了谢子鸣似笑非笑的眼神里。

他坐在餐桌前，和上回一样，面前摆了不少盘盘碟碟，每一样看起来都特别好吃的样子。

喝酒到底还是伤到了胃，夏唯安昨天一天都没有好好吃过东西，然后早上也没有吃早餐，忙了一上午，这会儿闻到香味，肚子忍不住又“咕噜咕噜”响了起来。

她按住肚子，羞愧欲死。

谢子鸣低笑出声：“不用感到羞愧，我都习惯了。”指了指面前的位置，“坐吧。”

夏唯安默默地坐过去。

她也是真的饿了，而且多少也有破罐子破摔的意思，他要她吃，她就吃。

味道非常好，而且最好的是，中间居然还有一道水煮肉片，不是很辣，但是肉片很嫩，非常美味。

她一连吃了好几块，还要夹的时候，谢子鸣在她筷子上敲了一下：“那个太油腻，少吃一点。”

居然还关心她，夏唯安受宠若惊，当真乖乖转了筷子，另外夹了比较清淡的吃。

吃饭的气氛堪称压抑，不过夏唯安还是吃饱了。

饭后谢子鸣让人把东西撤下去，另泡了一壶茶，他的开场白极为正经：“听说你拿到了一个大单？”

夏唯安谦虚：“还好吧……”

谢子鸣倒茶的途中看了她一眼，她立即改口：“嗯，上周五才签下来的，对方是……”吧啦吧啦，将人公司的情况说了个清清楚楚。

等她说完，谢子鸣问：“就是要公司帮忙出电路图的那家？”

“是。”

“那你知不知道，公司是没有这项服务的？”

他说的是正事，夏唯安半点也没有“恃宠而骄”的心思，也正经回答说：“我知道，不过我另外找人帮他把图纸画好了，沈经理说，这是我的私人行为，对公司不会有影响。”说到后面，她有些紧张，黑白清透的眼睛，一眨也不眨地看着他。

谢子鸣被她看得心痒痒的，勉强控制自己没有动，微微垂下眼皮：“所以那天，你是跟那边合作方喝的酒？”

突然转了话题，夏唯安呆了呆，才答：“是。”

“喝成那样从惠城跑回来？”他说，“夏唯安，你本事不小啊。”

夏唯安说：“还好吧……”

“我在夸你？”

她闭紧了嘴巴，结果不说话还又被他弹了一下。他的弹是实打实的，夏唯安猝不及防，捂着额头，看着他。

谢子鸣微微俯身，凑到她面前：“怎么，有意见？”手指轻轻点在桌上，他慢条斯理地说，“夏唯安，前天的事，你就不想说什么？”

夏唯安：“……”

她一点也不想说，宁可忘得干干净净的。

谢子鸣却完全不想就那么算了，见她不说话，他就微微一笑，说：“有句话你说对了，我确实对你有企图。”

夏唯安不想他如此坦白，惊讶地望着他，半晌，她憋出一句：“谢总，这样是不对的。”

“哦？”

鼓起勇气，她说：“这算是职场性骚扰了。”

昨晚上守夜的时候，她刷了一晚上的手机，刷到了这个词，今日拿来提醒谢子鸣，她觉得挺好的。

结果她完全低估了谢子鸣的无耻程度，他闻言笑了一下：“又要冤枉我？那我是不是得做点什么坐实罪名啊？”

他说着就往前挨过来，吓得夏唯安一蹦起身。

她想跑，不过没跑成，谢子鸣早有防备，眼疾手快地抓住了她。

“一说就跑，夏唯安，你胆气不是很壮的吗？”

夏唯安深吸一口气，她太紧张了，哪会不怕呢，但是年纪到底还小，被他这么握着，手微微有些发抖。

她说：“谢总，我胆气不壮，但是也不会弱，如果你真要对我做点什么，我一定会反抗的。”看着他，认真强调，“真的。”

她语气特别真诚，甚至于在她心里，已经考虑再次被扫地出门的事了……其实真被扫地出门也不怕，现在不比以前，至少住的地方有了，她还认识了不少朋友，而且，从泰华学到的东西，足够她去别家，另外找一份相当的工作。

不过是从头再来而已。

她还年轻，她不怕的。

但总是因为这样的理由被赶出去，真的让人郁闷又绝望。

这样的郁闷和绝望给了她一些勇气，她再次抬起视线，望着他。

谢子鸣也望着她，不知道是不是她的错觉，她居然觉得，他看她的眼神，温柔而又怜惜。

然后，她听见他说：“随便做点什么，你会反抗，那如果我追求你呢？像一个男人喜欢一个女人那样的追求，可以吗？”

夏唯安：“……”

[3]

夏唯安整个都呆掉了，本来用力挣扎的手也松懈下来。

她看着他：“什……什么意思啊？”

说话都结巴了。

谢子鸣笑得有如春风和煦，说不出的柔和动人：“追求你呀，就是一个男人喜欢一个女人那样的追求。”他再次问她，“可以吗？”

他说："本来我不想这么早就和你说，不过谁让你昨天冤枉我呢？既然一时冲动，已经犯下了错误，那我就只好把计划提前，也省得你把我想歪了。顺便，"他说着，指腹轻轻在她手腕挠了挠，"也讨点福利。"

夏唯安是真的吓坏了。

她干巴巴地苦着脸说："这个玩笑……一点也不好笑。"

谢子鸣语气危险："你把这个当成是玩笑？"

夏唯安顿时就不敢再说了。

她眼睛转啊转，努力地想着说辞，但是脑子里一团糨糊，想了半天，也只能颓然放弃，实话实说："我不知道该说什么……谢总，我知道，大概在别人看来，你喜欢我，不，哪怕你不喜欢，只是职场骚扰，在其他人看来也是一个很荣幸的事。可是，我不喜欢。"

这一刻，她莫名地想起晏宁的话：感情本来就是用来玩的呀，太认真了，还有什么趣味可言？

她想，她永远都做不了晏宁那么洒脱。

悄悄地叹口气，夏唯安说："谢总，谢谢你，不过地位相差太过悬殊的感情，不是我想要的。

她说："我喜欢的那个人，我不想要仰望他，不管从哪一方面。"

她说这话时，彻底没了那股子呆气，反而有一点傲然的味道，小小的骄傲的夏唯安。

谢子鸣一下就想起他们初遇的那年，在凤凰台二十八楼的高台上，她趴在栏杆上往外望，霓虹和星光璀璨，给她镀了一层淡淡的光辉。

他放开了她。

夏唯安自己都不知道自己是怎么退出来的，然后一下午，她都是蒙蒙的。

怅然若失。

从没有谈过恋爱的她，不明白那股子怅然若失代表的是什么，她还以为自己是在担心谢子鸣会因为她拒绝而报复她，然后她不得不被迫辞职。

嗯，所以，她以为她只是在伤心，她又要换工作了。

然而事实证明是，她想多了。

夏唯安等了几天，都没等到辞退她的通知。

谢子鸣也没再来找过她，仿佛那天中午发生的事情，是她的幻觉一样。

晏宁和艾满江闹了很久，艾满江那个可怜的娃，一度连事都不做了，撇下了他叔叔，在她们这儿守了好几天。

但是他守在这儿，晏宁就不回来，她宁可跑到同组一个同事那里去寄宿。

艾满江就想去公司找晏宁，晏宁便直接威胁："你来找也可以，你有胆子上公司来找，那我就有本事马上找个男人给你看，你要不要试？”

艾满江不敢试，最后只得哭唧唧地走了，自此以后，没有再来过她们的租房。

作为一个旁观者，夏唯安第一次看到人在处理感情一事上的冷酷和干脆。

有点可怕。

但是晏宁并不觉得自己这么决绝有什么不对，她振振有词：“难道拖拖拉拉，就是对他好？别逗了，发现两个人不合适，及时止损，既是对自己负责，也是对对方负责。”

在这方面，夏唯安毫无经验，她无话可说。

得了少老板那个单以后，夏唯安在接下来的考评中很顺利就得了第一。

郑绵对她的态度也缓和了许多，没有再刻意针对她，甚至于发工资那天，郑绵请组内人一起吃饭，还专门叫上了她。

夏唯安拿到工资的第一件事，就是把刘工的账结了，说好的价钱，他后来还退了一小半给她，说：“谢谢你帮我照顾我妈，我知道这些钱不抵你的付出，但这也是我们的心意。”

夏唯安没有收。

她帮刘工，是心甘情愿的。

晏宁说她傻，对自己抠得要命，对别人倒是傻大方。

夏唯安回晏宁说：“自己抠一点，因为知道自己不能跟自己较劲，但别人要是跟我较劲，那日子就不好过了。”

倒是很有自己的一套处世哲学。

进入梅雨季，整个四月都在下雨，天仿佛是漏了一个角，倾盆大雨，毛毛细雨，轮换着上场。

夏唯安和晏宁上班就辛苦了很多，干干爽爽出门，到公司，全身都是半湿透的。

那天她们上班恰好遇到沈丛，见两人狼狈的样子，就说：“你们每天什么时候出门，要不以后我早上去接你们一起吧。”

晏宁喜出望外，夏唯安还在犹豫是不是太麻烦的时候，晏宁就已经笑着应下了：“好啊好啊，沈经理真是个大大的好人！”

沈丛笑了笑，拿了两条干爽的毛巾给她们。晏宁接了毛巾，拉着夏唯安走在后面，蹭着她的胳臂说：“我这算是，沾你的光吗？”

夏唯安说：“别乱讲啊！”

晏宁翻了个白眼。

此后晏宁就致力于给夏唯安和沈丛拉红线，也幸亏夏唯安意志坚定，否则，就真要被她给撺掇得春心荡漾了。

不过沈丛对夏唯安是真的好，而且他观察可敏锐了，夏唯安有个单子，因为她的原因丢掉了，为此她郁闷了好多天，沈丛发现后，某天早上把她们送到公司后，他对晏宁说："你先上去吧，我带夏唯安去个地方。"

夏唯安微微一愣，还没反应过来，晏宁就已经下车了。

那家伙还冲她抛媚眼："好好跟着沈经理，上班的事不用担心，我会帮你请假的哈。"

然后，她"啪"地关上门，跑了。

夏唯安有点拘束，沈丛就跟她开玩笑："别担心，我不会把你拉去卖掉的。"

夏唯安笑了笑，只好由着他把自己带走。

事实上，他也没带她去哪里，就是沿着眉河开了一段，然后停在风雨桥旁。

彼时雨已渐渐小了些，他带着她上了风雨桥，雨雾弥漫，往日宽阔悠长的眉河，犹如一条被美人遮住的纱面，在细雨霏霏里，悠然飘远。

沈丛说："我心情不好的时候，就喜欢到这里来坐一坐，你不妨也试试。"

夏唯安坐在那儿，下雨，风雨桥上行人很少，加上河边的雾气，整个世界，仿佛只剩下了他们两个人。

回去的时候，沈丛问她："心情会不会好一点？"

她犹豫了一下，说："嗯。"

沈丛笑："是就是，不是就不是，在我面前，不需要伪装。"

被看穿了，夏唯安挠挠头，特老实地说："对不起啊，不过比起静坐反省，我更喜欢努力做事。我郁闷不是因为丢掉了单子，而是到现在我才深刻地明白，当初放弃回去读书考大学，我到底失去了什么。"

那个单子会丢，说到底，是她境界不够，而所谓的思想境界，真的不是她闭门多读几本书就能够拓宽的。

发现这个，夏唯安这几天连看书的兴趣都淡了下去。

沈丛说："其实你现在也可以再回去读书。"

夏唯安摇摇头。

回去读书是更不可能的了，因为她大妹已经进了高中，二妹也马上要考高中，后面还有小妹，还有个弟弟，父亲虽然恢复了，但是重体力活已经没办法做，家里的负担那么重，哪怕有助学贷款，她也不可能安心回去学校读书。

这些困难，她从没跟人说过，沈丛也没有探究她隐私的意思。见这个提议她拒绝，他就笑道："我说的回去读书，不是非要正正经经经过高考再到大学呀，现在大学里有夜校，如果你愿意，完全可以报名去读，而且花费也不是很大的，只是需要时间。而且如果你想的话，我认识一个大学教授，我把你的情况和他说一说，让他给你介绍最好的班，最好的老师。"

夏唯安瞬间就来了精神，逗得沈丛忍不住一笑："你还真是个现实派。"

两人就如何读夜校说了一路，直说得夏唯安意犹未尽。

到公司后，沈丛体贴地让她先上去，自己留在车里。

夏唯安在电梯里遇到了郑绵，她还有些担心郑绵会说她，结果郑绵和气得很，冲她微微一笑："回来了？"

夏唯安简直以为自己听错了，呆呆地看着郑绵进了电梯，门阖上，她微笑的脸消失在门背后。

当时，夏唯安是真不知道郑绵为什么突然对她这么好，然而不用多久，她知道了。

沈丛说到做到，果然给了夏唯安一堆关于夜校的资料，等夏唯安挑好的时候，五月到了，实习生们的最后一次考评也到了。

夏唯安挑好学校，选好专业，打算等考评过后，就正式报名就读。

或许是已经尽到了自己最大的力量，夏唯安对最后的考评结果并不是特别紧张，晏宁倒是神神道道的，那些日子经常回来很晚，有时候还冲她撒娇："夏唯安，你怎么就不肯去把沈经理啃下来呢？你啃下来了，我也好沾点光呀，现在也就不用这么辛苦了。"

两人不是一个组，夏唯安也帮不上她太多的忙，只好随她撒娇撒气，反正把沈丛啃下什么的，也许早前她心里还有过一点点涟漪，可自从谢子鸣跟她"讨便宜"的事情之后，她连那点涟漪都没有了。

至于谢子鸣，据说，评选出来的新人王，很有可能在颁奖礼上，得以和谢子鸣跳一支舞。

嗯，女生们多在摩拳擦掌暗戳戳地期待了，就是晏宁，也用志得意满的语气和夏唯安说："谢总的舞，我要预订了！"

所以，最后那个月，她才特别努力，甚至于，不惜代价。

[4]

夏唯安听到和晏宁有关的流言，是在新人王评选结束后。

公司张贴了每个组最后留下的人员，夏唯安组有三个，原来连续四次获得小组第一的家伙被淘汰了，然后，莫时留下了。

莫时是真的不显山不露水，成绩一直中等，却和夏唯安一样，在最后两个月，唰地冲了上来。

另外还有一个男同事留下了。

这结果，可以说是出了绝大部分人的意料，因此，出结果那天闹得沸沸扬扬的，那个曾经的第一还跟夏唯安甩话：“你以为你就真的赢了？呵，耍手段赢来的，多光彩吗？”

夏唯安本不想理他，失败者的几句口头不甘，听听也就罢了。

谁知他越说越难听，小组的人都在呢，他就一直嚷嚷：“用身体去拿业绩，你也够拼的，夏唯安，我就等着看你能通过这种手段，走出多远！”

夏唯安忍无可忍，站起来：“你说这种话，有凭证吗？无凭无据，我完全可以凭这些去告你诽谤！”

“哈，吓唬我？”他拍着胸口，阴阳怪气地说，“我好怕啊！夏唯安，敢做要敢当，你和晏宁混在一起，你们俩什么货色，当公司的人眼睛瞎吗？晏宁是怎么留下来的？她就是睡了他们老大！别说我是瞎说，公司里可不止一个人看到他俩勾勾搭搭，甚至去开房！至于你，你那一天天往外面跑，说得多好听，是去谈业务，是去做市场调研，实际干什么，你心里没点数吗？不要以为，你可以一步登天，咱们哪，走着瞧！”

他说完，一脚踹翻凳子就走了。

夏唯安没有追出去，虽然她脸色难看，但是她一直觉得，自己没有做过的事，根本就不需要为之心虚、生气。

所以，她特别坦然地问留下来的两个：“你们也觉得，我是靠抱上公司里的大腿赢了的？”

相对来说，莫时最了解夏唯安，尤其是，她后来之所以能够成功上位，夏唯安给她的那份资料以及提供的一些帮助，可以说举足轻重，所以她立即说：“不，我相信你，你的努力和能力，我都看到了。”

夏唯安这才笑了笑。

因为吵架的重点在她身上，所以她就没把晏宁那些流言放在心上，不过回去后，她还是问了一句，嗯，委婉地问的。

晏宁自己倒挑明了：“你是说那些说我上位是靠我们组长的话是吧？”

夏唯安点头，旋即澄清：“我没相信的啊，我就是提醒你一声。”

“谢谢啊。”晏宁抱着夏唯安蹭了蹭，叹道，“果然是我的好姐妹！”她没有说那些流言是真是假，转而谈到三天后的颁奖礼，这也相当于是公司内部的联谊会，到时候，特别热闹的。

夏唯安有些难过，她明白，这样的避而不谈，其实就是默认，至少，也是有部分事实是真的。

她不知道该说什么，也是这时候她才发现，哪怕是最好的朋友，很多东西，也是没有办法深入的。

晏宁像是没看到她脸上的复杂，问她："衣服你都准备好了吗？"

夏唯安回过神，懵懵懂懂地问："什么衣服？"

"礼服啊！别告诉我，你打算就穿这么一身衬衣西裤去参加那天的典礼。"

夏唯安摊摊手，表示自己就是这么打算的。

晏宁无语，点着她的脑袋："你这家伙到底是怎么想的呀？"硬拖着她去买衣服。

然而，夏唯安跟着晏宁逛了一圈后，誓死不从，一件衣服少说也要大几百，贵的一千几千，杀了她吧！

她扭头就走："我还是穿我的衬衣吧，我觉得挺好的！"

晏宁也是服了她。

结果就是夏唯安真的没有买，晏宁瞧着实在不像话，翻出自己一条没怎么穿过的裙子给她。那裙子倒是挺好看的，大红的颜色，也不短，不过晏宁自己穿小了一些，给夏唯安倒是刚刚好。

夏唯安推不掉，又不想占晏宁便宜，晏宁就威胁："行，你要是敢就这么衬衣西裤过去，以后就当我不认识你！"

没办法，夏唯安只好换上了那条裙子。

她少有穿裙装的时候，穿着那裙子，只觉得哪儿哪儿都别扭，晏宁还要给她化妆，她都要求她了："别折腾了吧！"

没抗争过，还是让晏宁给她化了一点妆。

好在晏宁的手艺不错，淡淡地给夏唯安抹了一层，并不是很明显，但夏唯安的气色确实提亮了不少。夏唯安就也随她了。

晏宁见夏唯安满意，哼一声："以为我是随便化的是吧？哼，我可是当真学过化妆的，妆容要和衣服搭配，你本身就正当青春，穿的裙子颜色又这么艳，要是妆还化得浓，那就不是去参加典礼，而是去台上演大戏啦！"唠唠叨叨的，直把夏唯安唠服了，晏宁才放过她。

参加典礼前，大家讨论得最多的自然是新人王的结果，夏唯安他们过年时的那个小群还保留着，不过里面的人，走到最后的，只有两个。

可见此次新人竞争的残酷。

晏宁对结果也挺紧张的，只是她紧张的方式是不停地调侃夏唯安，问她：

“如果这次你能评上新人王，要不要干脆在典礼上跟沈丛表白？”还不停地畅想，“想想啊，你一个新人，初入公司和自己的上司一见钟情，然而虽然你们彼此喜欢，却因为身份的差距而苦苦压抑自己的感情，直到你出人头地，在盛大的典礼上，勇敢地向他表白……”

她讲得十分深情，夏唯安掏掏耳朵，当她是在放气。

眼见编得实在太不像话了，夏唯安才提醒她：“在我面前说说也就算了，有其他人在的时候，你还是闭嘴吧，嫌那些流言蜚语不够多呢？”

晏宁入戏颇深：“怕那些干什么，弄假成真懂不懂？”

夏唯安听到她说什么弄假成真的就想起艾满江，就头疼。和晏宁扯不清，她只得也跟着瞎扯：“那你，看你今天打扮得这么隆重，是不是有目标啊？”

晏宁说：“是啊。”将手架起来，做了个瞄准的姿势，“我看中的是，谢子鸣。”

夏唯安愣了一下，不由自主地看向晏宁。说晏宁打扮隆重还真是半点也不夸张，晏宁本身长得就不错，虽说身高不算太高，但是她身材匀称，又会穿衣服打扮自己，往人群中一站，总是格外显眼的那一个。

今日尤其，她挑了一件粉色的小礼服，斜肩的设计，胸口还配了个闪闪的胸花，整个人，都粉嫩粉嫩的。

然后夏唯安就想起那则传言，说谢子鸣喜欢年轻粉嫩的女孩子——显然，晏宁也是听过这则传言的人。

她微微有些不自在，忍不住问了晏宁一句：“和艾满江分手，你是真的一点也不伤心啊？”

晏宁诧异地看了她一眼：“我为什么要伤心？他死缠烂打我才伤心，伤心自己眼光怎么那么烂。”

夏唯安无话可说。

也许，这样的晏宁，才真正适合谢子鸣的吧？

放荡不羁，也不怕受到伤害。

到了会场，夏唯安才发现自己被晏宁忽悠了，事实上，来参加典礼的，有和她们一样盛装打扮的，但也有很平常模样的，甚至就穿着衬衣西裤的还不少。

莫时就完全没打扮，当然了，她也没有穿衬衣，而是换上了平常穿的一条连衣裙，雪纺的材质，看起来飘飘的，还挺美。

已经过了实习期，莫时不再避讳郑绵，远远地冲夏唯安招手。

见晏宁也找到了自己的组员，夏唯安便和她说了一声，然后去找莫时。

“你这裙子可真好看。”莫时打量了夏唯安一眼，笑眯眯地夸她。

夏唯安如今的肤色，和当初刚来时已完全不能同日而语，虽说脸上的皮肤还没完全白回来，但腿因为她常年穿着长裤的缘故，又细又长又直，站在那儿，都能发光了。

莫时可羡慕了：“刚认识你的时候，看你脸上也没有多白，没想到，你身上竟然这么白！”掐了掐她的腰，“腰也细！”又看看她的胸，再看看自己的，哀叹。

夏唯安本来就不自在，被她这么一掐一看，更不自在了，便也去掐她的腰。

两人打打闹闹着，又见到了王晓月。

夏唯安刚进泰华时认识的两个女孩，王晓月闯过了实习期，刘可却没有，她早在上一次的考评中就被刷下去了。

王晓月告诉她：“刘可已经上班了，是在另一家公司做文员，她说她这辈子都不想再跑业务，在泰华的时候，差点累吐！”

三人既兴奋，可也对未来表示了一番憧憬和忧虑，然后照常地猜测各组的新人王。

正说着，突然王晓月推了推她：“哎，谢总来了！哇，牧总和他一起！”

夏唯安转过头，就看见那两人一前一后走进来，两人皆是正装俨然，谢子鸣且不论，牧晓奕穿了条黑色长裙，贴身的款式，衬得她的身材妖娆而又苗条，满是风情。

夏唯安听到身边很多抽气声，有人喃喃：“牧总身材这么好的吗？”

还有人叹：“谢总和牧总怎么不是一对啊，两人看起来太搭了！”

自然，这样的感叹公司里常有，不过待得久了就知道，他们两人也就是关系稍微好一点的朋友而已，牧晓奕很少回总部这边，她向来在下面的分公司负责，且有传闻，她是结婚了的，事实上，她右手无名指上也确实戴了婚戒。

夏唯安隐在人群中，隔着无数的人头望过去，她以为自己毫不显眼，所以看的时候就也没有掩饰，结果一不小心，就撞进谢子鸣那浅淡的眸子里。

他依稀是冲她笑了一下。

然后，王晓月捧着胸口：“喂，刚才谢总是看我们这边吧？天，我感觉他好像在看我一样，”把夏唯安的手放到她胸口，“有没有感觉到怦怦的声音？”

夏唯安点头：“有。”就此避开了他的目光。

她叹口气，觉得自己的心也在怦怦跳得厉害呢。

[5]

谢子鸣和牧晓奕他们到达之后，所有人各归各座。

因为这个典礼的重点是新人王的结果，所以夏唯安、王晓月这些新人的位置离舞台很近，尤其是夏唯安那一桌，就挨着谢子鸣。

晏宁和她坐在一起，两人的位置本来没挨着，她私底下悄悄跟人换了。

没了竞争，大家一团和气，晏宁一提，那人也客客气气跟她换了。

晏宁的注意力总算不只放在谢子鸣身上了，她有些紧张，问夏唯安："你觉得，你能拿到新人王吗？"

夏唯安瞥了她一眼："那个不重要了吧，横竖我们已经不会被淘汰了。"

晏宁恨铁不成钢地说："怎么不重要？你当初还放了豪言壮语在那儿呢，想被打脸啊？"

夏唯安想了一下："不想。但是能不能拿新人王，我又不能决定。"

晏宁就怂恿她："你问问沈经理呗。反正结果就要出来了，你问问嘛，他肯定知道的。"

夏唯安无语："那结果都要出来了，你急什么？而且现在知道，也改变不了结果吧？"

晏宁想了想："也是。"然后自我调侃，"哎，我还从来没有这么紧张过，当初考大学都比现在淡定呢。"

夏唯安笑了笑。

这时候，司仪已经上去了。外请的司仪是某电视台的主持人，也算是小有名气，上去一通调侃，气氛就热闹了起来。

典礼的流程并不太复杂，主持人将公司业绩一通夸之后，就是公司领导讲话，上去的领导并不是谢子鸣，而是公司董事会的主席，姓蔡，一个精神特别旺健的老头儿，也特别能说。

"我猜今天晚上大家最期待的可能就是十个新人王了，不瞒大家说，我也很期待。来之前，我拿到了所有新人的名单，说实话，我为公司招募到如此多的新生血液感到欢喜……"蔡主席从中挑了几个自己印象比较深刻的名字，然后把那些名字一个一个，用古诗串联起来，差不多，每个名字都是一句诗，夏唯安没有，晏宁却得了一句"落笔胜缩地，展图当晏宁"，他还夸这名字取得好，"言笑晏晏，丁宁周致。"

晏宁听了，很是高兴，喜滋滋地和夏唯安咬耳朵说："我还是第一次觉得自己的名字好听，又大气又好听。"

被点到名的，基本上都给了一个好寓意。

点完名之后，这位相当有才的主席还意犹未尽，宣布说："之前有人跟我建议，说是这次得了新人王的，不管男女，都应该有个特别的福利，男的，和咱们美丽动人的牧总，共舞一曲，女的，自然是要风度翩翩的谢总邀舞了，不过我觉得，十个人，要是人人都有，这福利也不特别了，所以咱们不如把规则改一改，就让牧总和谢总自己来抽，抽中谁，就跟谁共舞一曲，怎么样？”

“哗！”

掌声和起哄声差点把屋顶都掀翻了，新人鼓掌欢呼，老人拍桌，表示各种羡慕嫉妒恨。蔡主席见状，便热情邀请说：“老人们都羡慕，要不这样，我这老头单独抽一个来跳一支舞？老人嘛，配我这老头岂不是更合适？”

一席话，说得大家都笑了起来。

然后他果然说到做到，现抽了一个人共舞一曲，算是开场舞了。

夏唯安第一次参加这种公司大会，看什么都觉得格外稀奇，晏宁见她看人跳舞都看得认真，捅了捅她：“你是要仔细看看，万一谢总抽中的是你呢？”

夏唯安觉得，晏宁估计是真紧张了，否则，她不会这么死盯着她不放，便笑了笑。

她不觉得谢子鸣会抽中她，摇头说：“先评上新人王再说吧。”然而说是这么说，她还是忍不住会想，如果万一抽中的话，他会不会不高兴啊？毕竟，她曾经那么不给脸面地拒绝了他。

不过，比起把他当柴火棍甩，也许，那样的拒绝也不算什么吧？

这么想着，她忍不住就往谢子鸣那边望过去，他正微微倾身在和牧晓奕说话，或许是感觉到了什么，他抬起头，直直地看了过来。

他反应太快，夏唯安来不及躲开，只好装作不经意望过去的样子，移开了视线。

余光似是看到他在笑。

她好想看回去确认，但又不敢，只得收回目光，垂下视线。

手机恰好进来了消息，她拿到桌下看，居然是沈丛发来的，他问她：“紧张吗？”

夏唯安回了句：“还好。”

沈丛就再发了一个笑脸，她摸不清他笑的意思，就也回了一个笑脸，看起来，傻乎乎的。

沈丛和谢子鸣他们坐在一桌，他的位置和牧晓奕相邻，看到他唇边还未及时消散的笑意，牧晓奕看了眼他放下的手机，问：“因为什么这么开心？”

沈丛淡笑：“没什么。”

牧晓奕便没再问，眸光幽深地继续望着台上。

这短暂的交锋，无人注意，典礼按部就班地继续着，终于，最让人期待的新人王结果要揭晓了。

结果出来得很快，从一到十，夏唯安是第二组，所以她的名字，是第二个被念到的。

真听到自己名字的时候，她出乎意料地平静，倒是晏宁，紧紧地攥住了她的手指。

然后，晏宁也中选了。

十个新人王，七男三女，主持人要他们发表感想的时候，夏唯安就是平平的一句："我很谢谢公司给我的信任，也很高兴能得到这个荣誉，这是起点，不是结束，我会继续努力。"

她发音，字正腔圆，完全听不出一点乡音，那是她曾经苦练普通话的结果。

她获奖，不出意外，也是她这段时间，从不放松的原因。

结果主持人夸她"很有大将气度"，却把她夸红了脸。

新人王的结果出来，自然就是兑现和牧晓奕、谢子鸣共舞的时候，比起男士们，夏唯安、晏宁她们三选一的比例就高多了。

最终，晏宁如愿中选。

舞曲响起的时候，晏宁激动得双颊通红，夏唯安还是第一次看到她如此不淡定的模样，忍不住安抚地握了握她的手。

抬头就见谢子鸣正慢慢走过来，脸上带着恰到好处的笑容，浅棕色的眸子，静静地看过来的时候，仿佛深情款款。

他就站在夏唯安的座位后面，向晏宁伸出手："你好，我是谢子鸣，有这个荣幸吗？"

标准的绅士做派。

晏宁将手轻轻搭在他的手上，被他牵着走上了舞台。

他走时，不知有意还是无意，手肘轻轻蹭到了夏唯安裸露的胳膊，像是一片羽毛，挠在她的心尖尖上。

夏唯安头皮都忍不住微微一麻，她觉得，被吻的后遗症似乎蛮严重的，连被他轻轻碰到的感觉都格外不同。

呼出一口气，她目送着两人离开。那边，另外一个中选的男同事，也邀请了牧晓奕，恰好那男的形象还不错，虽然单薄了一些，却高高瘦瘦，别有一种秀气的味道。

四人站在台上，居然分外相搭，连主持人都说"恍惚像是走到了结婚现场”。

他们舞到一半，其他会跳舞的也三三两两邀了舞伴走上台去，有人不断来向夏唯安邀舞，她一律拒绝——不是不给面子，实在是她从来没有跳过，很怕不小心，把人家的脚踩断了。

但是邀舞的人连绵不绝，眼看着他们这一桌的人都上去了，夏唯安深觉一个人坐在这儿太显眼，便干脆避了出去。

一开门出来，新鲜的空气涌进来，夏唯安不由自主地长吁了一口气。

门口的迎宾小姐，特别礼貌地问她有没有什么需要帮忙的，夏唯安想了想，问：“洗手间在哪儿？”

人如果能够预知未来，也许夏唯安会宁可去踩断别人的腿，也不会去上这个洗手间。

可惜，她没能够预知到这短短一段时间后发生的事，问明地方后，她去了洗手间，坐在马桶上刷手机。

她在看刚刚拍的照片，最后拍的一张是谢子鸣搂着晏宁起势跳舞的画面。手机是新手机，照片拍得非常清晰，镜头下，晏宁清秀娇小，谢子鸣长身玉立，修长整齐的眉眼，高挺的鼻梁，下颚轻抬，不会好看到让人惊心动魄，却也有属于他的隽秀清雅。

夏唯安从没觉得他好看，然而这一刻，却莫名 get 到了他的帅点。

她忍不住多看了两眼，等听到外间动静想退出去的时候，已经来不及了。

一个熟悉的女声，娇滴滴地说：“老婆在上面跟人跳舞，你就到这儿来跟人私会吗？”

然后是一个更熟悉的男声，带着笑意回答：“你不喜欢？”

居然是沈丛和……郑绵。

夏唯安如遭雷击！简直不敢相信自己听到的！

她看不到外面，可从细微的声响和断断续续的话语里，不难判断出他们那种迫不及待的热情和激情。

还有老婆什么的……沈丛果然是结婚了的，而且听那意思，他太太也是泰华的人。

就这样这两人还跑这地方来……想起沈丛那副温和斯文、彬彬有礼的模样，她实在不想相信外面的人是他！

脑子乱糟糟的，夏唯安第一次体会到什么叫如坐针毡。

又有人过来了，这回来的也是熟人，清脆的、利落的，是属于牧晓奕的声音：“谁在里面啊，怎么把外面这门也关上了？”

夏唯安紧张地站了起来，然后还没反应过来，她面前的门就被拉开，郑绵和沈丛两张惊讶的脸出现在她面前。

夏唯安想，“三脸尴尬”，大概说的就是他们这样的吧？

然而事实上可能也只有夏唯安尴尬到手足无措，郑绵的反应很快，一愣过后她立即就把沈丛推了进去，隔间就那么大，她推得又用力，沈丛反应不及，就扑倒在了夏唯安怀里。

夏唯安被他带倒，两人一起倒坐在马桶上。

夏唯安想推开他站起来，可身上传来的力量让她忍不住抬起头。

沈丛在阻止她。

“嘘！”他提醒她安静。

夏唯安脑子蒙蒙的，震惊地抬起头看着他，他也看着她，他离她那么近，她能听到自己的心跳声，怦怦怦，他看上去，却那样平静。

被人当场撞见，还可以这样温和而又斯文，平静得仿佛刚刚发生的一切，都是幻觉。

夏唯安莫名觉得发寒，没有听他的，加大了力气去推他。她真用了蛮力，沈丛是阻止不了的，他被她顶得站了起来，若非及时抓住门框，他甚至差一点被她整个顶出门去。

不过也差不多了，因为牧晓奕走过来，打开了门。

然后就看到了像是偷情犯一样被迫躲在里面的沈丛和夏唯安。

夏唯安永远记得那一刻牧晓奕的表情，那样冷、那样淡，她甚至都没有看她，只是静静地看了沈丛好一会儿，才轻轻笑了一笑，说：“真恶心！”

然后就走了。

[6]

牧晓奕一走，整个洗手间里落针可闻。

然后沈丛也走了。

郑绵没有就走，她反而来到夏唯安面前，问她：“刚才，你都听到了，是吧？”

夏唯安看着她。

郑绵也看着夏唯安，她甚至还笑了一下，说：“不好意思啊，可惜最后牧总看到的，是你和他在一起呢。夏唯安，没想到吧？你以为他会喜欢你，但其实，你只是一个替身而已。”她说着，轻轻拍了拍夏唯安的脸，“你要是聪明，就乖乖地把这个奸情认下来，嗯？”

“啪”的一声，夏唯安打掉了郑绵的手。

她力气不小，郑绵疼得皱了皱眉，低头看了眼被拍红的手背，终于没敢再向她伸“爪子”，而是淡声说：“你不认也不行，全公司的人都知道，你和沈经理走得近，你们两个关系很好。夏唯安，不要以为拿到新人王转正了就万事大吉，不管是我还是沈丛，真想让你做不下去，你就一天也待不了。”

说完，她就跟个示威成功的将军似的，傲然而去。

夏唯安一直没说话，她觉得她的脑容量有些不够，因为她实在不明白，事情怎么就发展成现在这个样子。

她只是不想跟人跳舞，出来上个厕所而已，就撞破别人的奸情，然后还被人利用，让自己的偶像给误会了？

最关键的是，她没想到沈丛居然是这样的人。

太难以接受，夏唯安压根就没把郑绵的挑衅，或者说警告听进耳里。等谢子鸣找过来的时候，她人还有些蒙蒙的，傻愣愣地站在他面前。

谢子鸣的脸色并不好看，他一把抓起她的手：“你跟我来。”

然后，他把她带进了一间房里，劈头盖脸就是一句：“你和沈丛是怎么一回事？”

夏唯安难受得要命，她遇事从来就不会哭的，这会儿，莫名其妙地，被谢子鸣这么一质问，眼泪就唰地流了下来。

她平素做事挺稳重的，以至于谢子鸣常常忘记她才是个二十出头的小姑娘。

这会儿她一哭，他就醒悟过来，然后脸色也不由自主地缓了缓，说：“你哭什么，我什么也没说，不是吗？只是刚刚沈丛突然和我说，要我保住你，我问问原因，也不行吗？”

夏唯安顿时连哭都忘记了，一抹眼睛：“他要你保我？”

“嗯。”谢子鸣有些无奈，小姑娘眼睛睁得大大的，颊边还有泪痕，本想伸手替她擦去的，到底忍住没有动，转身自桌上抽了两张纸巾递给她，“闯了什么祸，先说吧，哭又有什么用？”

夏唯安：“……”

她一瞬间就明白了沈丛的打算，和郑绵一样，他这是想要提前把他和她的罪名坐实啊！只不过，一个是明白着威胁，一个是暗地里颠倒黑白。

她就说，为什么沈丛会莫名地对她一个新人那么好……原来，一开始，就是把她当成是保护另一个人的障眼石吗？

夏唯安不再哭了，她抹干泪，说：“谢总你不用保我，我没有做错任何事。”

谢子鸣看着她：“真的？”

“嗯。”

“那好。”他抬头打量了一下屋内，指着厚重的窗帘，“你到后面，先避一避吧。”

夏唯安不明状况地瞪着他。

谢子鸣没有解释，见她不动，就强行把她推到了窗帘背后。

没多久，门就被敲响了，谢子鸣说了声：“进来。”

然后就有人走了进来，那人声音一出，夏唯安忍不住微微抖了抖。

是沈丛。

他叫了一声“谢总”。

谢子鸣就指了个位置让他坐，直截了当地问：“刚才你在会场说的那话，是什么意思？”

沈丛沉默，过了好一会儿才说：“说起来，这是我自己的私事，可是晓奕一动起怒来就听不进解释，我只能来求您了。”

谢子鸣没说话，又过了一会儿，沈丛才说：“您也知道的，夏唯安来公司面试的时候，我并没有选她，因为我觉得，她性格太过正直，不适合做销售这一块，是张经理力保才录取的她。后来我之所以对她多有关照，也是因为您的嘱托，但是我没有想到，小姑娘居然会因此误会我喜欢她，公司里也多了许多流言，所以最近晓奕常常和我生气，我怎么解释也不听。”

谢子鸣并不是太意外，刚刚牧晓奕一句话未留就离了场，沈丛又和他那么说，他多少猜到了一点东西……不动声色地往窗帘方向看了一眼，那里的窗帘无风自动，不过沈丛没有注意。

他这才收回目光，淡淡地说：“牧总不是一个听风就是雨的人，一点流言而已，她也不会放在心上。”

沈丛苦笑：“只是流言的话，她自然不会。可问题是，就在刚刚，大家都去台上跳舞，我因为不擅长这个，就避去了洗手间，本来想避一避就回去的，没想到，夏唯安也跟了过来，她……她还跟我表白，正好又被后头赶来的晓奕撞上了……发生了这一出，以晓奕的脾气，夏唯安只怕在公司待不长，虽然说我之前对她有些偏见，可她也确实用她的实力证明了自己，我不想她因为这点事，被晓奕踢出局……谢总？”

沈丛本来就一直在注意着谢子鸣的反应，见他没有生气就有些奇怪了，他还一直盯着窗户方向出神，便忍不住叫了他一声。

谢子鸣似笑非笑地看了他一眼，示意沈丛回头。

沈丛疑惑地转过身，待看到站在窗户边上的人时，忍不住微微一僵。

然而沈丛既是有备而来，反应自然也是迅速，只一转念，他就站了起来。

“夏唯安？”他叫她的名字，走过去扶住她的肩，状似担心地问，“你没事吧？你放心，你只是一时糊涂，我会和谢总还有我太太解释清楚的，尽量不影响你在泰华的工作。”

若有似无地，他挡住了谢子鸣的视线。

夏唯安看着他，面前的男人，仍是那样温和淡然的模样，脸上带着恰到好处的关切，但是，她却觉得他好陌生、好可怕。

不愧是能和郑绵搅和到一起去的人。

什么尽量不影响她在泰华的工作，他这是在威胁她吗？

郑绵如是，他也如是。

还真不愧是狼狈为奸的 × 男女啊！

但是，她还是觉得挺难过的，在泰华，她感受到的第一丝善意就是来自于他的，他指点她、帮助她，她也信赖他。

“为什么啊？”她问。

为什么是她？为什么要这么对她？

“什么为什么？”他装糊涂，“对不起，夏唯安，我之前就和你说了的，我没有办法接受你的感情，你不要怪我好不好？我唯一能做的，也是尽量消除晓奕对你的误会……”

“我知道了。”夏唯安打断他。再听他说下去，她觉得，不但会让他原本留在她心里的一点好印象全部消失，而且还会让她想吐。

好吧，其实到了现在，沈丛在夏唯安心里，本来就没有一点好印象了。

只是反转太大，她一时难以接受而已。

但她完全不想再听他颠倒黑白下去，她也不想跟他对峙，绕过他，走到谢子鸣面前，直接说：“谢总，我能单独和你谈谈吗？”

她身后，沈丛头一回卸下了那层文质彬彬的皮，脸色有点黑。

谢子鸣笑了一下，微微颔首：“好啊。”然后看向沈丛，“你要说的，都说完了？”

暗示他出去。

沈丛轻轻吁了一口气，微笑说：“好。”走了出去。

沈丛走了好一会儿，夏唯安都没出声，最后还是谢子鸣忍不住，问她：“不是说要和我谈吗，怎么又不说了？”

夏唯安的脸一下就垮了下来，她双手捂脸，用力搓了搓，放下手说：“我要说的就是，不管你信不信，我没有向沈经理表白，他撒谎。牧总虽然误会了，但是，我和沈经理，没有任何不道德的关系！”

说到最后，她像个孩子似的，强辩道：“所以我没有做错什么，我不需要任何人保我。”

谢子鸣站起来，慢慢走到她面前，微微俯身看着她，问：“那你喜欢他吗？”

夏唯安抬起头。

他看着她，目光幽深，带着探询和审视的味道。

她想起沈丛曾对她释放的那些善意和关照，想起晏宁在她耳边开的那些玩笑。什么喜欢，她有些惨淡地笑了一下：“我现在只庆幸，没有真的喜欢上他。”

谢子鸣本来有些凝重的面色瞬间就漾开了，就像是结得严严实实的冰，一刹那裂开了缝，从缝隙里开出一朵鲜艳艳的花。

夏唯安心情本是无比沉重的，却还是不由得被他这个笑恍到了眼。

谢子鸣说：“那就行了。”笑眯眯地摸了摸她的头。

“我信你。”他说，“你这么个没长透的小萝卜秧子样，沈丛才不会喜欢你。”

夏唯安：“……”

虽然她能感觉到他是想要安慰她，但是，她一点也没被安慰到怎么办？

移开头，她说：“我想和牧总谈谈。”

“牧总已经走了，你放心，如果是误会，我会帮你和她说清楚的。”

夏唯安摇头：“不，我要自己和她说。”

谢子鸣笑：“因为她是你偶像吗？”倒也真的给牧晓奕打电话。

不过牧晓奕没有接。

谢子鸣说：“她这会儿可能心情不是太好，要不以后吧？”

夏唯安固执得很：“不行，这种事，得越早澄清越好。”还问他，“你知道牧总住哪儿吗？”大有今天不解释清楚，她就不罢手的意思。

谢子鸣无语了：“你这么想解释，为什么刚刚沈经理冤枉你，你一句话不说啊？”

夏唯安就回了他四个字：“我嫌恶心！”

谢子鸣失笑。

还当真带着她去找牧晓奕。

事实上，牧晓奕就那么离开，他也有些担心她，想去看一看她。

路上，他和夏唯安解释了牧晓奕和沈丛的事，他们两个是初中同学，毕业后，牧晓奕没有考上高中，直接出来打工，沈丛则进了高中，又读了大学，后来还考上了研究生，但是两人感情很深，即便相隔两地，也一直没有断了联系，而且沈丛家里条件不好，他读大学还有研究生的钱，大部分都是牧晓奕给的。

沈丛毕业后，考了国家公务员，也不知道是什么原因，一连考了两次都没有考上，无奈只好出来找工作，专业的原因，对口的工作也不是那么好找，即使找了，工资也不是很高，而那时牧晓奕已经在泰华做得相当出色了。看沈丛因为工作问题日渐消沉，她就把他介绍进了泰华，而且利用自己的人脉，帮他拓展业务，甚至为了不让沈丛太受她的影响，还主动要求调去分公司。

可以说，沈丛今日能坐到那个位置，牧晓奕功不可没。

但沈丛那个人，向来不甘于做牧晓奕背后的男人，也不愿被别人说他是靠牧晓奕才上的位，因此就要求牧晓奕隐瞒两人真实的关系。牧晓奕也很尊重他，在公司里，向来不和他有多的接触和来往，也很少跟人透露自己的私生活。

这些事，谢子鸣说得隐晦而平淡，不过夏唯安还是听懂了。

听懂之后，她就是一阵无语："沈经理这是为什么呀？牧总对他多好呀，都称得上有求必应了。供他读书，给他介绍工作，还帮着拓展人脉，他至于要那么对她吗？"

想到沈丛和郑绵私底下的那段对话，夏唯安又恶心又难受。

谢子鸣看了她一眼，小姑娘是真的生气了，嘟着嘴鼓着腮帮子，跟只气到了的小兔子一样。

他笑了笑，说："大概是因为牧总太厉害了，他有压力吧。"

夏唯安无法理解："因为伴侣太优秀所以出轨，这是什么神奇的想法啊？难道不应该是以此为鞭策，更努力去赶上她吗？"

谢子鸣闻言一笑，"真的？"在红灯面前缓缓停下车，转过身来看着她，"那你又是怎么一回事，我这么优秀多金还帅气的男人跟你表白，你为什么也要吓跑了，嗯？"

夏唯安："……"

Chapter.11
你，注意下身份

[1]

谢子鸣问出这话，都没打算能得到一个答案，他本以为，夏唯安会装傻把这问题混过去，但是在短暂的沉默过后，她居然点了点头，说：“是不应该。”

这下轮到他呆住了。

夏唯安转头看着他，语气特别认真：“不过我们现在讨论的是牧总和沈经理的事，你突然这么转移话题，我有点适应不良。”

“你的意思是，等到牧总和沈经理的事过去，我们就可以接着再讨论了？”

夏唯安蔫蔫地回答：“再说吧。”

她现在有点害怕，主要是沈丛把她吓到了，她没想到，看起来那么和气斯文温文尔雅的男人，背地里居然是这样的。

他对谁有真心啊？

谢子鸣和他相比……嗯，现在有求于谢子鸣，夏唯安决定还是不要说实话为好。

但她的想法都表现在脸上，谢子鸣有什么不明白的？他哼一声：“你把我和沈丛放在一起比较？”

夏唯安才不承认呢，摇头：“没有。”

才怪。

谢子鸣伸手弹了她一下，却也没有多计较。

两人半途离场，追着牧晓奕到了她家。

牧晓奕没有回和沈丛一起的家，倒是去了另外一个她常歇脚的地方。

那地方离分公司比较近，牧晓奕忙起来回不了的时候，就在这边休息。

不过虽然他们找对了地方，她却不想见他们。

谢子鸣敲了半天门，就接到她一个电话，说了两个字：“不见。”

谢子鸣摊摊手：“要不我们先回去吧，让她静静也好。”

夏唯安摇头：“你帮我告诉她，我在这儿等着。”

瞅瞅周围的环境，她十分不挑拣地在门口坐下了。

她还穿着裙子呢！

谢子鸣无语：“她都不想见你，你又何必？放心吧，等她气过了，我和她解释，她会听的。”

夏唯安还是摇头，说：“你先回去吧，谢谢送我过来。”说完，把裙摆铺开，支起一条腿，下巴垫在腿上，就那么闭目养神起来。

谢子鸣劝了半天，她都不理，横竖要在这儿等着，里面的人又不肯开门，没办法，他将自己的外套脱下来披到她身上，也干脆往地上一坐：“行吧，我还从来没给人当过门神呢，今天就陪你一起试试。”

夏唯安这才睁开眼睛，微偏了头看着他。

“为什么呀？”她问。

一晚上，她都问了多少个为什么了？谢子鸣没好气：“什么为什么，你怎么有那么多为什么？”

夏唯安就干脆点明：“你为什么要对我这么好？”这里的瓷砖铺得光可鉴人，墙上的砖面甚至能隐隐映出她的样子。她知道自己算长得还不错，但是光长得不错有什么用？她一无学历，二无才气，乡下来的小丫头，又土又固执，谢子鸣堂堂泰华的总经理，在她毫无贡献的时候，凭什么对她好呀？

谢子鸣不答反问：“那你又是为什么，一定要亲自和牧总解释，明明你什么都没有做。”

夏唯安想了一下，想不出一个特别理直气壮的理由，只好说：“因为她是我偶像。”

谢子鸣便笑了笑，伸手又摸了摸她的头。

她头发不是很长，向来是随随便便扎个马尾，今日却特意盘在了头顶，让她看起来，秀丽之外，又添了一丝罕见的风情。

夏唯安难得没有拍开他的手，闭上眼睛，感受着他的衣服传递给她的温度。

这样的温暖，她不知道能不能够贪恋。

所以也只是感受了一会儿，待他把手拿开，她便将衣服还给他："你穿着吧，我不冷。"十分憨直地补充，"我年轻着呢。"

这是变相地说他老吗？谢子鸣脸一下就黑了，偏过头去不理她。

夏唯安也不哄，只是那么望着他。这是他们第二次一起守夜，上回还是在雅致舒适的酒店套房里，现在却在这阴冷冰凉的过道上。

她觉得，人生好奇妙。

谢子鸣说到做到，还真就在那里陪了她一晚上，不过他到底没能坚持到天亮，半夜的时候就依着她睡着了。

夏唯安一直用手机看书，感觉到肩头一重，抬头便看到他闭眼沉睡的模样。

她没有推开他，而是调整姿势，让他睡得更舒服一点。

所幸天气转暖，他又穿了外套，便是在这样冰冷的地面上坐一晚，也不会担心会受凉。

第二日牧晓奕起床去跑步，打开门就见到依偎着睡在一起的两人，听到开门响，其中一个睁开眼睛转过头。

"牧总。"夏唯安若无其事地跟她打招呼。

牧晓奕顿了顿，关上门仍旧跑步去了，只是心情不好，跑着跑着，到底压不住心里那股子火气，她又跑回去，站到那两个连姿势都没换一下的人面前："你到底想怎么样？"

声气大了些，把另一个也吵醒了，她的炮火立即就转了个向："还有你，陪着一个小员工守在别人家门口，谢子鸣，我怎么不知道你这么有爱心啊？"

谢子鸣微微伸了个懒腰，仍将头搁在夏唯安的肩上，嗅着她发间传来的若有似无的暗香，淡声说："谁叫我是真的喜欢她呢？她被冤枉偷你男人，不看着她把误会澄清，我心里多硌硬？"

牧晓奕瞪着他。

谢子鸣说："你瞪我也没用，今日你不让她说，她会跟你到公司去你信不信？"

牧晓奕冷冷地抛下一句："爱跟不跟！"进房里去了，却没有关上门。

谢子鸣见状一笑，拉着夏唯安起身："走吧。"

就那么堂而皇之地走了进去。

牧晓奕斥他："我让你们进了吗？"

谢子鸣笑："那你也没说不让我们进呀。"把夏唯安往她身边一推，"和她好好说清楚。"自己上洗手间去了。

留下夏唯安和牧晓奕两个，后者坐在桌前喝水，不看她。

夏唯安就也没多寒暄，直接把当天的前因后果都说了，最后总结说："当然，我没有看到他们在做什么，我只负责把我听到的转述给你，如何判断是您的事。但是，我最后还是要说一句，我很感激沈经理，因为他是我到公司后，第一个对我释放善意的人，可我没有想过要跟他发生点什么，因为，他从来都不在我的目标规划里面。"

"目标规划"这个词，把牧晓奕都震了一下。

她忽然就完全相信了夏唯安的话，因为面前的女孩，眼神清亮澄澈，说话的语气虽然平静，却能让人感受到她心中毫不犹豫的坚持和坚定。

偷听的谢子鸣也有些震撼到了，因为他极少会在这样年轻的女孩身上，感受到如此强烈的目标感。

夏唯安却不理听者如何想，说完自己该说的话，她冲牧晓奕鞠了一躬，说了句："牧总，其实比起沈经理，我更喜欢你。"

然后，干脆利落地走了。

这话猝不及防，牧晓奕呆住了，谢子鸣也有些呆，及至发现她人已经走出门，忙追着跑出去。

路过牧晓奕的时候，他轻轻拍了拍她的肩。

牧晓奕回了他一个白眼。

还能赏个白眼给他，看来，受到的伤害比想象中的小。他一笑，比了个打电话的手势："有事 call 我，这段时间，我勉强可以做到随叫随到。"

牧晓奕冷笑："那现在我要你留下，你会留吗？"

谢子鸣呵呵一笑："你确定？"

"滚蛋！"

谢子鸣麻利地滚了。

夏唯安走得还挺快，而且似乎完全忘记了谢子鸣，等他开车追出来的时候，她已经快走到公交车站了。

他将车开近一些，按了按车喇叭："美女，搭你一程？"

夏唯安这才记起他，有些不好意思地挠了挠脸，还憨头憨脑地说："对不起啊，我把你给忘记了。"

谢子鸣恨恨："知道！"打开车门，让她上车。

夏唯安坐上来以后，他仔细看了她好几眼，她便也看向他。

谢子鸣问："解释一下，你更喜欢牧晓奕是什么鬼？"

夏唯安一副老实相："就是字面上的意思呀。"轻轻叹了一声，"比起沈经理的温文尔雅，我更喜欢牧经理的利落干脆。"

虽然牧晓奕误会了她，夏唯安却觉得，牧晓奕对感情的处理真是帅极了，遇事了，不吵不闹，一句"恶心"胜过十个耳光。

要是她没有被迫成为其中的"当事人"就更好了。

谢子鸣点头："那倒是，她向来敢爱敢恨。爱的时候爱得毫不怀疑，也无所保留，不爱了，你看吧，沈丛和她的婚姻，维持不到明天。"

夏唯安点头："所以我喜欢她这样的。"

"你还真把她当偶像了啊。"谢子鸣挑眉浅笑，"在那之前，你是不是得先找个男朋友，与你相识于微时，看着你一步一步，走到人生最巅峰？"他说，"你放心，我一定不会是第二个沈丛，我这人，虽然挑，但一定不花。"

他说话，半真半假的，像是玩笑，可偏偏，又藏了几分真心。

她不擅长应付这样的事，便很是认真地说："谢总，不要乱撩人，不好的。"

谢子鸣哈哈笑了起来。

他没有反驳她的话，夏唯安叹口气，有些释然，又有些说不出来的怅惘。

因着这复杂的情绪，她没再说话，而是闭上了眼睛，本来只是想养会儿神的，一不小心却睡着了。

一夜没怎么睡，到底还是困了。

好像睡了很久，但其实只是一会儿后，她就被电话吵醒了。

是晏宁打来的，偷偷摸摸做贼一样地问："醒了吗？讲电话方便吧？"

昨晚她临时偷溜，晏宁就打电话找过她，只是被她含糊了过去，晏宁就自以为懂了，没有多问。

听这语气，一晚上，还不知道她脑补了些什么。

夏唯安神色严肃："醒了。方便。什么事？"

晏宁轻咳了一声，说："也没什么，就是想问问你，昨晚还好吗？今天能上班吧？"

夏唯安看向窗外，这才注意到已经快到租房这边了，默了默，说："可能会迟一会儿。"

"没事，我帮你请假，妥妥的，别着急哈。"愉快地挂了电话。

夏唯安抚着额头，头疼过后怎么解释——毫无疑问，晏宁肯定是以为她抱上了哪条粗大腿，其实，她是得罪了两条金大腿，外加一条小细腿。

嗯，拿到新人王之后，除开资历，自品级上来说，她现在和郑绵是平级的了，所以后者只能算是一条小细腿了。

谢子鸣看她一眼，问："你在愁什么？"

夏唯安叹："上班要迟到了。"

他不由得又笑了起来："你打算穿这一身去上班？"

夏唯安这才注意到自己还穿着昨晚上的那条红裙子，只得说："好吧。"看了眼前路，"靠边停就好，我从这边走过去。"

待他停稳，她握着门把手没有就走，而是回过头，跟他道谢："谢谢你，谢总。"

不管因为什么，昨夜因为他，便是蹲守都显得没有那么难熬。

她觉得，这一生，大概也不会有人再这么陪着她了。

谢子鸣微微一笑，将手撑在方向盘上看着她，突然问："夏唯安，我能问一句，你的目标规划里，有我吗？"

[2]

夏唯安没有回答。

不知道谢子鸣怎么看，反正夏唯安后来回忆起这一段，总觉得自己很有几分落荒而逃的味道。

那天上午没什么事，主要就是他们这些通过实习期的员工去人事部办转正手续，然后就是正式到业务部报到。

昨天公司典礼，今天晚上业务部有部门聚餐，算是欢迎新员工的福利之一。

夏唯安回去洗了个澡换了件衣服，再赶去公司，居然在新人里，不算是最后一个到的。

她走得早，倒是不清楚，昨晚的典礼到最后，很多人都喝醉了。

然后早上一堆请假的。

公司上下班政策最宽松的一天大概就属典礼后的这一天，只要你不是挨到中午了才到，基本上迟上一个两个小时，大家都当作没看见。

人事部夏唯安也熟悉了，通过上回的事，让他们发现，这小姑娘在公司背后可能是有"能量"的人，因此倒也没有对她再表现出什么偏见。看到她，他们的第一句话是"恭喜"，第二句就是："你来得挺早啊，昨天老早就没看到你人，是不是怕被人灌酒，所以早早躲了？"

夏唯安对他们的态度有些惊讶，不过问题却不好答，只能傻笑。

手续差不多快办完的时候，夏唯安遇到了张经理，这位女士面相严厉，行事作风也很冷肃，所以在公司里威望很足，没人敢在她面前跳脱。

夏唯安也一样。

今日遇见，张经理却额外笑了一下，对她说：“恭喜你啊，夏唯安。”

夏唯安简直受宠若惊。

本来都要走了，突然想起昨晚沈丛和谢子鸣说的话，她叫住张经理，说：“我听说当初我之所以能进泰华是因为您在谢总面前力保，谢谢您，张经理。”

张经理不想她突然来这一出，倒是有些意外，旋即笑道：“不用这么客气，本来我也只是职责所在而已。不过我还是很高兴，我没有看走眼。”约莫是看她懂事，她又额外嘱咐了一句，“不要骄傲，拿到新人王只是开始而已，好好干。”

夏唯安用力地点了点头，她面上虽在笑着，心里却难过得像是被人用力攥了一把一样。

她以为，沈丛是她进公司后，第一个对她释放善意的人，却原来，不过是个彻头彻尾的谎言。

可是为什么呢？郑绵不喜欢她就算了，他为什么也要这么对她？

夏唯安很不解。

她挺想问问沈丛为什么的，不过等回到业务部，看到他那张一如往常般平静温和的脸时，她又什么都不想问了。

业务部的架构，沈丛之上还有主管的副总，但是日常事务，都是沈丛在管的。

夏唯安新人报到，沈丛让人给她安排位置，还十分体贴周到地告诉她：“只要没人坐的地方，你都可以挑。”

夏唯安看着他，他也很平静地回视过来，仿佛真的什么都没有发生一样。

夏唯安只好说：“好，谢谢你。”

“应该说‘您’。”沈丛像往常一样纠正她，只是语气淡了很多，“你要习惯用这个词，因为之后你要面对的，大部分都是客户，做业务的第一要素，学会谦卑，学会用敬语。”

夏唯安沉默了一会儿，说：“我知道了，谢谢您。”

沈丛这才挥挥手，让她走了。

从他的办公室出来，晏宁早已迫不及待地在冲她挥手，手张在嘴边，用口型告诉她：“帮你占好位啦。”

夏唯安走过去，晏宁拍了拍身边的隔间：“这里，我一来特意找了两个连着的位置。”一脸的求表扬求夸奖的样子。

夏唯安笑：“谢谢你，晏宁姐。”

晏宁呵呵一笑，见夏唯安铺开资料准备看，她忙把东西抢过去：“别那么忙嘛，聊个天。”把两人的椅子都拉出来，挨到一起，她小声问，“老实交代，昨晚上你们是不是……嗯？”

说话时，她还往沈从办公室的方向使了个眼色。

果然是误会了。

夏唯安无奈：“没有，而且我没有和他一起。”

晏宁皱皱鼻子：“才不信。哪有那么巧，你走了，他也走？”

夏唯安问她：“难道就我们两个提前离场？”

“那倒没有。”事实上，昨天提前离场的有很多，只不过，夏唯安、沈从算是走得比较早的，晏宁一个一个地数，“我观察过了，牧总和谢总是最早走的，然后是蔡主席他们，再然后，你不见了，沈经理也跟着不见了……这些人，除了沈经理，其他也跟你没关系呀，而且你又夜不归宿，真的不是他特地另外找地方帮你庆祝，然后顺便和你过二人世界？”

夏唯安很坚决地摇头说：“不是。”

晏宁也算有些了解她了，见状就知道自己果然是误会了，倒是更好奇了：“那你去哪儿了呀？别告诉我，昨晚上你还跟客户谈生意去了。”

夏唯安摇摇头，还在办公室，她不想说昨晚的事，而且她这会儿心里也乱，就说：“别问了，回头我再告诉你。”

晏宁想想，只好放过了夏唯安，却在夏唯安准备坐回去前又附在她耳边说了一句：“对了，谢总昨晚夸我了哦，说我又美，舞也跳得好。”

夏唯安偏头看了一眼美滋滋的晏宁，滋味复杂。

她没有说什么。

白天一天，夏唯安都在对接新工作，作为表现比较优异的新人之一，惠城河东那一块，现在都归了夏唯安负责，所以她现下要做的是，尽快把之前其他人做的工作都统计出来。

其间郑绵还找过夏唯安，是趁夏唯安上洗手间的时候，把她堵在里面。

郑绵这么三番五次地搞一搞，夏唯安觉得，她都快对上洗手间产生阴影了。

而且夏唯安完全不理解郑绵的想法，她毫无插足他人家庭的羞愧感，以一种诡异的理直气壮问夏唯安：“你想好应该怎么做了吗？”

夏唯安深呼一口气，看着她：“我已经做了。”

“什么？”

“昨天晚上，我在牧总家门口等了一晚，然后今早她见了我，我已经把我看到的事实和经过都和她说了。”

“你居然敢？”郑绵没想到她会这么做，一时气极，伸手就要打她。

夏唯安架住郑绵的手：“组长，我不知道你怎么想的，但是于我，被人误会工作不认真我可以忍，被人当成第三者，是绝对不能忍的！因为在我看来，那是非常不道德也是非常羞耻的事情，所以你强要我顶的锅，对不起，我顶不了。”

她说完，甩开郑绵的手就要离开，郑绵笑了一声：“夏唯安，你狠！但是你以为牧晓奕会相信你吗？还有，你觉得你还能在泰华混下去？不止泰华，我告诉你，我可以让你在这个圈子干不下去！”

这个威胁已经算轻了，夏唯安回身嘲讽地望着她：“之前还有不止一个人威胁过我，要我在这个城市待不下去了。无所谓的，组长，我不怕。至于牧总信不信，是啊，公司里是有很多我和沈经理的流言，但那只是流言不是吗？牧总那么聪明，我相信，她自然有她的判断。”

她都不想和沈丛对质，自然也不愿意和郑绵纠缠，男女关系，越纠缠越恶心了自己。

郑绵却似乎是不肯放过她，在她身后冷笑：“你以为，告诉了牧晓奕，我就会倒霉？夏唯安，你太天真了。”

眼看夏唯安头也不回就要走出去，郑绵干脆抛下自以为的重磅炸弹:“知道为什么，沈丛要拉你当我们的挡箭牌吗？”

夏唯安停住脚，这个问题，她也很好奇。

郑绵慢慢走过来，走路的姿势有些奇怪，捧着肚子，很是骄傲的模样。

她在夏唯安耳边说：“因为我怀孕了，他不想我受到伤害啊，哪怕一点点的可能，都不行。”

夏唯安：“……”

她又瞄了一眼郑绵的肚子，平平的，实在看不出郑绵说的是真是假。

而且，郑绵说的，根本也不是她关心的那个点，所以，只淡淡瞄了一眼后，她又走了。

这一回，头也没回。

郑绵大概气到了，也或者是觉得自己该说的都说了，过后没有再找她。

晚上聚餐，沈丛张罗，郑绵倒是去了，夏唯安哪怕不想关注这一对三观尽毁的男女，可还是不由自主地观察了一下，然后不得不说，也难怪他们能够隐藏得那么好，公开场合下，两人素无交集，郑绵端庄地坐在自己的位置上，细声细气只跟身边的人说话，连看都不会多看沈丛一眼。

沈丛也一样，他关照每一个人，对郑绵也没有任何特别。

都这样了，两人还能做到这一点，夏唯安实在是很佩服。

开席没多久，谢子鸣居然来了，他说：“公司精英会餐，我来凑个趣。”

众人没想到他会来，于是纷纷站起来给他腾位置。谢子鸣摆摆手，看似随意地走到夏唯安身边："我就坐这里吧。"

她身边也确实有个空位，是给服务员上菜的，此时加个位，倒也不是不行。

别人都说这位置不好，谢子鸣淡笑："不用折腾，都坐吧。"

趁众人纷纷扰扰归坐的时候，他偏头看了夏唯安一眼，叫她的名字："夏唯安。"

约莫是心里有鬼，夏唯安觉得自己的名字，自他嘴里叫出来，似乎平白多了一丝缠绵。

她没说话，旁边的晏宁却早已兴奋得按捺不住了，凑过来："谢总认识安安，那你认识我吗？"

"晏宁。"他浅笑着说，"久仰大名了，昨晚你的舞姿让我印象深刻。"

还没喝酒，晏宁脸就红了，巴在夏唯安身上，和他聊得不亦乐乎。

夏唯安抿了抿唇，有意识地往后坐了坐，方便他们两个说话。

她的小动作居然还让谢子鸣发现了，淡淡地瞥了她一眼。

夏唯安就没再动了，规规矩矩地坐着。

谢子鸣虽然身居高位，但他年轻，而且和业务部的老人们大多都很熟，所以他的到来并没有让人拘束，相反，使得气氛更热烈了。

单身钻石王老五的魅力不是盖的，至少女孩子们都拿出了浑身解数，想要博他多点关注。

郑绵居然也表现得跟其他人一样，而沈丛，对此也没有一点不高兴的样子。

总而言之，这次部门的聚餐，气氛很好很热闹，夏唯安本想安静点当个看客的，可她自己都没想到，她在公司里居然很有名气，然后一开始就被瞄准了，因为她昨晚的早退，要罚她的酒。

然后老人们纷纷要她拜山头。

夏唯安不大会劝酒，挡酒技能更是个渣，恰好她心情也不是很好，就来者不拒，干脆举起杯子，挨个敬了一轮，然后又被他们挨个回了一轮，她从没喝过那么多酒，不出意外，当时就吐了。

她起身去吐的时候，看到谢子鸣脸色不大好。

和她相反，谢子鸣没有怎么喝酒。

"她好像有点醉了，你去看看吧。"身后，她听到他说。

晏宁果然跟了过来，看她吐成那样，直骂她傻。待她吐完，晏宁见她实在撑不住了，就把沈丛叫过来："她醉成这样，怎么办？"

沈丛说："我先送她回去。"

他过来扶夏唯安，可夏唯安醉成那样，都还认得出他。

她定定地看了他好一会儿，然后推开他，大着舌头，摇摇晃晃地站起来：“走开，我不要你送。”然后含含糊糊说了句，“好恶心！”

晏宁以为她还要吐，赶忙扶住她，只有沈丛，明白了她的意思。

他没有坚持，默然看了她一会儿，转身想要再叫人，却见谢子鸣走了过来：“怎么了？”

没人关注的时候，两个男人默默交换了个视线，然后沈丛撇开头，晏宁回说：“她喝醉了，得送她回去。”

“我送吧。”谢子鸣说，“正好我有事也要走了。”

哎呀，多好的机会，晏宁怎么会不把握住，立即说：“那好，那就谢谢你啦，我和你们一起。”

于是三人离开，走前谢子鸣还特有风度地表示：“你们尽管放开了吃，我已经打好招呼，都挂我账上了，不过还是注意点，不要喝太多酒，醉酒伤身。”

夏唯安居然没有醉糊涂，听到谢子鸣这么说，被晏宁和谢子鸣挟持着，她居然还配合地“嗯嗯”了两声，惹得大家都忍不住笑了起来。

谢子鸣也低低地笑，垂眸看了她一眼，不顾众人的眼光，将她一把抱起来。

等回到家，夏唯安已经完全醉断片了，嘀嘀咕咕，满嘴说着奇怪的话。

谢子鸣听了半晌，都只能确定，她说的是她的家乡话。

而且一下喝太多酒了，她看起来特别难受，一直在床上拱来拱去。晏宁去给她倒水喝，谢子鸣见没了外人，实在忍不住手痒，揪住她嫩生生的耳朵：“猪，喝这么多酒！”

白瞎他专门腾出时间去找她，结果，就找到一只小醉猪。

醉成这样，想干什么也干不成啦。

夏唯安无知无觉，拿“爪子”去挠他的手。

“疼。”她娇声说。

“就是要你疼。”他又加重了一些力道。

夏唯安终于恼了，用力扯了一下他的手，醉酒当中，她力气没控制好，用力过大，他猝不及防，竟被她扯倒了。

倒在她身上。

他干脆顺势把她抱住了，双手圈住她。

喝醉酒的她反应也慢了许多，往常他离她这么近，她早推开了，今日却没有推，反扭过脸来看他。

真是隔得太近了，她柔软的嘴角轻轻擦过他的脸畔。

熟悉的幽香扑满鼻腔，谢子鸣霎时觉得自己可能也醉了，居然蒙头蒙脑、毫无顾忌地对着她的唇，吻了起来。

让他惊喜的是，夏唯安没有反抗，她像是突然闯入新世界的好奇孩子，轻轻张开嘴，迎接了他。

辗转厮磨。

直到一声轻响传来，谢子鸣才回过神。

[3]

谢子鸣没有即时回头，而是又看了夏唯安好一会儿，才强忍住再吻她的欲望，想要起身。

夏唯安还紧紧抓着他的衣袖，他笑了笑，在她脸上轻轻拍了拍："乖，先放开。"

她这才懵懵懂懂地放开了他。

谢子鸣转回身，门口空无一人，不过他走出来，看到晏宁站在外面，手上还端着倒给夏唯安的水。

听见动静，晏宁抬起头："谢总刚刚那是什么意思？"她嘴角微抿，神情紧绷，看起来很是紧张。

谢子鸣走过去，接了她手中的水杯，微微一笑说："看来，她没有和你说过我们的事？"

"你们？你们什么事？"

"我在追求她，而她也没有拒绝。"

晏宁张大了嘴，她知道自己这样子肯定蠢透了，但是，她实在忍不住。

"你在追求她？"太惊讶了，她连声音都劈了。

谢子鸣特别平淡地点头。

晏宁闭上了嘴，过了一会儿，她又把杯子重新拿回来："对不起，即便是这样，你刚刚也过分了。"她抬起头看着他，"谢总，我不管你和她发生了什么，但是现在她喝醉了，我就有责任保护好她。如果没什么事的话，请你先离开好吗？"

说这话时她面容整肃，义正词严，倒是和传说中那个八面玲珑的晏宁不大相符。

谢子鸣并不介意，微微颔首说："好。"

他没有再进去，只是透过敞开的房门，又看了夏唯安一会儿，才回身和晏宁说："拜托你了。"

晏宁没说话。

夏唯安并不知道醉后发生的这一切，她人生第一次，喝到真真正正完完全全地断片了。

早上醒来，她躺在自己的小床上，衣饰齐整，头晕嘴干胃里难受，喉咙更像是被火烧了一样，灼灼作痛。

桌上有杯水，她顺手拿起来喝了，喝得太急，喝出一身的汗。

她扶着头又坐了一会儿，才掀被起床。

晏宁居然已经醒了，一身上班的装束坐在客厅的沙发上。

夏唯安跟她打招呼，自然地靠坐到她身边，抱着她："晏宁姐，我好难受！"

晏宁没理她，她过了一会儿才发现不对，坐直了身体，松开晏宁。

"怎么啦？"她问，"是不是我昨晚又折腾了？"

晏宁转身盯牢她，单刀直入："你和谢总是怎么一回事？"见她犹豫，干脆告诉她，"昨天你喝醉，是他送你回来的，然后，他还吻你了，被我发现，他亲口说，他在追求你，而你，也不反对。"

夏唯安："……"

晏宁说："我以为我们是最好的朋友，没想到，你还瞒了我这么大的事！亏我还傻兮兮地跟你说，我看中了谢子鸣，可你呢？听我那么说，其实肚子里已经笑翻了是吧？"

晏宁说着，眼圈都红了，夏唯安忙说："我没有！"也顾不得了，一股脑地告诉她，"我只是不知道该怎么和你说，事实上，我和他是我进泰华前就认识了，但是那次见面一点也不愉快，这事你也知道的，我不知道他那是要追求我，我还以为他是想报复我呢……"

夏唯安把她培训第一天怎么去堵的谢子鸣，还有如何帮他搞定乐家的单，从惠城回来，她晕乎乎跑到公司，怎么被他捡到的……两人的几次来往，仔仔细细，全告诉了晏宁。

甚至就连典礼那晚的事也说了，越说也就越沮丧，她只是想好好地拼一番事业出来而已，为什么呀，接二连三，要遇到这些事？

晏宁其实听八卦听得好嗨，只是表面不显而已，直至听说沈丛已婚，太太是牧晓奕，然后还背着牧晓奕出轨郑绵，再忍不住了："你说的是真的？"惊呆了有没有？"我的天啊，这两人隐藏得可真够深的，我在公司，就一点也没有听到他们的风声，不过和牧晓奕倒是有一点，公司很多人都说有看到过他们俩一起出行，但是真没想到，他们居然是夫妻……啊，天！"

夏唯安可怜巴巴地看着晏宁，苦着脸："这事你可别说出去，虽然我是被牧总误会了，可我也澄清了，后续有什么，我不想再参与。”

晏宁想点头，见她这样实在有些牙痒痒，重新板着脸问她：“还有什么吗？”

“没有了。”

“哼，真的？所以，你不喜欢谢总？”

夏唯安小心翼翼地看向她。

“别看我。”晏宁说，“你是你，我是我，就算我们俩喜欢上同一个人也无所谓，而且如果你们俩真在一起了，放心，我肯定不会挖你的墙脚。”不过，还是心有不甘啊，她咬咬牙，“只是我就不明白，谢总怎么会喜欢上你呀？讨厌！你不知道他有多体贴，昨天看你醉成那死样，他还专门去给你买了药送回来，那么帅又那么好，关键还有钱，怎么他就看不上我呀？”

夏唯安：“……”

晏宁大概是真气到了，说着说着，还动手抱住夏唯安的头一顿挠，直把夏唯安本来就乱乱的头发挠成了鸡窝，她才大方地一挥手：“好了，去洗洗换身衣服吧，你真的是都要臭啦！还有，快点哦，不然上班就要迟到了。”

这是不准备跟她计较了，夏唯安松了一口气，乖乖地应下，去洗澡换衣服。

之后跟晏宁坦白的后遗症也就完全显露出来了，夏唯安简直不得安宁，上班路上也就算了，关键是，上班的时候，晏宁只要一想起来，就会神经兮兮地和她说：“哎，夏唯安，你说沈丛那么利用你，就真的一点也不喜欢你吗？”上上下下把她打量了一个遍，“明明你长得比那个郑绵像样多了好吧！”

夏唯安说她：“注意着呢，这是公司。”

晏宁就不和她说悄悄话，转而给她发信息，一会儿一句：“嗯，我看到沈丛和郑绵一起出去了，你说，他们是不是偷着约会？”

过没多久，又来一条：“怎么公司一点动静都没有啊？这么大的事呢，牧总就真的忍下来了？”

或者是：“你和谢总，真的不打算趁机约个会什么的？”

不胜其扰。

夏唯安就问她：“你不用整理你们原来小组的资料吗？”

晏宁笑嘻嘻地回答：“不用啊。”冲她眨了眨眼睛，“我有人帮忙。”

嗯，这个夏唯安略有耳闻。晏宁是个相当会利用自己魅力的人，可以说，夏唯安他们这一批新人，全部加起来都没有晏宁混得开，业务部这些人，夏唯安连一起培训过的新人都还认不全呢，她已经跟老同事们都熟络得很了。

这不一转正，她就巴上了一个看起来还挺老实的老员工，然后打着请教的名义，让他教她整理，一教二教的，她请他吃了一餐饭，就变成了他帮她做了。

夏唯安说晏宁："你应该自己整理的，因为整理的过程，也是一个归纳和熟悉的过程，你只有了解透了你的客户，才好找到突破口。"

这些道理，都还是晏宁教给她的呢，但是，晏宁自己好像从来没有老实遵照过。

这回也一样，夏唯安一说，晏宁就捏捏她的脸："知道啦，现在也管你晏宁姐的事了，嗯？"

没有后续了。

夏唯安说了两回，见晏宁不听，也就随她去了。

毕竟她自己也是真的忙。

泰华的工作制度，不养闲人，要闲就很难混下去，晏宁还真的算是个异数了。

但也不是说晏宁就不做事，她只是只挑自己觉得重要的去做而已。

转正后第三天，业务员例会，在这个例会上，公司将会给他们下发新一季度的工作计划和目标，完成了奖励丰厚，完不成……结局就很惨。

然后也是在这个例会上，夏唯安终于明白了，郑绵说的，如果她不帮忙顶锅，她会得到怎样的结果。

一份以她这个资历很难完成的工作计划。

[4]

有一就有二，只要连续三次，夏唯安一直无法完成任务，那她就可以收拾收拾，滚蛋了。

沈丛给她下发目标任务的时候，话说得非常好听："我知道，这个任务对于新人来说可能有点难，但是，你是新人王里面的第一，所以我想应该给你个机会，让你挑战一下自己。"

夏唯安没什么表情，应道："好。"

晏宁和夏唯安坐在一起，偷偷看了眼她的任务目标，暗戳戳给她发信息说："看，这是报复。"

夏唯安没理她。

例会后，郑绵故意跟夏唯安走到一起，娇滴滴地说："恭喜你啊夏唯安，这么受公司重视。"

夏唯安看了她一眼，说：“谢谢。”

郑绵反被夏唯安这平静的表情给气到了。

晏宁本来也气的，看她这样，“扑哧”一笑，十分嚣张地推开她：“好狗不挡道啊，谢谢。”

郑绵气得瞪眼：“你说我是狗？”

晏宁回眸一笑：“我说的是，麻烦让个道，郑组长，你反应是不是太大了啊？”又把郑绵堵了一回。

夏唯安不想晏宁因为自己受到连累，见状忙把她拖走，还说：“这事你不要掺和啦，免得他们把目标对准你，何必呢。”

怎么说，沈丛也是她们的上司，要针对她们，实在是再容易不过。

晏宁点着她的额头，恨铁不成钢：“你还真是……以为自己没后台啊？那么粗的大粗腿呢，你怎么就不知道用？”

夏唯安紧张地左右看看，提醒晏宁：“别乱说！”

所以说她以前瞒着晏宁这些事还是有道理的，这老动不动就把谢子鸣拖出来当大腿抱，真的，很让她受不了。

而更让她受不了的是，不知道晏宁是不是私下做了什么，那天中午，谢子鸣还跑到食堂大堂来吃饭了！

他一进来，晏宁就看到他了，然后冲他打招呼：“谢总？”热情地邀请他，“谢总坐这儿来。”

谢子鸣这一现身，怎么会不引起轰动？所以晏宁这一叫，万众侧目。

夏唯安都想躲开，假装不认识她。

偏偏，谢子鸣拿了饭以后，还真就坐到她们这一桌。晏宁本来是和夏唯安坐一起的，见谢子鸣过来，十分上道地挪到桌子的另一边，和王晓月坐在一起，而王晓月不知道是不是看出了什么，抿唇望着她笑。

谢子鸣倒是坦然得很，在夏唯安身边坐下，同她们打招呼，还问：“公司的饭菜还不错吧？”

夏唯安不答，只管埋头吃自己的，王晓月都有些拘束，晏宁却和他相谈甚欢，还跟他撒娇似的埋怨：“好吃是好吃，就是洋葱太多了。”

嗯，食堂的大厨做菜特别喜欢拿洋葱作配，什么菜里面都要放一点。

谢子鸣闻言，极认真地说：“不喜欢吃的人很多？那我下回跟食堂那边提提意见。”

晏宁不想他如此配合，忍不住有些惊喜，忙说：“那倒不用，因为还是有人喜欢吃的，像这个人，就可喜欢吃洋葱了。”说完，把她碗里的洋葱全拨到夏唯安碗里。

夏唯安："……"

谢子鸣就趁机问她："你喜欢吃洋葱啊？"然后也不管是不是真的，就把他碗里的也夹给了她，夹完了，看她碗盘里的洋葱都快堆成一座小山，像是良心发现了似的，又给她夹了几块排骨，"这个也给你，看你挺瘦的，多吃点。"

夏唯安："……"

她觉得她脸红了，都不敢去看王晓月的表情。

晏宁闻言"扑哧"笑，好在她没再煽风点火，就是谢子鸣，也没有多余的动作。

那餐饭，吃得夏唯安坐立不安。

偏她吃饭慢，晏宁和王晓月她们都吃完了，她还剩了许多——当然，洋葱剩得更多。

晏宁吃完，拖着王晓月就走，做得这么明显，夏唯安也是无话可说了。

谢子鸣似乎也不觉得要避嫌，她们一走，他就取笑她："怎么，我是洪水猛兽吗？坐过来这么久了，一眼也不看我？"

这是，跟她在撒娇。

夏唯安有些惊悚地看了他一眼。

谢子鸣低低地笑了起来，凑近了一些，说："我有点想你了呢。"

夏唯安："……"

深恨耳朵太好使！

看她耳朵尖慢慢红了，谢子鸣心情大好，继续逗她："不讲话？不讲话那我就亲你啦。"

夏唯安："谢总，注意身份。"

他轻声一笑："你害怕？"忽然转了声气，问，"听说沈丛为难你了？"

她总算抬起头，惊讶地看了他一眼。

他唇边仍带着笑，不过眼神冷冷的，像是生气。

夏唯安忙摇头，说："算不上为难。"怕他再参与进来，让事情弄得更大更复杂，就很认真地解释，"沈总那也是正常的安排，我其实也愿意挑战一下的。"

谢子鸣笑，伸指轻轻弹了她一下："夏唯安，你怎么这么实诚？"

他手法极快，然而夏唯安还是紧张地看了一眼周围。这个点，还留在食堂的人不多，可不多还是有人呀，谢子鸣在这儿，怎么都显眼，就有些哀求地说："你吃完的话，就先走吧。"

他微一挑眉："你求我？"

夏唯安："嗯。"

"那我们晚上约会吧？"

她瞪大眼，他又笑起来，拿着筷子在餐盘上戳啊戳，慢悠悠地说："那天晚上你喝醉了，我好心送你回去，你抱着我可是又啃又抱的……"见她俏脸都红透了，他压低声音，极愉悦地问，"我付出那么大，你总得补偿我一点吧？"

夏唯安瞪着他："我……你……"她都气蒙了，半天才憋出一句，"我才没有！"

"没有什么，对我又啃又抱？"

"别说了！"夏唯安服气，要不是顾忌场合不对，真想扛起他丢出去。

谢子鸣笑得无赖极了："那晚上约不约？"

眼看她不应他就要凑过来了，夏唯安咬牙切齿："约！"

谢子鸣这才轻笑一声，极爽快地走了。

夏唯安松了一口气，想着晚上约就约吧，总是要跟他把话说清楚的。

然而这事余波未完，下午的时候，公司 HR 突然以相当正式的文件下发了一个嘉奖通知，她上回调查的那份资料，事实证明很有用。鉴于她无偿把自己的分析报告上交，所以公司特发通知予以嘉奖，同时此次的事情也将计入到她新一季度的考评任务当中。

所以说，即使沈丛给了她那么严苛的任务目标，有此嘉奖令在手，夏唯安都可以高枕无忧了。

和嘉奖令一起的，是那份夏唯安交给谢子鸣的手写文件，这份文件，也是即日起，对整个销售部公开，同时，还将作为重要的参考资料，列入新的培训内容里面。

这样的殊荣……惊呆了整个业务部。

沈丛把她叫过去，没说什么，只是看着她，说了声："夏唯安，你很厉害。"

夏唯安仍是平平一句："谢谢。"

出来后，晏宁就差抱着她转圈，附在她耳边说："那个不就是你当初给我的那份资料，我的妈啊，原来那么重要的吗？"

夏唯安已经对她没话说了，瞪着她。

晏宁忙举手："OK，我知道了，我一定会认真看的。"

夏唯安叹口气。

众人纷纷涌上来和她说恭喜，当然，有几人真心就不知道了。纷纷扰扰中，她看到郑绵，后者的位置离她挺远的，她淡淡地看着她，唇边一抹冷笑。

夏唯安垂下眸，没有搭理她。

大家起哄请客，这都是必要的同事间的应酬，她得了如此大的荣誉，若没有一点表示，那是说不过去的。

夏唯安知道避不了，便在部门的群里发了个红包，然后约定，发工资的时候，再请大家吃饭。

下班的时候，谢子鸣准备给她打电话，她有心避嫌，就晚了一些才下去。

结果，她下去后上了车才知道，晚上一起吃饭的不只有他，还有公司的大大大老板。

夏唯安听他说完都呆掉了："蔡……蔡主席请我吃饭？"

谢子鸣特别喜欢看她受惊之后㞞㞞的模样，又补了一句："不止他，还有另外两个董事，嗯，还有牧总。"

全……全是大佬。

夏唯安都不知道该拿出什么反应了。

谢子鸣没什么愧疚心地道歉说："是因为你那份调查表，蔡董他们对你很感兴趣，就让我叫你一起吃个饭，这是个机会，所以我就没有帮你推了。"

夏唯安好一会儿才找回自己的声音，扶了扶额头："但是那个东西，也没有那么重要吧？"

"那如果说，研发那边因为你那份文件，改进了一个系统的 bug，能够让客户使用起来更舒服更方便，甚至后续的系列产品也有了雏形，那你说重不重要？"谢子鸣笑了笑，"说起来，这次公司是真的要感谢你，因为在你之前，我们基本上只是拿大数据跟其他企业比，这还是第一次，注意到一些小细节，而这些细节，又是和用户体验挂钩的。"他说着轻轻握住她的手，"夏唯安，你知道蔡董他们为什么这么看重你吗？因为做业务的人那么多，但是没有几个会做到你这么细致。恭喜你啊，你的潜力，他们看到了。"

夏唯安张了张嘴。

因为过于震撼，她完全没注意到自己的手已经落到了他的手里，被他完全包围了。

她讷讷地说："我觉得好像很不真实一样。"

话落，谢子鸣突然倾身过来，在她唇上咬了一口，问她："现在真实了吗？"

夏唯安："……"

然后，他又扬了扬两人握在一起的手，说："该放开啦，我得开车了，不然让他们等久了可不好。"

[5]

作为一个刚进泰华不过半年的小虾米，跟公司一众大佬吃饭是什么感受？

没坐上席之前，夏唯安觉得是诚惶诚恐，不过，等跟他们坐在一起后，那种惶恐感就神奇地没有了。

后来，谢子鸣曾问她："为什么你看起来一点也不紧张？"他还郁闷的样子，"我本来还想着可以在你面前好好表现一回，做一个称职的护花使者呢。"

夏唯安回他："我为什么要紧张？我可是在公子哥面前可以面不改色唱'山路十八弯'的人呢。"

所以，她其实还是挺狡猾也挺聪明的，知道那种淫靡的气氛不好，就不动声色地化解了。

如今的夏唯安，自和当年再不相同，自然的，蔡主席他们也不是那些公子哥，事实上，不止蔡主席，公司其他两个当晚在场的董事，给夏唯安的感觉都很亲切，他们博学、敏锐、谦和，又有着恰到好处的矜持和骄傲，个个眼界不俗，谈吐不凡，夏唯安头一回接触这种级别的大佬，简直有一种掉进福窝里的感觉。

她还赤诚，拍的马屁都与众不同，蔡主席见她听他们说话听得很入迷，便戏谑地问："小夏不觉得我们这些话题很无聊？"

夏唯安说："不会啊，我觉得你们说的这些观点都好新奇，因为我都不知道，也从来没有了解，听你们这一说，感觉好像面前突然开了一扇窗一样。"

她说话时睁着清透水灵的眼睛，看起来特别实诚，哪怕是哄人呢，也哄得他们开开心心的。

谢子鸣在一边看着她笑，就连牧晓奕也说了一句："后生可畏。"

夏唯安却不觉得自己有什么可畏的，她看过牧晓奕的全部讲演视频，对牧晓奕说的一些话奉为圭臬，时不时冒出一两句来，倒令本对她有些敌意的牧晓奕，不知不觉也转化了态度。

散席后，牧晓奕还特意留在后面问她："听说沈丛为难你了？"

好吧，夏唯安不知道这事为什么会传到牧晓奕耳朵里，她的答案却是一如既往："没有，只是正常的工作安排，我能搞定。"

牧晓奕就笑，深看了她一眼，说："好好干，我期待你走得更远，至于他，放心，妨碍不了你多久。"

这话大有深意，可夏唯安不敢问，只得笑笑。

牧晓奕又和谢子鸣说：“她很好，这回的眼光不错。”

谢子鸣汗。

等牧晓奕走后，他摸着夏唯安的头说：“别听她的，说得我好像选了好多个人一样，事实上，我真正看中的，就你一个。”

瞧着还真像是在跟自己女朋友澄清一样。

夏唯安这才想起今天晚上应他约的最初目的，撇开他的手，认真地说：“谢总，我们谈谈吧。”

“谈什么？”他笑眯眯地凑到她面前，挨得好近，差一点点就碰到她的鼻尖了。

夏唯安不得不退后几步，看着他：“谢总！”

“好吧，你说。”

两人于是又回到原来吃饭的包间，夏唯安本来是想跟他隔桌对坐，奈何他不同意，她一坐下，他就相当自然地坐到她旁边，拿起她的手玩啊玩。

他一边玩一边还说：“我记得以前你这里有茧子的，现在都没啦。”

指尖轻轻在她掌心挠了挠，直挠得夏唯安头皮发麻，用力挣脱出来，挪开一点，他又跟进一些，挪无可挪了，她只好坐着不动，看着他。

谢子鸣笑嘻嘻地问：“我帅吗？”

夏唯安：“……”

她很奇怪：“谢总，你不会真的喜欢我吧？”

他说：“是啊。”手指慢慢挨近她的手。

夏唯安打定主意不让他偏移重点，就假装没看到，接着问：“可是你喜欢我什么？”

他停止了小动作，目光幽深地望着她：“喜欢一定要有理由？”

“难道不需要？”她叹口气，说，“谢总，我从来没有喜欢过一个人，因为我觉得，感情是一件很严肃的事，所以，我不会轻易开始，一旦开始，我也不会轻易结束，因为我选定的男人，一定是值得我终身去爱的那一个。”

“你的意思是，我现在还不是？”

夏唯安垂眸，沉默，等于是默认。

谢子鸣没说话，房间里的气氛瞬间凝滞。可能是太沉重了吧，夏唯安竟觉得心底有些微微疼痛。

然后，唇边突然一痛，她抬起头，谢子鸣就那么俯身看着她，轻声说：“没关系啊，我等你最终选定我。”

然后，他不由分说拉起她：“走吧，明天还要上班，不能去晚了。”

竟是不想容她再说的意思。

夏唯安也不想说，就那么随他把自己送了回去。离开的时候，她回头望，他的车一直停在门口，见她回头，他的车灯闪了闪，像是在跟她打招呼。

昏黄的路灯下，隐隐可以看到他微笑的脸。

好像一刹那，夏唯安感觉到了心尖不太寻常的跳动，轻而暖，像有什么，不动声色地、温柔地顶开了那道她曾经关得紧紧的门。

她回过头，不敢再看。

之后她就有些躲着谢子鸣，日间经常出去见客户，跑客户，晚上她则是报了夜校，差不多每天下班就要去上课。

于是他打电话过来，她不是在见客户，就是正在见客户的路上，或者是在上课。

业务部的任务重，大家都在外面跑，谢子鸣便是知道她在躲着自己也是没法。

然后就是牧晓奕的话很快就验证了，这天才上班，夏唯安正在看这一周的工作安排，郑绵来了，手里拎着一个红色的布袋子，见人就发糖。

“这是……喜糖？”有人惊问。

郑绵笑着说：“是啊。”

“什么喜糖，你结婚啦？”

“嗯。”

“哇哦，恭喜成功脱单。”然后有人哀叹，“办公室里的美女又少了一个。”

郑绵笑道：“怎么，我结婚了就不美啦？”

那人笑嘻嘻地说：“可是再美也没用啊，想追求你，你也不会给我机会。”

这话取悦了郑绵，她冲他翻了个好看的白眼：“那以前我没结婚，也没见你来追我啊。”

“这不还没来得及出手嘛。”

这一头的夏唯安和晏宁对视一眼，后者把椅子推出来，凑到她身边：“成了？”

夏唯安耸耸肩。

办公室里说话不安全，晏宁拿起手机给她发信息：“没想到啊没想到，奸夫淫妇竟然还修成正果了。”

这话说得不好听，但是夏唯安竟然很想认同。

郑绵的喜糖很快发到她们这里，别人都是一大把，只夏唯安和晏宁就得了两颗，还是数出来给她们的。

这还罢了，郑绵笑靥如花地低声对夏唯安说：“不好意思啊，以后沈经理，就是我男人了。”

夏唯安最烦郑绵这副表面笑嘻嘻的样子，也不理她，只平平一句：“恭喜。”

郑绵一拳打在棉花上，心有不甘，转而挑衅晏宁：“听说你的愿望就是在泰华钓一个金龟婿？”上下看她一眼，满脸的嫌弃，以只有两人才能听到的声音在她耳边说，“太烂了，估计难度有点高，毕竟金龟婿们也很挑嘴的。”

要不是夏唯安死死按着，晏宁能跟郑绵当场翻脸。

饶是如此，她还是抓起那两颗糖扔到了郑绵脸上，寒着脸说：“对不起啊，手滑！”

其他不明状况的人都惊呆了，郑绵不愧是演戏专业出来的，捂着被糖打到的地方，眼泪说来就来：“晏宁，你就算不喜欢吃糖，也不用扔回我脸上吧？”说完，嘤嘤嘤地哭着跑了。

晏宁：“……”

她暴跳，但她反应也更快，这回都不用夏唯安提醒，就恢复了冷静，只是冷笑一声。

旁边人问：“你俩到底怎么了？”

晏宁说：“你不是听见了？她说我不喜欢吃糖啊，这理由你信不信？”

这话她一点也不遮掩，差不多也是公开撕了郑绵的脸皮了。

夏唯安觉得晏宁这是受了自己的连累，想安慰她，她倒反过来安慰夏唯安，说：“没关系，小人而已，她真以为自己功德圆满，嫁给他就万事大吉？且看她能高兴到几时吧。”

不得不说，看人看事，还是晏宁最准，果然，她这话说出来没多久，公司就传出查账的消息，所有业务部的账户和资金来往、出货情况，一律重新核对。

得到这个消息的时候，夏唯安刚好被谢子鸣堵上，在李家。

夏唯安如今的时间排得满满的，周末两天，别人休息，她也要上课。

周日只上半天课，下午倒是可以休息，那天正好，李老爷子新居验收，打电话问夏唯安：“我又不大懂，你能来帮我检查看看吗？”

平素老爷子也常给她打电话，有时候是吐槽他儿子，有时候则是上回夏唯安经手的货到了，要她帮忙去验看。两人联系多了，老爷子也有了经验，非正事，想约夏唯安是约不到的，可要是有事找，她多半是能来的。

果然，这天说要最后验收，夏唯安就去了。

夏唯安其实不懂这些，但是她做事认真，去之前会把验收新房的一些注意事项先查清，然后对着上面写的一条条一件件去清点。

老爷子问她："小夏，你怎么这么仔细啊？"

夏唯安笑："那我不能让您觉得白把我叫来了呀，总得能帮到您一些什么。"

因此，老爷子对她可满意了。事实上，这段时间，别人给他儿子介绍了N多女朋友，大概是有夏唯安这个标准杆在那儿，他看谁都不是很满意，更不要说李逸知那个挑剔的家伙了。

所以老爷子不死心，想着再撮合撮合两个，验收过后，硬说自己头忽然有点痛，让夏唯安送他回家。

夏唯安其实知道他是装的，但想着老人好像很寂寞的样子，就顺了他的意，送他回去。

然后回去就见到了谢子鸣。

嗯，老爷子算盘打得好，把夏唯安骗回去，然后再把儿子叫回来，让两人多点接触的机会，只是李逸知多精啊，三下两下就套出了自家老爹的打算，然后毫不犹豫把这消息卖给了谢子鸣。

于是，谢先生上场了。

晏宁的电话就是这个时候打来的，那时候，夏唯安还没进李家大门呢。

而晏宁，总有一些奇奇怪怪的渠道，知道一些别人轻易不会知道的消息。

这次她告诉夏唯安的就是："公司要查账了，我们业务部是重点！知道提出这个建议的是谁吗？牧晓奕！呵呵，我有预感，沈丛要倒霉了。"

Chapter.12
时光恰好

[1]

夏唯安看向谢子鸣，他懒懒散散地站在旁边，纤长劲瘦的手指将手机当成玩具一样在指尖转动着。

见她望过来，他微微抬了抬下巴。

痞痞的样子，一点也没有晏宁所说的风雨欲来。

不过也是，他是总经理，大约就是查，也查不到他头上？

但，总有和他相关的人吧？

而且牧晓奕这么做，真的不是杀敌一千，自损八百的招数？

夏唯安已经不是小白，便是当初在酒楼的时候，收银员听到老板说要核查账务，心都慌慌呢，更何况，是泰华这样的公司？

所以挂了电话，她实在没忍住，问他：“公司要查账？”

谢子鸣停下手里的动作，挑了挑眉：“这么快就传出来了？”却并不惊讶的样子。

这话也等于是默认了，夏唯安默了默。

谢子鸣就笑，倾身摸摸她的手：“没事，和你们没有太大的关系。”

夏唯安没答，因为她看到李老爷子站在门口，正瞪着他们，呃，确切地说，是谢子鸣的那只手。

老爷子一脸糟心的模样，冲他们摇了摇头。

夏唯安也觉得挺糟心的，她自然知道老爷子的打算，然而李逸知知道她过来，就立即把谢子鸣也叫了来，李逸知的想法，她更清楚。

因此，夏唯安扬声叫道："老伯，您已经到家了，我有事，就不进去了哈。"

老爷子这下顾不得糟心了，急急赶出来："怎么就不进来了呢，都到家门口啦！"

夏唯安说："不了，我有事，真的，公司里有急事。"

谢子鸣在边上配合地说："确实，我可以做证。我也正想跟李总说，我也要走了，就麻烦您老帮我一起说一声？"

李老爷子："……"

老爷子万分不情愿地眼睁睁看着两人离开，回去看到那个施施然坐在客厅里的儿子，更糟心了："你说，你把谢家那小子带回来干什么？有好东西，我紧着你，你还要顾着别人哪？"

李逸知淡淡地瞥了他操碎了心的爹一眼，淡淡地应："因为我不喜欢和人争。"

老爷子顿时觉得不止头疼，连肠肝肚肺也一起疼了。

夏唯安可不知道后面发生的这一出，李家离城里远，谢子鸣绅士地提出送她，她就也没拒绝，很干脆地上了车。

她还有事要问他呢。

结果一上车，他也不急着发动，就那么看着她："不是说要上课，上完课要见客户，李老爷子就是你的客户？"

夏唯安愣了一下，这才想起自己之前敷衍他的事，面不改色地说："是啊。老伯装修新房的材料都是我帮他选的，我这属于正常售后。"

"那和李逸知相亲，也是售后之一？"

"相……相亲？"夏唯安呛了一下，"别乱讲啊，没有的事。"

"是吧。"谢子鸣笑眯眯地说，"那就没有吧。"

不及夏唯安松一口气，他又说："李叔好像很喜欢你，不过，没关系的，跟李逸知相亲不成，那就跟我相亲吧，嗯？"

夏唯安："……"

他倾身过来，在她唇上迅速亲了一口，退开后得意地说："看，你没拒绝，那就是同意了。"

夏唯安都不知道该说什么好。

他动作那么快，便是想她拒绝也得给她点时间吧？

不过他说得对，夏唯安确实不大想拒绝，像他几次吻她，她居然没有像当初对待厨师长一样，把他揍得满脸血……这本身，就说明了问题。

而且不知道是不是被他撩得多了，她觉得心里多了一头蠢蠢欲动的怪兽，每次只要想到他，就有些按捺不住地想要见他。

见到他，她便实在不大想推开他。

沉默了会儿，夏唯安问："就算我说我喜欢你，那你就不想我是因为什么喜欢你吗？很有可能，我喜欢的，不是你这个人，而是你的地位、你的财富，你不介意吗？"

谢子鸣反问："为什么要介意？"他特别自信地说，"不管财富还是地位，那都是我的魅力所在，不是吗？"

夏唯安无话可说。

谢子鸣抬起她的下巴："这么说，你是不是觉得自己对我有点动心了？"

夏唯安拍开他的手，点头："是啊。"

应得这么干脆，他不由得愣住了，失声问："真的？"

她不再装傻逃避，而是安静地看着他，黑白分明的眸子清亮而又坚定："我不知道你为什么会喜欢我，我不想追究原因，我也知道我们俩的差距很大，但是我会努力，会让自己变得更好，然后有一天，即便我不能成为你的骄傲，可我也要自己为自己感到骄傲。"

说完，这一次不待他反应，她解开安全带，探身过去，揽住他的脖子，吻住了他。

第一次主动亲吻别人，她真是生涩得可怕，只是将嘴唇用力贴在他的嘴唇上，良久，放开了他。

她说："盖章了，以后你就是我的。有一天，你对我不感兴趣了，我可以接受你随时提出分手，但是，我不会接受劈腿、出轨，还有，想要努力变好是我自己的事，你可以提点我，也可以提醒我，但是不要干涉我，不然有一天，我怕我会被你宠坏，然后变成像沈经理那样的人，虽然爱你，可也恨你。"

谢子鸣问："你这是在跟我约法三章？"

她点头："是啊。"看着他，"你同意吗？"

"同意。"他笑，"不过有一点我不同意。"

"什么？"

"章盖得太浅了。"他说着，抱住她，加深了这一吻。

于谢子鸣来说，这才是他们第一次真正意义上的接吻，以前总在书上看到有人形容接吻，说是甜如花香、软若蜜糖，他嗤之以鼻，总觉得过分夸张。

现在他才知道，原来，一点也没有夸张。

她的味道，好到让他爱不释手，欲罢不能。

关键是，她懵懂懵懂的，一旦接受，便是全身心的信任和交付。几次记起时机、地点都不对，想要放开她，可是一放手，看到她微微红肿的嘴唇，水盈盈的眼睛，听着她微微喘息的声音，他就忍不住，想要更多一点。

初初相爱的人，总是情热如火，偏偏她又不拒绝，摆出任他取求的样子，谢子鸣觉得，他真的是用了很大的自制力才放开她，饶是如此，他仍在她唇上轻轻咬了一口，叹息着叫她的名字："夏唯安。"

许久，他才平息了心里那股子躁动，甚至都不敢看她，只是一心一意开着车。

夏唯安也有些失神，坐在座位上，脸红如火。

亲密的时候不觉得，平静下来，两人都有些紧张，空气暧昧让人心颤。

夏唯安觉得这样不好，就努力找了个话题，问："牧总和沈经理，是真的离婚了吧？"

谢子鸣也觉得谈点别的好，便点头回说："是，第三天就办了手续。他们没有孩子，牧晓奕又一心想要离婚不在乎损失一点钱，所以也没什么好拖沓的。"

夏唯安有些奇怪："他们为什么没有孩子啊？"

按说牧晓奕和沈丛结婚那么多年了，经济条件又不差，怎么就会没想要个孩子?

谢子鸣的语气有点冷："牧晓奕以前怀过一次，但是中途出了一点意外，孩子没保住，她的身体也不再适合要孩子，所以两人约定了丁克。"

夏唯安想到郑绵在办公室里挺着还完全不显的肚子耀武扬威的样子，叹气。

谢子鸣见状笑："不要在牧晓奕面前表现出这个样子，她不喜欢别人同情她，而且放心吧，她是个内心相当强大的女人。沈丛以为现在可以撇开她了，呵，看着吧，他的'好'日子才刚刚开始。"

"所以，查账真的是牧总的报复？"她有些担心，"一个公司，查账不是小事吧？会不会对公司造成不好的影响啊？"

谢子鸣没想到她居然能看透查账背后的问题，笑着安慰说："没事，毕竟是内部核查，怎么查，需不需要查，公司自有考量。"

他这话大有深意，夏唯安想了想，若有所悟。

谢子鸣看了她一眼："这是内幕，不要透露出去哦。至于这事是不是牧晓奕的报复，其实也谈不上，查账这事，公司早就有打算了的，只是她先提了出来而已。”

夏唯安十分同意地点头，哪怕离婚后沈丛一如既往地低调，可是郑绵却不懂低调为何物，虽然她没有明着告诉大家她和沈丛结婚的事，但暗地里，可是没少做些小动作。

忒硌硬人了。

夏唯安喃喃：“世间事，还是需要有公理报应才爽。”

谢子鸣闻言大笑，夏唯安的坦率和赤诚，大概是他最欣赏她的东西了。

那天两人还真的像是男女朋友一样，相当正式地约了一次会，然后晚上，谢子鸣十分心机地把她带到凤凰台他们当初共同待过的房间，本以为会发生点什么浪漫的事，结果，亲热到一半，他发现她家亲戚来了。

谢先生那啥焚身，见状差点崩溃，问她：“你怎么不早说呀？”

夏唯安被他吻得稀里糊涂的，委委屈屈地答：“你也没问呀。”

谢子鸣：“……”

他们的第一次约会，就这么画上了个不太完美的句号。但是牧晓奕的筹划，却得了一个相当好的结果。

公司说查账，然后夏唯安他们周一上班，所有部门的账务就全被封存，核查的通知还没有正式下发，只是内部小道消息传了传，沈丛在坐立不安几日后，就正式向公司提出了辞职。

其实这个时候辞职是非常不明智的，因为一旦开始查账，不是说你想走就能走得了，可他还要赌这么一下，显然，他自己也知道，身上的问题不小。

其实那段时间不止沈丛，公司里整个氛围都有些动荡难安的样子，沈丛辞职被拒后，这样的动荡更加明显。

与之相反，夏唯安却拿到了一个颇有些分量的订单。

说起来，这个单子还是沾了刘工的光，他一个朋友新接了个案子，对方也恰好需要夏唯安他们公司那一类的产品，便把她介绍给了那个客户。

出乎意料，泰华的招牌对方很认可，谈过两回后，就痛快地签了合同。

自此以后，夏唯安就和刘工他们那个圈子里的人搭上了线，彼此合作良好，竟也慢慢地拓开了完全属于她自己的人脉，拥有了业务员最想要的一部分资源。

夏唯安是转正后的新人里，第一个新签单的，自然地，颇是引起了一些关注。

就在这个时候，沈丛找上她。

他说：“我知道你和谢总关系不同一般，如果你能让他尽快批准我的辞呈，我愿意在走之前，把手上所有的资源，都介绍给你。”

[2]

夏唯安看着沈丛。

他仍如初见般温和亲切，坐在阔大的办公桌前，不像个商人，倒像个儒雅的大学教授，传道解惑，自带了几分书香味道。

只不过，仔细看，还是能看到他和以前不同了，因为他脸上的急切，让他完美的表情，有了一丝狰狞的意味。

夏唯安摇了摇头，说：“我不会接受这样的交易的，需要资源，我会自己去找。”

“你自己找？”沈丛闻言冷笑，“市场就那么大，蛋糕也就那么点，夏唯安，你真以为，业务部那么多人，都是吃素的吗？”

“而且，你是喜欢谢子鸣的吧？从第一眼看到你起，我就知道，你是个很有想法也很有野心的人。夏唯安，我想你不会愿意一直活在别人的阴影下，让人觉得，不管你怎么做，不管你做了什么，你有多努力，你都是因为他才有了那些成绩。”

这是他自己的想法吧？一直以来，总觉得自己是活在牧晓奕的阴影下，想挣脱却又挣脱不了，于是不断地为难别人，也是为难自己。

她再次想叹气，却发现自己叹不出，于是只得笑着说：“你错了，如果我接受了你的资源，那才是真的，自此以后都要活在他的阴影下。”

“我想要的东西，我都会自己努力去争取。”话不投机半句多，打从郑绵和他的事一出，夏唯安就觉得自己和沈丛大约是三观不大相符的，所以她没打算多说，站起来，“沈经理如果没有别的事的话，我先走了。”

“夏唯安。”他叫住她。

她停下脚。

“你不想知道我为什么要那么对你吗？”

她其实不太想知道，因为她觉得，这会儿从他嘴里出来的，大约不会是太好的话。

可她又有些好奇，便沉默着。

果然，沈丛的话一点也不中听，他说：“因为我恨谢子鸣啊。虽然我是牧晓奕的丈夫，虽然我们在一起那么多年，可是在她心里，谢子鸣才是真男人，他什么都比我好，比我有用，比我能干！他明明知道我介意，还是经常去找她，一点也不避嫌地亲近她，夏唯安，你又知道他为什么会喜欢你吗？因为你和年轻时候的牧晓奕太像了，你们是一类人！我接近你，对你好，就是要让他知道，他地位再高，能力再强又有什么用？牧晓奕嫁给了我，你，也喜欢的是我！”

夏唯安不得不纠正他：“我没有喜欢你。不明真相的时候，我只是很感激你，觉得你是个很好相处的上司，仅此而已。”

沈丛问她：“那我比他差在哪儿？钱吗，还是地位？”

夏唯安觉得，他已经入魔了，对谢子鸣的嫉恨，让他有些疯狂。她不想再刺激他，但也不愿意违心欺骗他，想了想，她说：“你和他比，在我而言，只是差在时间吧，因为我更早遇到了他。”

其实才不是，她对沈丛有过一丝涟漪，但是那丝涟漪很快就被谢子鸣的利落打散了。

现在，看清他的为人，她就更不会喜欢他了。

在夏唯安看来，沈丛这样的男人，太软弱。

不然的话，他何以把自己逼到这样的死胡同？明明他握了一手相当好的牌，但这些年，他都只让自己走到一个业务部经理的位置。

就此蹉跎，还怨恨上了旁人。

怨别人挡住了他的阳光，怨别人抢走了他的风头。

想好了不再刺激他的，但是走的时候，夏唯安到底还是没忍住，又说了一句，她说：“沈经理，我觉得，把自己的失败归咎于别人，才是人一生最大的失败。”

那是她和沈丛最后一次谈话。

半个月后，他就再也没有出现在公司，听说是公司查出他经手的账务存在严重问题，他被带走调查了，然后又有人说其实是他跟公司那边达成了协议，公司放过他，他也和平交回自己手中所有的资源，并且，此后再不从事同类性质的工作。

反正不管怎么样，半个月后公司发了通知，沈丛卸任，原来分公司的一个副总，上调总部，顶替了他的位置，成为了夏唯安他们的新上司。

以沈丛的职位，这是公司上层才能决定的人事调动，和夏唯安这样的小新人是没有多大关系的，然而不知道为什么，郑绵居然因此恨上了她。

从公司传说要查账开始，郑绵就老实了许多，看起来又有点她初当组长的样子，说话细声细气的，好像脾气挺好的样子。

本来以为这场风暴可以躲过去，没想到沈丛还是离职了，而且不管传说的是哪一种，于他而言，他往后的路，毋庸置疑很难走了。

毕竟以他的能力，转行也不是那么容易的事。

所以郑绵就有些被刺激到了，好日子还没开始就没了？她崩没崩溃夏唯安不知道，反正她恨上夏唯安了，夏唯安有时候不经意间和她的视线对上，能看到她眼里非常明显的恨意。

简直莫名其妙。

这事连晏宁也看出来了，还要她以后小心点："她是孕妇，万一要是觉得沈丛现在倒霉了，她不想跟他过了，又不好直说，就把事栽到你头上怎么办？"

夏唯安觉得她想多了。

一个沈丛的离去，并没有在公司造成太大的风波，哪怕在他之后，还有几个人接连离开泰华，所谓的查账风波轰轰烈烈传开，却还是无声无息地平息了。

日子照常继续。

哪怕谈恋爱了，夏唯安依旧按部就班地按照自己的计划做着她该做的事。唯一要说不同的是，以前她出去见客户，赶不回公司就不回了，现在是只要谢子鸣在，并且有空的话，她能赶得回就一定会回。

因为周一到周五晚上都有课，还要跑业务，夏唯安努力地在恋爱和事业中达成某种平衡。

这天她正好是饭点的时候赶到公司，谢子鸣知道她辛苦，有心帮她开小灶，就叫食堂那边另外给两人准备了饭菜。

彼时大家都在食堂吃饭，食堂以外都没有什么人，却是冤家路窄，偏偏在夏唯安准备往谢子鸣的专用包间溜过去的时候，恰好遇到吃了饭一个人溜溜达达走出来的郑绵。

夏唯安停都没停，直接往包间方向走。和谢子鸣的事，两人都没有刻意要公开的意思，但是，大家撞见了就撞见了，没撞见他们也不会主动去说。

所以这会儿即便遇到了郑绵，夏唯安也没有要避开她的意思。但是看在郑绵眼里，那就是夏唯安心虚，在躲着她，不然为什么，明明来吃饭，看到她，连食堂都不敢进了？

"夏唯安！"她叫住夏唯安，问，"你躲什么？"

为了证明自己没有躲，夏唯安只好停下来。

郑绵挺着已经显怀的肚子，慢慢走到她面前。

"你心虚什么？"她打量着她，冷笑，"得不到他就毁了他，夏唯安你挺狠的呀。"

夏唯安满脸问号："你在说什么？"

"别装了，你喜欢沈丛，从进公司开始就看准了他不是吗？可他偏偏喜欢我，所以你就恨他，搭上牧晓奕非得毁了他……"

夏唯安都不知道郑绵的脑回路是怎么长的，提醒道：“如果我没有搞错的话，你和沈经理好的时候，沈经理是已婚状态吧？”明明当了第三者，还这么理直气壮，也是很有勇气很少见了。

郑绵冷笑：“那又怎么样？他根本就不爱她，他和她在一起，只觉得痛苦和压抑，牧晓奕不过是把他当成了她养的一条狗，挟恩以报，就是不肯放过他，那样的婚姻有什么意义？倒是你，有什么好指责我的，不要以为我没有看到，你几次三番勾引他，让他帮你这帮你那，存的什么心思，你自己不清楚吗？”

“不清楚，你能说得更明白一点吗？”这时，一个声音突然插入，两人转头，面向来人。

是谢子鸣。

看到他，夏唯安面现无奈。郑绵脸却涨红了，但这会儿，她也是豁出去了，眼里硬憋出两行泪，十分凄楚地叫了一声：“谢总！”

谢子鸣被她这苦兮兮的一声喊弄得打了个寒噤，忙不迭地说：“别急着哭，说说呀，沈经理怎么帮她这帮她那了？”

他看起来好奇得很，郑绵自以为有了夏唯安的把柄，于是竹筒倒豆子一样地说：“谢总，你不知道，夏唯安来泰华，根本就不想要好好为公司做事，她和她那个朋友晏宁一样，是看我们公司好，来这里钓金龟婿的，她一开始就看中了原来的沈经理，不然那么巧，她才入职，就跑酒吧去遇到他，然后还死缠烂打非让他把她送回去；她知道沈经理喜欢喝步行街那家的奶茶，假装说给我买，实际就是为了跟他制造偶遇的机会；过年了为了跟他多点相处，连家都不回；还有，她明知道两人不顺路，还缠着他接送……沈经理人好，就随了她，结果她不满足，非得缠上他，他不愿意，她就，她就……硬生生毁了他！”

她噼里啪啦地一通说，听得夏唯安黑线，屡屡想要打断她，都没能成功，最后放弃了，任她说。

结果就说出这么些东西来。

颠倒黑白太厉害，夏唯安都不想解释了，只是看向谢子鸣。

谢子鸣摸了摸下巴，看了夏唯安一眼，有些戏谑地说：“看不出，你还做了挺多事嘛。”

瞧见郑绵脸上的得意，他又不爽了，口气一变冲她说：“不过不好意思，这里面有些事，我可以解释一下的。比如说，你所说的酒吧相遇，嗯，实际是我带她去的，然后我有事，又正好看到沈经理，所以就拜托他把她送回去，听你这口气，莫不是他当时不是去送东西，而是跟你约会啊？再有，奶茶的事不说，过年安排沈经理请留守的新人吃饭，也是我的意思，本来呢，我是想自己请夏唯安吃饭的，不过我怕吓到她，就转而托了沈经理，嗯，接送的事也是我安排的啊，因为他住的地方离她那儿不远，那时又天天下雨，我看着她每次来公司衣服都湿了，我心疼，所以就让沈经理顺路带一带她……至于我为什么要这么做，”说到这里，他居然羞涩地笑了笑，面向夏唯安，“因为我喜欢她呀，而她实际上要勾引的，也不是沈经理，是我啊，这位小姐，别搞错了哦。”

夏唯安：“……”

郑绵：“……”

被谢子鸣拖走的时候，夏唯安实在忍不住，回头看了一眼郑绵吃了一嘴黄连的样子，真的还蛮让人心疼的。

嗯，不知不觉，门口围了一圈看热闹的人，晏宁挤在最前面，冲她竖了竖大拇指。

[3]

和谢子鸣的事，就以这么猝不及防的方式，暴露在了全公司人的面前。

有好几天，夏唯安身边除了晏宁，就属于无人敢靠近的状态，然后即便有人跟她说话，也是小心翼翼、战战兢兢的，弄得夏唯安不得不在例会上说：“其实大家不需要这么小心我，放心，即使我是谢总的女朋友，但是我也不会告你们黑状的，你们迟到早退什么的，我更不会给你们记小本本。”

大家都笑了起来，这之后就又经过一段疯狂的八卦期，夏唯安身上有一种超出她年龄的镇定和坦然，无论别人是骂是赞，她都十分淡定。

慢慢地，大家也都适应了她的身份，适应了以后，居然觉得她是谢子鸣的女朋友这事还挺正常的：“看，你这么漂亮，又能干，身边居然没有护花使者，才是最大的不正常啊！”

郑绵对夏唯安嫉恨得不得了，但在全业务部甚至是全公司都捧着夏唯安的时候，失了沈丛的支持，她也只是没牙的老虎罢了。

公司看在她有孕的份上不好开除她，她也凭着这一点硬挺着没辞职，日子却是不好过的。

夏唯安根本就不想再同她计较什么。

夏天之后，公司对他们这批新人进行了最后一次评估与培训，然后就把其中一些，下放去了各地的分公司。

当然，想去分公司的，也可以自行申请，凡是分下去的人，在职务上都会小升一到两级。

夏唯安和晏宁都没有选择下调。

夏唯安不下调是公司的安排，她负责的惠城地区的业务完成度非常不错，公司便把河西河东合并，组建了一个团队，专由她来负责。

这也相当于，给她小升了一级。

至于晏宁，则是自己不想去分公司。

夏唯安和晏宁仍旧租住在原来的地方，不过，添了许多家具，其中一些是李老伯送她的，老头儿收拾着搬新家，便把旧屋里的一些旧家具清理了一下，虽说旧，但几乎很少用过，为了不浪费，就叫人全搬给了夏唯安。

谢子鸣说老爷子这是没安好心，替他儿子捞好感呢，也不甘示弱，送了夏唯安一张大床。本来夏唯安房里是放不下那床的，也不知道他是怎么找到房东，又怎么跟房东说的，最后是房东把放在那里的旧物给清走，然后整间屋都租给了夏唯安。

夏唯安出了一趟差，回来房里就全变了样。

收了谢子鸣一张床，夏唯安就在他生日的时候，送了他一件衣服，是她自己设计、裁剪，然后请别人缝制的。

嗯，夏唯安会裁衣，跟她妈妈学的，当然，会的款式不多，为了谢子鸣这个生日礼物，她还专门花钱花时间去跟人请教了的。

对于她来说，这是她全部的心意。

衣服是件西装款式的风衣，腰线掐得极好，谢子鸣穿着，非常合身。

至于好不好看，嗯，反正他恨不得天天穿着就是了。

谢子鸣也实在是没想到夏唯安还有这特长，生日过后还跟她预订了“新年礼物”：“围巾你会织吧，织一条送我。”

他觉得她像是个“宝藏女孩”，好像每一次觉得足够了解她的时候，她又有一些新东西让他感到新奇。

在夏唯安的事业，还有和谢子鸣的感情都日渐升温的时候，发生了一件事。

艾满江出名了。

和晏宁分手后，艾满江给夏唯安发过几回信息，但是很快，连信息也没有了。

再见到他，却是在电视里，一档当年秋天相当红火的男团选秀节目，他化了妆，穿着粉色的西装，安安静静地站在舞台上唱老狼的那首《晴朗》。

夏唯安本来只觉得他生得清秀，还有几分弱不禁风的味道，一点也不符合草原上男子汉的粗犷印象。

可那站在舞台上的他，沧桑有如草原上的来客，虽然依旧是少年模样，可透过刘海望着舞台之外的他，没有了那份初识时的羞涩，隐隐有了几分自信的张狂。

初露锋芒。

她和晏宁直到把节目整个看完都没说一句话，之后晏宁就去睡了，没有再提起过艾满江，倒是过了几天，她忽然和她说："夏唯安，我想攒钱了。"

晏宁向来是月光族，进了泰华，哪怕只是掐着点完成任务，工资数目也算可观，但晏宁还是很少能存到钱。

如今房价越来越高，想买房，不是一件容易的事。

夏唯安却很支持她，还说："行，到时候你买了新房，我帮你选材料，还送你一张大大的公主床。"

晏宁很羡慕谢子鸣送她的那张床，所以夏唯安决定，到时候买一张比那更好的送给她。

晏宁很高兴，过后工作都积极了许多。

夏唯安以为她们会一直这么平静地生活下去，慢慢地成为这个城市里的一分子，买房、恋爱、结婚、养家，也许走不到最高峰，但至少很努力地生活了。

然后就出了意外。

那是圣诞节前的一个星期，夏唯安还在上课，突然就接到了晏宁的电话，她在那头惊慌地说："夏唯安，夏唯安救我！"

伴随着非常凶狠的敲门声。

夏唯安一下就站了起来，连东西都没收，只来得及和讲台上的老师说了句"老师对不起，我要请一下假"，就匆匆跑了出来。

她一边跑一边问："你在哪儿？发生了什么事？"

晏宁回了她一句"皇冠假日……不要报警"，就挂掉了电话。

夏唯安蒙了好一会儿，才决定还是按晏宁说的做。当时她还心存侥幸，想着既然晏宁特意嘱咐不要报警，那也许就不是太危险……所以在拦不到车，网约车也半天没到的情况下，她只好打电话给谢子鸣："你现在有空吗？晏宁在皇冠假日那好像遇到了什么事，我打不到车，你能帮我先过去找一下她吗？"

谢子鸣本来以为她下课了就找他，是可以和他去"嗨皮"的意思，结果却是要他去做苦力，他还跟她开玩笑："皇冠假日啊……那可是个销金窝，你确定要我去那里找别的女人？"

夏唯安急死了："别开玩笑了，求你了，你要是不忙，就先过去看一下好不好，我觉得晏宁的处境可能很不好。”

把她电话里听到的动静说了，谢子鸣这才说：“好吧。”

但是那时候，不只是夏唯安，便是谢子鸣，也没有太把这事当回事，只以为是某种桃色纠纷，或者顶多，晏宁被什么二世祖给缠上了。

如谢子鸣所说，皇冠假日是个销金窝，一般的人，还消费不起。

不过就是因为这样，谢子鸣赶过去的时候，给里面的负责人打了个电话，既有了人，要查出什么事还是容易的，没多久，那负责人就给他回了个电话：“谢少，这事有点复杂，如果那女孩真是您朋友的话，还请您尽快来一下。”

谢子鸣这才郑重了一点，以最快的速度赶过去。

谢子鸣到的时候，晏宁已经被那伙人捉住了，而且还折腾得比较惨，她也狠，咬死了不松口，直到谢子鸣赶到，她眼里才掠过明显的惊慌。

谢子鸣打眼一扫，折腾的人当中还有认识的，就笑了笑，问：“黄总，这是怎么了？好好出来玩，怎么拿女孩出气呀？”

被叫作“黄总”的男人没想到谢子鸣竟然就这么连门也不敲，直接让人开门进来，扫了后面的酒店负责人一眼，冷哼一声：“谢少。”

他揪着晏宁的头发，拿着烟头正准备往她脸上烫，这会儿谢子鸣来了，他倒也给他面子，收了面上的凶狠，把烟头一弹，拎着她提高了一些，强迫她面对着谢子鸣：“你的救兵是他？胆子倒不小啊，真够胆，你倒是跟他说清楚，你为什么会落到我手里啊？”

晏宁死死地咬着唇，不说话。

谢子鸣看了眼晏宁，眉头微微皱了皱：“黄总，不管发生什么，好好说话行吗？

黄总呵地一笑，又用力扯了把晏宁：“谢少要你好好说呢，说不说啊？”

晏宁疼得感觉头发都要扯掉了，缓口气，有些艰难地说：“你松开，松开我就说。”

那人可能觉得她再难耍出什么花样，便当真松开了她。但谁也没想到，晏宁胆子真有那么大，在将要站起来的时候，突然发力狠狠把那个黄总一推，转身就往门边跑。

这真的是……

那个黄总气得呀，他被晏宁推倒在桌边，差一点点就磕到头了，眼看她就要跑出去了，想也没想，反手拿起桌上一个酒瓶就砸了过去。

谢子鸣本来是拦黄总的一个手下的，不幸挡刀，那酒瓶砸到了他头上，瞬间，血流如注。

夏唯安是和救护车一起赶到的，听到那呜啦呜啦的声音心慌得要命，循着人流跑上去，一眼就看到被围在人群中的、满头鲜血的谢子鸣。

晏宁在他旁边，也很惨，头发全散了，脸上青一块紫一块。

夏唯安觉得手有些软，抓住晏宁："这是怎么了？"

却顾不得细问，谢子鸣已经被放上了担架，因着他身长体重，抬起来费力，又慢，夏唯安忙说："你们帮他按着头，我来！"她试探着抱起他，把他扛在肩上。

比起当年，他重了不少，夏唯安微觉吃力。

可或许是太担心了，她超常发挥，只微微踉跄了一下，就走得稳稳地了，扒开已经看呆了的人群："让让。"

所有人："……"

不由自主就让开了。

有人还惊叹："这是……女大力士啊！"

[4]

之后就是一片混乱，把谢子鸣送医院的途中，夏唯安什么都不想问，只是抓着他的手。

晏宁紧紧地跟着他们，她也是吓呆了，挨在夏唯安旁边，一直在微微发抖。

夏唯安没有安慰她。

直到医生给谢子鸣做完检查，出来告诉她们："病人已经醒了，从目前的情况来看，结果还算好，只是表皮伤，头颅内部应该没有问题，缝针以后在医院观察一晚上，没有问题就可以先出院了。"

夏唯安憋着的那口气才算是松了下来，然后才有心情问晏宁："到底是怎么一回事？是谁打的你和他，报警了吗？"

晏宁又愧又悔又慌张地看着夏唯安。

晏宁爱装，什么时候都是一副胸有成竹的模样，这是夏唯安第一次看到她如此六神无主的样子。

但她也够了解晏宁了，如果真是晏宁吃了亏，谢子鸣又因为她被人打成这样，她早跳起来喊抓凶手了。

现在这副样子，只能是她做错了事。

夏唯安等着晏宁主动和她说。

只是，晏宁真的说了以后，夏唯安倒宁可她永远不要说出来了。

谢子鸣完全醒来的时候，天色还没亮，偌大的临时观察室里静悄悄的，只守了夏唯安一个。

她居然没有睡，就那么坐在那里看着他。见他醒来，她忙倾身上前，关切地问：“你还好吧？有没有哪里觉得不舒服？要不要我叫医生来啊？”

他笑，握住她的手，问她：“我现在还帅吗？”

夏唯安微微哽咽：“帅。”

他摸了摸额头，那里被包了一圈厚厚的纱布：“如果这里留了疤，也帅？”

“嗯，超级帅。”到底忍不住，她又问了一句，“疼吗？”

“还好。”他说。

两人都没说晏宁的事，谢子鸣没问，夏唯安也没有主动提。

直到他出院回了家，夏唯安看他情况是真的稳定下来了，才问：“晏宁说她想见见你，你要见她吗？”

谢子鸣望着她笑，有些欣慰，又有些说不出来的感慨，夏唯安还不到二十二岁吧？可处理起事情来，已堪称老练。

他不由得想到还未满十八岁的她，被老肥刘当成礼物送到他面前，在摆脱险境后，为了家乡的学校留那一条所谓的后路，还是帮老肥刘说情。

他摸着她的手指把玩：“我以为，你会替她说。”

夏唯安摇了摇头，说：“这是她欠你的道歉。”

谢子鸣的眼神有些冷：“可是我不太想见她，怎么办？”

夏唯安沉默了会儿，说：“那就不见。”

他就捏了捏她的脸，说：“还是见见吧，不然我怕你会哭。”

夏唯安勉强笑了笑。

晏宁其实一直等在附近，接到电话，很快就赶了过来。

谢子鸣神色淡淡的，垂眸把玩着夏唯安的手指。

她的手指特别好看，瘦长瘦长的，却又不显骨感，摸起来软软的，特别有手感。

他受伤了，夏唯安对他堪称百依百顺，任他揉揉捏捏，甚至他要拿着她的指甲磨牙，她也只是默默地去把手洗干净，然后乖乖地递给他。

这个时候的她，尤其可爱。

因为她的这点可爱，谢子鸣总算对晏宁的态度缓和了一些，瞥了晏宁一眼：“说吧。”

晏宁这回可老实了，一点花样都没有：“新人王结果出来的时候，就有人找过我，想要我们公司那款产品的核心资料，当时我没有答应。本来我也以为，这就是对手公司的一个小手段，谁知道上个月，黄总突然以想要谈合作的理由找上我。一开始，我以为他真的是想买我们公司产品的客户，没想到最后才知道，他原来是对手公司的老总……他威胁我，要我把公司的核心资料卖给他……”

谢子鸣突然打断她：“他拿的什么威胁你？”

晏宁低下头，死死咬住了唇。

那些事，她做的时候不觉得羞耻，可要说出来，才发现，竟然这样难以启口。

“不敢说吗？”谢子鸣问。

晏宁这才笑了一下：“没什么不敢说的。”深吸一口气，她不敢看夏唯安，有些机械地继续道，“我以为他是大客户，所以陪他吃饭，陪他玩，还和他睡了，他拿了我的私密照片威胁我……我不得不从，但是我是拿不到核心的资料的，就找人打听。是郑绵告诉我，说夏唯安那里有一份，我就趁夏唯安有事来不了公司，把她办公桌的钥匙要到手，然后偷拿到了那份资料。不过我也不甘心受黄总的威胁，就把资料里的一些关键数据做了改动，还删减了一些信息，姓黄的当时没看出来，后来再找我，也是因为他发现自己被骗了，就让人把我骗到皇冠，折磨我。谢总，我知道我的行为已经触犯了公司的规定，我很抱歉，该我的责任，我会承担。但是那份资料确确实实是我从夏唯安那里偷来的，她从头到尾，都被我瞒在了鼓里。”

“说完了？”

“嗯。”

“那你走吧。至于怎么处理你，等公司的通知。”

晏宁闭了闭眼睛，应声后退了出去。

谢子鸣瞅着夏唯安的脸色：“不送送她？”

夏唯安说：“她知道怎么走。”

谢子鸣就笑，拿起她的手指放到嘴里咬了咬。他咬得不重，就是磨得痒痒的，夏唯安轻轻挠了挠他的牙齿。

“真恼她了？”他问。

夏唯安摇头。

她没有恼，她只是有些失望。

想起第一次在人才市场遇见晏宁，晏宁冲她招手，问她：“想要月入一万？那来我们这儿吧，月入一万不是梦。”

那时，晏宁一身干练的职业装，和他们侃侃而谈乔·吉拉德、弗兰克·贝特格，和他们说梦想，说人生的大目标。

虽然她嘴毒，还爱耍些小聪明、不负责任，在感情上也很随性很渣，但她对她，从来都是好的。

夏唯安说:“我可能没有跟你说过吧？遇到晏宁姐，是我最困难的时候，我连续睡了半个月的大街，还被人骗去一个烂尾楼别墅，连手机都丢了，身无分文又找不到工作，是她收留了我，给了我工作，给了我住的地方。

“那时候我就想，以后等我有能力了，我一定要用尽一切办法去报答她。”

事实上，晏宁不只是收留了她，她还教她做事，教她做人。也许一开始，晏宁对她有些不良的动机，但事实上，也是晏宁，无数次地保护了她。

没钱吃饭的时候，是晏宁养她，她天天吃馒头，晏宁看不过眼，买了菜回家，问她：“会做饭吗？会的话，你来做，我请你吃了。”

等于是她养着她。

跑业务跟人喝醉，也是晏宁远天远地把她带回家。

她们曾经素不相识，却也一起陪伴着度过了最艰难又最美好的时光。

这样的晏宁，她是永远都不会恼恨她的。

谢子鸣听后默了默，说：“如果你想让她脱身的话，我帮你去……”

“不用。”夏唯安阻止他，“这是我欠她的，我来还。”伸手轻轻抚了抚他的伤口，“你好好养伤，就行了。”

谢子鸣有些着急：“可你能怎么办？公司那边好说，姓黄的那个人，行事无度，性格也很刚愎自用，他不是那么好说话的。”

“我知道，但是你要相信我呀，谢子鸣，”她第一次叫他的名字，却没想到是这样的时候，和旖旎缠绵完全无关，她说，“你要信我，我也有我的能量的。”

夏唯安还真有她的能量，她单枪匹马，直接杀去了黄总的办公室，人家不见她，她就一直守在他的办公室外面当门神。

在那儿吃饭，在那儿睡觉，一点也没有女孩子的自觉。

偏偏她力气还大，一般人还搞不定她。

如此两天，姓黄的受不了了，只好见了她。

见面得到的结果是，晏宁把钱退回给他，他也不再在网上诋毁晏宁，就此放过晏宁。

双方握手言和。

泰华和对方是竞争对手，一个商圈里，谢子鸣自也认识那个黄总，也知道他的难缠，因此对夏唯安如此“轻易”就能说服他感到很好奇，问她：“你到底是怎么说服他的啊？”

夏唯安本不大想说，奈何他一直问一直问，还拿伤处做借口，她不说他就捂着头：“哎呀，老挂着心，我觉得头都疼了。”

要不就是胡撑蛮缠，凶巴巴地缠着她："姓黄的可色了，你不会是冲他出卖色相了吧？"

夏唯安无奈，只好告诉他："我就和他说，我是你的女朋友，你被他打伤了，所以我也不告他，就让他给我打回去。"

然后就是夏唯安在他办公室里表演了一回胸口碎大石……呃，没那么夸张，其实是抓起一个想要拦她的大汉顺手丢了出去，姓黄的就尿尿的了。

不能打，自然只能坐下来谈条件。

夏唯安也不是没有依仗的，她泰华新人王的身份摆在那里，然后入职以后的业绩也摆在那里，她说如果他还要揪着晏宁不放手，那她往后就也一定会跟他们死磕到底，终她一生，和他们抢客户抢到底。

又有武力又不缺能力，关键身份还不低——谢子鸣的女朋友，哪怕他们是竞争对手，也不是他想惹的。

所以黄总痛快放了手。

嗯，夏唯安还替谢子鸣要到了一笔医药费，以及一个人情。

谢子鸣听到这里，大笑："不错，医药费不算，姓黄的那个人情可比让他去简单坐两天牢强多了。"捏捏她的脸，"我家小女朋友，果然还是能力非凡。"

夏唯安笑了笑。

然后谢子鸣就问她："公司那边怎么处理？"

谢子鸣受伤，公司那边自会派人过来慰问，然后问询情况，晏宁的事，瞒肯定是瞒不了的，谢子鸣也没想瞒，如实报了上去。

晏宁虽然改动了关键数据，但她毕竟还是有危害公司的动作和行为，这件事的性质算得上是恶劣，便是以泄密罪告她也是可以的。

谢子鸣伤了头以后特别爱撒娇，夏唯安照顾他照顾得舒服，他就恨不能连饭都要她喂着吃。

水也是她喂的。

夏唯安这会儿就在给他喂水，一勺子一勺子，他也不嫌麻烦。

喂完了，她帮他擦擦嘴，才轻描淡写地说："我找了蔡主席，和他说我会无偿为公司服务五年，以抵偿晏宁姐带给公司的损失。"

"他同意了？"

"嗯。"

谢子鸣怒了："他居然同意你卖身给他？要卖也是卖给我啊！"

夏唯安："……"

[5]

皇冠假日酒店的冲突事件发生十天后，晏宁也离开了泰华。

等谢子鸣的伤完全养好后，晏宁收拾东西，准备离开这里回去老家发展。和黄总的事虽然和平解决，但那事余波不少，晏宁想在这个圈子里再有所发展，已经很难了。

她也不想再留下。

走的那天，夏唯安特意请了假送她，东西大多都打包快递回去了，她随身就只是一个小小的箱子。

少了晏宁的那些瓶瓶罐罐，房间里一时空旷了不少。

她是上午十点多的飞机，要早点赶过去，所以夏唯安很早就起床给她做早餐。

早餐简单，就是一碗素面，外加两个荷包蛋。

面条煮得刚刚好，筋道十足，便是荷包蛋也煎得极好，外表金黄，内里蛋黄却带一点点生，柔软又不失鲜嫩。

晏宁不是个感性的人，可那天那碗面，她却是流着眼泪吃完的。

夏唯安安慰她："不用哭，虽然没有大鱼大肉请你吃，但是比以前是不是好多了？一年多前，我还只能请你吃馒头呢，现在，已经可以请你吃面，还能加上两个荷包蛋啦。"

晏宁哭得更凶了："谁要你的面和荷包蛋，我就想吃馒头，你为什么不给我买馒头？"

夏唯安拍拍她："好，等下我就给你买馒头。"

晏宁哭倒在她怀里，说："夏唯安，对不起。"

她轻声说："没关系。"

下楼后，夏唯安还真给晏宁买了一袋馒头，数一数，有十来个。

递给她的时候，夏唯安一本正经地说："姐有钱了，请你吃馒头，你可以吃一个扔一个，还有一个拿来玩儿。"

"那还有几个呢？"

"一日三餐啊，十二个，够你吃四餐，扔四餐，玩四餐了。"

晏宁到底被她逗得笑了，攥紧了那袋馒头。

冬日里，天空少有纯蓝的时候，但那天，阳光很好，天空也是蓝蓝的，像是最干净的线描画，找不出一点异样的瑕疵。

飞机飞去，夏唯安回程的时候收到了晏宁的信息："谢谢你，夏唯安。好幸运那年在人才市场捡到你，谢谢你最终让我明白了一个道理，人生没有捷径可走，所有捷径的最后只有悬崖，只是悬崖。放心吧，我会从头再来，重新好好地走我的人生路。”

“再见，夏唯安。”

对着飞机留下的痕迹，她轻声说：“再见，晏宁姐。”

她不期待重逢，因为她知道，总有一天，她们必会重逢。

汽车连续的喇叭声在她身边响起，她回头，身边一辆车的车窗徐徐降下，露出一个光洁溜溜的脑袋。

是谢子鸣。

他被伤到额头，虽没有严重的后遗症，却还是留下了一道新鲜的疤痕，头发长不起来，他干脆就把整个脑袋上的头发都剔掉了。

没了头发，他却还是习惯性地要帅，冲她甩甩头，眨了眨眼睛：“嗨，美女，要坐车吗？”

她忍笑，拉开车门坐了上去。

她问：“师傅，到泰华怎么走？”

“你还有钱付车费？没有钱，以身抵债也是可以的。”他说着，斜眼看过来，“对了，你今年多大了啊？”

夏唯安愣了愣神。

恍惚记得那年初遇，她被老肥刘带到他面前，他坐在桌前，挑剔地看着她，问她：“你多大了？”

她说：“十九岁。”

“真的？”

她低头浅笑，一双眼睛眸光盈盈，回说：“过了年就二十二岁啦。”

他忍不住心痒，握住了她的手，啧啧两声说“二十二岁啦，可以结婚啦。”

她笑：“那你问我一个问题呀。”

这话突如其来，谢子鸣犹豫着问：“嫁给我？”

“不是。”

“你‘娶’我？”

她笑：“也不是。”

她咳了一声，提示说：“目标规划。”

谢子鸣笑起来，笑完了，才顺从地问：“冒昧问一声，夏小姐的目标规划里，有我吗？”

“有。”夏唯安说。

“说来听听。”

她当真细细地数：“我打算用五年还公司的债，然后用两年的时间把你‘娶’到手……”

他不满："这么说，我还要等你七年啦？"

她说："七年很快的。"

他哼一声。

她说："等我七年，然后，我用一辈子的时间计划去爱你。"

"一辈子吗？"

"是啊，一辈子。"

他这才笑起来，笑声清脆，若风铃，微风拂过，叮叮作响，说不出来的清雅宜人。

初初遇见，她只是个十八岁的少女，懵懵懂懂来到这个城市，莽撞地被送到他面前。

再没想过，那一时，便是定了一生。

（完）